啄木声声

第三届"啄木鸟杯"中国文艺评论年度优秀论文集

中国文艺评论家协会
中国文联文艺评论中心　编

人民出版社

啄木声声——第三届"啄木鸟杯"中国文艺评论
年度优秀论文集丛书

编 委 会

出版说明

　　为切实贯彻落实党的十九大精神和习近平总书记关于文艺工作的重要论述，认真落实《中共中央关于繁荣发展社会主义文艺的意见》关于要高度重视和切实加强文艺评论工作的明确要求，按照中央《关于全国性文艺评奖制度改革的意见》中关于"做好文艺评论工作激励"的工作部署，为有效激励广大文艺评论工作者，发挥文艺评论引导创作、推出精品、提高审美、引领风尚的重要作用，中国文联、中国文艺评论家协会决定从2016年起在全国范围内每年组织开展一次"啄木鸟杯"中国文艺评论年度推优活动。

　　第三届"啄木鸟杯"中国文艺评论年度推优活动自征集通知发布以来，通过各全国文艺家协会，中国文联各直属单位，中国文艺评论家协会各团体会员，军委政治工作部宣传局文化处，未成立文艺评论家协会的省级文联理论研究室，各中国文艺评论基地，"中国文艺评论传播联盟"各成员单位推荐，共报送2017年6月30日至2018年6月30日之间发表和出版的作品269份，其中著作63部，文章206篇。按照推优章程和实施细则规定，最终推选出年度优秀文艺评论著作8部，年度优秀文艺评论文章26篇。本书将本届推优优秀文艺评论文章结集出版。

　　"啄木鸟杯"中国文艺评论年度推优将继续秉承着高标准、高质量、高格调的推选标准，为挖掘推介年度优秀文艺评论作品而不懈努力。

中国文艺评论家协会

中国文联文艺评论中心

目 录

（按作者姓氏笔画排序）

对"画派""草原画派"相关问题的再思考

王宏伟(内蒙古文艺评论家协会副秘书长)

关于对"草原画派"的认识和理解,美术界是众说纷纭、各执一词的,笔者也曾在《画派、"草原画派"及其他》一文中分析过对此一概念的粗浅看法。在此,先要申明的是,关于对"草原画派"的讨论和思考,首先是一个学术问题,而其背后反映出来的是对一个地域艺术研究所达到的深度和树立的高度问题。笔者认为,如何理解"草原画派"这一问题的关键在于对所谓"画派"这一概念的认识,清晰地理解"画派"这个词汇后,所有围绕"草原画派"的种种问题也就迎刃而解。

一

学界议论纷纷、争辩不断的"画派"者何? 如果非要树立画派,其内涵和外延的界定应当持怎样的标准? 可谓众口纷纭,标准不一。尤其是近年来,美术史论界对"画派"的界定标准和方式,以及"画派"应否树立、如何看待"画派"的相关问题进行了不少辩论和热议。

按照大多数论者的观点,"画派"是指绘画的流派。流派一词,原意指河水的支流,《全唐诗·咏水(张文琮)》即有"标名资上善,流派表灵长"之句。文学艺术上的"流派"是引申而来的。具体到绘画而言,尤其是在中国古代绘画中,似乎还可以找出一些关于"画派"的蛛丝马迹。"画派"一词在美术史上始见于明代,董其昌对"吴门派""浙派"有过相关论述,故在后世画史中才有"画派"这一名词。但明人并没有提出明确的画派界定标准,也没有给"画派"下过定义,其所论也是就着"南北宗论"来表明自己的艺术观点,是在借"画派"说事。其后,明清之际的画派多是论画者在特定时代和地域条件下的好事之举。

在中国美术史研究领域,对于"画派"的界定标准做出明确表述的,最早应是俞剑华先生。1962年2月15日,俞剑华发表《扬州八怪承先启后》一文,认为:"凡属一个画派,必然有创始人,有赞成人,有继承人,三种人是缺一不可的。创始人的水平越高,赞成人的势力越大,继承人的数量越多,那么这个画派就越盛行,越长久,它的影响就越大。但'画派一成,流弊随之而生',绝大多数继承人将创始人革新的优点逐渐因袭模仿,造成风格相同或相近,最后一代不如一代,貌似神非,千篇一律,导致灭亡,被新画派所替代。"时隔20年后,著名美术史家王伯敏先生在1982年的《中国绘画史·画派》中认为:"根据明清画家、鉴赏家的说法,'画派'之称的主要条件是:一有关画学思想;二有关师承关系;三有关笔墨风格。至于地域,可论可不论也。"其后,在多年的各种成果中,又有周积寅、陈传席、薛永年、单国强等先生先后在《金陵八家与画派》《中国画论辑要》《论皖南画派的几个问题》《吴门画派和吴门辨》《中国绘画的传承与群体》《画派研究新成果——〈吴派绘画研究〉评价》等文献中,对"画派"的界定标准做了相应的表述。诸位先生的讨论对象主要集中在中国古代绘画领域,在研究中所做的论述也不完全一致,但究其所论,一个共同的看法是,"画派"要有开派人物、骨干画家,并与开派人物有传承关系,同派的画家在艺术上有共同的追求,风格相近。以上是对中国传统美术而言的"画派"界定标准,也是"画派"这一概念在美术史论研究中最早的较为系统和全面的论述。

但世人皆知,自20世纪以来,中国美术并非只有传统美术一路,而是包含着更为丰富的内容。同时,由于不同学科的不断交叉和中西艺术的不断交流,解读艺术的立场和视角也不断地拓展,美术史论的研究角度和方法也逐步多元,到现在为止,"多元"已经成为中国美术的一个最基本的特征。故而,在一些论者看来,随着时代的变化,传统"画派"的界定标准难以、也不可能满足当代美术史论家对中国美术归纳和言说的需要。出于这个原因,一些论者提出了新的"画派"界定标准。马鸿增先生先后发表《画派的界定标准、时代性及其他——与周积寅先生商榷》《两种画派和一种以偏概全的画派观——关于周积寅先生〈中国画派论〉》等文章,提出其所认定的"画派"界定标准是"从中国画派参照国外画派概括出来的三个要素:相近的思想倾向和艺术主张,相近的创作方法和艺术风格,高水平的领军人物和骨干成员。"也有论者认为画派"是一个相对稳定的群体,有一批志趣、信仰、审美倾向较为一致的艺术家经常在一起活动,这些艺术家的风格往往表现出同中求异、异中见同的特点",以及"多数情况下,'某某画派'的名称或称谓,都是来自他者的外部话语体系,而非来自内部的自我标榜",等等。此外,还有很多论者撰文就"画派"的相关问题发表自己的观点,一时形成了争鸣的局面。

关于是否应当界定"画派",如何确立"画派"的界标准,不同的论者自有不同的观点和看法,读者当可自去察之。但不论怎样,如果古今皆有"画派",并且都能得到认可,那么有以下两条是可以肯定的。

一是,通常而言,"画派"大多是过去式,史上的画派大多是由后世美术史家研究和认定的。同时,对"画派"界定标准的讨论和研究是由美术史家发起的,而不是由绘画创作者发起的。现有的资料可以表明,自有"画派"的讨论和研究以来,绝大多数的画派均是由美术史的研究者在事后发现和认定的,而不是由画派当中的画家自觉发起的,在美术史上常探讨的"浙派""松江派""吴门派""虞山派""常州派""海派""岭南派"等均如此,这类画派显然是非自觉形成的。此外,不可否认,在西方艺术中,自觉地发起组织,公开发表自己的艺术主张,推出代表人物和作品,并得到学界和社会的公认,依此形成的流派也有之,诸如"未来主义""达达主义"等(事实上在艺术创作中常见到的"现实主义"也是一种自觉形成的艺术思潮,1855年,法国画家库尔贝发表"现实主义宣言",标志着"现实主义"作为一种思潮正式进入艺术史当中)。对照前一种"画派"的认定方式,这种画派应当是由画家自觉组织发起的。这里需要注意的是,要考虑不同语言文字在翻译时所要表达的准确意思,毕竟"Doctrine"(主义)和"Genre"(流派)、"School"(学派)这些词汇所涵盖的内容是不完全相同的。

二是,"画派"是限定在一个画种当中进行讨论的,不同画种是不能划在一个画派当中的。无论是上文提到的诸位先生的论述,还是业已认定的中国美术史上的诸多流派,其所指涉的对象皆是中国传统绘画,若要再准确一些,应当主要是中国传统绘画当中的文人画。如果说是由于古代中西艺术交流的客观限制导致历代讨论限定于此的话(事实上也并非完全如此),那么是否在20世纪中西美术广泛交流的背景下就可以将不同画种在"画派"的讨论中混为一谈呢?答案是否定的。进入20世纪画派讨论所较为热切关注,并似乎相对被认可的"海上画派""岭南画派""长安画派"等,甚至是争议不断、莫须有的"新金陵画派""新浙派"等,也是在中国画领域当中进行讨论的。而美术史上所标注的西方艺术史上的"威尼斯画派""印象派""后印象派""纳比画派""维也纳分离派""超现实主义"等都是在西方艺术,准确地说是在油画艺术的范畴中被认定的。

无论古今,从未有将不同画种放在同一个画派当中进行讨论和研究的,虽然中西艺术在实际中可以相互借鉴和吸收,但二者的精神指向和艺术追求,乃至风格技法等是有着巨大差异的,而"画派"界定的一个标准就是艺术风格和追求的相同或相近。所以,强行地将不同画种划在同一个画派当中混为一谈是非学术性的,与学术和艺术都没有关系。

另外,还要明确的一点是,绘画的题材与"画派"没有实质上的联系。如在被美术史认定的"印象派"中,雷诺阿、德加常表现人物,而其他人多取材风景;中国历代画家多画山水,却被分出诸多"画派";齐白石与潘天寿如果非要论派,无论如何也不能放在一派当中,这应当是常识,无须做过多的解释和说明。

二

明确了以上的论述,也就明确了"画派"这一概念的基本内涵,在此基础上讨论"草原画派"就有了学理上的依据。现在常讨论的"草原画派"这一概念,当是围绕20世纪80年代妥木斯先生在中央美术学院举办展览之际,艾中信先生所提到的"我们感觉到内蒙古的草原画派正在形成"这一缺乏严格学术论证的"论断",而非由陈兆复先生所说的辽代"草原画派",二者之间不存在直接的关系。关于"草原画派"是否经得起学术上的考验,笔者以为主要存在以下问题:

第一,"草原画派"至今没有发表自己的艺术纲领和艺术主张,也没有以"草原画派"的名义自觉地形成特定的组织。"草原画派"虽围绕妥木斯先生而提出,但妥木斯先生却从未在任何公开刊物和空开场合阐述过这一群体的"共同艺术追求"。他谈的都是自己对艺术的理解和自己的创作经验,而且并未要求他的学生一定要有和自己相同的艺术追求,而多是以自己对艺术创作的理解来启发他的学生。贾方舟先生也曾在文章中提到过内蒙古的画家没有人为的纲领和指向,尽管他们在同一个生存空间和文化环境中成长。其他讨论"草原画派"的有关文献对此也不置一词,顾左右而言他。那么,"草原画派"的共同艺术追求和艺术主张,或者说艺术纲领为何对于其来说就是难以圆通的硬伤。这样看来,以自觉形成的画派的标准来衡量"草原画派"显然是缺乏足够的事实依据的。而"草原画派"又非过去式,也不可能是美术史家认定的非自觉形成的画派。故而,"草原画派"在学术认定上缺乏相应的依据。

第二,"草原画派"到底涵盖哪些艺术形式?前文已经论述过,由于艺术的精神指向和风格、技法的差异等问题,不同画种的作品是不能放在同一画派当中进行讨论和研究的,这是起码的学术常识。而以当下的讨论而言,围绕"草原画派"的议论似乎并没有对这一问题给予清晰而准确的分析。将一位中国画画家与一位油画画家归入同一画派,似乎多少有一些滑稽,在学术上也难以成立。尽管学术研究可以在前人的基础上进行创造性的发展,但是起码的标准是应当坚守的,如果一个所谓的"画派"包罗万象,于多个画种无所不含,以一个"大杂烩"的形象示人,那么不同画种各自艺术的独特性还要不要追求? 由不同艺术语言所构成的艺术形象是要单一化还是要进一步丰富? 学术甄别和理论探讨的意义又何在? 地域美术的学术形象又如何明确?

第三,"草原画派"当中不同画家和"草原画派"自身独特艺术风格的问题。客观地讲,30多年来,由于文化环境和多种因素的影响,以草原为题的多数画家在艺术风格上并不一致,他们在草原上"同修"却在艺术面貌上"殊相",这也是符合艺术创作规律的。而且,由于观念意识和理念阅历的差异,中青年画家和老一代画家在艺术风格并不一致,甚至有着极大的差异。那么问题来了,按照上文分析的画派的界定标准,"草原画派"区别于其他画派的独有风格是怎样的? 浓郁的生活气息、强烈的民族文化精神,抑或流畅的线条、厚重而强烈对比的色彩,这些难道仅仅体现在所谓的"草原画派"当中,而其他画派就没有这样的艺术面貌和风格特征吗? 描绘草原景物和游牧生活算得上是艺术风格吗? 以笔者有限的阅读来看,至今没有一篇理论文章对"草原画派"区别于其他画派的独特艺术风格进行清晰准确的概括和归纳。如果"草原画派"是符合学术界定标准的,那这些问题就需要正面回答,而不能回避。这似乎又进一步证明,"草原画派"的学术认定和论证依据还是不足。

此外,关于"草原画派"的名称,也难有一个准确的说法。到底是叫作"草原画派",还是"油画草原画派",抑或是"北方草原画派""内蒙古草原画派",作为学术研究应当有一个稳定和准确的名称,而不能模棱两可,随境而迁。

综上而论,从学术研究的角度来看,"草原画派"在学术上的认定和确立缺乏足够的理论和事实依据,其中的很多问题还有待论证和厘清。以笔者的粗浅判断,"草原画派"这一传之日久的概念还难以经得住学术上的推敲,其是否符合美术史对"画派"的考量标准存在着很多问题,故而"草原画派"想要得到学术界普遍的承认还需要解决诸多难以自圆的基本问题。

三

　　平心而论,将以草原为题的诸多画家都纳入一个所谓的"草原画派"是非常困难,也是没有必要的。从事不同画种的画家不能划在一个画派讨论自不必说,单就油画创作而言,当下生活在内蒙古草原进行艺术创作的画家谁和谁是一派?几十年来流寓外地、以草原为题的画家哪些属于"草原画派",哪些不属于"草原画派"?在内蒙古生活且以草原为创作对象的外地画家应当作何考虑?如果将妥木斯先生认定为"草原画派"的代表人,后来出生在内蒙古、活跃在中国美术界、与妥先生艺术风格并不一致的朝戈先生是否属于这一派?还有非在内蒙古出生,但在艺术上坚持表现草原风物的龙力游等先生又属于哪一派?很多常来内蒙古草原写生创作,绘制大量草原题材的画家又和"草原画派"是什么关系呢?说到底,究竟是哪些画家属于"草原画派"的呢?当世如果不能解决这个问题,恐怕留之后世也是一道难题。笔者想到黄宾虹先生当年为了给徽州画家群立派,在《新安画派论略》中阐述新安画派究竟包含哪些画家,他在分析了"新安派之先明代新安画家""新安派同时者""新安四大家""清代新安变派画家"之后,却最终也没有指出"新安派"中到底有哪些画家("新安四大家"渐江、查士标、孙逸、汪之瑞并非一派)。后来,黄宾虹先生又有《增订黄山画苑论略》来呼应其早年的文章《黄山画苑论略》,所列画家风格不一,师承交错,并没有统一的标准,实非一派。黄宾虹先生当年所遇到的问题多少和今天我们面对的"草原画派"这一问题有相似之处,即想要讲清楚"草原画派"究竟由哪些画家来构成,显然是存在着种种问题,甚至是有些尴尬的。

　　由此而引发法进一步的思考是,树立和提倡"草原画派"的形象对于整体、全面地认识内蒙古美术,甚至民族题材美术也是以管窥天、一隅之说。如果"草原画派"是一个学术概念,就不可能成为不同画种、不同艺术形式的"大杂烩",在此种情况下,置其他画种和艺术形式于何地?在创作水平上,有没有高于"草原画派"的作品和代表人?如果有,要不要同样树立一个形象、开立一个其他的"画派"?显而易见,单一地树立"草原画派"的形象很可能造成其他形式的美术创作被遮蔽。既然如此,何不将以上纠不清分不明的表现草原的各类画家称作"草原画家群"呢?中国当下艺术存在和发展的最重要的实际情况是社会文化与价值观的多元,以及艺术面貌的多元和多样,内蒙古美术也受到同样的影响,并有着具体的表现。在这种状态下,单一地的提倡某个画派、某种形式,是否是一种学术上的负责态度呢？值得我们思考。

如果再进一步做深入思考，那么试问，艺术，包括绘画在内，必须要有派吗？艺术家在一起有意无意地形成一个群体，相互学习，相互交流，共同切磋提高，是应当提倡，也是非常必要的。但是艺术创作的要求是具有区别于他人的独特个性，贵以自己独有的风格和面貌示人，有志于艺术创造的画家又岂愿委身于他人的树荫之下？试想如果我们走进美术馆，看到不同的画家在面貌上大同小异，难辨你我，还有兴趣继续参观下去吗？这样近于千人一面的艺术能引起美术研究家的兴致吗？著名文论家郭绍虞先生曾在《中国文学批评史》当中写道："文章一道……一方面须师古，一方面须有我。师古则宜无所不学，原无所谓派；有我则重在自由，更不应限之以派。所以建立宗派，只是纯艺术论者无聊的举动。"这虽然谈的是文学，但以之论及艺术，似乎也无不可。

所以，看待艺术创作，切忌随意设宗立派，尤其是在当下这样一个信息交流方式空前发达、人文和社会环境急速变换的时代，更没有必要替时人划地为界，凭空限定。再者，如俞剑华先生所言，在学术意义上，"画派一成，流弊随之而生"，后来者在创作上虽因袭模仿，却与前人貌似神非，一代不如一代，这又岂是我们愿意看到的呢？出于以上的思考和分析，笔者以为，全面研究内蒙古的美术还是要慎重提倡"草原画派"，对于艺术而言，忙于立派不如各奔前程。

本文发表于《首届民族文艺论坛论文集》，
中国文联出版社，2017 年 9 月

论广东汉剧"梁派"唱腔艺术特色

王琴(广东省艺术研究所助理研究员)

广东汉剧"梁派"表演艺术是指广东汉剧表演艺术家、国家级非物质文化遗产项目广东汉剧代表性传承人梁素珍[1]所开创的广东汉剧旦角表演艺术流派。其艺术风格表演细腻,情感丰富,唱腔音色柔美、清丽婀娜、行腔平稳,如珍珠圆润、婉转缠绵。承接黄桂珠"吉派"旦角表演艺术,她所开创的"梁派"[2]表演艺术是广东汉剧的第二代旦角表演艺术代表。其在延续广东汉剧古朴的表演风格的基础上,增加了旦角表演的温婉和柔媚。"梁派"表演艺术的形成、发展伴随着广东汉剧在新中国的发展历程,见证了它的起伏和变迁。其表演艺术奠定了广东汉剧在中国戏曲舞台上的地位及其影响。其独特的唱腔艺术为"梁派"表演艺术之圭臬,下面从其对汉剧行腔板式的革新、一曲多变、依情创腔、恢复失传传统曲调四方面论述"梁派"唱腔艺术特色。

---

[1] 梁素珍(1938—),广东省梅县松口人,1954年参加梅县艺光汉剧团,拜师钟熙懿,主攻青衣、花旦。1956年12月调入广东汉剧团,得到著名汉剧表演艺术家黄桂珠老师指导。唱腔圆润厚实,高低自如,表演细腻,善于运用不同的艺术手法刻画人物情感。是粤东及海外客家人聚居区享有盛誉的表演艺术家,国家级非物质文化遗产项目广东汉剧代表性传承人,当代岭南文化名家,广东省首届文艺终身奖获得者。代表性剧目有:《二度梅》《春娘曲》《闹严府》《齐王求将》《秦香莲》《一袋麦种》《人民的勤务员》等。

[2] 针对梁素珍的广东汉剧表演艺术,被命名为"梁派"表演艺术,在丘丹青的《美哉! 梁派艺术》、丘煌的《赞梁素珍唱腔》、李智敏的《浅议广东汉剧"梁派"表演艺术的继承与创新》等文中曾有提及。因"梁派"形成了自己独特的表演风格和唱腔,有其经典性代表剧目,有四代的传承谱系,因此可以称为"梁派"。

一、根据特定的戏剧情境进行行腔板式的革新

1954 年,梁素珍入梅县艺光汉剧团,拜剧团名旦钟熙懿①为师,工青衣、花旦。钟熙懿传授梁素珍汉剧旦角表演艺术及其程式,具有古朴的汉剧传统风貌。1956 年 7 月,在粤东民声汉剧团的基础成立"广东汉剧团",同年 9 月,艺光汉剧团并入,经调整,分设一、二团。梁素珍与小生曾谋因其出色的表演才能调入广东汉剧团一团任主要演员。在唱腔、表演上得到黄桂珠②老师的亲炙指导。黄桂珠教授梁素珍科学的发声、行腔运气的方法,纠正其开口音发音的不足,使其嗓音有了较大幅度的穿透力,行腔流畅、字正腔圆。

黄桂珠表演端庄、古朴,梁素珍在学习的同时,又有自己的艺术追求,对角色独特的认识,对人物的理解和把握,逐渐形成自己独特的表演风格。

戏曲表演要演行当,但不能为行当而行当,更重要的是从人物、从情感出发去演绎行当中的人物。广东汉剧《秦香莲》中秦香莲的原定腔散板为多,剧本结构和音乐节奏起伏变化不大,梁素珍根据对对秦香莲角色的理解,按特定情景的需要进行唱、做、念、舞的设计,表演中加大动作表演的力度和幅度,增强戏剧节奏的变化,从而展现人物性格发展、思想情绪变化的层次。《秦香莲》的"闯宫""宴会""杀庙"一折,陈世美抛妻弃子、将其赶出城门,为了高官厚禄,还要杀妻灭子,韩琦舍生取义。香莲的性格从忍让到极度的克制发展到反抗,感情上从爱、委曲求全到怨恨,进而在逆境中抗争、报仇雪恨的情感变化的层次感。梁素珍在尊重广东汉剧程式规律的前提下,根据特定的戏剧情境进行行腔板式的革新,如《杀庙》一场:秦香莲唱【西皮倒板】"这一程走得我浑身是汗",按原倒板格式是"这一程"与"走得我"后都得有音乐过门。梁素珍根据自己嗓门宽,音色厚,气息平稳的嗓音条件,不加过门一气呵成。这样的演唱带来了锣鼓上的改变,制造出了比原来更加强烈

---

① 钟熙懿(1904—1956),福建上杭人,工青衣,是广东汉剧第一代名旦之一。曾在"老三多""新舞台""荣天彩""新天彩""新华汉剧社"搭班。她以嗓音清脆、表演朴实、台步细腻著称。《对绣鞋》一剧的唱做功,为戏迷们津津乐道。在粤东、闽西及南洋一带享有盛誉。代表性剧目有:《对绣鞋》《柴房会》《昭君出塞》《大香山》等。

② 黄桂珠(1916—1994),广东饶平人,广东汉剧著名表演艺术家。12 岁登台,17 岁"桂珠点犯"名驰潮梅,曾先后搭班"荣天彩""老福顺""新天彩""新华汉剧社"和"同艺国乐社"等班社。演出过近百个剧目,代表性剧目有《百里奚认妻》《齐王求将》《秦香莲》《林昭德》《打洞结拜》《昭君出塞》等。她嗓音轻柔婉转、刻画人物细腻、感情真挚,演唱声情并茂、字正腔圆,自成"吉派"。

的紧迫气氛。将香莲母子被赶杀,夺路逃命的形象推到舞台前。韩琦欲杀香莲母子,秦香莲有几段【西皮散板】的唱段,如按原腔格和一般唱法不足以表达她携儿带女,千里寻夫反遭忘恩负义的丈夫赶杀,秦香莲身处绝境,内心极其复杂的波澜起伏的情绪。"望将军赦我三条命,大恩大德重如山",梁素珍改变传统规则的连贯唱法,借鉴姐妹艺术的一些歌唱方法,拉开间歇亦扬亦抑,变成"大恩~大德~重如"唱完稍停顿吸满气最后使用喷口翻高音唱出"山"字,随着夹带的哭泣声往下跌宕,让香莲在极度哀痛中求生的心声顺流而出。梁素珍演唱时气息控制平稳,高音后下行旋腔翻滚圆滑舒展,跌宕流畅,达到了以腔传情、以唱传达人物内心复杂情感的效果。当香莲明白韩琦若放她们,陈世美则要杀韩琦全家时,香莲便道出"留下我儿女后代根",梁素珍借鉴了黄桂珠低回细腻的风格,同时糅进委婉苍凉悱恻的花腔旋律,塑造秦香莲舍己为儿女的良母形象。

1982 年,《秦香莲》在香港演出,香港文汇报评论梁素珍的演唱"声重而不直、声轻而情深、声快而情满、声慢而不懈,以声寓情、以情动声、声情并茂。"《秦香莲》一剧老戏新演,梁素珍在继承前人艺术的基础上,在对人物思想情感的深刻体悟,人物性格准确把握上,形成对角色的新的理解,发挥其表演特色进行再创造,达到继承中改革、创新,形成"梁派"的表演艺术风格。一个剧种优秀演员、一个真正有艺术追求的艺术家,在实践和经验上不能仅仅满足于继承,继承只能是作为根据和途径,在继承的基础上融入自己的生命体验,熟练技巧上的独创和革新,以创造一个个活生生的舞台艺术新形象,达到声美、情挚、舞韵的艺术审美上的"这一个"的独特体验和表达方式,即演员艺术个性的重要性。

二、一曲多变,同曲异韵

1957 年 5 月,进京演出,梁素珍与曾谋演出《盘夫》,《盘夫》是《闹严府》中的一折,青衣唱功戏,情感细腻,整出戏原用西皮慢板演唱,梁素珍根据情感表达的需要,在西皮唱腔中增加了二黄慢板去表达。同样是【二黄慢板】《二度梅》中的《丛台别》,一个是"兰贞红泪且盘夫",另一个是"离家乡想爹娘辞别夫君"的陈杏元,两个命运不同的人物,同样是【二黄慢板】,在严兰贞的角色行腔上梁素珍用了中、高音,"我爱你貌美学富潘宋上",唱出宁静、柔和,"你"字拖长腔,如微风拂柳,含情脉脉羞羞答答。第二句"试才时节最难忘",用了较华丽多姿的行腔及音色把兰贞的内心喜悦洋溢于表。"实指望新婚燕尔相和唱"的"燕尔"二字间,音符相差从

原腔格 5 增至 8,唱法音从颚间送出"燕"字,通过脑后音共鸣滑出"尔"字,听来音
又清晰,旋律更加跌宕,也合乎音辙要求,大跌宕为严兰贞接下来的情绪变化在音
乐形象上做了铺垫,可以给听众留下想象空间。唱第四句"却为何私背花烛离洞
房"的"却为何",突破原腔格行,有意扩展拖腔,以起伏逶迤的气势表现兰贞内心
的不安,对曾荣新婚之夜走避书房的意外行动而产生的彷徨犹豫中又包含着还需
谨慎洞察,怨怒中又藏着深情。通过这样变化后的一曲【二黄慢板】,音乐形象展
现了严兰贞雍容华贵、识礼明义、情深意切又带有娇气的多侧面性格,让人从唱腔
音乐形象上就喜欢了严兰贞。

　　陈杏元的一曲【二黄慢板】,梁素珍的演唱则以走低腔为主,行腔时由低走向
稍高又转低,音调旋律如泣如诉,表现杏元回肠百转的心境。当唱到"陈杏元坐车
辇"的"辇"字,一声挑高,声如裂帛,一刹那把气势推向悲愤激越,接着一个拖花
腔,在演唱时一气贯穿地旋腔,主要表现陈杏元沉积在胸的悲愤都随着辇车辗转、
朔风呼啸,黄沙滚滚、狼烟不息的邯郸古道上如瀑布般飞流倾斜出来。陈杏元和未
婚夫梅良玉境临生离死别,梁素珍用细若游丝的行腔配合含蓄的眼神,采用以抑见
扬的手法把特定环境下杏元欲哭不能,欲诉还休的逆境、情感,以及她为自己全家
和未婚夫的生存而舍己的性格,平淡中以能达到情景交融、催人泪下的效果。通过
一曲【二黄慢板】在两个不同人物身上的运用,根据人物个性、感情、不同环境的规
定情境需要而灵活变化。一个戏曲演员要善于通过戏曲板式的一曲多变的演唱方
式塑造不同性格的人物形象。

　　　　严兰贞:【西皮慢板】你终日闷在书房里,莫不是未向蟾宫折桂枝?(荣
　　白:我寒窗读尽五车书,何愁蟾宫折桂枝。)莫不是离家日久思乡切,一日愁怀
　　十二时?(荣白:男儿应有四方志,何须时刻把乡思。)莫不是嫌我兰贞容貌
　　丑,不配你才子做夫妻?(荣唱:夫妻岂在容貌美,何况你娘子美貌赛西施。)
　　【西皮三板】这不是来那不是,使我兰贞难猜思。【西皮退板】官人好比月在
　　天,妻比月影随月生,月若明来影也显,月若暗来影也昏,【转二六】官人若有
　　千斤担,为妻分挑五百斤,君有疑难莫藏隐,【转吊头、散板收腔】快把真情说
　　分明。(说到此处,兰贞眼泪不由落下)

　　此一段是《盘夫》中的核心唱段,情感上层层铺垫,唱腔上要体现和表达出情
感的发展。严兰贞唱:"官人好比月在天",梁素珍用西皮退板,一板一眼,唱得情

真意切,很深情,有点哀求他,这种板腔要求唱得比较温柔,感情上以情动人,用甜美、温柔的声腔表达此心此地的情景。"官人,快把真情说分明。"已难控制,快要哭出来,运用了传统的声腔,行腔运气上讲求情感的真实,没有虚浮的地方,用情打动对方。这段曲是梁素珍的代表剧目,成为汉剧旦角的传承剧目。

三、根据情感的不同分层次的唱腔设计

《春娘曲》中"一波未平浪又卷":

【二黄高拨子】一波未平浪又卷,无端灾祸降人寰。老人家晚年失子肝肠欲断,老伯母卧床头气息奄奄,小倚哥成孤儿泪流满面,见此情铁石人哪涕泪泫然。他一家遭此巨变身世凄惨。【转二黄二六】人心非草木岂能袖手观。【转二黄原板】王春娘纵怀有侠肝义胆,弱女子怎能把两家苦难一肩担。【转二黄三板】世上谁人无急难。见死不救心何安,款步上前相劝勉,白:伯父!且收悲泪心放宽。【转二黄中三眼】春娘身虽薄命女,愿同薛门分苦难。【转二黄退板】从今后勤耕苦织加省俭,风雨同舟度荒年,只要春娘有口气,赡老人养幼子我一力承担。

这段唱词共二十句,根据内容和唱词的段落处理四个层次的唱腔设计,选用了广东汉剧二黄曲调为主体的声腔。

前七句曲是春娘表达对邻居遭苦难的怜悯之心和思考对此情景如何处理的复杂心情。如果按照传统的二黄二板来唱,不足以表达人物的内在激越起伏的感情。因此,梁素珍设计了丝弦从未用过的"反线曲调"和"高拨子"糅合在一起的新腔,用快拉慢的板式,音乐亦不用通常使用的"反线"而采取"反线曲正线唱"的手法,揭示出人物沉痛、压抑、思绪万千的情感。通过高低迂回的行腔旋律及富于强弱顿挫的特殊处理,夸张、修饰,形成一种跌宕的势头,比原来二黄二板更能表达强烈的人物情绪。要求演唱时气息控制饱满、吞吐自如,收放运气均匀,安排适体妥善。不能给人以触耳难听或有气急、气短、气闷感。

"自由节奏"一般以为易唱,实则不然,唱得好与坏尤见功力。例"一波未平",行腔用音运气分布要求比较平衡,"浪又卷"浪字就得力度加强夸大。"又"字音量压小放轻慢推出"卷"的拖音,表现出春娘心潮翻滚的心境。"无端灾祸"四个字音

压缩连贯短促一点,吐字音重些。"降人寰"这三个字弱点,下沉音要控制好,上承下接要过渡自如。"老人家晚年失子"后稍停片刻,再用比较悬殊的力度唱出,并用微颤动的音色,"肝肠欲断"揭示出人物面对现实的沉重心情。当唱到"老伯母"的"母"字后面加一个"啊",轻柔缓和地推行至"卧床头"一个间隙。"头"字须用力吐出后切音。"气息奄奄"要唱出凄厉之音色,并带点颤音。"小倚哥成孤儿泪流满面"前三个字强弱要对比,"孤"字重点并把腔拉动延缓。后四个字"泪流满面"节奏放快,音色控制,低回沉重。指出春娘对小倚哥十分怜惜,母爱的心声。演唱时有声泪俱下感,适度哀声和波音,以示其从老人看到可怜的孤儿,真是方寸欲断、咽喉哽咽、声泪俱下了。第六句,"见此情,铁石人也涕泪泫然",头三个字要快点贯穿唱,"人"字后面加了二个虚字"哪啊",以示春娘心头沉重、压抑,唱三个下沉行腔,"人哪啊,也涕泪泫然",然后用上行旋律进行。一起一伏一收一缩,这种跌宕势头展示人物情绪的冲动。"他一家遭此巨变,身世凄惨",一字一腔稍快地连续唱出,"惨"字要深沉脱口而出并带哭音。唱完间隙片刻,一个强有力小过门,接着一字一板铿锵有力地节奏鲜明地弹拨出"人心非草木岂能袖手观",表现出春娘面对这一客观现实,她想到一个十分急需解决的问题,这一家人这么可怜,今后将如何生活下去?根据剧情、内容的不同,"人心非草木岂能袖手观",扪心自问的语气改变了板腔,采用了上板形式,从行腔上也觉得更为贴切。当春娘陷入在独个儿的苦思之中,一声无可奈何的轻叹带动了二黄原板过门,以比较快的行腔旋律道出了"王春娘纵怀有侠肝义胆,弱女子怎能把两个苦难一肩担,一肩担"。在"一肩担,一肩担",用了旋律的重句揭示春娘权衡自量,力不从心,实感忐忑不安。以上是第一、第二个层次。

春娘心情沉重苦苦思忖待在一旁。伯父伯母小倚哥一阵号哭之声惊破了她的沉思,更唤起了春娘一副火热善良心肠,果断地决定:我虽属苦命弱女,终比风前残烛般的老人、幼子有生活的能力,不能眼看他们沦亡下去。君子之托重千金。用三句半的急快散板"世上谁人无急难,见死不救心何安,款步向前"。以上都比较洗练,行腔和语气一气呵成。为唱出"前"字处理了半句无音乐伴奏的快拉慢的清唱,"相劝勉"演唱时和上面几句形成了强烈节奏行腔对比。这三个字还要求情绪稍宽松,缓和,边唱边走到老人身旁抚慰地拭干二老眼泪,轻轻柔和地唱出:"且收悲泪心放宽",采用西皮旋律糅进二黄原板来唱。以上是第三层次。

接下来,两句二黄中三眼"春娘身虽薄命女,愿同薛门分苦甜"。唱的时候要很真诚,给人委婉动情之感。最后四句以调性的统一和人物情绪的需要变革尝试二黄退板。退板的结构形式在汉剧旦腔上是在西皮调性中才有。近年来前辈表演艺术家罗恒报老师创作了二黄马龙头,梁素珍觉得很有特点亦可丰富旦腔板式。她根据马龙头原理及汉剧旦角发声规律创作了二黄退板。这种有益的尝试不仅丰富了汉剧旦腔的基本调性和腔板,也在演唱色彩上具有一番新意。退板的演唱则是将第一个字大多数都放在弱拍之中,在音乐节奏上有强弱倒置的感觉。当上句末字"难"唱完后停顿一下,深吸一口气,然后,后半拍"从今后""从"字有意识地稳住把节奏微微往后拖点,恰到之处,一字一字咬准往下唱好。要有如低言细语般的叙说和推心置腹般倾尽满腔情。人物情绪,掌握其分寸,不燥不温,"赡老人养幼子我一力承担"。这一句要气息充足,一气呵成,非常清晰地送到拉腔的末端。最后一瞬间偷偷换了口气,语气非常肯定,力度饱满地托出"承担"两个字。在音乐旋律上用上行平法处理,在"担"字上突出全句乐曲的高潮,借以呈现春娘善良纯朴、真诚、热忱的良母形象。

四、恢复失传传统曲调,圆润创新腔

20 世纪 80 年代梁素珍表演艺术步入成熟期。1985 年,广东汉剧艺术研究中心举办"梁素珍独唱会",总结梁素珍唱腔音乐艺术,为广东汉剧唱腔音乐的改革进行探讨和尝试。

从艺六十年,梁素珍在舞台上创作了许多不同性格的人物形象,她的演唱艺术自成一格,有在师承基础上的创新,有在塑造新的人物形象时和乐师合作对传统板腔的革新,有吸收古典乐曲而创造的新腔,丰富发展了广东汉剧旦行唱腔艺术。她的演唱音色圆浑、厚实,音域宽、音质具有穿透力,能以多层次的音乐形象表现角色的内在感情、性格。无论皮黄、昆、吹腔、小调,难度较高的板式演唱高低控制依然气息流畅,潇洒自如。她的行腔有(随着角色内心感情变化)音区跳跃较大,板式、花腔丰富的特色。

梁素珍通晓乐理,深谙广东汉剧旦行皮黄各板式结构,能根据剧情的需要独自创作自己角色的唱腔,经她自己设计创作的唱腔有:《盘夫索夫》严兰贞唱腔、《丛台别》陈杏元唱腔、《林昭德与王金爱》中王金爱唱腔、《花灯案》陈彩凤唱腔、《王昭君》中王昭君唱腔、《玉筝记》当中黄珍珍唱腔、《秦香莲》中秦香莲唱腔、《春娘曲》王春娘唱腔、《大脚皇后》中马娘娘唱腔,真正形成广东汉剧"梁派"唱腔艺术。

在继承的基础上,梁素珍独创了新的板式,新的旦行声腔,广东汉剧自由声腔

原只有倒板、散板、二板、三板、哭板,梁素珍在《林昭德与王金爱》中独创了二黄声腔中的退板,如:

《春娘曲》:【二黄退板】从今后勤耕苦织加省俭,风雨同舟度荒年,只要春娘有口气,赡老人养幼子我一力承担。

另外还创作了新的唱腔,拨子腔(即快拉慢,有西皮快拉慢、二黄快拉慢,吸收了豫剧、徽剧中的唱腔)。

如:

《春娘曲》:【二黄快拉慢】老人家说的话赛似利剑,一字字一句句割我心肝,王春娘自作自受能把谁怨,到如今自种苦果自吃黄连,强挣扎步蹒跚,四处寻唤,找不到倚哥儿,我何脸见人。

梁素珍在唱腔的处理上赋予一种技巧性和情感化,在细小处通过强、弱、快、慢、抑、扬、顿、挫来体现情感的发展、内容的变化。

汉剧有许多的排调、小调,如"安春调""思夫""叹坠落""七句半",许多传统的曲调已经失传,板式在,但已无人会唱,梁素珍完善恢复了汉剧中的传统曲调。

如:

《闹严府》:【七句半】听罢言来怒气发,叫丫鬟,听根芽,姑爷过府必有灾,随我寻夫查一查。(兰白:各把木棒随身带)飘香:小姐骑马、坐轿?(兰)不坐轿来不骑马。(兰白:走吧!)有人拦阻与我打,哎哟哟,天大的事情有奴家。

汉剧小调"七句半",演唱起来像小倒板,比较口语化,可长可短,雅俗共赏,但不能随便使用,要在特定的情景、特定的人物、特定的唱词下才能用。1955年演唱《闹严府》时,梁素珍还在梅县艺光汉剧团,板式写好,自己去唱,"七句半"那时候梁素珍不懂怎么唱,师父钟熙懿已去世了,就去请教肖雪梅老师,肖雪梅说:"略知一二。"没有演过这个戏,传统戏失传,她根据印象,唱了一个模糊的轮廓,梁素珍在其基础上把它完善。因为福建永定木偶剧团打下的声腔基础,中、小学唱歌剧的经历,良好的乐感和音乐的悟性、灵气,梁素珍将汉剧小调"七句半"的旋律完善,成了现在的经典,因为梁素珍的"认真追求",传统的曲调才没有失传。

又如:《一袋麦种》(安春调),高兴、活泼、舞蹈,或者生气,跳跃性比较强。

【小调七句半】进村庄,穿小巷,三步当作两步走,心欢不觉昭途长。举头娘家已在望,只见爹爹坐门旁。

【安春调】我和志红把工分,我转娘家他出勤,志洪最听我的话,扛锄种麦到前村。

本文发表于《四川戏剧》2018年第2期

汉魏六朝:中国早期古典书论的生成及其价值

朱天曙(北京语言大学中国书法篆刻研究所所长、教授)

弁言

中国古典书论肇始于汉魏之际,经过两晋时期的发展,到六朝时期,形成了成熟的书法论著,奠定了中国古典书论的基本框架。汉魏六朝时期是中国书法文人化的自觉期,书法理论是这一时期书法文人化自觉的标志,越来越受到学术界重视①。

汉晋之际,文人思想十分活跃,三国时期曹丕《典论》作为古典文学批评史上较早的一篇专说,提出"文以气为主""气之清浊有体""夫文本同而末异"等思想②,品评"建安七子"在文学上的成就,提出文学的价值、作家的个性与风格、文体、批评态度等问题,对后代影响甚大。西晋时期,陆机《文赋》作为文学史批评史

---

① 这一时期书论的研究越来越引起研究者的重视。刘涛《中国书法史·魏晋南北朝卷》一书中的第十章题为《两晋南朝书论》,对这一时期的主要书论进行了历时梳理并概述其大意,又把这些书论分成书体、书史、批评、技法、鉴定、著录和书论七个类别,在"书学概念"一节里还对这一时期书论中出现的一些术语进行了归纳分析。参见刘涛:《中国书法史·魏晋南北朝卷》,江苏教育出版社 2002 年版,第 309—351 页。《张天弓先唐书学考辨文集》一书对先唐书学文献进行了全面、系统、深入的考辨,该书注重文献梳理和实际印证,考辨的结果也较为可信,为汉魏六朝书论的相关研究提供了更加可靠的材料。参见张天弓:《张天弓先唐书学考辨文集》,荣宝斋出版社 2009 年版。冯翠儿《汉魏六朝书法理论与文学理论关系探微》一书对这一时期书论与文论在源流、品评、品鉴方面的关联做了详细讨论。参见冯翠儿:《汉魏六朝书法理论与文学理论关系探微》,凤凰出版社 2016 年版。此外,日本学者中田勇次郎在《中国书法理论史》中专列《汉魏晋南北朝》一章,从汉代的文字论,汉魏晋宋书势论、书体论,魏晋书写技法论,梁代书品论,南朝书评论等方面进行具体讨论。参见[日]中田勇次郎:《中田勇次郎著作集》第一卷,二玄社 1984 年版,第 12—22 页。

② 郭绍虞:《中国历代文论选》,上海古籍出版社 2001 年版,第 60 页。

上第一篇完整而系统的文论,用"赋"的形式,对各种文体与风格进行阐发,比较细致地分析了文学创作的过程,提出了文学理论史上的很多重要问题。魏晋时期形成的"玄学",与文学艺术有着密切的关系。南朝时期,文学创作极盛,文学批评也得到了极大的发展。出现了梁刘勰集大成的代表著作《文心雕龙》,其体例周详,论旨精深,系统地讨论了文学的基本原则和个体的渊源与流变,尤其是关于文学创作的讨论,揭示了艺术的基本规律和方法。汉晋南朝时期的文学批评,受《七略》《汉志》"辨章学术,考镜源流"的思想影响很大,不仅使文体辨析更趋细致周密,而且各文体源流有自,对纠正当时写作体例混乱、文体不明等弊病,起到了良好的指导作用。① 汉晋南朝的书论就在这一时期的文学环境中产生。士族书家凭借书写技艺显示个人情性,以各种书体之美表情达性。实用的书体书写与寄情雅兴渐渐分离,人们运用各种文学手段表达对书体的赞颂和对书家的评骘鉴赏,如用"赋""表""启""状"等体裁描述书体特征和书法之美。书法渐而成为文人寄怀托兴的一种艺术,超越一般的技艺,有着独特的审美价值。文人在书法赏鉴活动中不断吸收文学艺术和传统哲学的品评语言,逐渐形成了一套品评书风、论述书体、讨论书艺的术语和相应观念,到两晋南北朝时期,形成了中国书学的原始概念和品评书法的基本内容。本文在前人研究的基础上,对这一时期书论文献的现存基本篇目及其主要内容作扼要的介绍,指出中国早期古典书论的主要价值和对后代的影响。

汉魏六朝书论文献的基本篇目

现存汉魏六朝时期的书法文献,根据历代文献记载和著录,主要篇目包括:

东汉时期四篇:许慎《说文解字·叙》、赵壹《非草书》、西晋卫恒《四体书势》中著录的崔瑗《草势》及蔡邕《篆势》。唐代张彦远《法书要录》卷一收录有《非草书》《草势》《篆势》三篇。

三国时期一篇:东吴皇象《与友人论草书》,《广川书跋》卷七有著录。

西晋时期四篇:《书苑菁华》卷三著录成公绥《隶书体》一卷,《晋书·索靖传》著录的索靖《草书状》一卷,《晋书·卫恒传》著录《四体书势》全文,《旧唐书·经籍志》卷四十六和《新唐书·艺文志》卷五十七著录卫恒《四体书势》一卷书目,《艺文类聚》卷七十四著录杨泉《草书赋》一卷。东晋时期四篇:《艺文类聚》卷七

---

① 傅刚:《论汉魏六朝文体辨析的学术问题》,《中国社会科学》2000 年第 2 期。

十四著录刘劭《飞白书势》一卷,《法书要录》卷一著录王羲之《自论书》、虞龢《论书表》,《晋书·王羲之传》著录庾翼《与王羲之书》,张怀瓘《书断·上》和《书苑菁华》卷三著录王珉《行书状》。

南朝时期书论十七篇。其中刘宋三篇:《法书要录》卷一著录羊欣《采古来能书人名》、卷二著录虞龢《论书表》,《书苑菁华》卷十八著录鲍照《飞白书势铭》;齐三篇:《法书要录》卷一著录王僧虔《论书》、王愔《文字志目》,《南齐书·王僧虔传》《艺文类聚》卷七十四著录王僧虔《书赋》一卷;梁十一篇:《法书要录》著录有七篇,即萧子云《论书启》、萧衍《观钟繇书法十二意》《答陶隐居书》、陶弘景《与梁武帝论书启》、庾元威《论书》、庾肩吾《书品》、袁昂《古今书评》,《艺文类聚》卷七十四著录三篇,即庾肩吾《谢东宫古迹启》、萧纲《答湘东王上王羲之书》、萧绎《上东宫书迹启》,《书苑菁华》卷十五著录顾野王《上玉篇启》一篇;陈一篇:《法书要录》卷二著录智永《题右军〈乐毅论〉后》。北朝时期的书论两篇:北魏江式的《论书表》和北齐颜之推的《颜氏家训·杂艺》。

除了这些现在可以看到的篇目外,历代著录汉魏六朝的佚书也有不少。如《书断》中著录东吴张弘《飞白书势》一卷,虞龢《论书表》著录西晋卫恒《古来能书人录》一卷,王僧虔《论书》著录东晋康昕《右军书赞》,《南齐书·刘绘传》著录南齐刘绘《能书人名》,《初学记》著录南齐萧子良《古今篆隶文体》,庾元威《论书》著录南齐王融图《古今杂体六十四书》,《南史·纪僧真传》著录南齐纪僧猛《飞白赋》,陶弘景《与梁武帝论书启》著录《逸少正书目录》,南朝虞龢《论书表》著录其还写有《杂势》一卷、《钟张等书目》一卷、《二王镇书定目》六卷、《羊欣书目》六卷,萧子云《论书启》言及其所著《论飞白》,《旧唐书·经籍志》录有萧子云《五十二体书》,庾元威《论书》著录梁阮孝绪《古今文字》三卷,《述书赋》著录梁萧纶所撰《书评》等。

汉魏六朝书论的主要内容

秦汉以来,篆、隶、草、行、真等书体不断衍变,文字数量不断增加,书写力趋简速,到了东汉末期,书体逐渐走向成熟。东汉许慎《说文解字》(简称《说文》)是这一时期文字学的代表著作,叙中论文字起源、"六书"原理、先秦至新莽文字与书法的发展。书法以文字为素材,习字为书法的初阶,习字必先识字,识字而能溯其本源,自能触类旁通。许慎创立五百四十个部首,对其形、音、义做了详细解说,试图说明每个字为什么要这样写,找出字形与本意的关系,阐述其构形的原理。他以为,包括古文、籀文的篆体为汉字的本源。殷墟甲骨文发现后,打破这种传统认识,通过甲骨、金文与《说文》部首互证,可对其篆形和说解作补正,有助于更好地利用《说文》。许慎在《叙》中揭示中国文字的象形意义,所谓"仰则观象于天,俯则观法于地"①"近取诸身,远取诸物"②。并由突出"象形"引申出"书者,如也"③的理论,开启书法艺术由"形"至"意"讨论的先河。《说文》流传以后,战国至秦汉文字形体混杂的现象逐渐得以克服和纠正。全书搜集了九千三百五十三个小篆及一千三百六十三个重文,是最丰富最有系统的秦系文字资料,对隶楷的演化起到了指导作用。

东汉时期书法名家辈出,对文字的发展、笔画的运转和书写之美,均有自觉的认识和精深的造诣,为世所尊崇。他们在笔法上或相互珍秘,或不肯轻易示人,但对书迹的颂赞、描述和欣赏,可见于这一时期的著述,如东汉崔瑗(公元77—公元142)《草势》、蔡邕(公元133—公元192)《篆势》《笔赋》、赵壹《非草书》等。

《晋书·卫恒传》全文收录卫恒《四体书势》,于叙草书源流后引录"崔瑗作《草书势》",这是现存最早的一篇纯粹谈论书法艺术的文章,《草书势》因卫恒引用而流传于世。他指出文字的产生,也就有了书法,形象描述了草书的产生、结体、用笔、势态、呼应以及章法上的特色。如"方不中矩,圆不副规"④"抑左扬右,望之若欹"⑤"旁点邪附,似蜩蟟挶技"⑥等;又提出"志在飞移"⑦"放逸生奇"⑧的书法观念,将书法从再现形象的造型特征上升为由形到意的抒情艺术,标志了古典书论对艺术审美的认识逐渐走向自觉。《草书势》中"临时从宜"⑨语,为汉末赵壹《非草书》一文所征引。崔瑗论书重"势",故名《草书势》,后蔡邕《篆势》、卫恒《字势》《隶势》皆仿其法。其对"势"的重视来源于哲学中的"自然""形势"的思想,进而转到书学上的"体势""笔势"中,后又发展为魏晋文论中的"气势"和"风格"。其效仿《周易》中"观物取象"的方法,借助自然物象抒发感受,把书法鉴赏时的个人

---

① 许慎:《说文解字》卷十五,中华书局 2013 年版,第 316 页。
② 许慎:《说文解字》卷十五,中华书局 2013 年版,第 316 页。
③ 许慎:《说文解字》卷十五,中华书局 2013 年版,第 316 页。
④ 房玄龄等:《晋书》卷三十六,中华书局 1974 年版,第 1061—1066 页。
⑤ 房玄龄等:《晋书》卷三十六,中华书局 1974 年版,第 1061—1066 页。
⑥ 房玄龄等:《晋书》卷三十六,中华书局 1974 年版,第 1061—1066 页。
⑦ 房玄龄等:《晋书》卷三十六,中华书局 1974 年版,第 1061—1066 页。
⑧ 房玄龄等:《晋书》卷三十六,中华书局 1974 年版,第 1061—1066 页。
⑨ 房玄龄等:《晋书》卷三十六,中华书局 1974 年版,第 1061—1066 页。

情感具体地表达出来,这种意象式的批评被广泛运用到书法批评中,或状书体,或论用笔,或言书势,或赞风格,让鉴赏者通过描述,来寻求书家的意趣和创作风格。① 蔡邕是东汉通才的代表人物,天文、历算、音律、经学、书法无不精通,著述甚丰,据《后汉书·蔡邕传》其作品有一百零四篇,包括诗、赋、碑、诔、铭、颂、箴、表等。刘勰《文心雕龙·诔碑篇》云:"后汉以来,碑碣云起。"②东汉以来流传的碑铭多为墓志铭,其文体包括散文体序和结尾的韵体诗,蔡邕传世有碑文多篇。卫恒《四体书势》谓"蔡邕作《篆势》"③也是相类的著述,《篆势》也因卫恒引用而被流传。其说明篆书从象形文字而来,描述篆书字形,指出其审美价值。如"字画之始,因于鸟迹,仓颉循圣作则,制斯文体有六篆,巧妙入神"④"纵者如悬,衡者如编,杳杪斜趋,不方不圆,若行若飞,跂跂翾翾"⑤等表达了蔡邕对篆书美的理解和认识。其强调掌握篆书是理解经籍的先决条件,虽然其立足点是以弘扬经义为要,但这些认识比许慎更深入地讨论到书法的体势、运笔和情性,有重要的价值。

除《篆势》外,清人严可均辑校《全后汉文》卷六十九载蔡邕撰《笔赋》。此文描述毛笔制作、性能、功用及其表现教化的作用。《笔赋》描述早期毛笔制作工艺,是书法史上关于书写工具较早完整的记载。传世的《九势》被宋人陈思所辑《书苑菁华》第十九收录,近人沈尹默有《汉蔡邕〈九势〉释义》等详加诠解,但此篇实非蔡邕所作。

《非草书》的作者赵壹(约公元130—约公元185),著有赋、颂、诔、书、论及杂文十六篇,传见《后汉书·文苑传》。赵壹《刺世疾邪赋》是东汉讽刺文学杰出典范,他以率直锋利的语言进行直率大胆的表达,这一风格,几乎是赋体藻饰风格的对立面,其语言朴质无华,到了东汉末年,这一风格变得普遍。⑥《非草书》为赵壹杂文,继承其写赋的这一特点,收入唐代张彦远所辑《法书要录》卷一中,列为首篇,为存世完整的早期论书之作,也是书法批评史上第一篇重要文献。他从儒家立场来看待新兴的草书和学习草书的风气,坚持文字为"经艺之本,王政之始"⑦,指

① 冯翠儿:《汉魏六朝书法理论与文学理论关系探微》,凤凰出版社2016年版,第23—60、190—211页。

② 范文澜:《文心雕龙注》,人民文学出版社1958年版,卷三,第2—4页;卷六,第5—3页。

③ 房玄龄等:《晋书》卷三十六,中华书局1974年版,第1061—1066页。

④ 房玄龄等:《晋书》卷三十六,中华书局1974年版,第1061—1066页。

⑤ 房玄龄等:《晋书》卷三十六,中华书局1974年版,第1061—1066页。

⑥ [美]宇文所安:《剑桥中国文学史》,生活·读书·新知三联书店2013年版,第186、286页。

⑦ 参见张彦远:《法书要录》卷一,人民美术出版社1964年版。

出了汉末草书已经走向非实用的艺术,全文结构严密,论述形象,证明书法在东汉后期有了自觉的表现。如果说崔瑗《草书势》是从书法鉴赏角度来讨论书法的审美本质,赵壹《非草书》则从文化和社会的角度对书法的文化属性和社会价值进行解析。

汉末西州风行草书,世人学草书如痴如狂,赵壹见此流风愈下、"反难而迟"①的现象,大声疾呼要扭转这种风气。在《非草书》中,他认为各人气质、个性、才能、学问皆有特点,强调书法中天资和学问的重要,"凡人各殊气血,异筋骨,心有疏密,手有巧拙。书之好丑,在心与手,可强为哉?"②此论比曹丕的"文以气为主,气之清浊有体,不可力强而致"③的看法还要早数十年。秦汉以后草书兴起,应时趋捷,"务取易为易知"④。杜度、崔瑗、张芝皆有超俗绝世的才华,博学余暇,游手于斯,造诣精深,时人效颦,"盖伎艺之细者耳"⑤。他称赞这些书家的自然流露,认为其与当时矫揉造作的书写是完全不同的。

皇象是东吴极负盛名的书家,工章草。他论草书讲究笔、纸、墨的选择,认为欲见"漫漫落落"⑥之草书,需用"精毫笔"⑦,"滑密不沾污"⑧之纸与"多胶绀黝"⑨之墨,同一时期曹魏书家韦诞强调"张芝笔、佐伯纸及臣墨"是书法创作的"利器"⑩,汉代以来以笔、墨、纸、砚为代表的书写工具不断发展和完善,因此较之于前代这一时期的书家对书写工具更为重视。运用好的工具进行书法创作自然"手调适而心欢娱"⑪,从而收到"正可以小展"⑫艺术效果。

晋代书论继承汉代用华美辞藻描述书法形体的表达形式,以书体为篇名和题材赞书法之美,出现了如"用笔""流美""书势"等概念。他们以"书体"为文学创

① 参见张彦远:《法书要录》卷一,人民美术出版社 1964 年版。
② 参见张彦远:《法书要录》卷一,人民美术出版社 1964 年版。
③ 萧统编:《文选》卷五十二,李善注,中华书局 1987 年版,第 967 页。
④ 参见张彦远:《法书要录》卷一,人民美术出版社 1964 年版。
⑤ 文中赵壹虽然讽刺习草之徒的社会地位不高,认为他们是"伎艺之细者",但客观上也承认习草之徒的先辈们拥有高超的书写技艺。
⑥ 董逌:《广川书跋》卷七,台湾商务印书馆,第 416 页。
⑦ 董逌:《广川书跋》卷七,台湾商务印书馆,第 416 页。
⑧ 董逌:《广川书跋》卷七,台湾商务印书馆,第 416 页。
⑨ 董逌:《广川书跋》卷七,台湾商务印书馆,第 416 页。
⑩ 韦诞云:"夫工欲善其事,必先利其器。用张芝笔、佐伯纸及臣墨,兼此三具,又得臣手,然后可逞径丈之势,方寸千言。"李昉等:《太平御览》卷七四七,中华书局 1960 年版,第 3317 页。
⑪ 董逌:《广川书跋》卷七,台湾商务印书馆,第 416 页。
⑫ 董逌:《广川书跋》卷七,台湾商务印书馆,第 416 页。

作的对象,表明这一时期书法已经成为文人达情寄兴的技艺,具有独特的审美价值。西晋卫恒《四体书势》、成公绥《隶书体》、索靖《草书状》、杨泉《草书赋》,东晋刘劭《飞白书势》、王珉《行书状》等这一时期的书论,注重对各体书法特征的形象描述和创作活动的讨论,各种书法批评范畴也在其中得以出现和发展。

卫恒(?—公元291)是西晋时期著名书家,官至黄门侍郎,其父瓘,弟宣、庭,子璪、玠皆有书名。《晋书·卫恒传》全文收录了卫恒《四体书势》,分别叙述古文、篆、隶、草书的概况。全文分成四段,每段结束用韵语加以赞颂某种字体的形势。有的是他自己的撰述,有的是引前人对这一字体形势的赞颂。第一段赞颂表扬文字之"美",如"其曲如弓,其直如弦。矫然特出,若龙腾于川,森尔下颓,若雨坠于天"①。此段称为《字势》,应是卫恒所撰。第二段自周宣王史籀作大篆,叙述到汉末蔡邕历代书家承传的统绪,后录蔡邕《篆势》。第三段叙述汉魏间字体演变与书家传承,指出书体避繁趋简的现象,如"鸟迹之变,乃惟佐隶,蠲彼繁文,崇此简易"②,此段为《隶势》,亦应为其自撰。第四段讨论自汉兴至章帝时期草书盛行一时的景象,文末收录崔瑗所作《草势》。

卫恒在《四体书势》中把书家的性情同自然进行有机地结合,突出"表意"在书法中的重要性。如"盖睹鸟迹以兴思也"③"观其措笔缀墨,用心精专,势和体均,发止无间"④"睹物象以致思,非言辞之所宣"⑤等,都体现中国书法由"象"而转"意"的审美特征。

《隶书体》的作者成公绥(公元231—公元273)为西晋文学家,口吃而好音律,所作辞赋,为人推重。《晋书·文苑传》中有传。成公绥原有集,后散佚。明人辑有《成公子安集》,《隶书体》选自此中,《书苑菁华》卷三著录。近人余绍宋《书画书录解题》卷五评其"文甚美,真晋人吐属"。⑥《隶书体》盛赞"隶书"一体"适之中庸,莫尚于隶"⑦,又云"规矩有则,用之简易"⑧"随便适宜,亦有弛张"⑨,描述了隶书书法的壮观之美,文采华丽。文中还提到了"工巧难传,善之者少,应心隐手,必

---

① 房玄龄等:《晋书》卷三十六,中华书局1974年版,第1061—1066页。
② 房玄龄等:《晋书》卷三十六,中华书局1974年版,第1061—1066页。
③ 房玄龄等:《晋书》卷三十六,中华书局1974年版,第1061—1066页。
④ 房玄龄等:《晋书》卷三十六,中华书局1974年版,第1061—1066页。
⑤ 房玄龄等:《晋书》卷三十六,中华书局1974年版,第1061—1066页。
⑥ 余绍宋:《书画书录解题》卷五,浙江人民美术出版社2012年版,第385页。
⑦ 崔尔平:《书苑菁华校注》卷三,上海辞书出版社2013年版,第47页。
⑧ 崔尔平:《书苑菁华校注》卷三,上海辞书出版社2013年版,第47页。
⑨ 崔尔平:《书苑菁华校注》卷三,上海辞书出版社2013年版,第47页。

由意晓"①的看法,可见"心""意"已成为这一时期重要的论书范畴,是"象"之上更高一层的审美标准。

西晋书家索靖(公元239—公元303),以其自身在书法上的实践体察草书,较崔瑗时代更为深透。《晋书·索靖传》录有《草书状》,《佩文斋书画谱》亦录。《草书状》为赋体,类似卫恒引崔瑗《草书势》,多以动物的矫健生动喻字的形和势,如用"宛若银钩"②"漂若惊鸾"③"虫蛇虬蟉,或往或还"④来形容草书的技法和变化。唐代欧阳询《艺文类聚》卷七十四著录此篇。

西晋杨泉的《草书赋》用华丽的语词对草书加以描述,认为"惟六书之为体,美草法之最奇"⑤,并对杜度和皇象两位草书家加以表彰。其中如"字要妙而有好,势奇绮而分驰"⑥"解隶体之细微,散委曲而得宜"⑦"乍杨柳而奋发,似龙凤之腾仪"⑧等句文采优美,形象生动。欧阳询《艺文类聚》卷七十四也著录有此篇。

东晋刘劭博识好学,多艺能,善草隶。《世说新语·言语》"庾稚恭"条注引《文字志》有传。欧阳询《艺文类聚》卷七十四著录其《飞白书势》一篇,唐张怀瓘《书断》亦有引。《飞白书势》赞颂飞白书体,"飞白之丽,貌艳势珍",韵文优美。其中如"直准箭驰,屈拟蠖势"⑨"繁节参谭,绮靡循杀"⑩等描述飞白一体的形态,辞藻华美。

东晋王珉(公元351—公元388)是王导之孙、王洽之子,唐张怀瓘《书断》中称"三世善书"。《隋书·经籍志》著录《王珉集》十卷,《行书状》或来源于此。《书苑菁华》卷三著录此篇。《行书状》赞颂行书一体的形态特征和艺术魅力,所谓"绮靡婉娩,纵横流离"⑪。又评论名家,赏鉴笔迹。此文为东晋时期专门赞赏行书之作,表明此时行书自觉的审美观念已经确立,和古文、篆书、隶书、草书、飞白等书体共同构成丰富的书体审美内容。

---

① 崔尔平:《书苑菁华校注》卷三,上海辞书出版社2013年版,第47页。
② 房玄龄等:《晋书》卷六十,中华书局1974年版,第1649页。
③ 房玄龄等:《晋书》卷六十,中华书局1974年版,第1649页。
④ 房玄龄等:《晋书》卷六十,中华书局1974年版,第1649页。
⑤ 欧阳询:《艺文类聚》卷七十四,上海古籍出版社1982年版,第1266—1267页。
⑥ 欧阳询:《艺文类聚》卷七十四,上海古籍出版社1982年版,第1266—1267页。
⑦ 欧阳询:《艺文类聚》卷七十四,上海古籍出版社1982年版,第1266—1267页。
⑧ 欧阳询:《艺文类聚》卷七十四,上海古籍出版社1982年版,第1266—1267页。
⑨ 欧阳询:《艺文类聚》卷七十四,上海古籍出版社1982年版,第1266—1267页。
⑩ 欧阳询:《艺文类聚》卷七十四,上海古籍出版社1982年版,第1266—1267页。
⑪ 崔尔平:《书苑菁华校注》卷三,上海辞书出版社2013年版,第47页。

　　值得一提的是,传为东晋卫铄所撰《笔阵图》一卷也为历代所重视。卫铄(公元 272—公元 349),世称卫夫人,东晋女书法家。唐张彦远《法书要录》、北宋朱长文《墨池编》①、南宋陈思辑《书苑菁华》卷一及明刊《说郛》均录载,但作者说法不同。《法书要录》卷一题作"卫夫人",唐孙过庭《书谱序》"疑是右军所制"②。《墨池编》题为"王羲之",《书苑菁华》卷一题为"卫夫人"。明杨慎《书品》以为"《笔阵图》羊欣作,李后主续之"③。近人余绍宋作《书画书录解题》列入伪托,认为很可能为南朝人所作。

　　《笔阵图》是最早论执笔、笔法、结字以及书法艺术实践的论著。所列七条笔阵,又称笔势,是在真、行、草书盛行以后,书写实践经验累积而产生的书论。其中,对笔墨纸砚书写工具的选择,执笔运转要领的提示,均有具体明确的阐释。对于书法,美、丑的鉴别标准,与谢赫注重骨法用笔的精神互通,所谓"善鉴者不写,善写者不鉴。善笔力者多骨,不善笔力者多肉。多骨微肉者谓之筋书,多肉微骨者谓之墨猪。多力丰筋者圣,无力无筋者病"④。这给后来品评南朝时期各家法书提供了品鉴的原则。

　　"书圣"王羲之(公元 303—公元 361)书论散见于南朝、唐朝书论文献及其尺牍中。如南朝宋羊欣《采古来能书人名》、虞龢《论书表》、南齐王僧虔《论书》等都有其论书文字。《法书要录》卷一著录的《自论书》辑录其论书言论,在唐代已经流行,是流传至今较为可靠的王羲之论书文字,或为齐梁间人从王羲之遗墨中辑出,如"吾书比之钟张当抗行"⑤"张草犹当雁行"⑥,又"寻诸旧书,惟钟、张故为绝伦,其余惟是小佳"⑦句在宋虞龢《论书表》中曾经引及,《晋书·王羲之传》中亦存此类论书语。

　　王羲之书论,极重"精作"与"书意"的结合,《自论书》中既有"吾尽心精作亦久"⑧,又指出"须得书意转深,点画之间,皆有意,自有言所不尽,得其妙者"⑨,这

────────────

① 《墨池编》将此文题为《右军书论》,并指出张彦远题为卫夫人作是"莫可考验",后陈思撰《书苑菁华》重题为卫夫人著。
② 《历代书法论文选》,上海书画出版社 1979 年版,第 37、124、127 页。
③ 杨慎:《升庵全集》卷六十二,商务印书馆 1937 年版,第 783 页。
④ 崔尔平:《书苑菁华校注》卷一,上海辞书出版社 2013 年版,第 5 页。
⑤ 参见张彦远:《法书要录》卷一,人民美术出版社 1964 年版。
⑥ 参见张彦远:《法书要录》卷一,人民美术出版社 1964 年版。
⑦ 参见张彦远:《法书要录》卷一,人民美术出版社 1964 年版。
⑧ 参见张彦远:《法书要录》卷一,人民美术出版社 1964 年版。
⑨ 参见张彦远:《法书要录》卷一,人民美术出版社 1964 年版。

和《兰亭序》中所说的"因寄所托""取诸怀抱"的思想是一致的,能体现其论书要旨。传为王羲之《题卫夫人〈笔阵图〉后》《书论》《笔势论十二章》《用笔赋》《记白云先生书诀》等流传颇广,虽多不可靠,仍有文献价值。

南朝士大夫承"二王"遗绪,对书法有特殊爱好,书学论著渐而盛行,尤其对前代书家的成就高下,厘定品级,藻鉴精审,成一代风尚。此时文学如钟嵘《诗品》、绘画如谢赫"六法论"也有共同趋向。南朝皇帝亦多笃好书法,内府收藏既丰,君臣随时相与观赏讨论,或从整理内府收藏编目而后上表说明各家书法成就,或应诏旨陈述自己对前代书法的观感,渐渐建立起书法品评的标准。这一时期书学论著很多,著名的如羊欣《采古来能书人名》、虞龢《论书表》、王愔《文字志》三卷、王僧虔《论书》、萧衍《观钟繇笔法十二意》、陶弘景《与梁武帝论书启》、庾肩吾《书品》、袁昂《古今书评》等。

南朝宋羊欣《采古来能书人名》篇目最早见于南朝梁萧子显《南齐书·王僧虔传》,称王僧虔"又上羊欣所撰《能书人名》一卷"①,据宋虞龢《论书表》最后有"臣见卫恒《古来能书人录》一卷,时有不通,今随事改正,并写诸杂势一卷"②。是书或经卫恒、羊欣、王僧虔诸人先后辑录加工而成。虞龢《论书表》、庾肩吾《书品》、张怀瓘《书断》中有羊欣论书佚文。《采古来能书人名》一卷为史传,卷首有王僧虔奉敕进呈一启,采录自秦丞相李斯、赵高至东晋后期王献之、王珉能书者凡六十九人,条列书家籍贯、朝代、师承、擅长何种书体、书事等,叙事简练,为书家小传之最早者。此书的价值还在于:他继承了汉魏以来人物品藻的风气,开启了书家品评之风,对后代影响深远。如论师宜官"尝诣酒家,先书其壁,观者云集,酒因大售。俟其饮足,削书而退"③,论张芝"高尚不仕,善草书,精劲绝伦。家之衣帛,必先书而后练;临池学书,池水尽墨"④,把书家的个性品格与书风相结合。又提出"骨势""媚趣""肥瘦""精熟"等具有审美内涵的范畴,体现中国书法"书如其人"的深刻内涵。

《论书表》作者虞龢为南朝宋余姚人,官中书侍郎。刘宋明帝时,奉诏与巢尚之、徐希秀、孙奉伯共同搜访"二王"书迹。事成后于泰始六年(公元470)上《论书表》。表中叙述东晋、刘宋时期的书法事迹,如"二王"的书法事迹,谢安与王献之

---

① 萧子显:《南齐书》卷三十三,中华书局1972年版,第596—598页。
② 参见张彦远:《法书要录》卷一,人民美术出版社1964年版。
③ 参见张彦远:《法书要录》卷一,人民美术出版社1964年版。
④ 参见张彦远:《法书要录》卷一,人民美术出版社1964年版。

关于"二王"父子书法的对话，"二王"书法流传真伪，当时搜访名迹情形，"二王"书法的收藏、刘宋内府所藏前代法书的情况以及书家讲究的纸墨笔砚等。表内对当时书法状况作全面记录，有书史的性质。其中如论钟、张、"二王""同为终古之独绝，百代之楷式"①，"二王""父子之间又为今古"②，"子敬穷其妍妙，固其宜也"③等具有史家眼光，评骘精当。

南朝宋齐时王愔善草书，著有《文字志目》，《法书要录》卷一收录此目，原书未见。现存《文字志目》除《法书要录》本外，还有《墨池编》本、《书苑菁华》本等。《文字志目》分三卷，上卷目为古书三十六种，后标注古今字学名家数量；中卷目标秦、汉、吴书家人数，列举人名；下卷目标魏、晋书家人数，列举人名。涉及书家有张芝、钟繇、王导、谢安、王羲之、王献之等人。《文字志目》所录书体包括草书、古文篆、行书、楷书、缪篆、隶书、小篆、署书、殳书等，是现存较早的书体著作，后有"古今小学三十七家，一百四十七人"④，极见其重文字之学与书体的关联，并注意到魏晋书势论的传统。因此，《文字志目》是了解南朝之前书体和书家的重要目录文献。

南朝齐王僧虔（公元426—公元485）善书，其《论书》一篇为王僧虔答竟陵王子良书启，叙古今善书人，加以评议。此篇最早见于南朝梁萧子显《南齐书·王僧虔传》，《法书要录》卷一、《书苑菁华》卷十一均有著录，但文字略异。《论书》上自汉魏张芝、钟繇，下及南朝刘宋孔琳之等，共评论书家三十八人，凡三十条。王僧虔在《论书》中重笔力，强调"字体"与"笔势"两者的统一。如论王珉"笔力过于子敬"⑤，张芝、索靖、韦诞、钟会、"二卫""惟见笔力惊异"⑥，评杜度"杀字甚安而笔体微瘦"⑦，评崔瑗"笔势甚快，而结字小疏"⑧。书中还常提到"能""妙"两字，称谢安、谢灵运"能流"⑨，谢静、谢敷"能境"⑩，钟繇之书"谓之尽妙"⑪，孔琳之"未得

---

① 参见张彦远：《法书要录》卷一，人民美术出版社1964年版。
② 参见张彦远：《法书要录》卷一，人民美术出版社1964年版。
③ 参见张彦远：《法书要录》卷一，人民美术出版社1964年版。
④ 参见张彦远：《法书要录》卷一，人民美术出版社1964年版。
⑤ 萧子显：《南齐书》卷三十三，中华书局1972年版，第596—598页。
⑥ 萧子显：《南齐书》卷三十三，中华书局1972年版，第596—598页。
⑦ 萧子显：《南齐书》卷三十三，中华书局1972年版，第596—598页。
⑧ 萧子显：《南齐书》卷三十三，中华书局1972年版，第596—598页。
⑨ 萧子显：《南齐书》卷三十三，中华书局1972年版，第596—598页。
⑩ 萧子显：《南齐书》卷三十三，中华书局1972年版，第596—598页。
⑪ 萧子显：《南齐书》卷三十三，中华书局1972年版，第596—598页。

尽其妙"①,体现王僧虔论书家之独到品格。

王僧虔还有《书赋》一篇,南朝梁萧子显《南齐书·王僧虔传》记录篇名②,唐欧阳询《艺文类聚》卷七十四著录。《书赋》受晋代陆机《文赋》的影响,既有"情凭虚而测有,思沿想而图空"③创作准备的讨论,又有"心经于则,目像其容,手以心麾,毫以手从"④创作过程的描述。作品要做到"风摇挺气,妍嬿深功"⑤,体现"迹乘规而骋势,志循检而怀放"⑥的统一。此书阐发了书家创作的规律和特点,明确"情""思"的主导作用,总结了书法创作的若干特征,开孙过庭《书谱》之先导。

正如文学史学者研究指出的那样:"萧梁王朝代表了南朝文化成就的最高点。它的特点是一种异常健旺蓬勃的文化精神,强烈的文学史意识,对整理和诠释传统并进行创新的自觉的渴望。"⑦梁武帝萧衍(公元464—公元549)开启了南朝时期论书的新风气。萧衍善书,工草、隶、虫篆诸体,所撰《观钟繇笔法十二意》为论书专文,见于《法书要录》卷二,前一部分论笔法十二意,即:"平,谓横也;直,谓纵也;均,谓间也;密,谓际也;锋,谓端也;力,谓体也;轻,谓屈也;决,谓牵掣也;补,谓不足也;损,谓有余也;巧,谓布置也;称,谓大小也。"⑧后一部分论张芝、钟繇、"二王"书法,提出"字外之奇,文所不书"⑨的主张,即书法之趣,常在笔墨蹊径之外。又以钟繇和王献之为例,以"古肥"与"今瘦"论之,指出"古今既殊,肥瘦颇反"⑩,这是从书法发展规律的角度进行讨论。六朝人学书多宗法王献之,梁武帝以为王羲之学钟繇,而不提钟繇,王献之学王羲之,亦未提王羲之,特以钟繇书法十二意来讨论,愿学书者多取法乎上。所论"子敬之不迨逸少,犹逸少之不迨元常"⑪在当时推重王献之的风气中有矫正之功,他提倡钟、张古法与王羲之书风,为唐人尊羲抑献之先河,有重要的书史意义。

梁武帝又有《答陶隐居书》一篇,论法书真伪的鉴定和运笔结字的原理。主张

① 萧子显:《南齐书》卷三十三,中华书局1972年版,第596—598页。
② 萧子显:《南齐书》卷三十三,中华书局1972年版,第596—598页。
③ 欧阳询:《艺文类聚》卷七十四,上海古籍出版社1982年版,第1266—1267页。
④ 欧阳询:《艺文类聚》卷七十四,上海古籍出版社1982年版,第1266—1267页。
⑤ 欧阳询:《艺文类聚》卷七十四,上海古籍出版社1982年版,第1266—1267页。
⑥ 欧阳询:《艺文类聚》卷七十四,上海古籍出版社1982年版,第1266—1267页。
⑦ [美]宇文所安:《剑桥中国文学史》,生活·读书·新知三联书店2013年版,第186、286页。
⑧ 参见张彦远:《法书要录》卷二,人民美术出版社1964年版。
⑨ 参见张彦远:《法书要录》卷二,人民美术出版社1964年版。
⑩ 参见张彦远:《法书要录》卷二,人民美术出版社1964年版。
⑪ 参见张彦远:《法书要录》卷二,人民美术出版社1964年版。

书法要合乎规矩,"适眼合心"①"肥瘦相和,骨力相称"②。以为骨肉气势诸端,终归于"习"。他说:"程邈所以能变体,为之旧也。张芝所以能善书,工之积也。"③梁武帝论书重工夫、重规矩,一方面体现了梁代重形式完美和人工雕饰,另一方面也是矫正魏晋玄学、弘扬儒道的体现。

南朝梁时陶弘景(约公元456—公元536)是一位著名的道教隐士,与梁朝皇室关系密切。《与梁武帝论书启》共五篇,为陶弘景写给梁武帝的书信,涉及法书鉴定和创作心得等内容,唐人统称为《论书启》,是最早关于书法鉴定的专文。文中对"二王"书法的鉴定,和对张芝、钟繇、"二王"书法的比较,均有个人见解。如论《乐毅论》云"书乃极劲利,而非甚用意,故颇有坏字"④,又论"元常老骨,更蒙荣造;子敬懦肌,不沉泉夜。逸少得进退其间,则玉科显然可观"⑤,这些书论均有见地。

书法品藻最早、最系统严密的规范著作,当数南朝梁庾肩吾(公元487—公元551)的《书品》。它与钟嵘《诗品》、谢赫《画品》一起成为南朝诗书画品评的重要作品。《书品》又名《书品论》,以善真、草二体者,举汉至南朝齐梁一百二十八人(实为一百二十三人),分为三等九品类例而评论其优劣。前有总论,各品有分论,末尾总结数语。其篇首引言叙述字体沿革,后以"天然""工夫"分"上之上"三人,张芝(伯英)、钟繇(元常)、王羲之(逸少);"上之中"五人,崔瑗(子玉)、师宜官、王献之(子敬)、杜度(伯度)、张昶(文舒);"上之下"九人:索靖(幼安)、皇象(休明)、卫瓘(伯玉)、梁鹄(孟皇)、胡昭(孔明)、荀舆(长胤)、韦诞(仲将)、钟会(士季)、阮研(文几)。每一品级,先列书家名字,再品藻论书。如记张、钟、王三家最有代表性:"张工夫第一,天然次之,衣帛先书,称为草圣;钟天然第一,功夫次之,妙尽许昌之碑,穷极邺下之牍;王工夫不及张,天然过之。天然不及钟,工夫过之。"⑥庾肩吾以"工夫"和"天然"为论书标准,以上、中、下分品评等级,开后代神、妙、能品评的先河,也是汉魏以来人物品藻之风在书论上的反映。也为唐代李嗣真《书后品》、张怀瓘《书断》、宋代朱长文《续书断》、清代包世臣《国朝书品》等后来的品藻类书论专著树立了典范。

---

① 参见张彦远:《法书要录》卷二,人民美术出版社1964年版。
② 参见张彦远:《法书要录》卷二,人民美术出版社1964年版。
③ 参见张彦远:《法书要录》卷二,人民美术出版社1964年版。
④ 参见张彦远:《法书要录》卷二,人民美术出版社1964年版。
⑤ 参见张彦远:《法书要录》卷二,人民美术出版社1964年版。
⑥ 参见张彦远:《法书要录》卷二,人民美术出版社1964年版。

南朝梁袁昂于普通四年(523)奉敕所著《古今书评》一卷,品评古今能书者从秦汉到两晋时期二十五人,用魏晋人物品藻的方式比拟,加以评论,以才士、佳人、仙人、舞女、贵胄、寒乞、龙、虎、鹏、鹜、凤、飞鸿种种动静仪态,来描述各人书法的风神,使书法具有生命活力的动势,进而寻绎出美恶的标准。如论王右军书,"如谢家子弟,纵复不端正者,爽爽有一种风气"①;王子敬书,"如河洛间少年,虽有充悦,而举体沓拖,殊不可耐"②。二十五人中,以张芝、钟繇、王羲之、王献之,称为"四贤"。末附普通四年书启为品评书家文字。这种直观、具体、形象的评论方法,对于揭示书法审美和书家的个性有重要意义。③

南朝陈至隋代的僧人智永为王羲之七世孙,其《题右军〈乐毅论〉后》一篇《法书要录》卷二著录,此篇为其论王羲之正书之心得。智永于南朝陈天嘉年间(560—566)始见《乐毅论》,隋初藏于己手,遂得以详览王羲之正书精妙处以为此书"留意运工,特尽神妙"④。智永曾有多种真草《千字文》传世,秀润圆劲,发其旨趣,对于传承王羲之书风,贡献极大。

除上述重要书论外,南朝时期的书论还有如南朝宋鲍照《飞白书势铭》、梁顾野王《上玉篇启》论书体;梁庾元威《论书》论书史;南朝梁萧子云《论书启》、萧纲《答湘东王上王羲之书》、萧绎《上东宫古迹启》品评书艺等。北魏江式《论书表》论字体演变,北齐颜之推《颜氏家训·杂艺》论当时字法使用情况,均为现存早期书论文献中的重要内容。

汉魏六朝书论的主要价值

汉魏六朝书论是中国书学史的开创时期,奠定了后代书论的基础,其主要价值体现在以下几个方面。

(一)古代书论著述的门类基本形成

书法史上的第一部书法丛书为唐代张彦远的《法书要录》,辑录了汉代以来至唐代的书论著作,大体以时间为序,未作专门分类。宋代朱长文《墨池编》根据书

---

① 参见张彦远:《法书要录》卷二,人民美术出版社1964年版。
② 参见张彦远:《法书要录》卷二,人民美术出版社1964年版。
③ 关于袁昂《古今书评》,丛文俊先生有专文讨论。丛文俊:《丛文俊书法研究文集》,中国文联出版社1999年版,第297—318页。
④ 参见张彦远:《法书要录》卷二,人民美术出版社1964年版。

论的内容分成八类，包括字学、笔法、杂议、品藻、赞述、宝藏、碑刻、器用。宋陈思《书苑菁华》把书论按文体分为三十二类，分别为书法、书势、书状、书体、书旨、书品、书评、书议、书估、书断、书录、书谱、书名、书赋、书论、书记、书表、书启、书笺、书判、书书、书序、书歌、书诗、书铭、书赞、书叙、书传、书诀、书意、书志、杂著。汉晋六朝时期的书论，每一篇的内容或长或短，或单一或综合，总体来看，这一时期的书论文献可包括文字书体、书法历史、书法批评、书法理论、书写技法、书法鉴定、书法著录等内容，奠定了后代书论著述的基础。

前面提到，我国最早的字典东汉时期许慎《说文解字》在《叙》中对"六书"作了解释，指出其是构成汉字的基本原理，揭示了汉字的发展规律和特点，还叙述了先秦至新莽时文字和书法的发展史，批评了当时人不懂古文，穿凿附会，解释经义。这篇叙文是研究先秦两汉文字学和书体的珍贵文献。东汉还出现了歌颂毛笔的《笔赋》和以"书体"为题的《非草书》。到了魏晋南朝时期，赏鉴书体的文章则更为流行。如西晋成公绥《隶书体》、杨泉《草书赋》、索靖《草书状》，东晋刘劭《飞白书势》、王珉《行书状》，南朝鲍照《飞白书势铭》等。这类书论，把"书体"作为审美的内容，赞美不同书体的形态，还通过对书体的赞美肯定书法家在书法创作中的创造力。在中国古代文论中，不重视描写人物，而重视描绘自然景物，以期在抒情写景时达到情景交融。古代诗论中的一些重要概念，大抵都是从抒情或情景交融的角度来讨论的，这一现象是我国古代前中期文论的一个特点①，在早期"书体"的文学创作中也是如此。

一部书法史，是书法家创造书风的历史，两晋南朝时期的书论有一类即是讨论书法历史和书家书风的。西晋卫恒《四体书势》中的四篇序叙述"四体"的源流，记叙书法的传承、流派和书家书风，以书体为内容，讨论各体发展的历史。卫恒讨论的古文、篆书、隶书、草书大体体现了这一时期书家对书体演变的认识。虞龢《论书表》保存了东晋、南朝时期的诸多史料，为研究早期书法提供了珍贵的文献。此外羊欣《采古来能书人名》记叙了从秦代李斯到东晋王珉六十九人，对他们的取法、师承、书体、逸事做了记录，是一部从秦至东晋的书法简史。

汉晋南朝时期，不仅出现了如西晋卫恒《四体书势》这样赞美书体而有书法批评性质的文献，还出现了较为完整的书法批评著作，主要集中在南朝时期。如王僧

---

① 王运熙：《从〈文选〉选录史书的赞论序述谈起》，《当代学者自选文库·王运熙卷》，安徽教育出版社 1998 年版，第 694—697 页。

虔《论书》、萧子良《答王僧虔书》、梁武帝《观钟繇书法十二意》、袁昂《古今书评》、萧子云《论书启》、庾肩吾《书品》、萧纲《答湘东王上王羲之书》、萧绎《上东宫古迹启》等,这些批评,或重鉴赏,或重书风比较,或重个人体验识断,方法不尽一致。最值得提的是,南朝梁庾肩吾的《书品》自成系统,借用"九品官人法"①的品评方法来确定历代书家的等级,品藻书家的优劣,在书法批评著作中有着重要的意义。如梁庾肩吾《书品》中就有"敏思藏于胸中,巧意发于毫铦"②提到书法创作中"敏思"和"巧意","胸中"和"毫铦"的辩证关系,对书法艺术进行理论概括。南齐王僧虔《书赋》提出的"迹乘规而骋势,志循检而怀放"③重点强调了书法创作与个性的关系,总结书法形态与风格的特征,认为书家要达到"沉若云郁,轻若蝉扬;稠必昂萃,约实箕张,垂端整曲,裁邪制方"④的理想境界。他把"心""气""形""情""思""迹""志"等概念运用到书法理论中,大大丰富了书法理论的内涵。

书写技法是书法独立成为艺术的核心内容,是人们在长期的书写实践中逐渐形成和总结出来的书写方法和规则。南朝梁武帝《观钟繇书法十二意》中,总结出钟繇书法的技法内容,其中包括:"平,谓横也;直,谓纵也;均,谓间也;密,谓际也;锋,谓端也;力,谓体也;轻,谓屈也;决,谓牵掣也;补,谓不足也;损,谓有余也;巧,谓布置也;称,谓大小也。"⑤这些技法要领,包括用笔、字形、结构、章法等内容,涉及书写技法的基本原理。在《答陶弘景书》中,他还提道:"运笔邪则无芒角,执手宽则书缓弱"⑥,讨论执笔问题;"点掣短则法臃肿,点掣长则法离澌。画促则字势横,画疏则字形慢"⑦,讨论用笔和笔势问题;"拘则乏势,放又少则。纯骨无媚,纯肉无力"⑧,讨论笔力问题;"少墨浮涩,多墨笨钝"⑨,讨论用墨问题;"抑扬得所,趣舍无违;值笔廉断,触势峰郁;扬波折节,中规合矩;分间下注,浓纤有方,肥瘦相和,骨力相称"⑩,讨论书法技法之美;这些书写技法原则的概括和提炼,在这一时期的

---

① "九品官人法"亦称九品中正制,以确立品第之法选拔官吏,它是魏晋南北朝时期重要的选官制度。

② 崔尔平:《书苑菁华校注》卷四,上海辞书出版社 2013 年版,第 54 页。

③ 崔尔平:《书苑菁华校注》卷二十,上海辞书出版社 2013 年版,第 301—302 页。

④ 崔尔平:《书苑菁华校注》卷二十,上海辞书出版社 2013 年版,第 301—302 页。

⑤ 参见张彦远:《法书要录》卷二,人民美术出版社 1964 年版。

⑥ 崔尔平:《书苑菁华校注》卷十四,上海辞书出版社 2013 年版,第 211 页。

⑦ 崔尔平:《书苑菁华校注》卷十四,上海辞书出版社 2013 年版,第 211 页。

⑧ 崔尔平:《书苑菁华校注》卷十四,上海辞书出版社 2013 年版,第 211 页。

⑨ 崔尔平:《书苑菁华校注》卷十四,上海辞书出版社 2013 年版,第 211 页。

⑩ 崔尔平:《书苑菁华校注》卷十四,上海辞书出版社 2013 年版,第 211 页。

书论中已有体现。

南朝时期，著录书法藏品的著述也开始出现。虞龢《论书表》详细记载了南朝宋内府法书藏品的数量、装裱和流传情况，还分类抄录《二王镇书定目》六卷、《羊欣书目》六卷、《钟张等书目》一卷，是文献中所见早期的书法目录。智永《题右军〈乐毅论〉后》也是这一时期重要的书法著录。

南朝时期，梁武帝与陶弘景关于法书的讨论还涉及书法鉴定的内容。陶弘景《与梁武帝论书启》、梁武帝《答陶隐居书》用书信的方式讨论内府的法书藏品，他们依据书迹的时代特征、书家风格等对法书交换意见，为后代鉴定法书提供了重要文献。

汉魏六朝时期的书论文献，内容复杂，有些书论如虞龢《论书表》，既有书史的内容，也有鉴定和著录法书的内容，萧衍《观钟繇书法十二意》既是书法批评，又讨论技法，很难归类，我们只能根据文献的主体内容进行大体归类，凸显其学术价值。

（二）古代书学重要概念术语的出现和运用

两晋以来，随着书法创作活动的活跃和文学、哲学的发展，书论具备了一套基本而稳定的术语和概念系统，或抽象加以概括，或以自然物象加以描述，或以感性经验进行描述，这类词汇运用到书法中时，赋予了新的内涵，象征和概括了书法艺术的某种特征。现列举这一时期出现的较有代表性的品评语汇加以分析。

东汉崔瑗《草势》、蔡邕《篆势》都以"势"来论书。晋卫恒《四体书势序》亦用"书势"一词。古人论"法"之前，先讨论"势"。所谓"势"，指字体与用笔的顺势，自然而然形成的贯通，是字体形成的开始，也是用笔之法的内在必然。不同书体有不同的书势，也有各自特定的内涵。书写者按笔顺写出字形，笔画的结构、形态显示其特有的"势"，"笔"有用笔之"势"，"字"有结构之"势"，整篇相互生发，形成整体之气象、气势。书家作书，点画皆求笔势。西晋书论中已经开始讨论"势"："（梁）鹄谓（邯郸）淳得（王）次仲法，然鹄之用笔，尽其势也。"[1]"崔氏（瑗）甚得笔势。"[2]"字要妙而有好，势奇绮而分驰。"[3]南朝书论中，关于"势"的描述更多："字势发于仓、史……若探妙测深，尽形得势。"[4]"萧思话书走墨连绵，字势倨强……

① 房玄龄等：《晋书》卷三十六，中华书局 1974 年版，第 1061—1066 页。
② 房玄龄等：《晋书》卷三十六，中华书局 1974 年版，第 1061—1066 页。
③ 欧阳询：《艺文类聚》卷七十四，上海古籍出版社 1982 年版，第 1266—1267 页。
④ 参见张彦远：《法书要录》卷二，人民美术出版社 1964 年版。

（薄绍之书）挥毫振纸，有疾闪飞动之势。"①"拘则乏势。"②

书家作书，重在有"势"。从上述书论看出，"势"是和字形、速度、连贯、性格等因素相关联的最初的力量，也是中国书法艺术笔法生成与表现的意象所在。

《周易》中提出"立象以尽意"③后，经过文人的发挥，"意"成为哲学和文学艺术中的一个重要的概念。西晋时期的书论中出现了以"意"来论书的概念，和"象"相对应："工巧难传，善之者少，应心隐手，必由意晓。"④"科斗鸟篆，类物象形。睿哲变通，意巧兹生。"⑤南朝时期，以"意"论书，超越了对"象"的关注："钟会书字，十二种意，意外殊妙，实亦多奇。"⑥"手随意运，笔与手会，故益得谐称。"⑦"逸少学钟繇书，势巧形拙，及其独运，意疏字缓。"⑧"张澄书，当时亦呼有意。"⑨

"意"与"法"，"心"与"手"，是中国古代书论中的重要范畴。点画之间除了技法上的表现，而能传达言所不尽的"意"，这是西晋至南朝时期书论对书法由技入道，由手及心的认识，注重内心感受和人性的陶冶。

"骨相"一词，早在汉代王充《论衡》中就有《骨相篇》，指出"非徒命有骨法，性亦有骨法"⑩。汉魏南朝时期，品藻人物亦多以"骨气"而论，后引入到书画品评中。东汉赵壹把人的"气血""筋骨"和"巧拙""好丑"的书法联系在一起讨论："凡人各殊气血，异筋骨，心有疏密，手有巧拙。书之好丑，在心与手，可强为哉？"⑪西晋时期的卫瓘，以"骨"与"筋"直接论书法风格："我得（张）伯英之筋，（卫）恒得其骨。"⑫南朝时期以"骨"论书的文献更为丰富：

> 羊欣云："胡昭张芝骨，索靖得其肉，韦诞得其筋。"⑬

---

① 参见张彦远：《法书要录》卷二，人民美术出版社 1964 年版。
② 参见张彦远：《法书要录》卷二，人民美术出版社 1964 年版。
③ 阮元：《十三经注疏·周易》卷七，中华书局 2009 年版，第 171 页。
④ 崔尔平：《书苑菁华校注》卷三，上海辞书出版社 2013 年版，第 47 页。
⑤ 房玄龄等：《晋书》卷六十，中华书局 1974 年版，第 1694 页。
⑥ 参见张彦远：《法书要录》卷二，人民美术出版社 1964 年版。
⑦ 参见张彦远：《法书要录》卷二，人民美术出版社 1964 年版。
⑧ 参见张彦远：《法书要录》卷二，人民美术出版社 1964 年版。
⑨ 参见张彦远：《法书要录》卷一，人民美术出版社 1964 年版。
⑩ 王充：《论衡·骨相》；黄晖：《论衡校释》卷三，中华书局 1990 年版，第 120 页。
⑪ 参见张彦远：《法书要录》卷一，人民美术出版社 1964 年版。
⑫ 张怀瓘：《书断》，浙江人民美术出版社 2012 年版，第 133、150 页。
⑬ 张怀瓘：《书断》，浙江人民美术出版社 2012 年版，第 133、150 页。

王献之,晋中书令,善隶、稿,骨势不及父,而媚趣过之。[1]

纯骨无媚,纯肉无力……肥瘦相和,骨力相称,婉婉暧暧,视之不足,稜稜凛凛,常有生气,适眼合心,便为甲科。[2] 陶隐居书如吴兴小儿,形容虽未长成,而骨体甚骏快……蔡邕书骨气洞达,爽爽有神。[3]

书论上的"骨"一词,与"筋""肉""力""气""体"等词并用,既指其笔力、形态之美,又赋予其精神内质,是古代早期书论中重要的品评用语。羊欣、王僧虔把"骨"和"媚"来对举,其内涵涉及"文"与"质"的范畴。"质"指的是"骨力","文"指的是"妍媚"。传王羲之《用笔赋》所说"藏骨抱筋,含文包质"[4],强调"骨"和"筋""文"和"质"的统一。在文论上,钟嵘《诗品》评曹植"骨气奇高,辞采华茂"[5],把"骨"的内涵扩展到风格与内容上。南朝齐谢赫《古画品录》中有"六法"之论,其中第二"骨法用笔"亦有同样的含义,是用笔上的力感和壮气。徐复观认为《世说新语》卷中之下《赏誉》论"羲之风骨清举也",《品藻》第九论"阮思旷骨气不及右军"等,是形容某一人由一种清刚的性格而形成清刚而有力感的形相之美,当时把用在人伦鉴识上面的语汇转用到文学、艺术上面。[6]《文心雕龙·风骨》篇之"骨"也是由此而生,所谓"结言端直,则文骨成焉"[7]。文学、书画上的"骨"和其人都是密切相关的。

"力"是和"势""骨"相连的一个词语,书法品评中多强调在笔画中体现力度,南朝时期,"笔力"一词多用来讨论书法优劣:

孟皇(皇象)功尽笔力。[8]

《大师箴》小复方媚,笔力过嫩,书体乖异。[9]

亡从祖中书令珉,笔力过于子敬……张芝、索靖、韦诞、钟会、二卫,并得名前代,古今既异,无以辨其优劣,惟见笔力惊异耳……孔琳之书,天然绝逸,极

---

[1] 参见张彦远:《法书要录》卷一,人民美术出版社 1964 年版。
[2] 参见张彦远:《法书要录》卷二,人民美术出版社 1964 年版。
[3] 参见张彦远:《法书要录》卷二,人民美术出版社 1964 年版。
[4] 《历代书法论文选》,上海书画出版社 1979 年版,第 37、124、127 页。
[5] 钟嵘:《诗品》,周振甫注,中华书局 1988 年版,第 37 页。
[6] 徐复观:《释"气韵生动"》,《中国艺术精神》,华东师范大学出版社 2001 年版,第 99 页。
[7] 范文澜:《文心雕龙注》,人民文学出版社 1958 年版,卷三,第 214 页;卷六,第 513 页。
[8] 参见张彦远:《法书要录》卷二,人民美术出版社 1964 年版。
[9] 参见张彦远:《法书要录》卷二,人民美术出版社 1964 年版。

有笔力,规矩恐在羊欣后。萧思话全法羊欣,风流趣好,殆当不减,而笔力恨弱。谢综书,其舅云:"紧洁生起,实为得赏。"至不重羊欣,欣亦惮之。书法有力,恨少媚好。①

这些关于笔力的讨论,强调笔画内在之力,也是书法风格差异之所在。"力"一词,在南朝时期,常常和"骨""势"合在一起,体现书法之美。如梁武帝论书用"骨力相称",庾元威《论书》"骨力婉媚",陶弘景论书"势力惊绝",这些都是由书法形态之力美产生的词义,丰富了品评语汇的内涵。

西晋时期,卫恒《四体书势·草书序》中论杜度草书时有"书体微瘦"②一语,"瘦"字已经用来品评书法。南朝时期,"肥""瘦""古""今"多用于品评书法:"胡(昭)肥而钟(繇)瘦。"③"元常谓之古肥,子敬谓之今瘦。今古既殊,肥瘦颇反,如自省览,有异众说。张芝、钟繇,巧趣精细,殆同机神。肥瘦古今,岂易致意?"④"肥"和"瘦"本是身体外形的表述,用于书法上,突出了字形之异处,又和"古""今"结合在一起,形成"古肥""今瘦"的说法,用于比较书风的变化,赋予了"同体异形"和审美上的意义。虞龢《论书表》中的"古质而今妍,数之常也;爱妍而薄质,人之情也"⑤,这种"缘情"而求妍美,不重字内含蓄笔力,是南朝宋、齐时王献之书法地位超越王羲之的时代风气使然。到了梁武帝时期这种风气才有所变化,由妍而复质,返古而归真。其中的"质"和"妍"和上面提到的"质"和"文"一样也是讨论书风之变的重要语汇,在古代书论中一直被沿用,唐孙过庭《书谱》中曾以"质以代兴,妍因俗易"⑥语论之。

南朝人物品藻风气反映在文艺上,文学以"初发芙蓉"比"错彩镂金",书论上则以"天然"与"工夫"作为评鉴标准,出现专门词汇。"天然"是魏晋名士阮籍所说的"自然",是先天的融天地万物之美,超脱俗世之美,非人力之所能成。"工夫"是后天的,是书家必备的基本能力和技能的积累。王僧虔《论书》载:宋文帝书,自谓不减王子敬。时议者云:"天然胜羊欣,功夫不及欣。"⑦

---

① 参见张彦远:《法书要录》卷一,人民美术出版社 1964 年版。
② 房玄龄等:《晋书》卷三十六,中华书局 1974 年版,第 1061—1066 页。
③ 参见张彦远:《法书要录》卷二,人民美术出版社 1964 年版。
④ 参见张彦远:《法书要录》卷二,人民美术出版社 1964 年版。
⑤ 参见张彦远:《法书要录》卷二,人民美术出版社 1964 年版。
⑥ 《历代书法论文选》,上海书画出版社 1979 年版,第 37、124、127 页。
⑦ 参见张彦远:《法书要录》卷一,人民美术出版社 1964 年版。

"孔琳之书,天然绝逸,极有笔力。"①王僧虔论书是首重天然之美的。虞龢《论书表》载羊欣评张芝书云"张字形不及右军,自然不如小王"②,亦强调天然在书法中的重要性。庾肩吾《书品》曾比较张芝、钟繇、王羲之三人的书风:"张工夫第一,天然次之,衣帛先书,称为草圣;钟天然第一,功夫次之,妙尽许昌之碑,穷极邺下之牍;王工夫不及张,天然过之,天然不及钟,工夫过之。"③

庾肩吾运用"天然"和"工夫"一对论书品评语汇,把这列为"上之上"品的三位书家做了比较,张芝以工夫胜,钟繇以天然胜,王羲之在"工夫"与"天然"之间,求得中和之美。

除上述重要品评词汇外,汉魏南朝时期还出现许多有价值的品评用语,如东汉时期的"神""妙""善""好丑""工拙",西晋时期的"方圆""规矩""绝势""工妙""碌磴""势和体均""异体同势",东晋时期的"壮杰""精熟""精密",南朝时期的"筋""骨""妍妙""楷式""体势""惊觉""尽妙""绵靡""凌厉""劲媚""鲜媚""精新""精巧""委曲""臃肿""浓纤""沓拖""体用""绵密""雄赡""遒越""意疏字缓""势巧形密""宛转妍媚"。此外,这一时期也产生的学用类术语在后代书法理论中也时有出现,如东汉时期的"振波扬撇""轻笔内投""抑左扬右""绝笔收势",西晋时期的"抵""押""拂""振""按""挑""横""纵""牵""绕""抑扬""结体""作文""毫芒""点·折拨""掣挫安按",南朝时期的"平""直""均""密""锋""力""轻""决""补""损""巧""称""摹""拘""放""字形""字势""笔力""运笔""执手""点掣""值笔""触势""点画""波撇""书法""笔道""下笔""笔体""笔势""结字""杀字""弱毫""陋墨""毫铦""横牵竖掣""浓点轻拂""流纵体素""扬波折节"等。这些品评和学用类的术语是构建中国古代书法理论体系的重要内容,通过发掘这些术语的内涵能够帮助我们更好地把握书法艺术在不同时代的审美特征。

(三)早期书论和文论、画论等一起,构成中国早期古典艺术审美的基本内容

汉晋南朝时期的书论,和这一时期的文论、画论、乐论等一起,逐渐概括了中国民族的艺术经验,自成体系,运用了一套独特的范畴,有鲜明的民族特色,构成早期古典艺术审美的基本内容。关于审美体验到美的形式的转化,胡经之先生认为,审

---

① 参见张彦远:《法书要录》卷一,人民美术出版社1964年版。
② 参见张彦远:《法书要录》卷二,人民美术出版社1964年版。
③ 参见张彦远:《法书要录》卷二,人民美术出版社1964年版。

美体验产生在内心,看不见,摸不着,而要形之于外,就要使审美体验转化为意象,使意和象相融,甚至还要在内心展开意象活动,各种意象相互作用,连结为一个复杂的意象世界。这是意象在内心的创造。这种意象的创造,同时又转化为形式的创造,艺术家必须使用一定的物质材料作为符号(语言的或非语言的),以一定的方式构筑成美的形式,以体现那个内心营构的内心意象,意象世界。而这种美的形式的创造,需要有高超的技艺。① 书法正是这种审美活动中的一门重要艺术形式,它的发展,使早期古典艺术的审美范畴丰富起来,如美、丑、肥、瘦、动、静、形、神等,这种艺术美具有特殊的内涵,这种内涵在东汉赵壹《非草书》、东晋王羲之《自论书》、南朝齐王僧虔《论书》《书赋》、梁袁昂《古今书评》等早期书论中得到体现。

早期书论中,蔡邕《篆势》、王僧虔《论书》、袁昂《古今书评》等品评以"意象"设喻的手法很可能影响钟嵘的《诗品》,继而其后的庾肩吾《书品》又有多方面仿效《诗品》的撰写模式,可见这一时期书论、文论是互为渗透、互相影响的。② 在"品赏"书法的过程中,直接体悟到艺术的意味和内蕴,有感而发,乘兴评说。这种品评运用的范畴,从审美中产生,又和书写的感性密切联系。其"体悟"中又蕴含了理性,并非离开了书写活动而形成的孤立的抽象。这种具体书写和感受中获得的品评、理论和鉴赏的论述,和中国古典文艺学的整体趋向是一致的,与感性、具体的创作活动相结合,又超越感性具体,把握艺术的内蕴,发展形象思辨的多种方式,如藉象论义、比拟喻示、整体感悟、象征意会等内容。

从感性具体出发,上升为艺术抽象,又返回到具体,经过概念、判断、推理的演绎分析,综合了艺术的多样性,呈现出对艺术的整体认识,这是中国古典文艺学的基本思维路数。南朝刘勰《文心雕龙》对"文"作系统的理论概括,东晋顾恺之"传神"论,南朝宗炳《画山水序》"畅神"论,王徽《叙画》"明神降之"论以及谢赫的《古画品录》提出"六法"的品评原则等,和中国古代书论一样都体现了这样的特点。

汉晋以来的人物品藻的盛行,把人物分成三级九品,延至魏晋,设有"九品中正制",朝廷以此为选拔人才的标准。这种人伦品鉴理论的产生,影响到文艺领域,南朝时文艺品评风行一时,产生了多门艺术的专门品评著作,如齐梁间钟嵘的《诗品》、梁庾肩吾《书品》、谢赫《古画品录》、沈约《棋品》(已佚)。这一时期文艺品评的特点,一是分品评论。如谢赫分"六品",钟嵘《诗品》、庾肩吾《书品》均以

---

① 胡经之:《中国古典文艺学丛编·前言》,北京大学出版社 2001 年版,第 4 页。
② 冯翠儿:《汉魏六朝书法理论与文学理论关系探微》,凤凰出版社 2016 年版,第 23—60、190—211 页。

三大品、九小品品诗论书。一是审美评介的拟人化。受到人物品藻的影响,文艺品评中出现了借用人物品藻的方式和术语,延续人物品藻的审美取向。谢赫《古画品录》中的"气韵""骨法",袁昂《古今书评》中对各家书法的讨论,都是书法品评拟人化的表现。

本文发表于《中国书法·书学》2018 年第 5 期

指示于伶而改进于剧

——论《半月剧刊》剧评的三个维度

任婷婷(中国传媒大学博士研究生)

1936 年 9 月 1 日,《半月剧刊》在北平创刊并发行,至 1937 年 5 月,共出十八期。北平《半月剧刊》[1]以研究京剧艺术和批评伶人为主,尤其关注童伶。

民国时期以京剧批评为主的期刊,往往不能兼顾理论探讨与"场上"品评。最具学术视野、首次标榜"剧学"概念的《剧学月刊》,虽然初步构建了京剧批评的范式,但主编徐凌霄认为戏曲的真正意义在于"整个组织",而非"名伶技术"[2]。所以《剧学月刊》以戏曲考证、文献整理、伶工传记为主,缺少对伶人舞台技艺的关注;并且在评价伶人时也有失公允——例如,未给梅兰芳以合理地位。而《戏剧丛刊》则以整理、总结京剧资料为主,且只出了四期,品评伶人表演的文章较少。与北京相比,上海的同类期刊则体现出商业性较强、缺少理论总结的总体倾向,即便是影响力较大的《戏剧旬刊》,也是"追求大众化,走通俗路线"[3],虽能避免捧角和攻击等不良习气,但也缺少对京剧的理论与本体反思。

《半月剧刊》既是受到《剧学月刊》与《戏剧旬刊》之鼓舞,希望为振兴国剧作出贡献[4],又在办刊方针上不同于前二者:既有振兴和反思京剧艺术的使命感;又

---

① 同年 7 月 16 日,由上海罗宾汉出版社出版、朱瘦竹主编的《半月剧刊》创刊并发行。因两本杂志同名,故本文称沈闻雒主编的《半月剧刊》为北平《半月剧刊》,以示区分。

② 凌霄:《〈剧学月刊〉概述》,《剧学月刊》1932 年第 1 卷第 1 期。

③ 谷曙光:《一份特立独行的民国戏剧期刊——略论"身许菊国"的张古愚和他创办的〈戏剧旬刊〉》,《戏剧艺术》2014 年第 4 期。

④ 沈闻雒曾提到:"这吉光片羽的戏剧刊物,只有让南京音乐研究院北平分院出版的剧学月刊,和上海的戏剧旬刊专美了,力量薄弱的我们,也想着效颦掠美一二,为戏剧著称的北平略备一格。"(雒公:《卷首语》,原载于《半月剧刊》1936 年第 1 期,见傅谨、程鲁洁编:《清末民国戏剧期刊汇编》(2),国家图书馆出版社 2016 年版,第 475 页。)

以伶人表演为批评重心,契合"场上之道"。"指示于伶而改进于剧",形成了对京剧的本体意识,并对初步确立的京剧批评范式有所推进。

一、在评剧中评伶

沈文雏在"卷首语"中表示《半月剧刊》以振兴"国剧"为己任:"中国的文化,因欧风东渐,摧残的如秋风落叶,我们以渺小的力量,想着保持文化中一部分有艺术价值的国剧,挽救这种日趋衰微的颓势,这是我们创办这份刊物的目的。"[①]"国剧"一词,源于1926年发起的国剧运动。余上沅将"国剧"定义为"中国人用中国材料去演给中国人看的中国戏"[②]。在这里,"国剧"是指一种新型戏剧。"国剧运动派"是要在"写意的"中国戏曲和"写实的"西方戏剧之间,"发展到古今所同梦的完美戏剧"[③]。此后,"国剧"一词为人所借用。1931年,齐如山、傅惜华等人发起北平国剧学会,主动使用"国剧"概念,并开展了种种以"国剧"为名的活动,比如,创办《国剧画报》《戏剧丛刊》(又名《国剧丛刊》)等。此时,"国剧"之所指,就变成了京剧。《半月剧刊》中所说的"国剧",也是指京剧:"旧剧是戏剧,在现代我们也承认是国剧……范围再缩小一些,就以京剧代表旧剧。"[④]

由于对"国剧"的定义不同,同样是倡导"国剧",国剧运动仅以京剧为出发点,以期创建一种新的戏剧样式。国剧运动的理论阵地《晨报副刊》的"剧刊"专栏,共刊登文章五十五篇,涉及戏曲艺术的研究,以总结其美学特征为主[⑤]。而《半月剧刊》则以振兴京剧为目的,重点对京剧表演展开具体批评,所刊文章以评伶和评剧为主。正如沈闻雏所说,刊物中的文章,"除去了研究戏剧的,多半是批评伶人的文字。"[⑥]

仔细考察这些文章可以发现,《半月剧刊》的剧评主要倾向于通过品评伶人表

① 雏公:《卷首语》,见《清末民国戏剧期刊汇编》(2),第475页。

② 余上沅:《〈国剧运动〉序》,原载于《国剧运动》,新月书店1927年版。

③ 余上沅:《中国戏剧的途径》,原载于《戏剧与文艺》1929年5月第1卷第1期,见周靖波主编:《中国现代戏剧论——建设民族戏剧之路》(上卷),北京广播学院出版社2003年版,第209页。

④ 洗红:《怎样光大旧剧》,原载于《半月剧刊》1937年第15期,见傅谨、程鲁洁:《清末民国戏剧期刊汇编》(3),国家图书馆出版社2016年版,第129页。

⑤ 比如,《国剧》《演剧的困难》《戏剧的歧途》《旧剧评价》《旧剧之图画的鉴赏》等文章对戏曲写意性、象征性、程式性等美学特征的总结。(参见《晨报副刊:剧刊》1926年第1期第2—3页;第2期第5—6页;第3期第3—12页;第10期第10—11页。)

⑥ 雏公:《卷首语》,见《清末民国戏剧期刊汇编》(2),第475页。

演,达到对京剧艺术的批评。第一期共十四篇文章,其中专门批评伶人的文章就有十一篇,其余三篇为国剧研究;第二期十三篇文章,有七篇文章专门评伶,其余多为评剧。之后几期,伶工品评所占版面的比例也非常大。①

然而,以评伶来达到评剧,或者说,将评伶文字也视为剧评,在当时却遭到了某些剧评家的反对。李健吾在《评剧评伶之区别及蹦蹦戏何以谓之平戏或评戏》一文中提到,"徐凌霄自谓生平评剧不评伶"。② 此说源于徐凌霄对戏剧本体的认知,他认为评伶只是枝节,而戏剧应是以"剧学"为理论根基的综合艺术:"戏迷们注重的是名伶技术,老伶故事,而这些只是枝节,不是本体。而戏剧之真正之意义,整个的组织,则未有健全之认识,且绝少过问者。"③

从评伶史或戏曲演员批评史角度看,我们可以理解徐凌霄的主张。古代戏曲批评中,专门品鉴演员的作品可以追溯到元代夏庭芝所著《青楼集》,记录品评150名元杂剧演员,以坤角为主,文本虽然是对元杂剧演员唱功和技艺的评论,但并未涉及对元杂剧本体上的艺术探讨;④到了清代,出现了专门评男旦的"花谱",这类文体侧重对演员身体的细节描写,强调从演员的相貌特征增强对演员本身的认识和了解。《燕兰小谱》赞美王湘云:"三楚精神雅擅名,谱中纤影现娉婷。更怜熟笔娇含露,争得心如宋广平。春雨春风态度多,离骚芳意日婆娑。笑他赝笔今频见,讵独当年褉帖讹。"⑤其中,"纤影""娇""芳意"这些词,都是用来形容女子身材和容貌的。如《消寒新咏》为李福龄官作诗:"秋日飞霞透碧窗,芙蕖出水影双双。娟如静女霜林醉,彩挂西风拟涉江。"赞美李桂龄官:"何处留情种,嫣然有所思。香虽传两颊,心已蹙双眉。欲吐娇仍止,讲言意又迟。问花应解语,曾与故人期。"⑥花谱作者对伶人姿态神情的描写,侧重娇羞貌美的外在形态。无论是《青楼集》还是晚清花谱,都是对戏曲演员本身的鉴赏。不仅品评演员的外貌特征,甚至关注其

---

① 第3期、第4期、第6期每期11篇文章,评伶文章分别有6篇、5篇、5篇;第5期、第7期、第9期、第14期、第16期每期12篇文章,评伶文章分别有6篇、8篇、5篇、3篇、3篇;第8期、第15期、第17期、第18期每期13篇文章,评伶文章分别有8篇、7篇、5篇、6篇;第12期共10篇文章,评伶文章5篇;第10期、第11期每期16篇文章,评伶文章均为8篇。剩余文章,除去零散的几篇广告和逸闻,多是在评剧。

② 健吾:《评剧评伶之区别及蹦蹦戏何以谓之平戏或评戏》,原载于《半月剧刊》1936年第4期,见《清末民国戏剧期刊汇编》(2),第535页。

③ 凌霄:《〈剧学月刊〉概述》,载《剧学月刊》1932年第1卷第1期。

④ 夏庭芝:《青楼集笺注》,孙崇涛、徐宏图笺注,中国戏剧出版社1990年版。

⑤ 吴长元:《燕兰小谱》,见傅瑾主编:《京剧历史文献汇编》(清代卷)专书(上),凤凰出版社2011年版,第28页。

⑥ 三益山房外:《消寒新咏》,见《京剧历史文献汇编》(清代卷)专书(上),第84、92页。

性情。但是,都未将其与"剧"联系起来。

但李健吾在《半月剧刊》中认为,戏剧是演员演出的艺术,观众观看的也是演员的艺术,故评剧评伶皆为戏剧评论,二者并无本质区别:"故评剧评伶二事,仍可分而不可分。深者谓之评剧;浅者谓之评伶,如是而已。"①其实,评伶与评剧并非水火不容,如果将伶放在剧中评,通过评伶完成评剧,评伶就不能谓之"浅"。署名双禽馆主的作者首先反思何为剧评、如何评剧。他在《何为剧评》一文中,反思评伶与评剧的关系,认为剧评的最终目的在于"剧"的艺术,要在评伶的基础上再进一步:"固然角色能减低或增高剧的精神,然只为剧里的一分子而已,如舍本逐末专以角色为目的,只能谓之评角。固然褒之贬之,虽亦有必要。吾人如能再进一步而作整体的观察,目的在剧的艺术,负改善广大之使命,岂非更有意义,何必为捧角,骂角而词费。"②所以剧评应"指示于伶而改进于剧"③。

事实上,在《半月剧刊》中,每期都会出现"观剧日记"这类文章,将演员放入具体的"剧"中评论,借对"伶"的讨论,完成对"剧"和"艺"的批评。比如,在《莳吾观剧志略》一文中,作者在谈及富连成社武旦阎世善在《金山寺》一剧中的身姿时,同样关注演员身体的表面特征:"身段伶俐,态度温柔,举止风雅,娇媚中带出英爽气概。"可是,作者并未停留在演员身体形态上,而是从"色"过渡到"艺",又将"艺"放在行当中进行品评:"起打出出稳练,丝毫不拘,轻巧捷便,无一出不神奇。"④通过对阎世善做功的赞美,作者表达了对京剧艺术中武旦这一行当的评价标准:既要"稳练",又要"不拘"。再如《评毛世来的辛安驿》《双禽馆戏谈》《笑巢室剧谈》等文章,作者们都是在具体的剧中评伶,在评伶中评艺。⑤故"评剧评伶二事,仍可分而不可分"。

这种剧评方式,与《青楼集》和晚清"花谱"仅仅就演员论演员截然不同。《半月剧刊》不再是单纯的伶人品鉴,其目的在于通过对某一京剧演员表演艺术的鉴

① 健吾:《评剧评伶之区别及蹦蹦戏何以谓之平戏或评戏》,原载于《半月剧刊》1936 年第 4 期,见《清末民国戏剧期刊汇编》(2),第 535 页。

② 双禽馆主:《何为剧评》,原载于《半月剧刊》1936 年第 3 期,见《清末民国戏剧期刊汇编》(2),第 516 页。

③ 沧玉:《剧评写作应注意文笔》,原载于《半月剧刊》1937 年第 15 期,见《清末民国戏剧期刊汇编》(3),第 133 页。

④ 莳:《莳吾观剧志略》,原载于《半月剧刊》1936 年第 2 期,见《清末民国戏剧期刊汇编》(2),第 501 页。

⑤ 原载于《半月剧刊》第 5 期、第 6 期、第 7 期,见《清末民国戏剧期刊汇编》(2),第 563、578、598 页。

赏,达到对该演员所创流派的了解,进而形成对某一行当的艺术总结,最后完成对京剧表演艺术的关照。比如,焦所《后起旦角四童伶比较观》一文,从天资、嗓音、腔调、扮相、身段、台步、表情、武工这八项,对李世芳、毛世来、荀令香、宋德珠四位童伶进行品评排名。在天资这一项中,焦所将"所演剧情,所饰角色,揣摩精到,体会入微"①的毛世来推为榜首,突出体验剧中角色的重要性;在比较嗓音和腔调时,除了用"歌喉圆润,婉转自由"的美学标准来评判外,还将他们行腔特色与师承联系在一起,给出自荀慧生亲授,又受过王瑶卿、李凌枫指导的荀令香高度评价,而其唱腔新颖,也多是受荀慧生唱腔风格的影响。另外,作者通过分析四位童伶的扮相、眼神、身段、台步、表情和武工,判断他们的表演特征适合哪类旦角。从这些分析中可以看出,焦所文章中关注的是"伶",但从批评内容看,其实是伶人的师承、流派和京剧表演艺术。

因此,"剧评"是民国时期众多京剧批评者探索京剧艺术的一个不可忽略的方式和阵营。在这种碎片式的批评中,渗透着批评者的审美观,以及对京剧表演艺术的理论意识。研究这些"剧评"文章,可以使我们对早期的京剧批评有更全面的了解。

二、行当意识和角色意识

《半月剧刊》的批评者观伶评剧时,将演员置于具体的剧中去评价,关注的是演员在某一"剧"中的"行当意识"和"角色意识"。对演员舞台形象的品评与花谱重"色"轻"艺"不同,批评者不仅要将演员与"剧"联系起来,更要在京剧艺术的行当规范上品鉴,以此确立一种"批评规范"。无论是演员的扮相、神情,还是舞台动作、唱功,有一个很重要的评价标准和判断尺度:演员在塑造舞台形象时要有"行当意识"和"角色意识"。一方面是外形要合适,即身材、容貌、扮相、台步等要合京剧艺术规范,尤其是合行当;另一方面是批评者常说的脸上要"有戏",②神情、舞台

---

① 焦所:《后起旦角四童伶比较观》,原载于《半月剧刊》1936年第2期,见《清末民国戏剧期刊汇编》(2),第499页。

② 例如,署名持公的作者在《马思远剧本与毛世来艺术》一文中,评价童伶毛世来时写道:"但是以他的天赋色相,脸上有戏;以他的慧心颖悟,潜心致志,已竟造成了惊人的成绩,这是很显著的事实。"(持公:《马思远剧本与毛世来艺术》,原载于《半月剧刊》1937年第11期,见《清末民国戏剧期刊汇编》(3),第57页。)

动作都要"合角色",①即合剧本情境,尤其是身份和性格。

首先是演员的身材、容貌、扮相、台步等外在形态不仅要美观,更要符合行当标准,如不符合,并不能称得上是好角。《后起旦角四童伶比较观》中,批评者对四位童伶的表情做了如下分析:

> 四童伶于描写戏情,各有心得,各以其容姿身材关系,而有个人之特长。世芳妩媚细腻,端庄秀丽,宜于正工青衣;世来轻倩妙曼,娇怯婉变,适于花旦;令香则天真烂漫,妙造自然,无所不宜;德珠矫捷稳练,灵活娴娜,武旦戏虽不甚重表情,然德珠独能于此注意,实胜于一般也。②

可以看出,批评者把演员天生的身姿形态和气质是否符合其行当作为评判的重要原则。再如,署名持正的批评者在反驳焦所对荀令香的赞美时,也用了同样的标准:"比观出场,背厚腰圆,身躯拙笨,于演旦角,已非所宜,而面容呆,目暮神滞,毫无娴娜风致。"③把演员天生的资质作为一个重要的评判标准,持公在评李万春时,同样认为其扮相和嗓音的天资是其既能做老生又能做武生的先决条件:"以万春艺事言,可谓得天独厚,盖既具一副清秀英挺之扮相,又具一副好嗓子。"④

这就使批评者在品评演员的扮相时,势必会注意到其真实长相,⑤但这种关注是基于对演员舞台形象的品鉴,转而注意其真实长相,与古代戏曲批评中侧重对演员的身体外貌描写不同。《青楼集》中评价演员王玉梅时写道:"善唱慢词,杂剧亦

---

① 署名璞玉的作者在《姚宅堂会观剧纪盛》中谈到南铁生扮狄云鸾一角的神情时夸赞道:"于温柔之中,而不失之淫荡,正合狄云鸾身份。"(璞玉:《姚宅堂会观剧纪盛》,原载于《半月剧刊》1937年第9期,见《清末民国戏剧期刊汇编》(3),第18页。)又如谢维基评尚小云饰十三妹一角时强调作为刀马旦的尚小云做工"尤合剧中人物身份"。(谢维基:《尚小云之十三妹》,原载于《半月剧刊》1937年第11期,见《清末民国戏剧期刊汇编》(3),第57页。)再如署名述唐的作者在评得意缘一剧时,批评演员服装不合剧中角色身份。(述唐:《对得意缘之检讨》,原载于《半月剧刊》1937年第13期,见《清末民国戏剧期刊汇编》(3),第92页。)

② 焦所:《后起旦角四童伶比较观》,原载于《半月剧刊》1936年第2期,见《清末民国戏剧期刊汇编》(2),第499页。

③ 持正:《读〈后起旦角四童伶比较观〉后》,原载于《半月剧刊》1936年第7期,见《清末民国戏剧期刊汇编》(2),第601页。

④ 持公:《晸李万春》,原载于《半月剧刊》1937年第16期,见《清末民国戏剧期刊汇编》(3),第158页。

⑤ 其他杂志的剧评中也经常看到批评者在对比两位演员时把扮相纳入其中,作为一个考量标准。比如刊登于《歌场新月》杂志的《梅贾之研究》,比较了梅兰芳和贾璧云的舞台扮相,认为梅兰芳更适合演青衣,贾璧云更适合演花旦。(天舞:《梅贾之研究》,《歌场新月》1913年第4期。)

精致。身材短小,而声韵清圆,故钟继先有声似磬圆,身如磬槌之诮云。"①王梅玉身材虽然短小,但"声韵清圆",可见元人夏庭芝同时关注艺人的外貌与声韵,但并未将艺人的外貌与舞台形象建立联系。晚清出现了专门品评男旦的花谱,更侧重对演员的外貌描写,是"识艳之书",以身体描写为主,突出了这种批评文体"重色不重艺"的特色。《燕兰小谱·弁言》中写道:"诸伶之妍媚,皆品题于歌馆,资其色相,助我化工,或赞美,或调笑,或即剧传神,或因情致慨,或优劣略见于小叙中,而诗不沾沾于一律,大约风、比、兴三义为多。"②作者在描写伶人时要先"资其色相",然后再作评价。与《半月剧刊》中的剧评一样,品评者同样把演员作为品评对象,但晚清花谱的撰写者却停留在对男旦演员的身体细节上,③关注焦点与演员塑造的艺术形象渐行渐远。把扮相作为品评演员的一个重要标准,明显不同于对表演者现实生活中的外貌关注,把演员的真实外貌作为扮相的一个参考因素,但最终又回归到扮相对其表演的影响,始终把表演艺术作为京剧批评的核心,既不同于《青楼集》中对外貌声韵的平行关注;又不同于花谱中只关注演员身体形象本身。《半月剧刊》的这种批评方式,使京剧批评获得了独特的审美价值取向。

完成了对演员的外在审美,批评者深入演员表演内部,要求演员要有"角色意识",所演角色要符合剧本情境,也就是他们常说的演员在表演某一出戏时要"像"所演角色。杨小楼之所以被称为"活赵云",不仅表现在其扮相和一招一式的做功上,更在于表演之"传神",在于其"一招一式均能表现心事",才能"观夫杀气满面,知其五内踌躇,是不仅面部表情已耳,内心之含蓄,完全流露于外,手足躯干,五官百骸,再传神阿堵"④。能够将角色的内在情绪通过面部表情和舞台动作传达出来,是杨小楼成为"活赵云"的重要砝码。

品鉴者如何判断演员是否"像"其所塑造的角色呢?《半月剧刊》的剧评人首

---

① 夏庭芝:《青楼集笺注》,第 164 页。

② 吴长元:《燕兰小谱》,见傅瑾主编:《京剧历史文献汇编》(清代卷)专书(上),凤凰出版社 2011 年版,第 19 页。

③ 比如嘉庆年间的《众香国》以艳香、媚香、幽香、慧香、小有香、别有香品评旦角。在品评"艳香"吴寿林时写道:"风光细腻,色泽天成。其眉目之清、骨格之隽,较鲁意兰之冶艳,不但在伯仲之间,且有过之无不及也。因所演《香山》《拷火》《檀香坠》诸出,秦多昆少,是以抑置第二。而春兰秋蕙,擅胜一时,固未尝轩彼而轻此也。"(众香主人:《众香国》,见《京剧历史文献汇编》(清代卷)专书(上),第257 页。)

④ 冼红:《杨小楼之铁龙山》,原载于《半月剧刊》1937 年第 10 期,见《清末民国戏剧期刊汇编》(3),第 36 页。

先通过揣摩剧情和角色心理判断演员的神情和表演是否"合角色"。璞玉评《得意缘》这出戏中演员的表演:"准备出走一场,明知三钱难过,对夫婿身上,抱无限忧虑。而此时之卢昆杰,处五里雾中,金仲仁在此等地方,粘傻弄呆的表情也十分好。狄云鸾述说其母姐祖母之武艺时,口白干脆真挚,绝不似前几场的风味,所以表示出嘱咐之郑重,语言表情至此,可谓登峰造极矣。"①然后再看演员的舞台动作和神情。如谢维基评马连良:"其中一酒馆遇龙,永乐出对面试一节,身躯摇撼,手扶额际,稍加思索,对答如流,活画书生神态。"②

批评者把"合角色"作为一项重要的批评标准,要在这条标准上合格,必须通过揣摩剧中角色的情感和所处情景,甚至可以弥补技术上的劣势。署名欣新的作者在《介绍戏校几个后起童伶》这篇文章中,分别从扮相、嗓音、表情、做功、善演剧目五个方面介绍八位后起童伶,在谈到李玉茹时,认为她在演悲戏时,淋漓尽致的情感表达可以弥补其做功上的不足:"只作工少差,略有呆板气,但颇善演悲戏,如与王金璐配演的别窑,把离别之情,作的淋漓尽致,亦有数良材也。"③

而剧评人要在是否"合角色"上作出专业判断,必须对剧情和演员做充分的"前期准备":"吾人评伶之先,对于剧本的结构,合演员的技能,当作一分析观察,再作一事实的考徵,便能看出某一剧本与某一演员的合适与否。"④批评者通过对剧本和演员的了解,将剧中情境与演员表演综合考量,以此判断演员的表演是否符合剧本情境,并作为评判演员舞台形象的一个重要标准。

我们有理由相信,《半月剧刊》中的批评文章不约而同地形成了一种不同于传统的批评"规范",发展出自身的理论自觉意识。正如哈贝马斯所说:"人们通过特殊文化价值领域的划分,也意识到了特殊文化价值领域的特殊规律性。正如韦伯所认为的,这种状况导致了分歧的结论。一方面,因此可能按照一种抽象的价值标准(如真实性、规范正确性、美和实在性)确立一种象征体系的合理化;另一方面,因此可能分裂形而上学宗教世界观确立意义的统一性,就是说,在独立化的价值领

---

① 璞玉:《姚宅堂会观剧纪盛》,原载于《半月剧刊》1937年第9期,见《清末民国戏剧期刊汇编》(3),第37页。

② 谢维基:《观马连良之胭脂宝褶》,原载于《半月剧刊》1937年第9期,见《清末民国戏剧期刊汇编》(3),第17页。

③ 欣新:《介绍戏校几个后起童伶》,原载于《半月剧刊》1937年第10期,见《清末民国戏剧期刊汇编》(3),第33页。

④ 持公:《马思远剧本与毛世来艺术(上)》,原载于《半月剧刊》1937年第11期,见《清末民国戏剧期刊汇编》(3),第57页。

域之间出现竞争,而这些竞争不再能按照一种神的或宇宙的起源学的世界秩序的超组织的观念加以调解。"①从这个意义上,北平《半月剧刊》中的京剧批评获得了现代意义上的价值标准。

三、本体意识和理性思维

把评伶视为评剧,或者说,在评剧的视阈下评伶,初步形成了京剧批评的本体意识。《半月剧刊》中的批评者认为,"象征性"是京剧的核心特征:"旧剧之精义,贵能象征传神。"②署名广圃的作者在《国剧的特征》这篇文章中谈到国剧本质上是"象征的"。而象征的方法是国剧的程式性:"象征的方法,要有一定的程式,方可使人明了,若是无固定的程式,则观众不明了表演者的动作。"不仅要有程式性的动作,而且动作要"美"才能成为完善的技艺:"尚须将程式美化起来,含有美的意义的程式,方是良好的技艺,方够得上为艺术作品。"③国剧的本质是美的程式,美的程式必须通过表演技艺完成。同时,这位批评者立足于国剧的历史,强调京剧是表演的艺术:"国剧的黄金时代,在清朝末年。名伶辈出,各以本身的经验,采集昆、徽、秦、汉,各腔的精英,成为现在的皮黄剧。于唱白念做各项,树立下尽善尽美的楷模。复经若干人的评定,成为宗派,正与哲学中之周秦时代一样。"④

对京剧本体有了这种自觉认识——即表演是京剧艺术之核心——必然会把演员作为批评重点,并通过对演员的唱、念、做、打等表演艺术的品鉴,为京剧表演艺术形成了一种理论规范,虽然这种规范是剧评式的、散片式的,但对于早期的京剧理论探索具有重要价值。王国维的《宋元戏曲考》⑤从历史学的角度进行戏曲研究,虽然用了现代学术研究方法,但关注的仍然是戏曲的文学意义;吴梅的《顾曲麈谈》⑥则通过对"曲"的研究,提出"曲律论",关照中心是唱腔;齐如山关注舞台,

---

① [德]尤尔根·哈贝马斯:《交往行动理论》(第一卷),洪佩郁、蔺青译,重庆出版社1993年版,第311—312页。

② 在庭:《菊部问话》,原载于《半月剧刊》1936年第3期,见《清末民国戏剧期刊汇编》(2),第518页。

③ 广圃:《国剧的特征》,原载于《半月剧刊》1937年第18期,见《清末民国戏剧期刊汇编》(3),第189页。

④ 广圃:《国剧应注重保存固有》,原载于《半月剧刊》1936年第5期,见《清末民国戏剧期刊汇编》(2),第555页。

⑤ 参阅王国维:《宋元戏曲考》,见《王国维论剧》,中国戏剧出版社2010年版。

⑥ 参阅吴梅:《顾曲麈谈》,上海古籍出版社2000年版。

并对京剧舞台艺术规律进行整理,他对京剧的本体认知可以概括为八个字:"有声必歌,无动不舞。"①梁燕认为,齐如山是"近代以来首次将'场上之道'纳入学术视野的学者"②。京剧是表演的艺术,京剧研究首先要研究"场上"、研究"表演",齐如山正是以此为原则:"齐如山的戏剧研究,基本上不讲剧本,讲的是'作为一种表演'的戏剧。"③此研究路径更符合京剧艺术的本体诉求。《半月剧刊》继承了齐如山对京剧的本体认知,但相比齐如山以总结整理京剧艺术为主的研究路径,《半月剧刊》用剧评的方式展开研究,从这个意义上讲,是对以齐如山为代表的京剧批评的本体观念的一种实践。

然而,民国时期仍然存在"捧角"④的现象,将京剧视为表演艺术,把演员作为批评重点,就可能与捧角现象纠缠不清。民初,大众对演员的关注越来越集中,主要集中于明星演员,比如对四大名旦的过分关注和追捧。1923年,如日中天的梅兰芳赴沪演出,受到上海民众的狂热追捧:"梅兰芳一到上海,居住的旅社门前,聘他的舞台阶下,人头济济,都想一瞻他的风采,究竟比天上的安琪儿胜过几分?"⑤但是,《半月剧刊》中的剧评人怀着挽救国剧的使命感,把国剧之希望寄托在新生代演员身上,转而关注童伶,不仅关注他们在舞台上的艺术表现,更通过演员之间的对比来总结他们的艺术特色和规律,形成了比较开放自由的批评氛围。剧评人评论演员舞台表现时,褒贬都有。即便对于比较关注的童伶,也是既有赞美,又有批评,更有勉励。甚至同一位演员在两出戏中的表现不同,批评者评价亦不同。比如署名缦缦的作者评价少年张君秋在《四郎探母》这出戏中的表现:"做工身段婀娜有致,面部表情屈曲传神。一段二黄歌来,婉转动听,虽无新腔标奇制胜,循规蹈矩更见工夫。惟末段微现沙音,嗓音嘹亮,似有未足,是则年龄关系,工力尚浅。"⑥在给张君秋做功、神情高度评价的同时,指出了他在嗓音上的不足,并为其分析原

---

① 齐如山:《国剧的原则》,见《齐如山全集》(第三卷),联经出版事业公司1979年版,第1464页。

② 梁燕:《齐如山剧学研究》,学苑出版社2008年版,第323页。

③ 陈平原:《中国戏剧研究的三种路向》,《中山大学学报(社会科学版)》2010年第3期。

④ "追捧、关注知名演员,称为大众的一种重要娱乐方式……于是捧角成为近代商业社会迅速蔓延的一种生活方式。公众对名角的关注度前所未有地高涨,以至于当时热捧名角的狂热程度,似乎超乎寻常的想象,甚而连报章、杂志、书刊都把这种情形当成热门新闻和话题。"(徐煜:《近现代戏曲名角制文化研究》,上海书店出版社2011年版,第139—140页。)

⑤ 俞慕古:《上海人与梅兰芳》,《申报》1923年12月21日第8版。

⑥ 缦缦:《勉张君秋》,原载于《半月剧刊》1937年第10期,见《清末民国戏剧期刊汇编》(3),第38页。

因为"年龄关系,工力尚浅"。而洗红谈张君秋在《盗魂铃》一剧中的表现时,则全是赞美之词:"扯四门一段原板,玉润珠圆,清脆曼丽,台步轻盈稳练,眼神饱满晶莹,彼苍可谓独厚于君秋,天地之灵秀忠于一人之身也。君秋于戏,无论宾白,腔调,身段,表情,均以循规蹈矩出之,是点实使余心折。而演来不松弛,不僵硬,自然大方,脱尽火气,诚完才也。"① 演员的演出表现受很多因素影响,时间、舞台、演出剧目、演员当天的状态等等,都能成为影响他们发挥的因素。《半月剧刊》中的剧评家客观地评价演员在某一出戏中的表现,既不受先入为主的主观印象的影响,同行之间品评同一位演员也不互相效仿,从"剧"出发,从扮相、神情、做功、嗓音、唱腔等各项依次品评,完成对某位演员在某剧中的艺术鉴赏。

除了客观公允的品鉴童伶,对其他当红演员也刻意避开"捧角"以追求公正。满意时不吝啬赞美之词,如若不满,批评起来也毫不客气。② 甚至在评价当红演员梅兰芳时也客观地说虽然"嗓音不减当年",但"容颜稍形苍老"。③ 当然,无论是赞美还是批评鼓励,都遵从一定的"批评规范",避免了剧评人的主观情绪。既能为国剧发展推荐新鲜血液,又能适当避开当红名角,更自由的评论鉴赏。

可以说,《半月剧刊》中的剧评已经具备了一定的理性思维,不盲目追捧某一位演员。无论是从鉴赏方式还是从品评标准,都朝着更专业的批评模式发展。使民初的京剧批评更理性、更规范。但这种理性意识是一种循序渐进的、缓慢的过程,相比京剧本身的发展,这种剧评式的京剧批评还需要进一步建构为更成熟的理论体系。

本文发表于《戏曲艺术》2017 年第 3 期

---

① 洗红:《津门顾曲欣憾记》,原载于《半月剧刊》1937 年第 17 期,见《清末民国戏剧期刊汇编》(3),第 177 页。

② 比如,艺箴批评陈丽芳在《打渔杀家》中的表现:"陈丽芳神情动作一无是处,总觉望之不似。"有说:"唱作既不见佳,剧情尤嫌俚俗,唱时极见吃力,嗓音亦乏韵味。"(艺箴:《戏评三日记》,原载于《半月剧刊》1936 年第 1 期,见《清末民国戏剧期刊汇编》(2),第 482 页。)又有批评谭富英在《珠帘寨》中"念白字眼虽很正确,可惜松懈的不起劲,每句末两字,台下几乎听不清楚,不免内行所谓摸着念的毛病"(缦缦:《中国大戏院观剧记评》,原载于《半月剧刊》1937 年第 11 期,见《清末民国戏剧期刊汇编》(3),第 59 页。)再有批评王金璐在《枪挑小梁王》一剧中宗泽一角:"因其扮相既不苍老,唱念做打亦未能形容年老之人,此似为不合适者也。"(晴:《戏剧杂谭》,原载于《半月剧刊》1937 年第 16 期,见《清末民国戏剧期刊汇编》(3),第 156 页。)

③ 子彝:《李宅堂会之回忆》,原载于《半月剧刊》1936 年第 7 期,见《清末民国戏剧期刊汇编》(2),第 604 页。

外来客还是旧时友

——评上海越剧院《红楼·音越剧场》

刘倩（上海越剧院宣传、策划）

　　作为整个剧种的代名词，越剧《红楼梦》承载着无数观众美好的记忆，这部被誉为史上最成功的《红楼梦》舞台作品，至今常演不衰。去年，上海越剧院在经典版本的基础上全新推出了《红楼·音越剧场》，时隔一年，9月15日晚修改后的音越剧场再次面向观众。

　　这部脱胎于经典版《红楼梦》的作品，文本结构上继承了经典版的模式，全剧以宝黛爱情为主题，用歌队吟唱《红楼梦》引子"开辟鸿蒙，谁为情种"开篇，中间部分延续原作黛玉进府、读西厢、游园葬花、献策、焚稿、金玉良缘、哭灵的线性叙述并做适当剪裁，尾声在歌队"我所居兮，青埂之峰"的吟唱中引出宝玉出走作结。舞台呈现上，在保留原作基本框架和耳熟能详的唱腔基础之上，该剧借鉴了音乐剧的表现方式，尝试以音乐为主导，力图重新构建一个红楼当代舞台样式。其中头尾两首红楼词，及中间两处《枉凝眉》音乐的运用，增加了该剧"梦"的意境——这出悲金悼玉的梦，给观众做好了结局为悲剧的心理预设，并随着剧情和音乐的发展，营造出了一场悲凄无奈而又绵长悠远的幻梦。

　　在《红楼·音越剧场》中，音乐的创新确是一大亮点。传统戏曲中音乐主要以唱腔伴奏为主，唱腔起音乐起，唱腔落则音乐停，念白多不用音乐衬托。但在这部混合了音乐剧元素的"混血儿"音越剧场中，音乐不仅为唱腔、念白服务，更在重点场次和各场次衔接之处着力，在推动故事情节发展的同时，延伸出无尽的韵味与想象空间。其叙述性强烈的音乐特征，拓宽了主演的表演空间，如宝黛初见唱完"天上掉下个林妹妹"后，删去了越剧中贾母等人的后续表演，改用音乐加宝黛复唱该唱腔片段变形体，后接歌队吟唱《枉凝眉》。在"一个是阆苑仙葩，一个是美玉无瑕"的音乐中演员将宝黛从初见的羞涩，到慢慢熟悉后两小无猜的日常情态再现，这不仅交代了剧情，也迅速完成人物性格的初步塑造。与此同时，舞台上二人对视、欲说还羞、牵手同看等诸多细节所透露出的喜悦，与歌队唱词中意蕴之悲形成了鲜明对比，将观众带入情境。同样的表现手法，葬花中也有体现：和经典版痴愣的宝玉误将袭人当作黛玉表白心迹，觉察后羞愧掩面不同，音越剧场版宝玉唱完一段"想当初"，后接悠扬抒情的音乐。在音乐的烘托中黛玉为宝玉拭泪、对望、扛起花锄徐行离开、宝玉紧随其后、二人欲言又止、宝玉快步想要追问、黛玉回眸点头以示心意、宝玉领悟而心满意足，整个表演过程一气呵成，不用一句唱腔、念白，二人的情感、内心节奏随音乐变化而变化，这种留白式的处理既有戏曲的节奏，又使人物情绪刚好和在音乐的节拍中，舞台上宝黛的万千情思随音乐幽幽道来，无声（唱腔、念白）的戏剧情境留给了观众更多咂摸、回味的余地。

在以音乐引领剧情发展的过程中，歌队也令人记忆深刻。对比去年首演版歌队只单纯作为幕前合唱，此次演出版本其参与度得到了更多的提升：如开篇和答宝玉时，歌队立在高台上，以吟唱的方式交代剧情；葬花后又化身剧中人物，以丫鬟的身份对宝玉不合礼教的顽劣行径悄悄议论；尾声时歌队充当了太虚幻境中的仙子，点破痴迷的宝玉；其余时间或幕后或台前，歌队又回归了传统的人声合唱伴奏。通过这样多角度多方位的演绎，使剧中富有越剧风味的唱腔与现代风格的音乐紧密结合，共同构成了一个相对完整且连续的戏剧结构。

然而，尽管这一版本的《红楼·音越剧场》体现出了探索和创新的追求，却似乎仍让人有一种不够满足的感觉，同时也让人对整个剧目的定位心生疑惑：它是戏呢，还是音乐剧？

与上一版相比，修改后的版本实际上定位已相对明晰：衔接在经典唱腔之后及部分过场戏的音乐部分有了新发展，新的音乐为歌队、演员开辟了表演的新空间，新的表演也构成了更有深度的戏剧情境，这些"新"让这部作品看上去更像是一部形式相对新颖、表演有亮点的戏曲作品。而也正是因为其中"戏"地位的突出，让观众有了"这戏蛮好看"的观后感，而对音乐部分的新形式和新尝试的关注和讨论却不多，这部打着"剧场+乐坊"名号的作品，实则更偏向纯粹的轻盈小巧版的越剧《红楼梦》。于是，坐在舞台中央的全民乐编制乐队，也被某些观众直言"舞台上人太多，影响了看演员表演"。

这样的结果，是否意味着打造类音乐剧的戏曲新形式并未达到预期目的？

其实不然。在不断探索的过程中,音乐还是有很多闪光点的,其中最具吸引力的部分如宝黛初见、读西厢、葬花、宝玉出走等情节的处理,恰好是音乐能动性最突出的地方。这些由全新音乐所赋予的舞台新体验,强化并扩大了剧目抒情性的发挥,给予了整部作品重塑风格的可能。只是可能在舞台呈现上,以演员为中心的戏曲表演样式,"迷惑"了大多数的观众,让他们忽视了一个关键点——是音乐与表演的相辅相成、相互交融,才造就了这样浑然一体的舞台呈现。

那么有没有更好的方式可以改善这一现状呢?作为红楼系列新产品,戴着经典版《红楼梦》的"镣铐"进行创作的主创们,在破与不破之间是否被牢牢禁锢?是不是音越剧场版就必须十足像经典?是不是如果过多地抛弃原有基石进行创新,就会有不敬畏经典的嫌疑?反之,如果完全在原作基础上敲敲打打,做一些小修小改,那么该作品"新"的意义又何在呢?

确实,想要对经典作品进行大刀阔斧的完全解构,随之再进行重新结构,对于一个将《红楼梦》演到极致的院团来说实属不易。但时代在发展,观众的审美也在发展,想要打造属于新时代的精品,不断地尝试和提高是必不可少的。回顾上海越剧院《红楼梦》《西厢记》《梁山伯与祝英台》《祥林嫂》这样的经典作品,每一部都是当时的主创和艺术家们在一次次的打磨和提高中才最终奠定其艺术地位的。令人欣慰的是,在今天的《红楼·音越剧场》身上,我们看到了当代上越人那种勇于尝试、力求精品的精神力量,他们在思考,也在不断努力,他们想要赋予这部音越剧场更多的新意。

但想要突破与重立,放开文本上的束手束脚也许是要跨出的第一步。现在的版本,应该说是经典版的剪裁和再度拼接,如将不肖种种一场里宝钗和宝玉关于仕途经济的矛盾与宝玉黛玉读西厢后合并为一场、黛玉焚稿和金玉良缘交叉为同一冷热场处理等,全剧中除序曲和尾声,基本没有新的情节设计。除此之外,出于对整部作品体量的考虑,音越剧场版甚至去掉了识金锁、试玉、泄密等场次,而这些看似过场戏的场次在宝黛爱情发展中是有非常重要作用的,如识金锁中黛玉表现出对爱情专一的要求,侧面反映了她对宝玉的十分在意;试玉中宝玉癫狂的举动是他对黛玉爱之深的最佳例证;泄密更是黛玉感知爱情破灭因而导致她死亡的导火索。这些场次的缺失,导致了《红楼·音越剧场》剧情方面的不完整,而这样的不完整也让观众有了不过瘾的感觉。

如果将以上所有场次照搬过来,是否就合适了呢?那样的话,音越剧场版会不会完全回归到了经典版本?有没有存在另一种可能的方式,代替这些场次却敷演出完整的宝黛爱情发展历程?

有,或仍可尝试用音乐来解决这一问题。纵观全剧,既然冠以"音"越剧场,既然音乐在其他场次中有着不俗的表现,那么为什么不能更多地调动其能动性,适当添加一些抒情性、叙事性的场景,并用全新的音乐段落来演绎呢?正如现在这个修改版中,宝黛初见后《枉凝眉》音乐的运用,将二人两小无猜的情景集中表现出来。另如答宝玉前歌队新加的一段叙述性曲子,利用化身为丫鬟的歌队在最短的时间内,从侧面塑造了一个乖张叛逆的宝玉形象;再如葬花后的音乐通过演员细腻的表演,将宝黛心领神会的知音之爱迅速勾勒出来。如果能从电影版或舞台原作甚至《红楼梦》原著中再筛选出一些关目,加以类似上述片段的舞台处理,那么即便不要识金锁、试玉或者泄密等的设置,是不是整体上也会更完整一些? 同时,这些新块面的加入,也将大大发挥音乐的能动作用,使其和表演、舞美等其他舞台要素更好地融合在一起,既不显得突兀也不容被忽视,而是带给观众更完整、更富有意味的观演体验。并且,从目前90分钟的时长来看,似乎也是完全有空间可以去做这样的事情的。

除音乐外,此次修改版的《红楼·音越剧场》在演员及舞美上也颇有亮点。

演员阵容上,上海越剧院大胆起用了新人,全剧中心人物贾宝玉由今年刚毕业的徐派小生王婉娜饰演,李旭丹的林黛玉则别有一种风骨。两人青春正当年,表演上又十分默契,为观众呈现出了一副美好的风貌韵致。

去除了繁杂的多媒体设置,舞美方面的返璞归真也让人耳目一新。与传统越剧写实与写意相结合的舞美设计理念有别,音越剧场版更偏向写意风,简约、淡雅,古朴中透露着现代气息,在整体保留越剧唯美风格的同时,又符合其中"音乐剧"元素的定位。演出中,当序幕音乐起纱幕拉开,到葬花时疏落的飘花与哭灵漫天的飞雪,至尾声时宝玉出走,纱幕又缓缓降下,在视觉观感和心理体验中营造了一种红尘梦碎的幻灭感,那种历经繁华又归于空的寂灭和恓惶,与音乐和演员的表演一起发力,直击观众心灵。

但令人遗憾的是,服装设计并没有为该剧加分。其中贾宝玉通灵宝玉上玫红色的穗子与深紫色的腰箍、粉紫色服装的搭配,王夫人的服装颜色以墨绿和亮紫搭配,以及王熙凤裙摆的正黄色等,都不符合人物的身份,建议设计人员在整体风格和配色再下些功夫,好好调整一番。

一个新产品的出现,体现了当代戏曲人致敬经典、探索创新、贴近时代的精神追求。尽管探索的道路上存在困难,但希望上越能将该剧继续打磨、不断提高。

本文发表于《上海戏剧》2017 年第 11 期

论放宽文化市场准入

——扩大文化市场开放的若干思考

祁述裕(国家行政学院社会和文化教研部二级教授)

陆筱璐(国家行政学院社会和文化教研部)

坚持对外开放是我国的基本国策。党的十九大报告提出了推动形成全面开放新格局的新要求,强调要"实行高水平的贸易和投资自由化便利化政策,全面实行准入前国民待遇加负面清单管理制度,大幅度放宽市场准入,扩大服务业对外开放,保护外商投资合法权益"[①]。

文化产品和文化服务贸易是国际贸易的一部分,放宽文化市场准入是推进我国国际贸易和投资自由化的重要内容。但目前在是否应进一步放宽文化市场准入的认识上存在不同看法。其中,一种有代表性的观点认为,在国际贸易和投资自由化谈判中,为维护文化安全,应坚持文化例外。本文重点探讨如何认识文化领域的对外开放与文化安全的关系,实行高水平的贸易和投资自由化便利化政策中是否应该实行"文化例外",放宽文化市场准入和扩大文化开放的具体思路等重大问题。

一、我国文化市场对外开放历程及政策走势

改革开放40年来,我国文化市场经历了由封闭到逐步对外开放的过程。文化

---

① "准入前国民待遇"指凡是在我国境内注册的企业,都要一视同仁、平等对待,投资审批等要给予外国投资不低于本国投资者的待遇。负面清单是一种国际上广泛采用的投资管理方式。政府以清单的方式明确列出禁止和限制企业投资经营的行业、领域和业务等,清单以外则充分开放。就是我们常说的"法无禁止即可为"。这与以前通行的"正面清单+行政许可"的方式相比,大大减少了政府的自由裁量权。

市场的不断开放,为文化服务业发展注入了强大动力,有力地促进着我国文化的发展繁荣。

(一)我国文化市场对外开放的三个重要节点

改革开放以来,我国文化市场对外开放有以下三个重要的节点。

1.改革开放初期。1970年代末和整个1980年代是改革开放以后我国文化市场从"文革"时期极度封闭走向开放的第一个阶段。这时期的一个突出特点是大规模、全方位引进国外文化产品。以电影为例,1966—1976年11年间,我国进口电影总计36部,片源地仅限于阿尔巴尼亚、越南、朝鲜等几个社会主义国家。改革开放以后这种局面得到了根本改变,1979年我国一年的进口电影就达到35部,1985年达45部(见图1)。

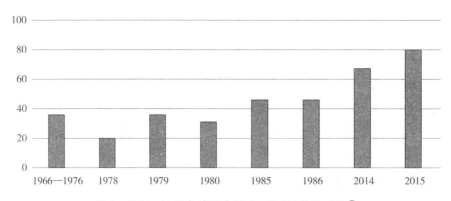

图1　1966—2015年我国电影进口数量(单位:部)①

图书引进数量也呈相似趋势。据统计,1966—1976年十年间,从海关进口的图书几乎为零。改革开放以后,图书引进数量迅速增长,1980—1984年五年间,图书引进数量就达4000册(见图2)。值得一提的是,改革开放初期,我国在创新文化管理体制、开展中外媒体机构合作方面也作出了大胆的探索。1980年创刊的《计算机世界》,就是由原信息产业部所属电子科技情报所与美国国际数据集团(IDG)合作出版的报纸,这是改革开放以后第一家、也是唯一一家中外机构合办的报纸,曾一度名列全国报业十强。

2.互联网进入中国。1990年代中后期,为赶上国际信息化浪潮,我国政府对互联网实行宽松的市场准入政策,允许民营企业经营互联网和电信增值

① 根据《中国电影年鉴》(1989年卷)、艺恩网、《电影工作手册》(中国人民解放军总政治部文化部1984年10月编)等多家数据编辑而成。

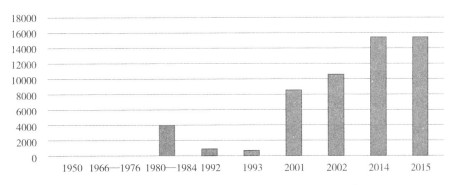

图 2　1950—2015 年我国图书引进数量（单位:种）①

服务业务②,新浪、搜狐、网易、腾讯、阿里巴巴、百度等一大批网络公司成为我国文化市场的新兴力量,为我国文化产业发展注入了强大动力,网络产业的兴起极大地冲击着传统文化管理模式,推动着我国文化管理理念、管理体制和管理方式的深刻变革。

3. 加入世贸组织。世纪之交,中国加入世贸组织为文化市场开放注入了新的活力。根据世贸组织要求,我国全方位加大了文化市场对外开放力度。包括增加了美国好莱坞电影进入中国院线的数量,允许外资合资建设电影院,允许外资以合资的形式进入报刊、图书销售领域,允许部分境外卫星电视频道在三星级以上涉外宾馆、饭店和专供境外人士办公居住的涉外公寓等落地,允许部分境外卫星电视频道落户珠三角地区等③。同时,按照世贸组织要求,我国对文化领域法律法规和相关文件进行了全面、系统的清理。

加入世贸组织对我国文化领域对外开放理念产生了深远影响。突出体现在明确了我国文化市场是国际文化市场体系的一部分,世贸组织规则是我国制定文化市场政策的重要依据,文化管理开始有了可资参照的国际标准。与此同时,有关文化市场开放条款是否合适的争论一直存在。一种有代表性的观点认为,由于缺乏

————————

① 数据来源:国家版权局、《中国出版年鉴》《我国图书版权贸易三十年研究 1978—2008》等。

② 2000 年 9 月,国务院出台《中华人民共和国电信条例》和《互联网内容服务管理办法》,允许私营企业进入互联网领域,包括通过互联网和多媒体网络提供信息以及其他相关服务、寻呼服务、电信增值服务,以及转售传统的电信服务等。

③ 国家广播电影电视总局相关管理办法从 2001 年到 2004 年先后出台了三部管理办法。分别是,2001 年 12 月通过的《境外卫星电视频道落地审批管理暂行办法》(第 8 号),自 2002 年 2 月 1 日起施行。2003 年制定了《境外卫星电视频道落地管理办法》(第 22 号),2004 年制定了《境外卫星电视频道落地管理办法》(第 27 号)。

经验,在加入世贸组织谈判中,我国文化市场承诺的放开幅度过大,导致有的行业因为没有兑现承诺而陷入被动。这也成为后来有关部门在扩大文化市场对外开放上持更加谨慎的态度的原因。

总体看,改革开放40年来,文化市场对外开放对我国文化繁荣起到了极大的推动作用。其一,外国文化产品的进入,极大地丰富了文化市场,使中国消费者有更多的文化产品选择的机会;其二,外国文化产品和文化机构的进入,促进了市场竞争,激发了市场活力,提升了国内文化企业的竞争力;其三,扩大文化市场对外开放,也为我国文化企业走出去创造了条件,扩大了我国文化产品的国际影响力。并且,我国文化市场对外开放出现的一些问题也都在可控的范围之内。

(二)我国文化市场对外开放的政策走势

加入世贸组织激发了我国文化市场对外开放的热情。21世纪初,一些文化部门竞相探索扩大文化市场开放的路径。如2003年,原国家广电总局出台《外商投资电影院暂行规定》。该《规定》将此前实行的合营外方建设电影院注册资本的投资比例不得超过49%的要求,作了进一步的放开。明确规定,北京、上海、广州等一些试点城市,合营外方在注册资本中的投资比例可以放宽到最高不得超过75%。

上述情况引起了有关管理部门的忧虑。有关管理部门认为,我国文化市场对外开放步伐不宜太快,凡中国在加入世贸组织入世协议中没有承诺的内容,不宜轻言放开。在此背景下,2005年8月,文化部、广播电影电视总局、新闻出版总署、国家发改委、商务部等五部委联合下发了《关于文化领域引进外资的若干意见》(以下简称《意见》)。《意见》出台旨在"进一步规范文化领域引进外资工作,提高利用外资的质量和水平,维护国家文化安全,促进文化产业健康有序发展"。《意见》内容之一就是取消试点城市电影院建设外资占股可达75%的政策,恢复至2003年以前外资占股不超过49%要求。《意见》对扩大文化市场对外开放起到了降温的效果,一些合作和投资项目也因此而搁浅。例如,2004年1月,华纳兄弟国际影院公司宣布与中国大连万达集团合作,进军中国电影市场,计划在全国建造30家国际影院。并且已经在南京建起了中国大陆首家外资控股影院(华纳兄弟占股51%)。华纳兄弟国际影院公司看好中国电影市场,已经将该公司的全球影院设计中心从伦敦搬到了上海。《意见》出台后,时代华纳于2006年11月发表声明,宣布取消在中国建设影院的计划,已经在国内投资的6家影院也全部退出①。

---

① 王林:《华纳影院退出中国真相》,《经济观察报》2006年11月19日。

二、正确认识放宽文化市场准入，扩大文化服务业对外开放的相关问题

2005 年以后，尽管文化市场对外开放仍在探索中①，但总体来说步伐明显放缓。究其原因，是近些年主流舆论在看待文化市场对外开放的基本态度上有了很大的变化。突出表现在讲文化安全多，讲文化开放少；讲外来文化带来的危害多，讲外来文化的积极意义少。例如，一种具有代表性的观点认为，扩大文化市场对外开放有可能冲击我国文化管理格局，危及文化安全。因此，有必要对文化市场对外开放涉及的一些问题进行深入探讨，以辨别是非。

（一）正确认识文化开放与文化安全问题

将文化开放与文化安全对立起来，把文化安全混淆于意识形态安全，认为扩大文化市场对外开放必然危及文化安全，给主流意识形态带来极大冲击，进而危及国家安全。这种观点是片面的，也是不符合实际的。

1. 文化安全不等同于意识形态安全。把文化安全等同于意识形态安全是目前在上述问题看法上普遍存在的问题。实际上，从内涵上看，文化安全是比意识形态安全更大的概念。文化安全包括意识形态安全，但不等同于意识形态安全。笔者认为，当前文化产品涉及文化安全的情况主要有四类：违反四项基本原则、激化民族矛盾和宗教冲突、有违社会公德、侵犯个人权利。上述四类都属于危及文化安全的行为，而涉及意识形态安全的主要是前两类。尽管上述四类都涉及文化安全，但其性质、影响面都有很大不同，应区别对待，不能一锅烩②。

值得一提的是，把跨国文化公司等同于国外敌对势力，是很大的认识误区。其实，跨国文化公司并不代表其所在国家的主流意识形态，而只是以追求利润为主要目的从事生产活动的企业。从追求利润最大化的角度出发，跨国文化公司会努力迎合文化产品输出国的需求。比如，好莱坞电影公司为了吸引中国观众，扩大好莱

---

① 例如，2013 年，以自由贸易试验区建设为契机，上海自贸区在扩大文化市场开放方面进行了三项试点：一是在自贸区内可以成立外资独资经营的演出经纪机构、演出场所单位。二是允许在自贸区内设立外资经营的娱乐场所。三是允许外资企业在自贸区内从事游戏设备的生产和销售。通过文化部门审核的游戏游艺设备可以在国内市场销售。又如，微软公司与百视通公司联合成立了上海百家合信息技术发展有限公司，成为第一家在上海自贸区备案的中外合作企业。

② 目前，以维护文化安全为由，对不同类别的文化产品采取一刀切的做法并不少见。比如，对手机游戏采取前置审批的做法就是一例。再如，在有些评奖等活动中，经常出现涉及文化安全一票否决的要求。这种对文化安全内涵不加区别的做法，不利于激发文化创新创造积极性。

坞电影在中国的市场份额,会选择中国故事作为电影题材,或者邀请中国演员进入演出阵营,或者把中国作为拍摄场地。甚至出现了为追求票房主动征求中国文化主管部门意见的现象。

2.文化安全是一个动态概念。文化安全的状况不是一成不变的,而是与一个国家的状况,文化接受者的状况密切相关。首先,文化安全跟一个国家的总体状况成正比。一个国家经济社会发展越强,其文化安全程度通常越高。其次,文化安全状况和文化产品接受者的素质成正比。消费者素质越来越高,对外来产品的辨别能力也更强,文化安全系数也更高。最后,民族文化差异与文化安全的威胁成反比。不同民族之间,文化差异越大的话,那么外来文化对其影响越小。例如,中国的影视产品、网络游戏、网络文学等等在东南亚影响很大,但是在欧美国家影响力就小,这是文化差异造成的。事实上,文化自信就应该有海纳百川的胸怀,允许国内外文化产品在文化市场中充分竞争,允许消费者能够做出自由的选择。在目前的发展阶段,对我国的文化制度、文化内容、文化环境和文化素质应该保持一定的自信。

3.放宽文化市场准入,有利于维护文化安全。2014年,习近平同志在文艺工作座谈会上的讲话就以电影业为例,阐明了这一点。他说:"当今世界是开放的世界,艺术也要在国际市场上竞争,没有竞争就没有生命力。比如电影领域,经过市场竞争,国外影片并没有把我们的国产影片打垮,反而刺激了国产影片提高质量和水平,在市场竞争中发展起来了,具有了更强的竞争力。"实践证明,改革开放以来,合作报刊《计算机世界》的成立、三星级以上宾馆允许境外节目落地、容许美国影视产品进入中国市场等,这些放宽文化市场准入的举措,都为中国文化市场注入了新的因素,不仅有力地促进了中国文化繁荣,而且有利于提升国家文化安全度。

(二)正确认识"文化例外"与"文化多样性公约"

"文化例外""文化多样性公约"是近年来在研究文化对外开放中经常提及的概念和文件,也往往成为不赞成扩大文化市场对外开放的一个重要理由,需要全面、客观理解这些概念和文件的内涵。

1."文化例外"有特定的内涵及应用范围。有研究认为,法国、加拿大等国在与美国进行贸易自由化谈判时就提出了文化例外的要求,以此作为中国在贸易和投资自由化谈判中应坚持文化例外的依据。确实,以法国为代表的欧盟国家在与美国进行贸易自由化谈判中提出了要对电影和音像产品实行不同于一般产品的要求,并因立场不同,与美、日等国发生争执。但欧盟国家提出的文化要求与中国学界所理解的文化例外有很大的不同。第一,内涵不同。法国等欧盟国家提出的"文化例外"仅限于电影和音像产品,而我国学界认为文化例外是全方位的,包括整个文化领域。第二,出发点不同。欧盟首先同意将文化纳入贸易自由化谈判的内容,只是要求对部分文化产品采取特殊保护的措施,以保护本国一些弱势文化行业发展。但我国学界提出文化例外,是要求将文化例外原则作为防范外来文化入侵,维护文化安全的手段。

关于以法国为代表的欧盟国家在与美国进行贸易自由化谈判时的文化态度,法国学者贝尔纳·古奈在他的《反思文化例外论》一书中有详细的论述,值得一看,该书有助于匡正国内对此问题的一些似是而非的认识①。《反思文化例外论》一书认为,法国等欧盟国家从来没有"文化例外"这样的说法,"文化例外"这个概念是媒体表述法国等欧盟国家文化理念的说法,与法国等欧盟国家文化主张并不完全吻合。实际上,法国等欧盟国家在与美国进行贸易自由化谈判时,都认同贸易自由化的理念,都认为应当取消对一般产品的保护措施,包括政府补贴、税收扶持等,确保不同国家的产品在同等规则下进行自由竞争。双方的争议点主要在电影和音像产品。美国认为,电影和音像产品(包括电视剧、综艺节目)属于大众娱乐产品,不应该纳入文化艺术保护之列。而欧盟国家认为电影和音像产品是最重要的当代艺术,欧盟国家市场空间小,同样应该纳入保护之列。可见,两者的分歧并非针对文化是否应该对外开放。

2. 联合国教科文组织发布的"文化多样性公约"不是双边贸易自由化谈判依据。2007年,中美两国就出版物和视听产品发生争端。美方认为在电影进口方面,只有中国电影集团公司一家拥有经营进口电影权②,这违反了中国加入世贸组织时的承诺③。针对美国的抗议,我国依据联合国教科文组织《保护和促进文化表现形式多样性公约》和国内有关法律法规对美方的指责进行了反驳。双方争执不下。后来,美国向世贸组织提起诉讼。于是,世贸组织成立专家组对此事展开调查,并于2009年形成了具有最终裁决权的《中美出版物及视听娱乐产品争端专家组最终报告》(以下简称《最终报告》)。该报告裁定,中国《电影管理条例》第30

---

① [法]贝尔纳·古奈:《反思文化例外论》,社会科学文献出版社2010年版,第27—42页。
② 后来又增加了华夏电影公司一家。华夏电影公司是由原15家国有电影公司合资成立的。——笔者注
③ 中国在《入世协议书》中承诺:"将逐步放宽贸易所有权的获得及其范围,以便在加入后3年之内,使所有在中国的企业均有权在中国的全部关税领土内从事所有货物的贸易。"

条和《电影企业经营资格准入暂行规定》第 16 条规定,电影进口职能只有中国电影集团公司一家被指定经营进口电影。这种制度与中国在《入世协议书》放开贸易权的承诺不一致,中方败诉。

《最终报告》认为:"中国依据联合国教科文组织《保护和促进文化表现形式多样性公约》及其一系列国内立法所做的抗辩,是不恰当的。""援引《文化多样性公约》无法证明中国的观点。《文化多样性公约》本身也禁止援引该公约来证明违反《WTO 协定》行为的正当性。同时,《关于争端解决规则与程序的谅解》相关条款也明确禁止专家组接受上述观点。"

由此可见,联合国教科文组织发布的《文化多样性公约》不能作为国际双边贸易自由化谈判的依据①。

三、放宽文化市场准入,扩大文化服务业对外开放的必要性及思路

开放带来进步,封闭必然落后。一部中华民族文化发展史,就是一部与不同民族文化交流、交融的历史。坚持不忘本来、吸收外来、面向未来,既继承中华优秀传统文化,又积极吸收人类一切优秀文化成果,是党的十九大报告提出的繁荣社会主义文化的重要原则。做到这一点,就要进一步放宽文化市场准入,提高文化服务业对外开放水平。

(一)形成全面开放新格局迫切需要放宽文化市场准入、提高文化服务业对外开放水平

按照党的十九大提出的实行高水平的贸易和投资自由化便利化政策,全面实行准入前国民待遇加负面清单管理制度,大幅度放宽市场准入,扩大服务业对外开放的要求,文化领域在放宽文化市场准入、提高文化服务业对外开放水平方面还有很大潜力。应采取更有力的举措,尽快改变文化服务业在国家对外开放总体格局中相对滞后的局面。

1.我国文化服务业对外开放还有很大空间。目前,我国与美、日、印等国在演艺、电影制作、院线经营、报刊出版发行、印刷、广播电视、互联网等领域相比较,开

---

① 从国际趋势来讲,不仅倡导要维持文化的多样性,更加强调世界各国要适应全球化。虽然国际组织出台了一系列的文件,例如《文化多样性公约》《保护非物质文化遗产公约》等。但是,文件中也同样提出,在保护民族文化的同时,更加支持采取市场的方式实现产业化,促进文化长久的发展。因此,"文化多样性公约"并不是鼓励国家采取文化保守的态度发展本国文化。

放度还比较低(见表1)。从中可以看出,我国在文化服务业对外开放方面,还有很大的潜力。

表1　中、美、日、印四国文化领域外资市场准入管理规定一览表

文化领域	中国	美国	日本	印度
广告	不限制	不限制	不限制	不限制
演艺	禁止(外国机构在中国)设立文艺表演团体	不限制	不限制	不限制
电影制作、院线经营	电影制作、院线经营均须合资	不限制	不限制	不限制
报刊	禁止进入编辑领域,印刷发行可合资,中方控股	不限制	不限制	允许经营,但外资不可控股,印刷发行不限制
报刊出版发行、印刷	禁止进入出版编辑领域,印刷发行可合资,中方控股	不限制	不限制	允许经营,但外资不可控股,其他不限制
广播电视	禁止外国资本投资广播电视播出、传输、制作、经营等	允许经营,但外资不可控股	允许经营,但外资不可控股	允许经营,但外资不可控股
互联网	禁止投资互联网新闻信息服务、网络出版服务、网络视听节目服务、网络文化经营(音乐除外)、互联网公众发布信息服务	不限制	不限制	不限制

注:笔者根据相关资料编辑而成。

2.扩大国际合作迫切需要放宽文化市场准入,扩大文化服务业对外开放。随着我国经济发展,国际影响力的提升,我国文化、体育等领域的国际合作也越来越多。按照国际通行做法扩大文化服务业对外开放,已经成为开展国际合作的基本条件。

以承担体育赛事为例。随着互联网的普及,网络社交媒体成为体育赛事必备的传播手段之一[①],也成为考核一个城市是否有能力承办国际赛事的一个必要条件。但由于目前国际通用的一些网络社交媒体还没有正式进入中国市场,近年来,国家体育总局在申请承办国际赛事时,媒体选择往往成为竞争国际赛事举办权的一个短板。可见,有条件放宽类似媒体的市场准入,对国际合作有很大的裨益。不

---

① 国际上通用的社交媒体主要是 Facebook、Twitter、Youtube 这三家网络社交媒体。

仅是体育赛事,科技、商务等其他领域的国际合作也存在类似问题。

3. 我国文化企业走出去迫切需要扩大文化市场准入,扩大文化服务业对外开放。近些年,我国文化企业走出去步伐加快。如:数字电视运营商四达时代公司已拥有非洲 45 个国家的直播卫星运营平台,形成了星地结合的无线数字电视网络体系,覆盖人口达 9.7 亿。俏佳人传媒集团全资并购美国国际卫视,目前拥有 12 个频道、5 套节目,在美国开展华人电视频道服务。万达集团并购了北美第二大影院集团 AMC 影院公司,并以 35 亿美元现金收购了美国传奇影业。走出去与引进来历来是相辅相成的。我国文化企业走出去步伐加快也倒逼国内放宽文化市场准入,扩大文化服务业对外开放。

(二)放宽文化市场准入,扩大文化服务业对外开放思路

进一步放宽文化市场准入,扩大文化服务业对外开放是推进形成全面开放新格局的迫切要求,要坚定不移地推进。具体实施则既要积极,又要稳妥,做到有序推进。

1. 明确文化服务业对外开放的行业顺序。在开放顺序和程度上,应根据文化行业和产品意识形态属性的强弱、不同文化行业发展状况,采取区别对待、分类实施的原则。此外,还要尊重国际惯例。

具体来说,就开放顺序应该是:

硬件设施。首先应加大文化硬件设施的开放力度,如电影院、剧场、网吧等,也包括其他公共文化设施。

中介服务。上海自贸区、天竺保税区先后实行允许国外演艺经纪公司在自贸区进行全资业务。2015 年北京出台的扩大服务业对外开放的文件,也明确允许外资独资演艺经纪公司在北京开展相关业务。这些先行先试的做法,已经为中介服务领域扩大文化开放做出了很好的探索。

意识形态属性不强的行业。如印刷业、发行业等可以允许外资独资经营;科技、知识、娱乐类出版行业也可以探索实行合资经营。

竞争力强的行业。一些在国际上有竞争力的文化行业开放力度可以更大一些。

顺应国际惯例,尊重实际需要。例如,Facebook、Twitter、Youtube 这些网络社交媒体已经成为世界上绝大多数国家信息传输平台。因此,在涉外活动、对外籍人员或国内有正当需求的特定人群,应考虑在城市的特定区域提供链接等开放方式。在这方面,2004 年在三星级涉外宾馆允许一些境外卫视节目落地的做法已经做出

了很好的探索,可以汲取经验。

2. 完善文化对外开放的相关政策。有必要对现行的一些涉及文化对外开放的文件进行梳理,完善相关政策,促进放宽市场准入,扩大文化对外开放。如《营业性演出管理条例》(国务院令第 439 号)第十一条第一款中规定:"外国投资者可以与中国投资者依法设立中外合资经营、中外合作经营的演出经纪机构、演出场所经营单位;不得设立中外合资经营、中外合作经营、外资经营的文艺表演团体,不得设立外资经营的演出经纪机构、演出场所经营单位。"如前所述,一些地方已经突破上述限制,应该修改完善。又如,文化部、国家广播电影电视总局、新闻出版署、国家发展和改革委员会、商务部《关于文化领域引进外资的若干意见》(文办发〔2005〕第 19 号)第四条中:"禁止外商投资设立和经营新闻机构、广播电台(站)、电视台(站)、广播电视传输覆盖网、广播电视节目制作及播放公司、电影制作公司、互联网文化经营机构和互联网上网服务营业场所(港澳除外)、文艺表演团体、电影进口和发行及录像放映公司。"影视节目制作机构、互联网文化经营机构等应允许外资以合资等形式进入。实际上,上述有些行业已经有中外合资机构。

3. 坚持三个原则。第一,坚持文化自信,坚定不移不断提高对外文化开放水平。第二,把握底线,做到分类管理,有序开放。意识形态属性强的文化行业,如电视网络频道、时政类新闻服务等涉及国家意识形态安全和信息安全,应把握主导权、控制权,不能对外资开放。意识形态不强的文化娱乐行业,可视其行业竞争力等多种情况,在生产、销售等领域分别采取合资或独资等形式,允许外资以多种形式参与市场竞争。需要指出的是,即使外国文化产品在一些行业占据较大市场份额,只要符合法律法规、没有构成垄断,也是可以接受的。这对营造市场竞争环境有好处。21 世纪初,就是外国网络游戏一统天下。但经过多年的竞争,本国网络游戏开始逐渐占据主体位置。这说明,市场竞争有利于本国文化产业的健康快速发展。第三,扩大开放与加强监管结合。尤其要加强事中事后监管和依法监管。

值得欣喜的是,放宽文化市场准入,扩大文化服务业开放水平正在形成共识,在一些文化行业已开始进行政策试点。2017 年 12 月 22 日,国务院作出了关于在北京市暂时调整有关行政审批和准入特别管理措施的决定,决定允许北京从 2018 年 5 月 15 日开始,选择文化娱乐业聚集的特定区域,允许外商投资设立演出场所经营单位,不设投资比例的限制;允许外商投资设立娱乐场所,不设投资比例的限制;允许外商投资音像制品制作业务,仅限于在北京国家音乐产业基地、北京出版创意产业园区、北京国家数字出版基地内开展合作,同时,中方须掌握经营主导权和内容终审权①。这标志着我国文化服务业对外开放又迈出了重要一步。

本文发表于《山东大学学报》(社会科学版)2018 年第 3 期

---

① 参见《国务院关于在北京市暂时调整有关行政审批和准入特别管理措施的决定》(国发〔2017〕55 号)。

游戏逻辑:网络文学的认同规则与抵抗策略

许苗苗

讨论网络文学的游戏逻辑,是和传统小说相比照而言的。当网络文学以类型小说的形式成为创意产业的宠儿之后,人们似乎有了充足理由把网络文学等同于长篇小说电脑版,并认为它难以跳出通俗文学的套路。的确,早期网络作者中有相当一部分是缺少发表机会的文学青年,他们将作品搬到网上,必然因袭纸媒文学的一些特点。然而,随着互联网逐渐成为当代文化强大的推动力时,情形就发生了变化,网络小说和纸媒小说有分道扬镳的趋向,并呈现出一些新特色,其中最令人瞩目的就是对人造力量的崇拜和对游戏逻辑的认可。

传统意义上的小说在成为独立自律的文体后,尽管追求形式和内容的不断创新,但是基本遵循以下内在逻辑:如反映现实生活(现实主义逻辑),如表达作者酣畅淋漓的情感(浪漫主义),或记录芸芸众生和小人物成长的历史(小说叙事区别于历史叙事)。作品中的世界虽由作家人为创造,却贵在切近真实。当然,传统小说并非没有游戏逻辑或游戏成分,所谓的狂欢化叙事就是一种游戏逻辑。但是,狂欢化作为一种小说文体,即便情节再荒诞离奇、再娱乐化,追求的也是对现实的指涉,以游戏形式表达不便直说的想法。游戏在这里被用作隐喻和应对现实的策略。

而网络文学则强调疏离和架空。那种游戏性、玩笑性以及不合逻辑的情节,意在剥离与现实的关联,尽量避免唤起对日常生活的联想。所以它减弱细节描写,注重故事大框架的搭建。虽然网络小说也追求角色认同感,但取决于读者的主动身份替换。例如在开始阅读前就对将要扮演的角色(绝世高手、倾城美女)和追求的目标(权力、爱情)等有明确预期。网络文学力图构造一个人为的、认同幻想和超凡力量的虚拟世界,这个世界遵循游戏逻辑。

游戏逻辑是网络游戏世界预设的运行规则,美国学者卡斯的总结获得玩家的普遍认同:"规则必须在游戏开始前就公布,参与者必须在开始游戏前认同规则,认同使得这些规则最终生效……只有在参与者自愿遵守它们时,规则才生效。"①由于网文和网游受众群体类似,一些网游术语如"代入感""金手指"②等被借用到网文体系中,网络游戏中的逻辑和规则,如以明文规定为前提,以可学习的技巧和可复制的路径为基础等也被采纳。这是网络一代对"客观理性"因果律的偏离和对游戏虚拟场景里受控且有机会全盘重来的人为逻辑的认同。遵循游戏逻辑的网文不追求创新,而将通俗小说的常见桥段如"废柴体质吃灵药喝蛇血功力暴涨""无名小卒遇机缘迎娶白富美"等转变为套路。读者在既定大框架下一次次复习似曾相识的情节,以熟悉关键节点、读懂网络暗语、辨别来龙去脉为荣。这种阅读不挑战知识经验,而提供基于熟稔的群体性娱乐。其重复不仅是情节需要,也是同源异质的网络文学参与者尽快融入氛围,表达对贵贱、善恶、爱憎等价值判断的捷径。这些价值的选择虽然个体差异很大,却借助金手指、穿越、爱情等话题在网文套路潮流中稳定归位,在网民默契中形成鲜明的群体价值观。

一、金手指

"金手指"原指游戏玩家用来修改后台数据,以获得力量、武器、更高级别甚至续命的作弊程序。在网络小说里,无所不能的主人公随心所欲化解危机的方法也被称为"开金手指"。

网络流行小说虽延续熟悉的类型定式,但对情节吸引力的要求却比以往类型小说更高。在线连载时,作者着力铺陈、制造悬念,"挖坑"引诱读者深入。"坑"越大、关注度越高,后期在众多网友的瞩目下"填坑"就越有难度。常有开篇天花乱

---

① [美]詹姆斯·卡斯:《有限与无限的游戏》,马小悟、余倩译,引自腾云智库辑:《游戏:未来的艺术,艺术的未来》,电子工业出版社 2016 年版,第 11 页。

② "代入感"和下文的"爽感"是玄幻类网文常见术语,指阅读时将自身置换为主角,在杀敌升级中的痛快体验。比起传统文学强调的情绪感染力,网文代入感更强调类似网游玩家扮演角色、完成任务的动态过程。"金手指"是游戏玩家用来修改后台数据的作弊程序,在网文中最初是用来弥补逻辑缺陷、解决矛盾的超级外力,后发展出自身实质功能。由于网络词语意义生产迅速且变化较快,不一定适用于权威固定的解释,本文中部分未标明出处的解释为笔者根据网络百科、网友评论以及网文阅读经验总结。

坠,胃口吊得十足,却虎头蛇尾甚至半途断更的作品,因为没有下半截而被戏称为"太监"。2004年,知名作家马伯庸开始在网易连载《我在江湖》①:"五虎断门刀"弟子彭大盛下山闯荡,寄人篱下、乔装改扮、比武招亲,因袭了"传统武侠"套路。故事讲到第八章,武当恃强凌弱,慕容家拦路杀出,各方豪杰闻风而动势同水火,眼看一场激烈的混战即将开打,却突然没了下文。约两年之后,在网民连绵不绝的询问和对"太监"的讥笑中,"第九章"终于上传,说此刻天上突然掉下一个巨大火球,将方圆数千里内所有人一律砸死,"呜呼,虽我彭大盛独活,又有何用。自刎。"②连同标点209个字符宣告全文结束。网友惊愕之余,创造出"陨石遁"一词,连同"停电遁""入狱遁""充军遁"③等讽刺网络作者以荒谬借口停止在线更新、"遁地而逃"的行为。由于当时在线写作没有太多实际收入,很少人能不问前程地坚持免费连载,因被出版商看中导致"出版遁"或怕盗版而停更的"盗版遁"也不在少数。

随着网络文学产业化提升,它成为越来越多职业写手赖以谋生的手段,他们不敢随意戏弄读者,而是一边卖力"挖坑",一边努力"填坑"。然而惊悚诱人的悬念容易设置,缜密严谨的答案却不好给出。为让作品结构完整,逻辑上说得过去,网络写手想出许多办法,第六感、通灵术、神仙法宝、外星人等都在关键时刻出来救命。在起步阶段的网络写手中,所谓"大神"比拼的不仅是精彩,更是规律上传"不断更"的毅力和有始有终"不太监"的责任心。网络玄幻不受国别和流派束缚,在无边界想象力名下征用各类资源,所以作品最多。那些武功、仙术、魔法、巫蛊等,虽不源于共同的文化根基,却早已深入人心。对它们的熟悉一方面能满足网文追求的"代入感",一方面使"金手指"的法力来源无须赘言,从而快速搭建幻想和现实间的桥梁。

早期金手指多出现在情节简单、受众年龄偏低的"小白文"中——开了个好头却写不下去,又舍不得放弃时,就以金手指"作弊"弥补构思缺陷,解决依常理难以自圆其说的矛盾。如果从传统文学稳固的价值体系和清晰理性的逻辑思维出发,玄幻小说里予取予求、天花乱坠的金手指是"想象力受到控制"或"价值观混乱"④,但实际上,这种状况一方面由于当时网络原创内容有限,网民对坚持连载的

① 马伯庸《我在江湖》前八章见网易文化,奇幻类目,连载时间为2006年6月6日—7月2日,http://culture.163.com/editor/qihuan/040616/040616_89220.html。
② 马伯庸:《我在江湖》,https://tieba.baidu.com/p/81860270? pn=2。
③ 佚名网友:《网络小说十大遁法》,见 https://tieba.baidu.com/p/109776680。
④ 从传统文学价值体系出发对早期玄幻类文学进行评价的代表性文章参见陶东风《中国文学已经进入装神弄鬼的时代》,http://blog.sina.com.cn/s/blog_48a348be010003p5.html。

长文容忍度高、热情鼓励以求不"太监";另一方面,网文参与者普遍年龄较轻①,其自身并没有稳固不变的道统观念,对网文里混合杂糅、东西合册、古今贯穿的世界并不觉违和。有些人甚至觉得环环相扣的严密逻辑不过瘾,莫名跳转的金手指才有"爽感"。因此,尽管一些写手有能力构造独立意象,也不愿抛弃金手指这种"缺陷技巧",使它从"权宜之计"转为网络文学的特色元素。

金手指类型很多,外在的有法宝、神宠、功法和系统,内在的可能是禀异天赋、奇特血统等,其主要作用就是"填坑"以延续故事。如我吃西红柿的《星辰变》②,主角秦羽原是体质孱弱的"王爷三世子",所练神功类似"铁砂掌"——"不断用双手铲入白沙深处。十指连心,疼得他心颤抖"。但当"流星泪"融入体内后,他就具备了自我修复和高超的领悟力,得以进入"星际升级"境界。由此,情节才真正走向玄幻,秦羽经历"星云—流星—星核—行星—渡劫—恒星—暗星—黑洞—原点—乾坤"十级,每一个级别乍看都高深莫测,而一旦逾越就迅速幻灭、不堪一击。这篇小说几乎为我们展示了玄幻法宝的所有类型:"流星泪"增强功力,"剑仙傀儡"提升招数、"姜澜界"转换空间,还有"万兽谱""迷神图卷""华莲分身"等。主角只需在恶战濒死之际,凭借运气、机缘或情义,便能获得某种法宝,从而绝地反击、胜利通关。法宝越多级别越高,但即便最后已突破宇宙,成为终极"鸿蒙掌控"③,秦羽所拥有的依然并不是自身的能力,而是法宝的"法力"。通篇二百余万字并非讲述成长,而是探险、寻宝和收纳。

玄幻网文整体套路是讲述主角从弱到强、从无名小卒到多元世界主宰的历程。为营造神奇夸张的效果,时间上一般会延续成千上万年,空间上则穿梭于宇宙洪荒甚至不同"位面"。在一路积累经验打怪升级的过程中,主角还可能瞬间跳转到另一空间,换地图、换系统。这种危急关头抽身而出、全盘重来的写法也是金手指,以"随身空间"或"万能系统"为代表。玄幻小说篇幅长,又爱用极端大词,很容易写到技穷。这时就需新的级别、系统、地图或位面④——在凡人中强大后进入武侠世

---

① 艾瑞:《2015 年中国网络文学 IP 价值研究报告》,http://www.chinaz.com/game/gdata/2015/1230/490534.shtml。

② 我吃西红柿:《星辰变》,http://book.qidian.com/info/118447。

③ 级别梳理参见陈新榜整理"玄幻练级类"发展简史,邵燕君主编:《网络文学经典解读》,北京大学出版社 2015 年版,第 362 页。

④ 系统、位面、地图等也是网文从网络游戏中借用的术语。系统是网络游戏的操作系统设定;地图是故事的发展线索和环境条件;位面则类似不同宇宙空间,有相互不同的物理规则、神祇等。在网文中均关系到整个故事发生的背景、套路、规则等。

界,武艺登峰造极就与神仙斗法,法术和神兽用完后则开始宇宙游历,总之在完全不同的话语体系中层层递进,循环往复,打开后续情节。

作为网络小说常见元素,金手指自身也不断发展,逐步从物品或工具转变为独立角色,融合神仙、老妖、隐匿高人的"老爷爷"①就属此类:唐家三少《斗罗大陆》中的"大师"、天蚕土豆《斗破苍穹》中的"药老"、《武动乾坤》中的"貂爷"、方想《修真世界》里的"老妖"、我吃西红柿《吞噬星空》中的"陨墨星主人"等,是大神们笔下最流行的人形金手指。老爷爷善讲故事,弥补主人公资历的欠缺;老爷爷心思细密,却对主人公这个"小孩子"掏心掏肺;他们武功高强,浑身藏着好东西,关键时刻甚至倾尽毕生修为舍身相救。

在传统想象性作品中,也有类似的长者角色,比如金庸在《射雕英雄传》中安排了好几位老爷爷向主角郭靖传授武功,但柯镇恶为打赌、丘处机为公平、洪七公则为黄蓉的美食,各有各自合理的动机。网文里老爷爷却毫无缘由,"大师"只因唐三特别有礼貌就青眼有加;陨墨星主人则可能寂寞太久,所以罗峰一旦误入福地就获传毕生绝学。网络老爷爷们从不试图自己征服世界,而是深藏功与名,辅佐主人公。他们本领神奇堪比《天方夜谭》,却绝不是一易主就翻脸的阿拉丁神灯。老爷爷这种强烈又忠实的情感既不来自血缘,也无患难与共的基础,依常理看格外荒谬,却有其媒介合理性。由于网文自由订阅,屏幕阅读常常是粗略地跳读,太严密绵长的因果伏笔容易被忽略遗忘,所以老爷爷一出现就得明确功能,与主人公捆绑结对。例如超过300万字的《武动乾坤》里,仅用3000字就完成了主角林动与天妖貂(貂爷)的相遇和配对,貂爷第一句话怀疑林动这个陌生人要伤害自己,第二句话就盘托出了自己的弱点、身世、功力等生死攸关的信息,单纯得令人感动。《斗罗大陆》里大师和唐三的情感也在短短几句话间建立起来,两章之后大师就情愿冒着功力大减的危险给唐三疗伤。

老爷爷外形类似民间传说中的神仙,行为却大相径庭,既没有飘然出尘自成一体的超越性,也不具备以仙术挖井造桥造福大众的悲悯情怀,而是围着一个人转。这种予取予求的神仙大概只有在《没头脑和不高兴》或者《宝葫芦的秘密》之类儿童故事里才能出现。然而,童话中神仙爷爷的言听计从意在启发任性的孩子意识到自身要求的荒谬,带有教育意义,网文中的老爷爷却不具备超出主人公欲念的独

---

① 蘑菇子:《谈谈近年来我看过的金手指》,见龙的天空论坛,http://www.lkong.net/thread-673270-1-1.html。

立意识。他们可能偶尔"不灵"闹情绪,但即便增添情感和笑料之后,也仍只是一个综合了父亲、导师、保护神的功效,又如忠仆般完全受控的道具。传统故事里的神仙揭示超能力与凡俗欲念的不匹配,批判不切实际的梦想;而网文老爷爷则是主人公强大道路上的加速器,成就不切实际的梦想。传统文学中具有超越性、批判性的老神仙和网文里披着神仙外衣的金手指之间,因情感关系、行为动机和存在意义而截然不同。

网络小说题材上借鉴传统通俗文学,但又有根本区别。传统文学主张想象力在逻辑范围内"戴着镣铐跳舞",网络小说则用金手指替代追新求怪所牺牲的常识理性。金手指是网文事先设定的逻辑前提之一,它并不源自科学理性,而是基于读者对虚拟世界规则的认可。金手指是人物命运的超级玩法,对它的认同源于互联网一代不愿将数码世界混同于现实世界,追求建立另一套话语体系的欲望。其实,人们对故事逻辑合理程度的判断也在变化:神造世界时,无辜的俄狄浦斯无论如何努力都无法挣脱神谕的命运;科学理性时代,人们通过学习科学技术改变命运;计算机网络时代,新媒介上流传着白痴天才、黑客英雄的传说,而浸淫于其中的网民难免梦想以强大的头脑能量开辟鸿蒙。

最初被用来救急的金手指逐渐具备实质性功能,承担起为不着边际的升级斗法赋予合理性,延续情节和丰富角色情感的任务,带给网民不受束缚的幻想力量。有些文学站点甚至以金手指属性和种族分类作品,供网民依据爱好检索。金手指有了自己的"粉丝",痴迷某一特定类型的读者能够追根溯源,对其特点和演变路数如数家珍,不仅不觉重复,反而越看越上瘾,在写书评时还会自发归类比较,将金手指使用的合理度、创新度作为评判依据。虽看似简单,它却是网络时代创造出的独特文化元素。

二、穿越与重生

穿越与重生是网络小说主人公常见的命运轨迹,二者模式相似,都是时间失序导致的身份转换,前者穿越成别人,后者穿越回早先的自己。从根本上看,穿越也是一种金手指,它帮普通人修正生活中的缺憾,把现代人带往古代或异界体验显赫的身世。但穿越故事又并非完全架构在想象中,主人公虽然具备"后见之明",但行动仍受特定历史时段以及人物身份的限制,虽能预见事态发展却无力阻止,认识的超前和行动力的滞后成为推动情节发展的主要矛盾。穿越满足人们对历史事件

"再来一次"的愿望,以现代人亲历的视角填补古代大事件中的小细节。

有论者将穿越看作"展开故事的手法和叙述设定",认为穿越火爆的原因在于"这一手法既充分满足了读者的YY①需要,也让写手在取得最大叙事效果(YY)的同时减少了'合理性'质疑,在写作设定上变得容易……让读者的YY更真切自然、更有'代入感'"②。结合本文第一节论述可知,"简化写作难度、增强代入感"是金手指的功能,并不专属穿越。穿越文的流行主要源于当今科技发展带来空间萎缩之感,但时间仍是不可控、不可逆的,因此更具吸引力。穿越者虽然挣脱了原有时间限制,但他依然是普通人,在新的时段仍需服从时序,这就是穿越小说与神话的区别。在人类早期朴素的世界观中,时间和空间是区分人与神的两个维度。希腊神话里,暴虐的提坦遭奥林匹斯诸神镇压,尽管被流放、做苦役,却从不死去,而赫拉克勒斯等有人类血脉的英雄获得的最高荣誉则是超越时间变成永生的星座。中国古代鬼魂狐仙动辄修为千年,而普通人哪怕闯入神秘仙境,也最终会回到现世,像唐代的《游仙窟》、宋代的《刘晨阮肇》以及清《聊斋志异》里面《画壁》《翩翩》《仙人岛》等,都将时空掌控作为人与神魔的界限。现代交通和传播技术缩小了空间,但没人能挽回时间,因此,腾云驾雾的异域见闻甚至星际旅行都不觉新鲜,不受掌控的时间则成为激发想象的主要来源之一。

穿越并不是网文的发明③,著名通俗小说家黄易、席绢都出版过风靡一时的穿越小说④。但在网文流行以前,穿越只是个别小说中的意外事件,没有成规模出现,也不具备担当主线的重要地位。网络穿越虽源于对通俗小说的跟风,却在潮流化创作中产生新变,通过故事矛盾的转移和形式的转变反映出当代青年面对现实问题的无奈,转而求助于虚空幻想的态度。

网络穿越小说的变化首先体现在故事主要矛盾从时间转向个体情感与理智的冲突。写穿越文的一个基本准则是不得更改历史进程,否则就不是穿越而是玄幻创世。早期穿越文有不少受黄易《寻秦记》影响,写现代人回到古代,试图在民族发展的关口力挽狂澜,如阿越的《新宋》、月关的《回到明朝当王爷》、酒徒的《明》

---

① YY是由"意淫"拼音首字母演化成的网语,指不切实际、自我陶醉的幻想。

② 黎杨全:《网络穿越小说:谱系、YY与思想悖论》,《文艺研究》2013年第12期,引文略有删节。

③ 有关网络穿越小说的发展脉络可参见黎杨全:《网络穿越小说:谱系、YY与思想悖论》,《文艺研究》2013年第12期。

④ 黄易《寻秦记》和席绢《交错时光的爱恋》被看作穿越类通俗小说的源头,前者讲特种兵项少龙穿越到秦代,后者讲因车祸意外身亡的杨意柳被身为"灵异界甲级女巫"的母亲送至古代展开恋爱的故事。

等。在这里,主角对抗的是不可逆转的朝代更迭,虽然对重要事件结局了然在心,但使尽浑身解数也无力回天。幸运者穿成某个帝王,亲手促成霸业,但躯壳里的现代记忆终究是无处安置,只得"隐退江湖",用故作潇洒的态度掩饰虚无主义的内心。这类穿越以波澜壮阔的大场面和浓厚的家国情怀受到各类奖项的青睐,但对读者来说,其"爽点"在快意恩仇的"热血"而非历史,因此人气并未超越将热血表达得更直白的军旅甚至黑道文。

女性穿越——一种将言情与花样穿越结合的新故事模式反而因矛盾集中、结构完整而影响面更大。"清穿三座大山"《梦回大清》《步步惊心》《瑶华》都讲普通女白领穿越到康熙年间,凭清宫剧里得来的历史知识与阿哥们展开恋爱,却各有各的精彩;《木兰没长兄》中女外科医生穿越成花木兰后,凭借现代医术赢得声誉,也在羁旅生涯中体验到边关将士的豪情,不同于一般的小儿女情怀;《女帝本色》里四位少女则更主动,她们团队穿越寻找爱情,终于在最适合自己的恋爱时段停留下来。女作家写女性穿越,故事环境虽是历史,矛盾却从宏大的家国抱负转向复杂的个人情感。乍看去两个人卿卿我我与外界无涉,但穿越身份却赋予恋爱更多内涵。以桐华《步步惊心》为例,穿越到九王夺嫡时代的女主由于熟谙清史,不得不趋利避害,放弃日久生情的老八,刻意接近未来的皇帝四阿哥。她的心结不是传统言情"我爱的人不爱我"或"棒打鸳鸯两地分",而体现在对命运的清醒审度以及偏离理性的感情纠葛中。虽然谈论爱情,但女主进行的是无情的选择。现代女性穿回古代往往年轻貌美,她们有渴望被爱的小女人心态、有平等独立的自我意识,还有穿越带来的先知头脑。因此,既不缺选择爱的能力,也不缺逃避祸的机会。她们在多方受制的时代环境中尽力保全自己和身边人,哪怕是功利性的抉择也带着迫不得已的诚恳,比老套言情中等待救援的女主更加立体生动。

作为原创网络小说的重要一支,穿越文许多特点源自其媒介特性,其中之一就是穿越者原生身份的弱化、矮化。在早期因袭黄易、席绢的穿越文中,主角常常是具备特殊技能,身家傲人的"特种兵"或"魔血美少女",而后期平民化的网络语境酝酿出越来越多贴近普通人的穿越主角。除了穿越身份,他们一无所有,不得不凭借一些现代的基本常识如文史知识、数学物理、职场攻略等奋力谋生。他们原本只是低级白领、单身狗、挂科学生,在车祸、坠崖、溺水甚至对着电脑看小说时突然穿越,一下子进入别样的世界。即使个别人依然霉运加身、笑话连连,穿越也为平庸生活增添了色彩。这些凡人乍一穿越时的窘境难免让人产生优越感,幻想自己如能跌入时间缝隙,也将成就一番浪漫的传奇。

　　穿越提供了轻松代入的渠道,让人产生极大自我满足。这种满足不仅来自与故事主角低劣原生身份的对比,也来自穿越后的"玛丽苏"效应。"玛丽苏"原是《星际迷航传奇》中一个过于完美而失去真实性的女战士角色①,后被网民用来讽刺网文里集天赋、容貌、机遇和异性缘于一身,带有作者自恋人格投射的女主角,相应男主角称为"杰克苏"。他们是全能人物,一出场便自带光环,他们拥有全部资本,所有情节都围绕他们展开。这样自恋自大的主人公在网文中受宠的原因,是由于"刷网文"②多在通勤、排队、工作间隙,很难集中注意力;而网络小说却必须以超长篇幅换取收益,要求读者对一部作品长久关注,二者之间存在矛盾。在注意力延续与碎片化时间的博弈中,"玛丽苏""杰克苏"这样强大、鲜明、关注度高的主角成为必须。在穿越中,一切都是发生过的,都可以改写,主角的当下感受和选择至关重要,而其他角色则可以随时替换重来。原生身份的卑贱和转换身份的高贵对比是穿越的魔法,诱使读者通过代入实现从卑微到强大的翻身,轻松拥有少年躯体、中年精力和百岁见识。

　　在角色扮演类游戏如《三国志》中,玩家选择赵云或张飞身份,就能骑白马或耍大刀对敌,网络小说对代入的强调也在鼓励读者扮演角色。屏幕显示突出视觉效果,表情包、视频和游戏属于网络主流娱乐,纯文字阅读曾不被看好。可为什么网络文学却终究在手机、电脑上流行了起来? 并不是因为网络小说也借用了与网游、视频类似的多媒体手段。尤其是当前的长篇类型化网文,完全以文字写就,连表情符、超链接等都很少见,它们之所以流行,恰恰是源于不适合屏幕表达的文字。文字诉诸想象而非视觉效果,不长于精确的形象塑造。正是这种模糊性,为代入提供了更大的空间。网民依个人口味,在网络小说粗略设置的身份、性格和情节中拣选一款,作为自身形象的网络再现。比起固定的图像、精确的视频,文字更加自由,它的模糊和包容允许读者对作品角色自由整合代入,而不是整容削骨地依附于某个明星。

　　网文阅读不是静态孤立的行为,而是一场虚拟社群的互动。网民在线追文的同时,乐于积极点评、回复、打赏或是加入作者 QQ 群。某位"大神"或作品的"粉丝"构成一个虚拟共同体,在积极跟进故事发展的同时,把现实当下的自我与故事中的虚构主角相联系或者置换,对主人公产生高度的认同甚至依赖。他们通过网络互动在虚拟集体语境中展示自我,并生成一些只有特定社区成员才能理解的行

---

　　① 参看 360 百科"玛丽苏"词条,http://baike.so.com/doc/5368796-5604626.html。
　　② 网民在阅读网文时,不仅快速浏览,还经常跳转,因此称作"刷文",与印刷文本的细读形成明显区别。

话暗语,通过相互感染形成文化潮流。网文读者之间的网络对话既可实时交互,也可能因为共同主题而跨越时间限制,接续并影响到同样爱好的一类人。这种现象使私人的社交行为带上了虚拟社会穿越时空的神奇色彩,因此穿越主题在网络上比在其他单向媒介上更容易得到接受。

三、爱情最大

爱情一向是文学钟爱的话题,否则,帕里斯王子也不会以十年特洛伊战争为代价,将金苹果判给阿芙洛狄特;罗密欧与朱丽叶的激情也不会超越家族世仇而焕发出永恒光彩。然而,在传统文学中,爱情是受限制的,与欲望、责任、伦理、道德等共同构架故事,坚信"爱可以创造一切,也可以毁灭一切"①的言情小说不过是通俗小说中的一支。

网络小说依受众性别分为"男性向""女性向",依主题分为"玄幻""穿越""都市""言情"等,虽然情节有异,但爱情话题却能轻松游弋于不同性向的所有类型中。爱情是网文里抚平一切伤口的灵药,无须自证即具备合理性,它是修炼、创世、隐退的动因,是权谋、黑帮甚至"种马"的终极救赎,它激励痞子走上英雄之路,也帮弱小者扭转乾坤……哪怕与具体情节无关,抽象的爱也常被用作行动的根源。以两部完全男性向、几乎不涉及男欢女爱的创世类作品为例:猫腻《择天记》里,陈长生历经重重磨难最终成为掌握天上天下的教宗后便携爱人归隐——既然意不在治世,那么此前所有拼搏就都"白打了";第二男主秋山君为爱"什么都愿意做",哪怕是背叛信仰、放弃生命,最终衬托出爱的坚贞。辰东《遮天》里叶凡修炼的动力最初是为救人和自救,但当情节演进,一个个次要角色都被遗忘后,他的目标就不得不转换成爱修炼。纯男性向小说尚且如此,其他类型更难以跳出这种窠臼,制造《三生三世十里桃花》世代纠缠的,是"我爱他,他爱她",帮《微微一笑很倾城》里男主走出创业阴影的,是爱的甜蜜。

连载时间漫长的网络小说需要不断添加新线索吸引注意力,却无暇以绵密的逻辑来连缀众多头绪。爱情既通俗可感,又具有黏合不同情绪(妒忌、憎恨、愤怒等)的魔力,还是青春期读者钟爱的热点,因此成为各类网文常用的解释,但网文中的"爱"又演化出独特的含义。在看待性关系方面,网文和传统言情小说不同。

---

① 席绢语参见汤哲声主编:《中国当代通俗小说史论》,北京大学出版社2007年版,第126页。

后者强调爱和性的排他性,男女往往是一对一搭配,谴责绝情负心和多性伴,维护贞操和血统观念;前者则认为身心契合、肉体欢愉甚至功利的性关系都可以纳入爱的范畴。例如吸血鬼小说中不乏因迷恋某种特殊血液而誓死守捍卫人类女孩,患难与共日久生情;《蜂巢里的女王》讲述穿越成蜂后的女孩被众多工蜂帅哥追捧宠溺;《择天记》中莫雨和陈长生睡在一起,原因竟是需要他的体味助眠。网文里不排斥从一而终,也接受情感转变,连对同性甚至跨物种、跨位面的爱(如丧尸、狐妖、虚拟爱情等)也持开放态度。特别是丧尸小说,由于角色形象丑陋恐怖,所以甜宠文颇多,如《末世中的女配》《我的男友是丧尸》《末世守护》等都是这一路数。从花样百出的对象可以看出,网民将爱情当作纯粹的故事元素,并不像传统言情小说那样试图塑造爱情关系的模板。传统言情小说中的青年男女往往遭受来自家庭、伦理、世俗成见的阻力,而网络小说里的爱情则跳出真实社会,不追求世俗圆满,是独立个体间的交互。

　　网语中的"爱情最大"源自电影《大话西游》。作为网络流行文化源泉之一,这部电影在无厘头搞笑和讽刺戏仿之外更受关注的是其跨越仙魔、人戏不分的爱情。网民们为角色(白晶晶、紫霞与孙悟空)与演员(朱茵与周星驰)的爱情唏嘘,并使之突破媒介边界,从完结的电影演化为开放的网语、多变的表情包和人人都能演绎的文化主题。《大话西游》初上映时票房普通,后期却在校园群体中赢得极高的声誉。青年学生是早期网络文化的制造和参与者,在他们泡网的过程中,这部电影不仅是虚拟社区里的一个话题,更提供了连缀青春世界,倾吐爱情宣言的机会①。

　　网民对爱情话题的热衷也贯穿中国网络文学的整体发展过程。最早期以网恋题材出现:无论台湾《第一次的亲密接触》,还是内地"三驾马车"②的《迷失在网络与现实之间的爱情》《活得像个人样》等,爱情都以网络为媒介。彼时所谓"虚拟世界"近似科幻,属意网络创作的人们只将它看作维系跨地域爱情的工具。随着网恋题材的流行,众多打着"网络"旗号出版的畅销书更是将网络变成爱情的背景,只要文中涉及在线聊天、使用表情符号甚至主角在计算机行业就职都可以纳入"网络文学"图书名下③。

――――――――――

① 参见张立宪等:《大话西游宝典》,现代出版社 2000 年版。

② "三驾马车"指内地早期网络文学作者李寻欢、宁财神、邢育森。

③ 本文提到的早期恋爱题材网络小说可参见许苗苗:《性别视野中的网络文学》,九州出版社2004 年版。

　　这种情况直到网络写作走向职业化才有所改观,文学网站丰富了网文"聊天加恋爱"的模式,但"爱"依然是必不可少的。在男性向小说里,爱情虽缺乏细节,却带有不容争辩的超越性和终极救赎的效力。以脱胎于角色扮演游戏,以练功饲宠做任务为主线的玄幻类小说来说,虽是纯男性主题,也以爱为根本动力。江南烟雨在《亵渎》中塑造了一个好色、残暴又丑陋的主角罗格。尽管他使用邪恶的死灵法术疯狂敛财、谋求权位,但仍在精神交流中爱上魔界公主,并不惜为之抛弃钱财,背叛教会和前途。爱使那卑鄙嘴的脸逐渐带上哲人般的色彩。"'爱情'成为罗格唯一愿意捍卫的价值,并使其翻身对抗'神圣崇高'的秩序体系……是主角最后的底线。"①罗格的爱不是特例,整部小说虽然围绕练魔法、斗骑士、挑战教廷、背叛家族展开,但所有角色都与爱纠缠:光明骑士爱上黑暗公主,人间女孩痴恋死灵法师,公爵之子中了侯爷之女爱的圈套……各式各样的爱为各式各样的打斗找到理由。仙侠小说脱胎于武侠,增添了道家炼丹、运气、御剑等元素,而人物却往往身在仙班、心在红尘。类型开山作《诛仙》中,平庸少年张小凡拼死保护师姐陆雪琪,被其感动的师姐放弃自救与其一起坠崖,结下生死之恋;后小凡与鬼王女儿碧瑶落入洞中患难生情,危急关头后者牺牲自己以厉咒解救小凡,结下人鬼之恋;对正派失望的小凡成为鬼王杀手,与身为正派传人的师姐决斗却不忍下手,再续爱恨痴缠。主人公忽正忽邪,每一次转变都伴随一次爱的抉择,危急关头也总是因爱而续命,"爱情是超越价值对立的桥梁"②。连妻妾成群的"种马文"也以"爱"为借口。禹岩的《极品家丁》里,"家丁"从当代大学生穿越而来,他运用现代知识改善古代生活,平内乱、定边疆、治理朝政,背后的动力是主人家两位小姐的命运和公主超越阶级的爱情。烽火戏诸侯笔下的"极品公子"是一个自恋到极致的纨绔大少,结党商战过程中以收集女性为乐,但其"最爱"却并非"最美""最亲"或"最有价值",而是从误会、憎恨到最后生成的"真爱"。虽然"种马"毫不掩饰身体欲望,但奋斗的动力却设置为"真爱",哪怕这"真爱"非常苍白、缺乏说服力,却是当之无愧的正能量。

　　女性向小说描写爱情更具体,态度也更复杂。不同于传统美丽、被动的"傻白甜",网络爱情女主角更有掌控爱情走向的自主意识。在宫斗小说《甄嬛传》里,最

---

　　① 王恺文:《奇幻:"恶人英雄"的绝望反抗》,邵燕君主编:《网络文学经典解读》,北京大学出版社 2015 年版,第 56 页。

　　② 王恺文:《奇幻:"恶人英雄"的绝望反抗》,邵燕君主编:《网络文学经典解读》,北京大学出版社 2015 年版,第 56 页。

初纯情的甄嬛因惧怕无爱的婚姻而将侍寝机会屡屡让人;之后由于被皇帝打动产生爱的幻觉,开始积极争宠、打压其他嫔妃;得知自己只是前皇后的替身后,她心灰意冷遁入空门,却与果郡王暗生私情;为保住爱人的孩子,她重新回宫并最终杀死皇帝。为追求真爱,女主角经历了从一往情深到心狠手辣,从单纯善良到利用倾慕者达成私人目的转变。她并不等待爱的施舍和救援,而是积极选择、主动把握命运。

其他女性向的类型小说中,爱情态度也十分新鲜:穿越把恨嫁的都市大龄女送到古代公子王孙面前;"禁欲系男神"以高颜值、高智商和孱弱体质提供忠贞情感的模板;耽美文则满足了女性转换地位、自由选择角色带入的幻想。流行的耽美文里见不到三岛由纪夫《禁色》式的压抑和耻感,也没有早期网文《蓝宇》那种在社会关系和权力网间的挣扎,而是以"二次元"思维方式赋予"爱"无关他人的独立性。耽美文不回避性,但多半采用动漫式的主角、童话般的恋情、轻快夸张的描写。这种特点尤以"甜宠"类耽美为甚,无论是都市童话《惩罚军服》还是古风神话《花容天下》,主角的性别设置虽然为男,给人的感受却是忽男忽女、可男可女。耽美以同性爱去除了习见赋予男女的性别、主被动的差异,既不追求灵的超越,也不流于肉的重浊,只有一派撒娇卖萌。幼稚化的性描写冲淡肉欲,凸显双方在外貌、精神和趣味等方面的吸引。这样描绘出的爱情必然超越现实逻辑,因此何种性取向都没有悖谬感。

由于爱情最大,网络小说中的财富和权力都轻如鸿毛,连生命都不再重要,拥有真爱就可以毫不犹豫地抛家弃国、死亡或重生。网络文学本身是一项边界模糊的互动行为,参与者、原创作品和衍生话题相互交织并彼此催生,因而爱情最大的信念不仅贯穿作品,还泛滥到写作和阅读交流中。读者点赞原本是随意表达,但在追文社区里就成为对作者的情感支持;粉丝群产生争议时,围观和点击都代表立场。追文"打赏"为网文作者带来了收益,却使"写作"一词的神性光环变得黯淡。为扭转国人历来认为"谈钱伤感情"的态度,文学网站发明了一套将金钱与情感相结合的升级制度:读者以票额和虚拟礼物表达支持,作者以收到的虚拟财产排列品第。作者毫不讳言"求点赞、求月票、爱我就来打赏我"——这种把经济和情感画等号的行为,被称为"有爱的经济学"①。爱统摄一切,当爱的程度与金钱数量联

---

① 林品:《"有爱"的经济学:御宅族的趣缘社交与社群生产力》,《中国图书评论》2015年第11期。

姻,文学网站的资本行为就笼罩上一层脉脉的温情。

结语:从认同虚幻到反攻现实

"游戏逻辑"不仅是网络文学对电子游戏预先设定规则的借用,也是网文交互活动中网民所抱有的以低成本改变世界的幻想态度。网络文学以游戏逻辑构造虚拟世界,对游戏逻辑的认同一方面透露出网文爱好者在面对复杂话题(如逻辑冲突、灰色地带、琐碎日常)时的迷惘无力和试图求助于幻想解决现实矛盾的企图;另一方面,也预示着媒体技术、知识换代、潮流变迁对社会的推动,以及青少年、较低社会阶层渴望凭借自身对新媒介、新知识的优先接触,在固有等级秩序寻获新的机遇。从这个角度看,网络文学虽不是当今阅读的全部,但其流行文化的特质以及庞大的数量却足以证明其所遵循的游戏逻辑的通行,这种虚幻的想象性态度投射在现实生活中,并反映出参与者对现实世界的态度。

许多网络作品信奉丛林法则,升级练功养宠物的目标都是为了打败更高阶的对手,完成更艰巨的任务。强者拥有世界、主张正义,而弱者的生存依赖于强者天然的正义感、同情心和对真爱的向往。在这种升级过程中,力量对比和胜败结果都是一对一、有因就有果的。金手指显示出网文世界对规则的建构方式:哪怕主人公作弊,只要遵循设定便能获得认可。它是君子协定般的透明规则,有意无意地疏离复杂暧昧的灰色地带,以回避现实社会中的"潜规则",它不试图构建理想国,而是由最简单的幻想和爱憎支撑展。

穿越则利用时间差,以当代视角和"后见之明"解释过往、改写命运,以缓解人在回顾时间长河时产生的无力感。时间的流逝不可逆转,穿越不仅赋予个体强大的能动性,更折射出人类挑战时间这一看似恒定不变自然主题的欲望。网络时代个体的渺小要求网文主角必须完美强大,唯其如此他们才能延续想象,让故事具备可信度。

除了对生存和时间规则的简化处理外,网文对生命也有不同的看法。十来年前,当被称为"80后作家"的青春写作成为畅销书时,"流血""死亡"等是他们频繁使用的意象,"盲目而奋不顾身"[1]一时成为青春流行色。稍后的网络作者虽然也多是80后,却并没有延续"残酷青春"的基调,而是着力于渲染生命的快感。他们

---

[1] 沈浩波:《盲目而奋不顾身的〈北京娃娃〉》,《华夏时报》2002年5月20日。

向卑微的普通人展示现世的诱惑,并致力于以代入感模糊幻想和真实的界限。他们痴迷于基度山伯爵和盖茨比那样戏剧化的权力反转,让小人物成就大事业,却并不期待生命的升华,而是以获得具体的金钱、爱情、权力,以绝地逢生甚至长生不老作为反转命运的手段。生命在玄幻仙侠里可以长生千年、在穿越中可以死而复生、即便在不涉及仙侠等超能力并标榜爱情洁癖的都市情感作品里,人们也"一言不合就消失"。这里的消失并不是死亡或寂寂无声,而是换一种方式重来。如《何以笙箫默》《七年顾初如北》《寻找爱情的邹小姐》等作品中,主人公整容、出国、销声匿迹躲灾避祸,经历一定年限的蜕变(多半是 7 年)后,总是能够重新光鲜地出现在爱人或情敌面前。虽然相爱相杀,但他们的身体和精神都惊人地保持着一如既往的"纯洁忠贞"。网络小说将生命的细微情感无限放大成跌宕起伏的波折事故,主人公的遭遇比"残酷青春"更富戏剧性,但他们不再轻易抛弃生命,而是坚韧地应对一个个难题。不死的主角在网文中践行犬儒主义,这恰好与网络流行语中反映出的日常生活态度一致,在对美好情感、简单规则的向往之下,是对现实社会的服从和无力反抗的想象性戏谑。

游戏逻辑赋予网络小说某种抵抗性质。虽然"以弱胜强""普通人创造奇迹"等虚拟快感原型均产自大众文化工业,但网民通过评论、打赏等方式沟通作者,进而影响情节走向,使作品成为互动的产物。低成本的网络阅读让低收入群体以点击投票,如果说商业化运作使网络小说落入资本之手,那么低消费和廉价的复制传播却让网络小说本身无利可图。虽然网络盗版令人反感,但它具有开源代码般的效应,使更多网民获得参与机会,在阅读、转发中迸发灵感,成为参与构造网络流行文化的生产性力量①。这些力量有时顺应资本意愿,有时则对抗或者利用,它们实际上已经游离了资本控制。文学网站如果纯粹生产文本会无利可图,只有开发粉丝经济、进行版权运营、积极向付费门槛更高的影视等媒介形式转化,才能从网络文学中获利②。网文获得转化的依据是人气,而贡献点击量,使之具备人气的则正是低消费能力的网络大众。网民的选择通过媒介转型到达高消费能力群体,游戏逻辑也从而到达多种媒介受众,影响多个社会阶层。

网络文学与印刷文学经常被作为一对概念相互比照。读屏时代,印刷文学并没有在"新文明的号角"声中轰然倒下,相反,其确定的作者来源、审慎的编辑流

---

① 关于大众对文化工业产品的生产性消费可参看费斯克:《理解大众文化》,王晓珏、宋伟杰译,中央编译出版社 2001 年版。

② 《侯小强揭秘盛大文学盈利之路》,《每日经济新闻》2011 年 9 月 6 日。

程、深度的思辨色彩等优势在变动的网络阅读中日益彰显。稳定性使印刷文学具备强大的自律性和界限分明的话语体系。网络文学欲在这一权威话语体系之下谋求发展,与其探索一套对抗体系,不如突出自身与之相对的变动性。当前这种变动的结果,就是网络作品中体现出的对游戏逻辑的认同。游戏逻辑标志着网络小说已发展出个性风格,在强化并放大传统通俗小说某些属性的同时又呈现出自身独有的媒介特色。

当电影遇上哲学

——试论电影史与艺术史的博弈

李立(四川文化产业职业学院副教授)

近 10 年来,电影理论研究进入了一个瓶颈、反思和再突破的时期。一方面电影理论在"迷影传统"中的保持着纯粹,进入了一个哲学表达的思辨空间,另一方面,电影理论完全疏离电影实践,甚至成了一个有趣的反差,电影实践轰轰烈烈,电影理论寂寞无声。电影研究日益走上了一条脱离电影本体,追求思辨的哲学之路。针对电影研究中宏大命题、大而不当的现象,波德维尔"后理论"①的反思是格外有力的,认知理论、实证研究、经验研究、中间层面研究、电影诗学的建构(active mak-ing),其所追问的"电影在一个特定的环境中,是如何被创造出来以达到特定的效果的?"②的核心命题不仅具有历史意义,也具有现实意义。近年来,巴迪欧、德勒兹、朗西埃、齐泽克、阿甘本等西方主流哲学家纷纷借电影之名进行哲学表达,造成了西方哲学思想对电影理论思想的剥夺,形成了电影理论思潮的混乱,尤其是对中国电影理论发展带来了双面性影响,一方面引领了电影与哲学结合,电影似乎成为哲学实验的工具,另一方面,哲学也似乎剥夺了电影的权利,尤其是西方左翼思想搅浑了电影与社会、艺术与本体,让人云遮雾罩、雾里看花。针对这一问题,本文力图厘清哲学如何进入电影,又如何影响电影,分析电影与哲学博弈的过程与所产生的结果。

---

① [美]大卫·波德维尔、诺埃尔·卡罗尔:《后理论:重建电影研究》,麦永雄译,中国社会科学出版社 2000 年版,第 34 页。

② [美]大卫·波德维尔:《电影诗学》,张锦译,广西师范大学出版社 2007 年版,第 22 页。

一、电影为什么会遇上哲学

如果单从电影史和哲学史发展来看,电影和哲学原本是不相交的,但是近年来的电影理论研究却大大出乎意料,西方哲学家频频成为电影理论的旗手,发展出了一整套有关电影的理论思考,如果以大历史的眼光将电影与哲学进行一种整体性观察的话,我们会发现,在他们的言说过程中始终有一个理论前提,那便是 20 世纪的艺术史。因为艺术史的存在,导致了电影和其他艺术门类的相互交融、造成了电影始终不纯的状态,电影只是他们用来阐释哲学观念或者表达社会思潮的工具。电影反映着哲学所处的社会环境和国家政治,左右着思想、观念与意识形态表达,制约着语言和言说的可能。

（一）电影遇上哲学的理论前提:20 世纪现代主义艺术运动

作为经典电影史研究的方法,不得不提到的是作为元理论的《电影史:理论与实践》所划定的政治、经济、文化和工业的四个部分,可以说从这四个部分所划分的部分、路径和方法确定了电影研究的范畴,引导了我们对于电影研究的思考。回顾 20 世纪西方艺术史,尤其是用整体历史观的视角来比较电影和其他艺术门类的此消彼长,又会清晰地发现电影和美术、雕塑、建筑的主要差异。电影,因为它的技术性、时代性、实验性、综合性和商业性,是 20 世纪最不纯粹,最不纯化,最不纯形的艺术,它吞噬或吸取着各种艺术门类的精华,并创造性地发展了艺术,它把各门类艺术的纯粹变成了一个最大的混杂,从而成就了一门新的艺术。

具体来讲,电影、美术、雕塑甚至包括建筑都是属于视觉图像艺术,20 世纪艺术史重要转向便是图像研究的崛起。因为图像的存在,符号学获得了方法论,从符号走向了后结构主义的语用学,从皮尔斯走向了德里达;让阐释学和现象学有了哲学上的价值,让索绪尔、海德格尔、胡塞尔、伽达默尔焕发生机。象征与隐喻,所指与能指,图像与索引,不仅仅是一个个具体单一的符号,甚至因为位置、语境、主体、客体的变化,具有了蒙太奇式的意义,让原本清晰纯粹的东西变得复杂起来。重要的不是符号,而是符号产生的环境,艺术不仅仅是单纯的技艺、创新的观念、更是和社会的结合,语境的匹配发生了关系。而电影就是现代艺术发展过程中一个最为典型、最为代表、最为综合的图像呈现。电影的综合性不仅仅是时间艺术与空间艺术的综合,更是各种艺术门类的综合、杂糅、发生剧烈化学反应的过程,在电影中,我们看到了作为艺术门类的美术、音乐、文学、诗歌的交融,也看到了作为商业本体的金钱,文化研究所执着的政治、身体、阶级的交叉。电影的综合性不仅仅体现在艺术的实验方式和存在空间,更是多种研究方法、范式理论的试验场。

20世纪的艺术史,其本质上是一场现代主义艺术运动,是艺术坚持以自己的名字为自己的存在方式呐喊的运动,是为了自己、反身自己、反思自己的运动。在这一个世纪中,因为美术的强大实力和惯性思维,艺术史被演化为了美术史,电影史成为一个被解释、悬置、存而不论的艺术史,成为宏大艺术史叙述中的一脉无关紧要的分支。即便是西方艺术史经典教材阿纳森的《西方现代艺术史》,也仅仅是把美术、雕塑、建筑并置在西方艺术史的框架之中,①而对于20世纪这个最伟大的艺术门类方式——电影,几乎没有提及。随着科技的进步和时代的进步,尤其是从文字到图像的巨大转向,电影在世界范围内取得巨大的发展。二战之中,电影甚至成为意识形态表达的绝佳武器。二战以后美国艺术几乎成为世界艺术,美国电影代言了世界电影,有关电影的问题成为西方艺术史中最主流和最热门的问题,越来越多的艺术家投身于影像实践,跨界成为一种艺术潮流和艺术趋势,越来越多的文艺批评家、哲学家投身于用电影来阐释这个国家,理解这个社会,启蒙这个民族,他们纷纷借电影的酒瓶,抒发心中的块垒。但即便是这样,20世纪西方艺术史仍然是一个约定俗成的特殊名词,是一部美术史或者说一部图像史,而并不是一部电影史。

当一部西方艺术史纯化为一部西方美术史的时候,问题就来了。从1895年电影发明之后到今天,电影遵循的是不是一般艺术的规律?这种规律是什么?这种规律让电影这个特殊的艺术门类和其他类型的艺术门类究竟有什么样的不同?这个特殊门类的艺术——电影,究竟是否匹配现代主义艺术的哲学思潮和社会巨变呢?传统、惯性和权力如果可以对20世纪艺术史形成定论的话,那么电影的定论和范式有没有?而电影和所有共生的艺术门类一样,在20世纪的艺术史领域中,经历着一个重大的理论母体,那便是:现代性问题。现代性对于电影而言,就是电影从形象、语言、主题和叙事上开始质疑、反抗经典电影的程式,欧洲艺术电影运动的兴起,新浪潮、左岸派的勃发,迷影精神的延续,影像作为纯粹表意的独立。电影

---

① 在以西方艺术史为关键词的检索中,我们会发现艺术史这个词语具有了特定的意义,主要是指美术史。用艺术史来指代美术史,用西方艺术史来指代全球艺术史这本身就值得做一个福柯意义上的知识考古。无论是西方影响最为广泛的阿纳森《西方现代艺术史》还是经典皇皇巨作《詹森艺术史》,依然围绕美术、雕塑、建筑为核心进行构建。而电影史作为艺术史的分支,基本被排除在艺术史的主体撰述之外。这本身就是一个问题,因为这个问题随时可以让我们追问,究竟是什么权力决定了电影史不属于艺术史?

语言的现代化、技术化,艺术精神与工业原则的冲突正是电影现代性的种种表征,个人表意、作者意识、市场考核都要在现代社会中反复熬制,接受着市场经济规律、民众、民族甚至国家的历史考验。这,正是 110 年来电影现代性的具体体现,正是哲学进入电影的最直接表征。

(二)20 世纪现代主义艺术运动中的电影

20 世纪"当代艺术"①横空出世,杜尚、波洛克、安迪·沃霍尔、大卫·霍克尼成为艺术英雄,造反、自恋,打破传统与经典,极端和多元、跨界与并置,极简、贫穷、行为、抽象、表现等成为艺术史上最新潮的艺术方式。种类繁多的艺术创作不仅强调造反精神、创新原则,其实是根本强调着自我身体与极权政治的解放,强调着个人与社会的更大适应度、包容度和开放度。也正是在这个时期,阿瑟·丹托提出了著名的"艺术终结论",汉斯·贝尔廷提出了"艺术史的终结",而其实他们的终结归根到底指的是,用图像的方式来表达艺术这种手段已经被机械复制时代的手段替代,"图像作为人对世界的感受与感觉(美学)关系不再由作为艺术的油画来承担。西方传统艺术和以这种艺术为研究根据发展出来的西方艺术史学科终结了。"②这基本上可以这样论断:架上绘画的终结意味着新媒体艺术的兴起。于是电影成为新媒体艺术中最直接的表现方法和艺术创作手段。而电影的名字,在当代艺术的语境中,被悄然的置换为"影像""录像艺术""新媒体艺术"。电影就是20 世纪艺术的新媒体,作为新的艺术手段和技术手段被广泛使用,无所不能的用来叙事或者表意。"影像"(image)成为新的当代艺术,它是电影和其他艺术门类博弈的结果,是电影和其他艺术门类的最大公约数,但它的目的、指谓并不是我们通常所言的经典电影概念,而是相反,它就是要和电影拉开距离,就是要用不规则的电影语言、生拙的镜头和苦涩的表演,打破电影的清规戒律,把轴线原则、视听语言规律、声画组合规则甩在脑后。"影像"执着地表现于个人的情感、思想、观念和立场,它把传播本身,形式本身,图像本身,甚至身体本身更直观地呈现了出来,"影像"成为电影不纯之中最为纯粹的部分,如同巴迪欧所言从"不纯粹变得纯粹"。"影像"改变了口味的配方,窄化了电影的途径、简化了电影作为哲学实验的方法。这也正是德勒兹的理论贡献,"通过所谓电影之解域化,用以影像为核心的理论话语取代电影符号学固守的电影观念,弥补了电影理论在阐释现代电影上的

---

① 当代艺术争议很多,缺乏定论。在一般意义上,可以把当代艺术等同于后现代主义艺术。
② 朱青生:《油画的宿命和使命》,《中国油画》2014 年第 5 期。

不足。"①于是乎,"影像"开始了观念叙事,造反、自恋、被招安的旅程,成为20世纪整体艺术史一个专门的独特的篇章。

因为电影遇到了艺术史的强大惯性,所以导致了电影的发展处于一个矛盾之中,一方面既要坚持卡努杜第七艺术的宣言,宣告自己是独立的艺术门类,另一方面其发展又必须和现有艺术史争地盘、抢夺资源。虽然电影史把电影归纳为"综合艺术",但是综合二字的背后其实隐藏着非常大的悖论,既然综合了各门艺术,又何来独立艺术可言?所以,电影和其他艺术门类的博弈是解决这个矛盾的唯一法则。而解决这个问题的理论资源,就是隐藏在其中的哲学观念。20世纪艺术中此消彼长的哲学思潮诞生出了枝繁叶茂的艺术形式,造成了电影在各种哲学理论的引导下不断地和其他艺术门类博弈厮杀。

电影从现代艺术的发展中获取了力量,从技术手段的革新中获得了灵感,从造反对抗走向了对抗的对立面。从存在主义、结构主义、解构主义、虚无主义、女权主义、精神分析学到走向现象学的悬置,走向解释学的不断逼近,从麦茨走向了德勒兹、朗西埃、巴迪欧。电影作为哲学表达,其根本没有解决电影的问题,而只是呈现出一种观察电影的方法,一种思维体操的训练,一种视角转移的偏差。

(三)西方哲学家的电影表意立场

电影是一个不纯粹的艺术门类。它充满着各种艺术特质,包括美术、音乐、文学、诗歌、建筑。它不仅仅是技术的综合,而是透过这些技术看到其生产的本质和游戏的规则是世俗的,是消费的,是从头至尾受制于市场经济和资本法则的,是极端不纯粹的艺术形式。电影和所有其他艺术门类的根本差异便是:电影是一门大众艺术,是综合艺术,是花钱的艺术,是商业的艺术,是最世俗的艺术。电影是在寻求和所有其他艺术门类的最大公约数,它必须以讲故事的方式获得最大多数的人认同。当哲学家偏爱于用影像来表达哲学思想的时候,其实让我们惊讶于电影的跨学科特征,电影成为广义视觉文化中的重要组成部分,不仅挑战着艺术的边界,也挑战着哲学与心理学的边界,因为,我们骤然发现,原来观看与冥想是紧密联系,眼与心是无法分离。

以左翼理论为代表对电影进行哲学表达的冲动从来存在,并且一直影响着西方主流学术界。居伊·德波、朗西埃、德勒兹、阿甘本、齐泽克、巴迪欧这些暴得大名的西方激进主义哲学家都将电影作为了对抗资本主义最伟大的武器,用影像编

---

① 李洋:《电影的政治诗学——雅克·朗西埃电影美学评述》,《文艺研究》2012年第6期。

织着春秋大义,用意识形态、感性分配、观念立场表达着改天换地的政治雄心和精神畅想。在他们看来,电影不是影像的累积,而是以影像为中介构建的不同人群之间、不同社会阶层、社会矛盾之间的关系。这一切的问题在资本主义的政治体制下无法获得有效的解决,只能通过影像的方式,唤起大众的思考,分配给大众感性的权力,揭穿资本主义景观的神话,告诉大家所谓景观,只是影像制造的视觉欺骗,"资本成为影像,景观成为资本"①。左派哲学家对于电影表意立场的坚守在很大程度上是法国哲学家对电影的主动误读,是法兰克福学派对于文化工业批判、政治权力反思的延续。但正是误读,让电影焕发了生机。"影像"成为当代艺术的一部分,新媒体艺术、录像艺术被写进了艺术史。作为当下最热的左翼知识分子,巴迪欧的看法就非常的辩证。在巴迪欧看来,影像与哲学的关系呈现为三种图示(教化图示、浪漫图示、古典图示),与 20 世纪的现代性的三种思想不谋而合,基本表现为一种对应的关系,马克思主义(教化图示)、海德格尔(浪漫图示)、精神分析(古典图示),这三种关系说穿了就是影像与哲学的权力关系,在这个哲学和影像权力的博弈中,产生了艺术,诞生了真理。巴迪欧所言自己为"非美学"是有道理的,它避开了电影生产的具体程序、步骤、摄影、剧组、道具、表演等诸多元素,而是关注于电影语言的被生产,"把理念经过影像感性形式的过程理解为某种论证过程,这个论证过程本身就是艺术,哲学要捕捉的是作品——程式的感性形式是如何得出理念——答案的。"②进而言之,在西方哲学家巴迪欧、齐泽克、朗西埃、阿甘本甚至包括德勒兹,他们所言的电影都是其哲学观念的表现,在镜头中、时间中、空间中、细节中体现出虚无、寂寞、狂热、激进等强烈的意识形态,并且用这样的意识形态作为哲学论证的有力武器。在他们的言说中,很大程度上抽离了电影的本体、疏离了电影的语言,他们把电影的局部、细节、段落变成了能指和所指的符号游戏,变成了哲学的辩论场域。但他们的力量又恰恰不可小觑,配合着西方的社会政治和电影杂志,他们的哲学观念深刻地影响了很多电影导演,刺激了西方新浪潮电影、表现主义电影、印象派电影、诗电影、新德国电影的崛起,也给当代艺术视域内的美术馆、展览馆影像艺术、录像艺术、新媒体艺术提供了新的、丰富的感性素材和理论资源。

---

① [法]居伊·德波:《景观社会》,南京大学出版社 2015 年版,第 49 页。
② [法]阿兰·巴迪欧:《电影作为哲学实验》,李洋译,《文艺理论研究》2013 年第 4 期。

二、博弈：相互交融、各自发展

（一）两种电影观

影像作为一个最大的公约数，成功调和了电影和其他艺术门类的矛盾，成为视觉文化研究的一种范畴。电影成为影像的一部分，实验电影（影像艺术、录像艺术、新媒体艺术）成为电影的另一部分。电影作为哲学实验，主要是指作为哲学实验的电影精神，作为美术馆、展览馆呈现出来的"新媒体艺术"（影像艺术）。这种精神有可能会脱离于影像，游离于叙事，甚至作为反电影的形式语言表达，或者通过艺术家的身份立场、场域的空间方式、哲学的阐释机制而呈现出来。这种哲学精神贯穿了百年电影史的发展，刺激了经典电影形态中艺术电影的发展，也刺激了当下美术馆、展览馆影像艺术的繁荣，它们往往会是电影中简单的一句台词，片段的一帧图像，服饰的一瞥，道具的一小段而意味深长，比如黑泽明、小津安二郎、伯格曼、基耶斯洛夫斯基、塔可夫斯基、侯孝贤、李安等等具有鲜明个性才情的导演。他们用影像的画面表达出了特定时代背后的哲学观念，成为百年电影史中的艺术经典。可以说，在以叙事作为核心的经典电影形态下出现的艺术电影就是古典哲学对电影进行的第一次实验；在商业电影地位绝对主流、艺术电影日趋小众的当下出现的美术馆、展览馆的新媒体艺术（影像艺术），就是现代哲学对电影的第二次实验。两次实验，充分体现了电影与哲学的博弈，第一次打成了平手，开创了今天我们惯常认识电影的二分法（商业、艺术），第二次打出了疆域，开创了新的媒介与观看方式，给出了一条类似于乔治·迪基所言的"艺术世界"。因此，我们有理由把他们分为两种电影观，一种叫作经典电影观，另一种叫作影像电影观。

因此，在电影被哲学家表达之后，当艺术电影依然独领风骚之时，我们必须看到因为哲学的介入，促使了两种电影的存在，一种是每秒 24 格，遵循电影叙事、语言规则、资本运作的经典电影。这条电影的路径遵循着卢米埃尔时期的镍币影院一直发展到今天成为大众文化最主流的消费方式，另一种是带有强烈的哲学家情怀和主体精神介入的美术馆、艺术馆电影，这样的新媒体电影更重注哲学观念的表达、媒介、环境、情感、个体的主观，它遵循的是一种哲学式的极端思维方式和意见之路，它试图通过电影去寻求真理和正义。它是电影的一部分，是电影坚持自己的独特影像语言，在和其他艺术门类斗争博弈、反电影作为综合艺术的结果。对于当下而言，电影依然且必然强化并坚持着作为故事化、类型化的主体创作。毕竟，作为哲学的电影是纯粹的,作为故事的电影是不纯粹的,在电影被西方哲学家挪用表达,实验电影被作为美术馆的藏品、展览对象供大家参观阅览的时候,电影的主体仍然在电影院,电影的商机仍然在市场上,电影的存在方式依然是有效的。

（二）内部博弈和外部博弈

就今天的视觉图像时代而言,传统电影（经典电影）的任务还是以商业为主要目的,以明星、类型化为主要手段,延续着电影作为工业资本的道路向前。但是在这个过程中,哲学思考一直都在不断地侵袭着电影的故事形态、画面语言、人物塑造、台词设定。也正是在这个意义上而言,主流的电影史写作就是一部电影形态的历史,稳定、牢固、坚实,它的发展和所取得的成绩是在不停和其他艺术门类的斗争中和博弈中走出来的,表面上看是和其他艺术门类之间的斗争,本质上看是和其他艺术门类背后所指引的那种哲学观念在斗争,以及电影自身内部的斗争和博弈。

商业电影和艺术电影之间的博弈,就是从电影内生的博弈,它遵循的逻辑和哲学观念是 20 世纪艺术史的艺术自律论,因为有了现代性的影响,有了 20 世纪艺术各种艺术门类自身的突破,电影在这个过程中焕发出了自己的生命力,诞生出了种类繁多、类型各异的电影形态。这些艺术形态相互制约,形成了今天的电影生态,也塑造了我们对于电影观念最重要、最传统的认知。尤其是对于电影语言自身的突破,对于电影技术的探究（3D 影像、VR 技术、120 帧每秒）成为电影内部博弈最主要的不懈动力。

影像和电影的博弈,就是电影和外部世界的博弈,和当代艺术观念的博弈,和西方哲学思想嫁接的博弈,甚至是哲学家自身的博弈,比如德波留存了自己的影像作品《景观世界》,汪明安拍摄了论文影像作品《福柯》,从福柯到德勒兹、朗西埃、阿甘本、巴迪欧,在哲学思想的介入中,影像被赋予了一种艺术的魔力,成为一种感性经验、知性判断、理性推论和神性附加的综合体。在不可见的空间里,在对时间的把握中,在视觉的偏差与观看秩序的改变中,在图像的隐喻和象征中,我们仿佛通过影像去把握彼岸的真理,去讨论世界的本源、生命的意义、存在的目的。

而其实无论是内部还是外部博弈,无论是电影作为哲学实验,还是哲学作为电影表达,都超越了传统电影研究的路径,超越了中层研究、类型研究、电影社会学研究、电影心理学研究的局限,超越了单纯、严谨甚至枯燥的哲学表达,把感性的杂多赋予了一条真理之路:电影是我们这个时代最为重要和伟大的艺术,它可以深刻的、持续的、经典而又永恒的表达着真理。

三、博弈之后

（一）范式转型

电影和其他艺术门类斗争,和哲学博弈的结果就是和西方艺术史固有的惯性逻辑、命名原则、范式相博弈。按照西方艺术史的逻辑顺序而言,西方艺术史的变化是从瓦萨里、普林尼、贡布里希的古典艺术史到诺曼·布莱逊、布克哈特、巴克森德尔、哈斯克尔的新艺术史,从古典主义——浪漫主义——现代主义——后现代主义的发展线索,从古典艺术史"高贵的单纯、静穆的伟大"到现代艺术自律、形式的发展再到当代艺术世俗多元跨界、众声喧哗的过程,在这个过程中,范式转换成为我们对艺术史研究的一个重要的视角。对于现代主义这个近100年的时间而言,其纯化、造反、自恋等关键词是理解现代主义艺术的重要解读钥匙。

在我看来,西方艺术史一个主要的范式转换就是从艺术史向新艺术史的转变,从艺术内部的发展向艺术外部的发展,从艺术纯粹的发展向艺术的不纯粹的发展。最终让艺术与社会变成了牢固的密不可分的整体,让艺术成为思想武器与观念表达,成为哲学对艺术的强行定义和顽固剥夺。尤其是当从现代——后现代——当代艺术,艺术与生活基本就不再分家,艺术的定义基本不再谈论,艺术成为生活的等价物。艺术史被转为了观念史或思想史,留存并确认我们曾经走过的路径。而把这样的范式转换同样可以用在电影史的理论路径上,尽管电影的历史只有110年,但是我们同样可以看出这样的一个过程,那便是不纯粹的电影史变得更加的不纯粹,因而具有了一种二律背反、否极泰来的使命:电影,成为把握真理最好的艺术形式。电影,不仅仅具有了艺术性,而且具有了"神性"。

在西方哲学家对电影的主动介入中,始终有一种对真理的永恒追求,但是我们必须清晰地看到问题的另一面,今天的西方哲学家,尤其是法国哲学家,虽然他们充满了对电影的迷影和热爱,但在根本上是一种批评意识,是对文化工业属性、社会阶层、身份政治的强烈批评。因此,电影作为哲学实验,只是电影成为一个表达工具而已,就如同杜尚的现成品艺术一样,重要的不是那只马桶,而是带给我们对艺术的思考和震惊。神性只是一种永恒追求,政治与权力才是一种现实目的。也只能因为如此,他们才能够在一个微小的电影局部给予我们很多永恒的思考。

海外华裔学者张英进在《阅读早期电影理论:集体感觉机制与白话现代主义》提出的电影史的范式转型与西方艺术史的转型几乎一样,"电影史——社会史——文化史"①。这样一个范式吻合了从艺术自律论(形式主义研究)——新马克思主义(文化研究),艺术史——新艺术史的发展脉络,实际上开创了从电影史——新电影史的路径。"70年代电影理论初创时期,学者们力求建立有别于其他文科领域的理论体系,因此在意识形态和精神分析层面发展主体性(subjectivity)构造与观影过程(spectatorship)的理论叙述,80年代的文化转向基于文科学者对传统'精英文化'概念的质疑,转而重视大众文化及其相关的视觉消费,都市现代性等问题。"②从福柯、萨特、居伊·德波到巴迪欧、德勒兹、朗西埃、阿甘本、齐泽克他们所代表的西方左翼知识分子的立场和范式,引导着西方电影学术从"电影史"向"新电影史"的转型。以至于今天的电影理论本身就是"一个复杂的学术机制,界限可以模糊超越,中心可以分解重组。新电影史将电影文化至于大众消费和社区生活的广义文化语境内,与社会、政治、经济等因素息息相关,愈加突出电影研究的跨学科特征"③。

而无论是艺术史还是电影史,都能够放置进入到"观念史"的范畴之中进行思想考古,观念和思想的演进构成了艺术研究范式变化的根基,"观念史不限于具体的哲学、意识形态、科学和艺术理论问题本身而特别关注特定时代对这些问题的反思,以及这类反思对其他观念的连锁反应。"④语境、上下文、环境、政治、图像、隐喻与象征等等诸要素构成了知识考古的手段,这既是一种思想的回溯,是"心态史"或者"概念史""思想史"的表征,也是史学史的一种确认,它追溯了观念在艺术门类的历史场景中所扮演的角色,所展示的冲突,所经历的纷争,所达到的效果。强调我们曾经走过的路,每一步都不是弯路,每一步都是因为艺术,通向真理的光明大道。

(二)强调存在感、世俗化、过程性

迷影精神所主导下的电影哲学实践其根基在于对电影"认同"概念的认同。20世纪70年代以来的电影理论之所以和经典电影理论不同就在于不再把电影的观看过程简单地视为一个知觉的过程,或者机械的接受以某种物理性的方式展开

---

① 张英进:《电影理论,学术机制与跨学科研究方法:兼论视觉文化》,《世界电影》2004年第5期。
② 张英进:《电影理论,学术机制与跨学科研究方法:兼论视觉文化》,《世界电影》2004年第5期。
③ 张英进:《电影理论,学术机制与跨学科研究方法:兼论视觉文化》,《世界电影》2004年第5期。
④ 曹意强:《什么是观念史?》,《新美术》2003年第4期。

图像的过程。电影理论开创了一种特殊的研究范式，即对电影观看行为和哲学思考进入了主体性、文化、意识形态、性、种族等多种问题，而这背后的一切恰恰是一种抽象的玄学和无法证实的理论之根——精神分析学。精神分析学在现代性的允许之下，对电影进行着肢解、抽象、玄谈，用替代性想象、凝视、看不见的主体来扰乱人们的观影经验，以此成为哲学家的谈资。而最要命的是，它还无法证实和试错。它无法回答这样一个问题，"它自己是如何避免被意识形态建构的命运的？它凭什么宣称自己比别的认知理论更值得信赖？难道作为解释意识形态的工具，它自身却反而存在于意识形态触及不到的真空中？"①由此我们看见，在整个20世纪艺术史中精神分析学和艺术流派形成了合谋，和现代性形成了依托，和后现代主义形成了配合，和哲学形成了补充，也造成了20世纪西方哲学向传统哲学提出了挑战，"从而走上了对实体主义、理性主义、科学主义的三大批判"。当代哲学家更注重对于个人存在、肉身的把握，关心人自身的含义，努力在实体世界外发现生活世界或文化世界的快感，出现了一种强大的向生活世界回归的潮流。巴迪欧的转变就充分说明了电影作为哲学观念越来越讲究存在感、世俗化和过程性了。如今的电影研究，哲学表达与电影实践的分离，理论与创作的持续分离，电影复制的工业性和消费性导致电影不再理会哲学界的观念、方法和立场，但并不意味着哲学就没有存在于电影之中，就没有立场和情感，只不过哲学表意更为隐藏，与电影本体结合得更为紧密，更难以区分。世俗化作为一种批评态度，也会成为一种审美态度，世俗化的审美（包括低级趣味的审美）始终会成为人们审美生活的主流趋势和兴趣，世俗化成为电影理论研究的一个重要课题，世俗化的胜利就是身体的胜利，它抵制了哲学对于艺术的剥夺，还原了身体的最大的属性和存在价值，那便是艺术的直接表达。从此之后，电影研究依然会用图像学和符号学的方法，重复巴赞、麦茨、克拉考尔的经典电影理论研究，在电影第一符号学、组合段落、结构主义语言学中去寻找电影的哲学表达价值，但是对于新电影史学者而言，会更关注电影的投资者、赞助者、明星演员和粉丝这些充满世俗而又日常可见、消费的物之中。电影的哲学化表达在年轻学者的推演中，将告别激烈、绝对甚至残酷的左翼思想，会变得更加温和、温润、温情而充满人间情趣。

（三）电影终结了吗？

以美国电影为主流的好莱坞电影代表着世界电影的中心和焦点，同样以美国

---

① 黎萌：《荒唐的想象和愚蠢的提问——当代电影中的认同概念》，《电影艺术》2005年第5期。

电影史史述表达为主的电影史代表着经典电影史的范式,即使是乔治·萨杜尔的电影史,也只是有心无力的部分聚焦于亚、非、拉,"欧美电影史尤其是各民族国家的电影史构建在内的国族想象,也已成为当下电影史构建的重要趋势。"①克里斯丁·汤普森和大卫·波德维尔的皇皇巨作《世界电影史》尽管认识到了其中的问题,尤其是边缘与中心,地域与政治对电影的影响,采取了跨文化、跨国族、多元、复调、异质等方法,提出了"走向全球的电影文化"总体观念,但仍然浅表于复述与阐释,"存在着史实断裂、以偏概全、刻板印象的弊端。并且在其所隐藏的论述中,还是没有真正摆脱电影史中的美国中心主义,好莱坞既是'全球电影'的标志,也是各个国家和民族电影的目的地"②。所以,在此基础上,李道新不无感叹地说,"全球的电影文化"意味着电影历史的终结。电影终结于高度工业化、技术化、科技化、商业化的好莱坞世界电影梦工厂中,消失在鲍德里亚"无处不在、无始无终的超真实的影像世界"③,消失在拟像的内爆中,拟像成为比真实更为真实的影像,电影失去了对手,也失去了主体。

其实如果我们把电影放置在其他艺术门类的比较视野中,把电影史放置在艺术史比较视野中,我们就会发现,从 19 世纪黑格尔开始论述的艺术终结论,历经 20 世纪美国哲学家的阿瑟·丹托《寻常物的嬗变》,哲学对艺术的剥夺,不光抢夺了话语权,还抢夺得了解释权。到 1983 年德国学者汉斯·贝尔廷说出的《艺术史的终结》,到朗西埃在《图像的命运》中说出"图像的终结"④,再到德里达所言"哲学的终结",我们似乎可以得出对于现代艺术而言,艺术史终结于新艺术史,哲学终结于生活,图像终结于权力,艺术终结于哲学和跨学科的融合、对话与交流中。那么今天我们可不可以说,在全球化的浪潮中,电影终结于比真实更真实的拟像空间,终结于无处不在的传播图像和任意空间的媒介形式?电影史终结于文化史、社会史或者是观念史?唯一剩下的只是多了一种言说的可能,一种看待问题的视角,一个无法调和只能多元的方法论。那便是,回到现代哲学的最高任务上去,"体验这万有相通、万物一体的主客不分的本源状态。这种状态,既不是理论理性的对象也不是实践理性的对象,它根本就不是对象化了的东西或一个知识性的什么,因为

① 李道新:《跨国构型、国族想象与跨国民族电影史》,《当代文坛》2016 年第 3 期。
② 李道新:《跨国构型、国族想象与跨国民族电影史》,《当代文坛》2016 年第 3 期。
③ 李洋:《从梦境蒙太奇到电影终结论——初议让·波德里亚的电影哲学》,《电影艺术》2016 年第 2 期。
④ [法]雅克·朗西埃:《图像的命运》,张新木、陆洵译,南京大学出版社 2014 年版,第 123 页。

此时根本就没有物我之分或主客之分。"①它宣告着形而上学的破产,宣告着诗化哲学其实也就是非哲学的到来。而这一个微小思想观念上的进步,仿佛告诉我们一个不证自明的道理,哪里有什么电影的哲学实验,所谓哲学实验,不外乎是我们强加的说辞罢了,有的只是一些情绪体验罢了,而最终所有的哲学实验都回归到生活本身。而这,也标志着一个新的时代来临了。

本文发表于 2018 年 6 月《北大艺术评论》第 2 辑

---

① 戴茂堂、魏素琳:《现代西方哲学的三大批判》,《人文杂志》1999 年第 2 期。

郭文景与大歌剧《骆驼祥子》

李吉提（中央音乐学院教授）

一、"北京城　风搅雪"

北京国家大剧院新近出版的 DVD 歌剧《骆驼祥子》和《祥子的咏叹——〈骆驼祥子〉创排纪实》使我有了仔细品味歌剧《骆驼祥子》的机会。作曲家郭文景用另一种艺术语言，使老舍先生的名著《骆驼祥子》在当今的大歌剧舞台上获得了新的生命，并能与老舍先生的原作相匹配，实在不易。歌剧从北京首演到国际公演，颇有"大风起兮云飞扬"之势，它虽然到西方歌剧的发源地之一意大利转了一圈，但这部歌剧的"风源"却在北京：北京国家大剧院的委约、组织和强大的艺术实力，是歌剧成功演出的基础；同时，作曲家郭文景能拥有"风搅雪"般的魄力和能力也是非常令人惊叹的。"风搅雪"原本是描写天气，我在搜集民歌和阅读文学作品的过程中，都曾遇"风搅雪"这个词汇。比如到西北采集民歌，汉族歌词与蒙古族歌词混杂在一起的歌，当地人就会说，这是"风搅雪"。但我观赏大歌剧《骆驼祥子》所感受到的"风搅雪"，特指宏大的气势、全方位的中外音乐碰撞与融合、某种难以言表的复杂心境、丰富的戏剧性内涵和由此迸发出的综合艺术震撼力等。此外，作为对歌剧点睛之笔——合唱"北京城呐，你这古老的城。连着我的心，牵着我的魂"的回应，我很自然地就想到"北京城　风搅雪"这几个字——

首先，我会感慨从老舍先生 1936 年发表《骆驼祥子》到郭文景的歌剧《骆驼祥子》2014 年首演，这跨越 78 载的时日和近百年京城百姓所经历过的雪雨风霜；感慨文学家老舍的故去和作曲家郭文景从出川到北京学习、走向全国、走向世界所经历过的艺术道路以及二者在《骆驼祥子》这部大作中的"相遇"；还感慨南来北往的歌剧创作演出团队、特别是编剧徐瑛、导演和舞美设计易立明、指挥张国勇等,能把北京当作第二故乡,体验出"高高的城墙,厚厚的门。幽深的胡同,无言的人……"那般厚重的历史,老舍先生心系平民百姓和悲天悯人的情怀……

从郭文景考上中央音乐学院起,我认识他已经 40 年了。虽然没有教过他,但那时我就知道他是一个才华横溢、对音乐极其敏感、执着、容易冲动、性格中蕴藏有颇多戏剧性因素的青年人。所以,我也一直比较关注他的音乐创作。1996 年,我在《中央音乐学院学报》第 2 期上发表了《花儿为什么这样红——郭文景音乐创作研究概谈》,此后又陆续将对他的音乐创作研究纳入我的中国当代音乐分析课程和带研究生的学位课题范围,①这也促进了我对他音乐的研究。考虑到很多话在国家大剧院发行的 DVD《祥子的咏叹——〈骆驼祥子〉创排纪实》中都已说过,各种艺术评论和有关这部歌剧音乐分析的文章,也早在三年前歌剧首演后陆续发表,所以就只想就作曲家与这部歌剧的关系谈一点我的认识。

二、从《蜀道难》到《骆驼祥子》

郭文景不仅酷爱中外音乐,还酷爱文学。早在 30 年前,他就为李白的诗作《蜀道难》创作了一部交响合唱。为此,他把川剧音乐素材乐与西方交响合唱体裁融为一体,风格浓烈独特,个性鲜明,产生了强烈的抒情性、戏剧性和交响性效果。他认为,川剧素材"所内含的高亢凄厉的力量,是我的精神图腾,我借助交响乐队与合唱团排山倒海的力量,将这图腾举到离太阳最近的山巅"。②

歌剧《骆驼祥子》的创作与《蜀道难》之间在审美取向上,实际存在有"草蛇灰线,伏笔千里"的内在联系。虽然,在很多人看来,老舍的《骆驼祥子》反映的是地道老北京的平民生活,他们只听过单弦、大鼓、京戏之类,一辈子也没有听说过交响乐队、美声合唱这类洋玩意儿。观众也必然会冲着地道的"京味儿文学"来拷问作曲家。但郭文景却偏不这么想,他选择了"把强烈的抒情性、戏剧性、交响性放在最重要的位置,而把老北京的地域风味放在次要位置"的创作原则。他说:"歌剧

---

① 参见安鲁新的博士学位论文《郭文景音乐创作研究》(2012 年中央音乐学院出版社发行)。又见娄文利的博士学位论文《中国现代室内歌剧〈命若琴弦〉〈夜宴〉艺术特色研究》(2014 年上海音乐学院出版社发行)。

② 李吉提:《郭文景其人其作》,《人民音乐》1997 年第 10 期。

《骆驼祥子》是一部规模宏大的悲剧……仅靠风味小曲,难以支撑如此大型的结构。"①

的确,在这部"西体中用"的大歌剧中,我首先感受到的是,交响乐队和美声合唱、重唱以其丰厚多样化的立体音响音色充分发挥了"群体性特征"。宏大的音量在现代大歌剧院的演出空间引发了听众的心理认同。作曲家在西乐队中添加了几件中国乐器:大三弦作为整体音乐的一种特有音色贯穿,涵盖了除第六、七场外的所有场次,与群体性的场面相结合,充满了北京平民忙忙碌碌市井生活的烟火气;一支 C 调高音唢呐用于第四场的"结婚",另一支 F 调唢呐用于第七场虎妞死的"别离"。两支唢呐"扛"起了一台戏——作曲家用中国人再也熟悉不过了的声音,写出了自己对"红白喜事"的理解、那种对大喜大悲的宣泄,也真可谓"五味杂陈"。

限于篇幅,我想重点谈多样化合唱(当然也包括与它们一起的乐队)对于这部歌剧的重要性。

先看第一场第二曲描写人心惶惶的合唱"打仗啦"(含女声合唱、男声合唱及混声合唱):乐队一开始便营造出惶惶的紧张气氛。声乐部分先由女声二声部模仿唱"打仗啦",进而转为三声部近距离模仿、混声六部的近距离密集模仿等微复调技术以及上下分组对置、呼应等,那是一种逼真的"七嘴八舌"、急促、慌乱和非常口语化的音乐语言,配合着群体人物的表情、动作;管弦乐队中低音声部急促的、由连续两个从级进下行进而发展到半音级进下行的三连音固定节奏音响,也起到了类似京剧锣鼓"乱锤"那样强烈的戏剧性功效(参见第 125—136 小节)。看着乐谱上那些近距离密集模仿技法,我突然又想起了他在为无伴奏合唱与一个打击乐创作的《天地的回声》。其开始部分,由三个女声声部合唱"大慈大悲,普度众生,观世音菩萨"时,也采用了同度近距离密集模仿技术。但那歌声竟然变得像袅袅香烟,随着音乐旋律的起伏"抖散"开来。② 同样的作曲技术,可以用于如此悬殊的内容表现,不难看出,郭文景对现代音乐技术的理解和掌握已达随心所欲的地步。

第五场"庙会"中的民俗合唱也很重要,京腔京韵,器乐背景也格调明亮,人们的心情与第三场"曹家"开始对蓝天中信鸽飞翔的描绘遥相呼应。声乐部分从"硬面饽饽年糕坨"开始,喜气洋洋地数遍了京城庙会的各色小吃,音乐的织体写法也灵活多变,不同声部的相互传递与穿插,把各种吃食展示得"琳琅满目"。舞台全

---

① 引自歌剧《骆驼祥子》DVD 中的"作曲家自述"。
② 李吉提:《中国音乐结构分析概论》,中央音乐学院出版社 2004 年版,第 501 页谱例 27。

方位布局成庙会的模样。剧情中插入了戏曲生旦角在地摊上卖艺表演的片段,也为歌剧增色不少。当合唱进入"可着劲儿的吃,可着劲儿的喝,可着劲儿的玩儿,可着劲儿的乐"唱词部分时,作曲家还刻意让部分声部只在句头"吃""喝""玩儿""乐"四个字上帮腔,以此强化音乐的节拍重音和京城"爷们儿"好像是"豁出去了"的语气,突出了汉语"单个字表意"的特点。当"老百姓的日子就是这么过,裤兜里没钱也穷快活"歌词出现时,作品终于给了平民百姓们一个还肯活下去的理由。之后合唱中还借鉴了相声的"灌口"[1]技术,通过节奏紧缩加工展开将音乐推向高潮,当句尾在高强和声长音中得以舒展时,音乐稍停片刻,竟在一声叫卖"硬面饽饽"声中结束——作曲家在单行乐谱上写着"悠然自得",这一收笔颇具幽默感,令人回味无穷。

第三首是合唱"北京城"——作曲家原本是把它放在第七场到第八场之间,作为合唱间奏曲使用的。后来制作 DVD 时,排到第八场"杀人"之后去了。这是一部庄严肃穆的合唱。非常虔诚,它承载了作曲家对北京这座古老的城的情感和对剧中全部人物的同情与悲悯。合唱从圆号持续长音的引领下进入,开始句采用了近乎西方教堂的和声进行,肃穆、深沉。它竟然能与北京单弦牌子曲小过门中的句读以及颇具京韵大鼓韵味的合唱线条相互融合,令人感到意外。音乐气氛从最初的悠远、深沉、一直发展到博大、宏伟——难怪很多人都称它是《安魂曲》,我想,这才是北京这座古城的本质、精神和魅力所在。为了表达作曲家对京韵大鼓艺术家们的敬意,郭文景还将著名京韵大鼓唱段《丑末寅初》的四句融入这首合唱作品中。鉴于作曲家能将插入的句子与前后的原创音乐衔接得如此"天衣无缝",我不想使用"拼贴技术"等现代音乐词汇来诠释它。基于第三首合唱特有的厚重、历史沧桑感和人性特点,它也成为四首合唱的"重中之重",整部歌剧的音乐也因为它的出现而得到了升华。

第四首是第八场的合唱"杀人了"。从宏观结构看,它与第一场第二曲的合唱"打仗啦"存在某种内在的戏剧性联系。作曲家虽然用笔不多,但合唱中刑场"看客"们的愚昧和麻木不仁才是歌剧"群体"真正的悲剧。大三弦和木琴的敲击声,也增添了亢奋气氛。它使我想起了郭文景取材于鲁迅文学的另一部歌剧《狂人日记》[2](又名《狼子村》),在那里也有类似的社会背景与音响。该合唱采用了大量

---

① "灌口"又称"贯口"或背口。是相声中常用的手段。特点是要求多个句子一气呵成、一贯到底。如著名的段子《报菜名》等。

② 《狂人日记》1994 年应 1994 荷兰艺术节委约而作。

的不协和音响和音块技术，并非为了"耍酷"，作曲家的所有做法也全在于为了描写"看客"们人头攒动的喧嚣和蒙昧、残忍心理的需要。①

与四首大合唱相呼应或穿插的四首男声合唱写得也各具特色，它们分别是：插在第一场"打仗啦"中间的一个男声二部合唱。即歌词"打仗啦，打仗啦，想逃命？要用车？给我涨钱！"的那个段落，音乐写得粗野、兴奋，塑造了人力车夫这一特殊群体豁出命来挣钱的京城"爷们儿"形象。不仅如此，更为有意思的是这段男声合唱还与此前已经出现过的女声合唱（表现慌乱逃难的呼喊者）形成了戏剧性的"情景对位"。第二首男声合唱安排在第二场的开始，作曲家用缓慢的速度、懒散的神态将男声分为四个声部，表现车夫们"起早贪黑，跑腿流汗"无比劳累而又很无奈的疲惫生活，同时也成为刘四爷亮相的重要背景。第三首男声二部合唱在第二场，是车夫们唱的那段"小福子，大美妞"，音乐世俗、谐谑、近乎说唱，表演也比较轻佻。反映出底层男性群体对异性美女较为原始和本能的爱慕。车夫们的赞美从侧面点破了祥子真爱的指向，并为小福子后边的出场进行了预示。第四首男声合唱在第七场，是虎妞死后杠夫们抬着棺木的"死就死了吧"——具有某种仪式性或背景式特点，沉痛中透着麻木。由于旧中国基本还是个男性社会，所以我觉得能比较多侧面地反映男性群体的生活和性格、形象也很重要。同时，这么大的一部歌剧，男声合唱的出现也有助于增强歌剧色彩的浓度。

我之所以要花那么多笔墨来谈大歌剧的交响性合唱段落，是因为交响乐队与合唱能最直接地影响到大歌剧音响厚度、深度等多方位发挥。而且，事实上在这部歌剧中，合唱的地位也很突出——承担着作品的大布局、大时代、大背景和群体音乐形象的重要任务。四首混声合唱曲就像四根柱子立在那里，四首男声合唱也各具特色。有了它们作支撑，北京城内具体故事的展开才有了依据，同时也满足了听众欣赏合唱体裁的多方需求。

乐队还有一些相对独立的演奏段落。如：开场戏"瞧这车"的音乐，启动时即抓住了从单弦音乐中提炼出来的特性材料和节奏律动，用以描写京城的大街小巷和年轻的人力车夫祥子跑车时踌躇满志的神态，很干练。大三弦以特殊的颗粒性音响和大滑音等演奏方式"奔跑"在管弦乐音响之间，独具活力，韵味十足。第三场在"曹家"的开始，作曲家笔下京城四合院的宁静、安详、蓝天、鸽哨等，也颇具写意性特点：在木管、圆号长音和弦乐拨弦的安详背景下，作曲家让三支小号轻声地

① 该歌剧的合唱队员同时也是舞台上的群众演员。

用震音演奏大二度叠置的音块模拟"鸽哨声";继而是短笛和两支长笛通过快速的9连音织体演奏,形成另一组具有浮动感的大二度三音叠置音块长音,那是另一组"鸽哨声";再后是小提琴分声部演奏的大二度三音长音音带,也属于"鸽哨声"的延续——因为群鸽的哨声原本就是高低不同和相互碰撞的,它们从"远"到"近"、从"高"到"低"给人以瞬息而过的想象。第四场的前奏是用京剧胡琴曲牌《海青歌》材料①写的一首赋格曲,显示出作曲家很好的经典复调技术功底。音乐风格娟秀、层次清晰,无论演奏还是聆听都让人感到饶有兴味,满足了不少专业人士"怀旧"的艺术趣味需求。这段音乐也使一直处于紧张和戏剧颠簸中的听众心灵得到了片刻松弛,为"祝寿"情节的引入做好了铺垫。但以上所有这些描写北京历史和人文环境的"速写"都处理得惜墨如金,这显然与歌剧内容太多、太复杂、需要压缩出更多的空间交给人物唱段去交代有关。是否还能另写一套音乐会版的《骆驼祥子》,或再写一些纯器乐的、类似有关《骆驼祥子》的器乐组曲或随想之类,这些想法也只能供作曲家参考了。

三、歌剧《骆驼祥子》与郭氏其他几部歌剧的关系

《骆驼祥子》是郭文景第一部由中国约稿、中国首演的歌剧。他说:"我期盼这一天已经整整 20 年了"。因为,此前他已先后接受国外委约,写过《狂人日记》《夜宴》②《诗人李白》和《凤仪亭》③等四部歌剧,在世界各地公演并获得成功。虽然我没有看过《凤仪亭》,但从总的方面来看,郭文景在歌剧音乐的写作过程中一直坚持在最大限度保留和发挥西方歌剧体裁特点的前提下,探索它与现代艺术审美,特别是中国音乐中汉语语音、语气、语态、戏剧性、表演性的高度结合,尽可能准确地调动中国戏曲音乐手段来扩大歌剧音乐的戏剧表现范围。这些做法不仅能拉近西体歌剧与中国听众的距离,同时,借助于中国戏曲音乐手段来讲述中国故事也便于更好地凸显中国戏剧音乐特色和戏曲音乐文化精神。

从他的第一部现代风格的歌剧《狂人日记》开始,作曲家就花了大量精力,将歌剧中的汉语语音、语态、语气和节奏的戏剧性音乐表现放在首位,故而并不刻意

---

① "海青歌"的材料,参见刘吉典:《京剧音乐概论》,人民音乐出版社 1995 年版,第 114 页。

② 《夜宴》1998 年应英国阿尔梅达歌剧院委约而作。同年 7 月在伦敦首演。

③ 《诗人李白》2004 年受美国亚裔歌剧表演艺术中心与美国中央城市歌剧院联合委约作。同年还完成了独幕歌剧《凤仪亭》。

追求写出好听的、完整的"歌调",而是摆脱调性束缚,引入无调性、泛调性和微分音技术——这也是他要求外籍演员必须用汉语演唱的根本原因。该歌剧采用了以"四音半音组"为核心的不协和音响,①故从整体音乐风格到音响也与西方经典歌剧有所区别。这些美学追求在后来的歌剧《骆驼祥子》中也一脉相承。正如我此前已经提到过的合唱"杀人了"非常语气化的旋律和不协和音响。还有在第二场刘四爷的"瞧这帮臭拉车的!哭丧着脸"的唱段:一方面,作曲家选用了男低音加大提琴、低音大提琴、英国管以及长号等粗暴的音色,另一方面则启用了著名的京胡独奏曲《夜深沉》曲牌中独具力度和含大幅度音程跳进的核心动机,写成了一首包含有 12 个半音的咏叹调,动作性很强,口气也很霸道,正与这个社会底层恶霸的丑恶嘴脸相符合。又如第六场二强子的咏叹调"人是畜生"中,作曲家对歌词每一个字的处理也都从醉汉的趔趄动作和冷酷语气出发,而并非常规意义上的歌调。

《夜宴》虽然采用了西方室内歌剧的形制,但东方艺术在其中的影响却随处可见。比如,他在西方室内乐队的基础上,添加了中国竹笛和部分中国打击乐,并根据《韩熙载夜宴图》画作的提示,将一位琵琶女直接安排到了台上。歌剧的第一男主角韩熙载是低音,其他大部分演员也分别是男高音、男中音、女高音和花腔女高音等,但君王李煜却启用了京剧小生(男高音)或抒情男高音。其演唱也借鉴了不少中国戏曲真假声交替等咏唱技术。歌剧的音乐还采用了多种中国音乐素材、特别是《汉宫秋月》(即琵琶曲《陈隋》)音调的变形与贯穿。就连音乐的陈述方式、表演等也借鉴了中国戏曲的程式,如主要戏剧人物出场时先唱"引子"而后"自报家门"以及歌剧中的部分虚拟表演等(特别是"第二间奏""李煜偷情"的独角戏)。另外,歌剧中采用了类似川剧"帮腔"那样的协作演唱方式,也显得独具中国艺术韵味。②

在歌剧《诗人李白》中,根据李白诗中"花间一壶酒"可以"对饮成三人"的想象,歌剧由李白(男低音)与"酒"(男高音)、与"月"(女高音)、"诗"/审判官(京剧小生)等不同人物构思而成,自然也汲取了不少京剧表演程式。其中最集中地表现在第四场"李白在狱中"的"堂审"部分,基本采用了京剧表演的程式,简约而有效。

歌剧《骆驼祥子》的音乐在汲取京剧曲牌和唱腔元素的同时,也借鉴了诸如

---

① 刘康华:《郭文景室内歌剧〈狂人日记〉和声研究》,《中央音乐学院学报》2001 年第 1 期。

② 李吉提:《化腐朽为神奇——歌剧〈夜宴〉观摩随笔》,《人民音乐》2004 年第 1 期。

"插科打诨"或"打背供"等多种中国传统戏曲程式。前者如第一场祥子兴奋地唱"瞧这车"时，二强子和车夫甲、乙、丙们却在这首结构庞大的咏叹调中穿插着唱"值了！亏了！赚了！贵了！"等，大大活跃了舞台上的表演气氛。后者如第四场"结婚"那段戏，在高音唢呐演奏京剧曲牌《柳青娘》[①]的婚礼气氛中，站在舞台一侧的虎妞唱："……我想放声大笑，我想放声大哭，我想让世界上的人都知道，祥子是我的丈夫……"而站在舞台另一侧的祥子却唱"心中郁闷我对谁发怒？……被逼无奈，我娶了个不想要的媳妇"以及虎妞感慨万分地唱"嫁了，嫁了，就这样嫁了"和与这一感慨纠缠在一起的祥子唱"娶了，娶了，就这样娶了，娶了个惹不起的母老虎，没了前途"等。这种在同一舞台上"咫尺天涯"地背着对方，通过独唱或重唱各自做内心独白，就很类似戏曲程式中的"打背供"，用在这里，也正符合歌剧戏剧性表达的需要。

郭文景几部歌剧中的人物之间也存在某些内在联系。比如"狂人"眼中的"吃人者"、无赖、醉汉与恶霸、衙役；冷冰冰的医生和杠夫……小福子的音乐就很特别。她虽然是个妓女，但其音乐形象会使我联想起歌剧《狂人日记》鬼魂"妹子"的歌声，凄美而孤独。小福子的美又与歌剧《诗人李白》中拟人化了的"月"那般的纯净，虽然前者采用了河北民歌"小白菜"的音调，而后者的音调总是与"春江花月夜"的材料联系在一起——如何从文化和郭个人的审美取向层面去剖析、认识这些问题，也有待于进一步研究。

四、也谈祥子和虎妞的咏叹调

祥子和虎妞的音乐形象塑造，是歌剧成败的关键。祥子的形象经历了以"下滑"为主线的几个阶段：1.兴奋的"瞧这车"；2.郁闷的"结婚"；3.悲伤中仍满怀希望的"别离"；4.浑浑噩噩的"沉沦"；虎妞则正好相反，她的形象可以说是逐步走高的。从她唱"少废话！快交钱"与车夫们打情卖俏、勾引祥子等一系列唱段，到她谎称怀孕威逼祥子和她结婚等，都反映出其精明、老练、泼辣、有心计等相当强势而又恶俗的一面。但她结婚时的咏叹调"我想嫁人，谁也拦不住"却开始引发听众对她勇于争取个人幸福的欣赏；待到其最重要的咏叹调"虎妞之死"唱过后，虎妞对

---

① 唢呐曲牌《柳青娘》的原始曲谱，参见刘吉典编著：《京剧音乐概论》，人民音乐出版社 1995 年版，第 94 页。

生活的热爱和她对祥子的一往情深等却越来越袒露出了其剽悍外表下内心的善良,从而也使这个原本并不讨人喜欢的女人形象最终得到了升华。① 因此,我选择了祥子的第一首咏叹调和虎妞的最后绝唱来谈一点个人感受。

咏叹调无疑是西体大歌剧中最重要的音乐体裁之一,用以抒发戏剧人物的内心感受。传统的咏叹调一般采用独唱形式,要包括相对完整的结构、优美的旋律和高难度的声乐技术发挥,以赢得听众的喜爱。又由于咏叹调常常是在戏剧进行"暂停"的情况下呈现的,所以,听众也习惯它与戏剧存在某种疏离感。

歌剧《骆驼祥子》中的虎妞人物刻画,在第七场第一曲"虎妞之死"的咏叹调,也是在她形象的制高点中进行了最尽兴的发挥和总结。乐曲结构庞大,其四个音乐段落从弱到强、从低到高一气呵成地形成了一种感情宣泄的拱形结构,并在高八度再现部分进行了再次戏剧性发挥;歌唱家也极尽其感情和表达之所能,演唱得荡气回肠——在这种情况下,观众也将听虎妞临终前感情的戏剧性宣泄放在第一位,而暂时"忽略"部分虎妞"奄奄一息"的写实。这首咏叹调的交响性和戏剧性张力也是独一无二的,为此,作曲家最后还特别用"尾声"降低小2度减缩再现开始音调等做法,将虎妞的断气做了妥善的交代,并使前面的咏叹又回到了剧情进行的流程,处理得完整无误。至于为什么听说初次公演时,该咏叹调在第三次唱"祥子啊,祥子啊,我要死了,我舍不得你……"时曾出现有人笑场呢? 我想,除去国人还不习惯咏叹调这种疏离剧情进展而大段的咏叹方式外,唱词的过于直白也是一个原因。为了段落清晰,在不同的音乐段落,先后呼唤三次"祥子啊,祥子啊"就足矣,其后的"我要死了"等唱词就最好换以别的内容(即歌词不必完全再现)。特别是我们中国人,大概也不太习惯一而再再而三地高喊"我要死了"之类。这种表述是否有些太过西化?

如果说虎妞的咏叹调与西体歌剧咏叹调体裁保持有比较明显的继承与发展关系,那么祥子第一场的咏叹调"瞧这车"则更多地体现为郭文景对西式咏叹调"洋为中用"的"改造"。比如,在这首歌调中,为了凸显京腔京韵的口语化唱词,音乐采用了说唱式风格材料。为了传递年轻的祥子买到了新车时的得意神态,作曲家还将西方歌剧中的"绕口令"②与中国相声中"灌口"等一气呵成的演唱技术结合在一起应用到咏叹调中(见"买的、新的、新的、买的、新买的……九十六块现大

---

① 这段行文参考了歌剧《骆驼祥子》DVD 中的作曲家自述"关于剧中人物和唱段"。

② 如罗西尼在《塞尔维亚理发师》中费加罗的咏叹调《快给忙人让路》中的绕口令段子。

洋!"等），从而将咏叹调、宣叙调以及说唱音乐熔为一炉——其结果是：它的情绪和内容虽然是充满了咏叹的成分，但就其音乐体裁而言，却早已超出了原"咏叹调"的概念范畴。第二，这首咏叹调的结构形式也比通常概念中的陈述更为多样。不仅采用了独唱，还穿插有四重唱和男声合唱等，即将祥子这个社会底层的小人物丢到马路上去让他与其他小人物显摆、交流（见二强子与车夫甲、乙、丙唱"值了、亏了、赚了、贵了"等）。这种写法不仅音乐形式多样，舞台表演活泼生动，而且使咏叹调的演唱一直处于戏剧的进行之中，从而克服了以往一些咏叹调与剧情的疏离感，体现出作曲家要求歌剧音乐必须服从戏剧表现的一贯主张。

"瞧这车"这首咏叹调凝聚了祥子的全部理想和希望，也是祥子的音乐形象代表，并在歌剧的发展进程中不断得以贯穿。正如他在咏叹调中所唱到的"我有力气，我会拉车……"他相信凭着自己的艰苦奋斗就能挣到钱，买更多的车，过上他想要的生活。所以，在第五场第二曲"逛庙会"中，他厌恶陪虎妞"东游西逛什么都不干"的日子，又一次提出"我有力气，我会拉车"等，表达了希望靠自己的力气重新站起来的愿望；在第七场"离别"虎妞已死，在向小福子告别时，祥子还第三次用憧憬未来的语气唱到"我有力气，我会拉车"，希望小福子能等他……我不知道此时祥子是否真的还相信自己一定会回来。但显然，小福子的自杀，让祥子心中的最后一点希望也完全毁灭，转而走向了沉沦。

虽然有人批评歌剧中的祥子比起虎妞的形象略显单薄，但我觉得祥子的戏剧音乐形象还是生动、鲜明和具有说服力的。他的愤懑和无奈等较窝囊的情绪和软弱的性格，在第二场"虎妞，你别怪我敢做不敢当"，第三场"母老虎撒下一张绝户网"，特别是第四场"结婚"中与虎妞一起各唱自己内心独白的"打背供"中，都有不同程度的展示。但由于这两个人原本就一个强势、张扬，一个相对被动和窝囊，因而祥子给人的印象比虎妞差那么一点也很自然。但它还是符合老舍原著精神的。当然，从一个歌剧欣赏者的角度看，我个人是多么期待在小福子死后，祥子能为埋葬小福子、埋葬自己的希望，在某个位置再唱一支悲哀的咏叹调啊，但篇幅已经很长，不知道是否还安排得下？

五、从歌剧《骆驼祥子》看郭文景的自我超越

郭文景是一位对自己要求很苛刻的作曲家，创作上精益求精，经常给自己出难题作，以求艺术上的突破。我没有花过多的篇幅来求证他用了多少现代作曲技术，

因为作为中央音乐学院的教授,这些技术(包括本文没有涉及的序列音乐技术等)他都应用过,并且根据他的需要写出了他自己的个性。①《骆驼祥子》虽然不是他写的第一部歌剧,但这部歌剧的规模之大、人物之多和关系之复杂都是前所未有过的。特别是写像虎妞这种比卡门复杂得多的女性,对郭文景来说,更是一种前所未有的挑战。

歌剧《骆驼祥子》特定的地域风情特点,让郭文景这个从小生长在四川的作曲家掉过头来深入体验和学习了北方的民间音乐和戏曲、说唱,并且能够应用自如地将它们融会到西体歌剧音域宽广的戏剧性男高音、女高音、抒情性女高音、男中音、男低音等不同音质的戏剧性演唱中去;又因在交响乐队中加入了大三弦、唢呐等特色乐器,还将单弦、京韵大鼓、京剧曲牌、过门、街头叫卖声以及河北民歌素材等,或作为主要人物的主题材料、或作为结构穿插材料、或作为民俗风情点缀,都几近完美地融合在一起,使作品获得了中西戏剧音乐的多方位表现且独树一帜。在音乐风格上也实现了一种大的飞跃。

西体歌剧中的宣叙调体裁用于中文演唱,一直最容易使人感到"水土不服"。但宣叙调的形式,对于歌剧的动作和戏剧性表演又具有无可替代的重要价值——正像我们此前提到的所有古、今、中、外的音乐技术手段那样,技术手段本身并无好坏之分,关键在于是否能使用得当。在歌剧《骆驼祥子》中,由于郭文景特别注重音乐与汉语语音、声调、节奏和语气的关系,宣叙调或咏叹调这类外来的音乐形式与中国汉语的矛盾已经得到了最大限度的克服,所以有人称郭文景这部歌剧的创作对宣叙调的贡献最大,我想这种认识也不无道理。

歌剧《骆驼祥子》的成功最终是因为作曲家能站在中西戏剧音乐文化的两座高山之上,与编剧、导演、舞美、指挥和包括全体演员在内的所有艺术家们一致投入集体创新的结果。如果北京国家大剧院能够像北京人民艺术剧院磨炼老舍创作的话剧《茶馆》那样,将歌剧《骆驼祥子》在继续演出的基础上不断打磨,那么它一定能够成为国家大剧院的最优秀的原创性中国当代大歌剧剧目之一。

路行至此,我才突然发现,曾几何时,那位天才的、倔强和青年的作曲家郭文景,而今又已登上了一个综合艺术创作的新台阶,并且在艺术上已经变得何等老辣!郭文景的音乐创作是我国现代音乐研究的重要方面。已近耄耋之年的我,能

① 参见安鲁新的博士学位论文《郭文景音乐创作研究》(2012年中央音乐学院出版社发行)。又见娄文利的博士学位论文《中国现代室内歌剧〈命若琴弦〉〈夜宴〉艺术特色研究》(2014年上海音乐学院出版社发行)。

看到郭文景创作的昨天和今天也很知足。每个人在历史的长河中只能是做一点自己力所能及的事。由于视力严重减退,我已无力对歌剧的总谱进行深入系统的分析研究,但仍想将自己感受到的只鳞片甲写在这里,希望能对后人有点用处。也算是我对大歌剧《骆驼祥子》的一种感悟。

本文发表于《人民音乐》2018 年第 2 期

当代书法"尚技"刍议

张海（中国书法家协会顾问）

一、当代书法尚什么

　　中国的汉字书法艺术,犹如一条波澜壮阔的长河,自远古文字初创始,汇聚径流,奔流至今。新中国的前二十多年,百废待兴,人们还没有来得及关注书法艺术便开始了十年特殊年代。改革开放之后,随着经济的发展和文化的复兴,以1981年中国书协成立为标志,中国书法艺术进入了一个蓬勃发展的新时期。近四十年来,书法创作、书法教育和书法理论研究都取得了令人瞩目的成就。书法展赛此起彼伏,书法活动丰富多彩,书法的群众参与度空前高涨,引起社会广泛关注。

　　历史上,每个时代的书法都有自己独特的风格。这种风格体现了一个时代占主导地位的艺术特点和审美取向。后来有人用一个字来概括一个时代的特点,如晋尚韵、唐尚法、宋尚意、元明尚态、清尚势等。这种一字评语比较准确地概括了历史上不同时代书法的艺术特色,因而得到普遍认可。

　　改革开放四十年,在历史长河中仅仅一瞬,然而,书法创作与理论研究所取得的成果,却是历史上任何时期都无法比拟的。今天我们进入新的时代,书家应当有新的作为,因而对所走过的路进行思考和阶段性地总结,为今后的书法创作提供参考和借鉴是非常有意义的。当代书法创作取向有怎样的特点,是否能用一个字进行高度概括,就是一个值得深思的问题。

　　提出这样的问题可能过早,毕竟各个时代的艺术特点和审美取向是几百年乃至上千年之后才总结提炼出来的,现在要概括当今时代的艺术取向,难免有"只缘身在此山中"的局限。但事物总有另一面,正是由于"身在此山",既是见证者,又是参与者,也许对一些问题观察更清晰,体会更深刻。之所以提出这个问题,有三方面的原因:一是当代书法艺术发展论时间虽然不长,但其参与人数之众和风起云涌的势头是历史上所鲜有过的。从它开创的新的形式,新的格局,新的艺术观念和审美范式来看,也是前无古人的。因此可以说,和历史上任何一个时期相比,当代书法具备了有自己明显艺术特点和创作取向的条件。二是前人开创的"一字评语"的模式虽然有争议,但却十分精练传神,用这种形式概括一个时代的书法艺术特点能给人以无限丰富的启发和联想。当代书法是几千年书法史的延续,也可以沿用古人的思路和方法加以提炼概括。三是对一个时代特点的认识是一个长期过程。在此过程中,会有各种不同的看法,通过不断地观察、对比、探讨、争论,从而形成一个相对比较一致的看法,是很有意义的。这里提出的只是个人观点,旨在抛砖引玉,期待更多的理论家参与讨论,发表高见。

那么,当代书法创作取向即今人尚何? 用一个什么字来概括呢? 在尝试了多个字样,对比取舍,深入思考之后,我的意见是:"技",即当代书法"尚技",或曰今"尚技"。

"技",有技法、技巧、技艺等含义。"技"是学书者从业余跨入专业领域的必经门槛,是书家艺术创新的必备手段。掌握书法的基本技巧,是深入理解书法艺术深邃意蕴的不二法门,也是书家形成个人风格的基本前提和主要内容。"技"是书法艺术表现力、冲击力、艺术魅力的出发点和归宿,"技"在艺术家水平高低评价体系中占有绝对权重。可以说,如果"技"站不住脚,一切都谈不上。

二、历代书法所尚的时代背景

一个时代的社会、政治、经济、文化生态不同,产生的文艺风格和文艺形式也存在差异。后人将不同时代的文艺特征进行比较,从而找出相异之处,然后用相对比较恰当而且精练的语言进行描述,来概括一个时代的一门艺术特征。精练的语言可以是一句话,也可以是一个词语,最精练者,莫过于一个字。而各个时代"尚"什么,都有其深刻的时代背景。

晋代在书法史上是一个非常特殊的时期。书法发端于汉字,按说自从有文字就有书法,然而在晋代以前,由于书写工具和书写载体的不完备,书法多以刻铸或简帛的形式出现。这种形态的书法也具备技法要素,但由于客观条件的限制,书写者不能自由挥运,因而很难体现人的个性、感情和风度。加之缺乏相对独立的书法群体和代表性作品,不便于抽样提取和概括,故单字评价书法未提秦汉。而到了晋朝,书写工具和书写载体已臻完善,同时,各种书体基本完备,如果说文字的发明进化主要是追求准确地表意,是一个求真的过程;书体的演进完备主要是追求适应各种载体、各种用途的表现,是一个求善的过程;在以上问题基本解决之后,书法就必然进入求美的过程。于是,一种表现人的精神气度、张扬人的个性的书法风格,到了晋代呼之欲出。故在以"二王"为代表的东晋书家那里,表现出来的是韵高千古的文人襟怀和林下风致。后人用"韵"字来概括这个时代,准确地体现了晋代书法的主要特征。

在隋唐之前的南北分治时期,南北的书法发展有各自不同的道路,呈现出各自不同的特色。唐统一天下后,统合南北书法的主要成果,对北朝楷书和南朝行草书进行整合,使法度得到统一。再加上唐代推行科举考试,要求楷法猷美,对书写规范有一定的约束。于是,唐"尚法"应运而生。如果说东晋是行草书的高峰,那么唐朝无疑是楷书的高峰。楷书法度谨严,说唐"尚法"也就顺理成章了。此外,唐代行草亦法度严谨,也顺应时代潮流。

唐代对于法度的研究可以说是面面俱到、极精尽微,以至宋代书法在"法"的探索空间已经极其狭小。艺术的规律是:当具象的艺术发展到极致,人们往往会转而往抽象的方向寻求突破。此外,宋代科举考试推行誊录制度,已经放宽了对楷法的要求,同时,宋代宽松的文人政策对书家放飞心性提供了可能。宋代书法的发展,再一次证明了这一点。以苏轼、黄庭坚、米芾为代表,把晋韵唐法由具象化转为抽象化,以极具个性化的形式表现出来,这就是后人总结的"意"。宋人书法并非无法,也并非无韵,只是这种法和韵都蕴含在略带夸张变形的个性化艺术语言之中。宋代的尚意书风,进一步增加了书法这种艺术形式的个性化内涵。

元明时代书法以回归经典相号召,强调的是书法结体的端正流美以及用笔的规范中和,亦即于书法的形态上用力,故后人认为元明"尚态"。

汉语文法有高度凝练的特点,评人鉴史状物往往用极其精练的语言,遗貌传神,读来令人颔首会心、余味无穷。陈继儒写道:"香令人幽,酒令人远,石令人隽,琴令人寂,茶令人爽,竹令人冷,月令人孤……"刘熙载在《艺概·诗概》中说:"《文心雕龙》云:'嵇志清峻,阮旨遥深。'钟嵘《诗品》云:'郭景纯用儁上之才,刘越石仗清刚之气。'余谓'志''旨''才''气',人占一字。此特就其所尤重者言之,其实此四字,诗家不可缺一也。"

用一个字评价一个人,称为"人占一字";如果用一个字评价一个时代,就是

"代占一字"。宋代就有人试图用极简练的语言,概括不同时代的书法特征。郑樵在《通志·金石略序》云:"观晋人字画,可见晋人之风猷,观唐人书踪,可见唐人之典则。"明董其昌《书品》则直接提出晋人书取韵,唐人书取法,宋人书取意。清梁巘《评书帖》进一步表述为"晋尚韵,唐尚法,宋尚意,元明尚态。"董其昌、梁巘的说法得到后人普遍的认可。然而对于这些提法以及如何理解等相关问题,赵宧光、冯班等都有个人看法、见解,甚至自成一家,但都不影响其用极简文字评论艺术自身的意义、价值和生命力,这种"代占一字"的评语延续下来,就产生清"尚什么"的问题,有人提出清"尚势"。就清人对"势"的认识以及各种书体展现的特色而言,这种提法有一定道理。康有为说:"古人论书,以势为先。中郎曰'九势',卫恒曰'书势',羲之曰'笔势'。盖书,形学也。有形则有势,兵家重形势,拳法亦重扑势,义固相同。得势便,则已探胜算。"但也还有人提出清"尚质""尚气"的观点。时代的车轮滚滚向前,当代书法在经过较长时间的积淀和持续发展繁荣之后,已经凸显出时代特征和创作取向,这是不争的事实。

三、当代文化背景的变化及对书法的影响

为什么说今人"尚技"?这个问题须从当代文化背景的变化来认识。

清末以来,中国社会从政治、经济到科技、文化、社会方方面面都发生了巨大变化,种种化对当代书法的审美产生了广泛而深刻的影响,这种影响是渐进的,在人们经意和不经意之中为今人书法尚技奠定了基础。变化大致有以下几个方面:

第一,在短短百十年的时间内,先是硬笔代替毛笔成为主要书写工具,使毛笔退出了实用的领域。继而电脑兴起,又代替了钢笔的大部分功能。这种骤变,在人类几千年的文明史上从未发生过。在毛笔为主要书写工具的时代,写毛笔字是读书人的基本技能,书法家群体就是建立在读书人队伍的基础上。如今硬笔普遍使用和人工智能时代的到来,使毛笔失去了大部分实用价值。读书人也已经大部分不写毛笔字了,似乎出现了书法断崖式的危机。毛笔书法的命运似乎会像菜油灯和纺线车一样进入博物馆。然而事实是,毛笔书法"艺术"的传统文化意义,已经深深地溶入中华民族的文化基因,受到中国人普遍的喜爱。

尽管失去了大部分实用领域,但还有不在少数的场合有毛笔字舍我其谁的用武之地,尤其是对书法艺术性的探索提供了广阔的天地。在书法转型为以艺术表现为主之后,对书写的技术提出了更高的要求。传统的书写并非不讲技法,过去幼

童启蒙或初习毛笔字者,是要学技法的,但对多数人而言习字的技法意识仍然以实用为限。基本的写字技法,并无更高的要求,且陈陈相因,变化不大。每个时代的书法大家,当然在技法上是有创新的,但多数是一种自然而然的不自觉的个人行为。而今天则不同,今人对书法的探求与创新,有着明确的艺术目标和高度自觉。只要是一心搞书法的,大都是为了艺术,因而在技法上都会殚精竭虑、不遗余力地去百炼成钢。也就是说,对书法各种技法深入研究和运用,在当今社会有着更明晰的强烈意识和更浓厚的竞争氛围。

第二,社会经济形态的变革影响到知识阶层的变化。在传统的农耕文明社会,中国的知识体系以文史哲为核心,实行通儒教育,因此,传统的书法大家无不是这个体系中的杰出人物。他们有很深厚的传统文化修养:通经史、擅辞章、精诗文,书法并非他们的专业,却能达到很高的境界。而在今天行业分工日益细化的时代,传统文人身份转化为知识分子概念。知识阶层的变化对书法起码有两方面的影响:一是学科的分工,二是传统文人身份的消解。现代意义的知识分子的概念不等于传统意义上博通经史的文人,对于众多知识分子来说,书法也不再是必备的技能。书法逐渐成为只被少数人掌握的专门技艺,诸如历史上那些学贯古今、博通经史的文人书法大家自然也就越来越少了。

书家已经从传统的文人群体中独立出来,其身份是非常明晰的。从某种意义上来讲,"技"的高度和水平成为区分你是不是一个书法家的标志,其本人的诸多其他方面的素养或作为参考,或百川归海通过技体现出来。我们不否认丰富的知识、专精的学问、良好的修养对书法的创作会起到积极的作用,但它不能替代炉火纯青的技巧。作为书法艺术家,毫无疑问必须具备多种过硬与创新的笔墨及其延伸的技巧。书法艺术有不同的风格,有些风格以返璞归真和弱化技巧为其审美追求,从而使一些书法家的作品表面上看来与初学执笔的孩童的水平差不多,但在专家的眼里,二者有着天壤之别,正像毕加索、马蒂斯的作品与孩提涂鸦之作的差别一样。

第三,历史上书法作品的形式大多是信札、手卷、诗笺等,明清以来,出现了楹联、立轴、条屏。此类作品是阅读式的欣赏,或独居一室,品评赏玩,或三五成群,展卷共赏;即使明清之际的高堂大轴以及楹联,也只能面对有限的欣赏者,展示范围并不广。在当代,情况发生了巨大变化,以追求艺术表现为主要诉求的书法家同堂竞技,书法作品向公众展示成为主要形式,从而上升为展厅文化,而视觉效果成为评价作品的重要方面,用什么样的技法收到最佳效果是书家面临的重要命题。小则四尺整纸,动辄八尺丈二的巨幅大轴和擘窠大字,带给观众的视觉冲击和震撼,是前人难以想象的。

展厅效应对书法"技"的要求是全面的,成千上万件作品要渐次接受评委的严格筛选和广大观众的百般挑剔,迫使作者对创作过程中的所有技术细节都必须认真对待,力求达到最佳效果。当代书家的一些书法作品,用笔精到,倘若掩去姓名,与古代一些书家作品放在一起,你恐怕很难分出伯仲。其中的原因除责任担当外,至少还有两点:一是作为潜心从事书法创作的书家,所下的功夫不一定比古人少,古代有"笔成冢墨成池"的传说,今人有为一件作品反反复复试写调整,甚至用去一刀纸的恒心;二是展厅效应与交流机制有着不可小觑的促进作用。

第四,现代科技的发达和智能时代的到来,使印刷技术早已突破过去刻版翻印的种种局限。康有为曾说,碑学之兴,乃因帖板屡翻而失真,而新出土的墓志字口如新,无失真之虞。如果说康氏的这种说法在当时还有一定道理的话,那么到了今天,这种担心已完全没有必要。先进的印刷技术对于古人墨迹可以达到纤毫毕现的程度,乃至古人用笔的细节和墨色的变化也可以毫不失真地呈现出来。以往,珍贵的古人墨迹只保存在皇宫内府和少数显宦大家的手里,一般人很难见到,资源的垄断使书法的传承普及受到很大的局限。然而今天不同了,文博收藏单位理念的改变和高清印刷术,可以轻而易举得到几乎等同于古人真迹的书法字帖,使那些秘不示人的技术细节历历在目,从而揭开了长期以来罩在书法技法上面的神秘面纱,这为学书者在技艺层面向精微延伸和另辟新境提供了便利和可能。

在传统书论中,关于技法的源头,有蔡邕得于嵩山石室说,钟繇发韦诞冢说,王羲之得父亲王旷枕中书说等。至于书法技法的传承,则是按照神秘的统绪进行的。唐窦臮《述书赋》,元郑杓、刘有定《衍极并注》以及明解缙《春雨杂述》等书对此统绪述之甚详。不论可信度如何,书法技法在古代人心目中,类似于释家衣钵和武功秘籍,都带有很浓厚的神秘色彩。

当代,信息的公开,藏品的共享,所谓技的种种要素——用笔、结体、布白、章法、款识、钤印、装帧等,人人都可以通过近距离去接触、辨识和体味。而现代书法教学体系里,书法技法的传授实现了演示的无边界可视化。尽管如此,也不排除少量书家的某种特殊技巧,我们只知其然而不知其所以然,如同欧洲大画家如拉斐尔、丢勒、卡拉瓦乔,利用小孔成像原理,练就一手绝活,而久久不为人所知。这说明一个领域的大师除了有过人的天分和不懈的努力外,他们又是运用各种科技手段进行创作的高手。总之,书法技法的公开无限可视为当代书法"尚技"和技艺创新提供了广阔空间。

四、今人书法"尚技"的若干表征

提出当代书法"尚技"的命题,是考察当代书法创作特点和走向得出的认知。当代书法的发展,呈现出不同于历史上任何时期的特色,其最显著的标志,莫过于对技法的挖掘、弘扬、拓展和创新。

首先,对传统技法的挖掘,主要表现在追求书写过程的笔情墨趣。在书法史的早期,从刻在龟甲兽骨上的文字,到铸在青铜器上的文字,以及碑志、玺印、封泥、瓦当等书法载体上的文字,这些文字在刻铸之前大多是经过书写的,书家需要努力还原刻铸之前的书写过程。但刻铸的文字经过多道工序,反复修改之后形成的,不符合书法一次性完成的特征,以至于有的学者在论述书法史的时候,就把刻铸文字排除在书法之外,划入工艺美术的范畴。今天要用毛笔书写的形式来表现,就必然要追寻、挖掘上古时代用毛笔书丹的技法。书家写篆隶,追求的是书写情趣而非刻铸效果,符合"鹰望鹏逝,不得重改"的书法基本要求,从而形成独特的篆隶笔法,鲜见为表现"金石气"而刻意为之的战掣斑驳,而是线条自然稳实,时见牵丝映带、飞白露锋。有的还在挖掘上古笔法的基础上,借鉴行草笔法,从而形成新的笔法体系。

对古代技法的挖掘还表现在飞白上,这种据说创自蔡邕的用笔法,并未引起后世太多的关注。流传至今的飞白书如武则天的《昇仙太子碑额》,显然不是按书法的要求写成的。只有今人充分关注这种古老的笔法并实践于书法创作中,形成破锋用笔的技法,不但在行草书中大量使用,而且在篆隶作品中也时能一见。

其次,对传统技法的弘扬和深化,当代行草书创作显得更为突出。纸、笔、墨质量在提高,性能多样且丰富,表现力大大增强。一些书家用高质量的半熟宣、兼毫笔书写小字行草,既有适度的洇化,使字显得饱满温润,又能让提按转折、牵丝映带表现得细致入微、纤毫毕现。书法对技法精到化的要求客观上促进了书写工具和材料的改良。而工具材料的改良反过来可能彰显书法技法的精到,从而形成一种良性的循环。当然,单靠佳笔良纸是不行的,技法高超才是关键。技法的精细化还表现在墨法的创新应用上,今天的书法作品,用宿墨、涨墨、焦墨的现象非常常见。这些技法在历史上虽也曾有人使用,但却是偶尔一见,远不如今天的普遍和自觉。一些书家在这方面的探索成果引人注目,涨墨作品层次更加丰富,更富有立体感,从而在传统的"黑"与"白"之外又拓展出或"灰"或多彩的边缘领域。

再者,在新时期展厅文化影响的大背景下,书家"尚技"风气对书法艺术的领域进行了全面的开拓。如大字行草书,在以前的社会生活和书法交流格局中,少有用武之地,以大字行草擅名的书家可谓凤毛麟角。大字行草书并非小字行草书的简单放大,它在用笔的厚重沉实、转折提按的开合变化、结体布白的疏密虚实、章法行气的通贯摇曳等方面均有特殊的要求。大字行草书的蓬勃发展,是当代书家的一大贡献,其动力不是源于实用,而是艺术性需求表现和展厅文化的需要使然。在"尚技"之风日盛的当下,以前较少受关注的书体,未经充分开拓的书体以及新发现的书法资料受到当代书家更多的青睐。如何把甲骨文、楚篆、简帛和熔铸雕刻的文字转化为书法艺术品,今人在技法体系的重建方面的努力可以说是有突破性的。我们谈技论技,就不单单是指楷法、草法、篆法、隶法,还应该包括甲骨、金文、楚篆、简帛、碑志等等的书写方法。展厅效应也是重视多种技艺的动因和催化剂,它使得各种相关艺术门类如篆刻、刻字、装裱等等和书法有机融合,综合应用,珠联璧合,相映生辉。

五、书法"尚技"的积极意义

提出当代书法"尚技"的命题,绝非意味着当代书法不重韵、法、意等其他方面。书法艺术有许多个侧面,用一个字来概括,只是反映一个时代书法其中最突出的一面而已。明人赵宧光有一段话说得比较明白:"晋人法度不露圭角,无处揣摩,直以韵胜。唐人法度历历可数:颜有颜法,欧有欧法,虞有虞法……不学唐字无法,不学晋字无韵。不惟无韵,且断古人血脉;不惟无法,且昧宗支家数。谓晋无法,唐无韵,不可也。晋法藏于韵,唐韵拘于法。"倘若赵宧光的说法成立,今人书法的韵、法、意、态,都是用"技"来表现的。就书法而言,一个时代尚什么,是多种因素所致,它不以某人的主观意志为转移。在书法史的早期,人们尚缺理论的自觉,晋人尚韵而可能不自知其尚韵,唐人尚法而不自知其尚法,直到后来,人们才开始认识到这一点。前人的智慧启发了我们,使我们能够对身处其中的当代书法特点、创作取向有宏观的认知。当然这个认识的过程一定是漫长的,其间会有歧见和争论,也许几十年乃至几百年后,这种争论还会存在。然而无论如何,我们今天对当代书法特点的认识和创作取向的研究讨论,一定会有重要的参考价值。

前人说过:凡是存在的都是合理的。我们说今人书法"尚技",也只是揭示一种存在,这种存在有它合理的一面和存在的理由。正确理解认识这种存在,对书法事业的可持续发展有积极意义。

首先,书法"尚技"有利于推动书法向专业化、艺术化、精品化发展。书法既然实用性日渐弱化,那么艺术品属性必然强化。作家冯仑写道:"看似科技进步会取代我们的工作,然而恰恰是科技进步,放大了我们存在的重要性,增加了我们的价值,提升了我们的专业度、判断力和创造力。"既然如此,粗制滥造的非艺术品的书写便失去存在的意义。应该认识到,在传统的书法作为艺术而保留下来的前提下,"技"正是书法安身立命的根基,而当前在各个领域提倡的精益求精与书法尚技的取向正相吻合。当然,在书法的各个书体中,技的表现并不均衡,有些风格流派的技法体系比较完备,有些则稍逊一筹。尽管不同风格对技的要求并不一致,但任何一种风格流派,最终必然要靠完备的技法体系来支撑,否则是很难立身久远的。

其次,"尚技"也是现代书法教育的需要。书法作为一门艺术学科,纳入现代教学体系之中,为全面书法人才培养提供了保障。作为一门艺术学科,必须具备可描述、可操作的完备的技法系统。通过教师的讲解示范,使学生学有所资,习有所循。尽管今天的书法教学仍然离不开临帖,但在科学的技法理论指导下,无疑将大大提高临帖的有效性,这是现代教育体系优于传统书法教育的地方。经过学院教育的书法从业者,他们的书法艺术水平可能因人而异,但在对技法的认知理解上一定是可圈可点的,这是"科班出身"的书法家的优势所在。

再次,书法"尚技"之风不仅为书法艺术设立了必要的门槛,同时也有助于建立科学的评价体系。当前,书法界呼吁建立科学评价体系的声音日益强烈,这无疑是医治书法乱象的一剂良药。建立科学评价体系的工作包括方方面面,但都离不开"技"这个核心。"技"不是全部,但却既是基础又是核心。任何评价体系如果不着眼于"技",就必然失之于虚无缥缈,无法操作。

更重要的是,"尚技"有助于书家由高原攀登高峰,造就一大批名家大师。习近平总书记在2014年文艺工作座谈会上对文艺界的创作现状做了精准概括:有"高原"缺"高峰"。在党的十九大报告中又给文艺界指明了新时代的前进方向,要实现这一目标,必须"坚持思想精深,艺术精湛,制作精良相统一"。我们一定能够也有责任担负起这新的历史使命,努力做到"在实践创造中进行文化创造,在历史进步中实现文化进步"。作为讲责任、讲品位、讲格调的书法家,就必须实实在在地在"技"上下一番精深功夫。"真正伟大的成功,总是荡漾在内心永不消退的激情、道德和信念。"唯其如此,才有可能实现自己的梦想,不辜负伟大时代的重托和人们的期望。

书法"尚技"和书家的综合素养是相辅相成的,不应该把二者对立起来。一方面现代的学科分工使书法成为一个独立的艺术门类,书法家不一定是也不可能要求是文学家、学者,也不能和历史上书家作简单的比对。放眼当下的实际,这种现状在相当长的时间内恐怕无人能改变,书法就是书家的本业,书法之技就是书家立足于世的根本。另一方面,书法作为中国具有悠久历史的艺术,建立在传统文化的基础之上,因此书家必须不断提高传统文化的修养。对传统文化的研究和汲取,无疑有助于书家对古代经典作品的理解,有助于对自身技的提高与创新。今天书家创作的书法作品,除非特殊需要一般都不会强求书家一定要写自作的诗文,多数是古代经典名篇加上高超的书写技巧,既被专家认可,又为人民大众所欢迎。倘若诗书俱佳,当然更好,如何处理好书写内容和形式的关系,则取决于作者对所写内容的理解。这是对书家的起码要求,更是书家传统文化修养的表现。

总之,今人"尚技"命题的提出,是基于一方面人文艺术的各个门类各自相对独立,书法不再作为文人的余事,因其他方面的精深渊博,就可以在书法上著手成春、咳唾成珠。因此必须依靠对本体的挖掘,建立一套规范而完备的技法系统;另一方面科技的进步,人们社交方式的改变,以及展厅文化的持续影响又不可避免地使一些技术手段参与到艺术活动的过程中,书法中技法手段的不断创新必将为当代书法塑造出不同以往的新形象。书法尚技绝不是笔墨游戏,技术手段也不是艺术本身。书法艺术水平的最终高度,归根结底要有坚实的金字塔底部作支撑,"皮之不存,毛将焉附",还须在继承传统的基础上不断创新。客观地讲,在今后相当长的时间内,书家仍会持续以"尚技"为取向,沿着全面精准、精良、精微、精深的方向发展,充分调动各种手段汲取古代经典的精髓,把前人的韵、法、意、态落到实处,为当今书法时代特色找到一个异于前人和符合书法发展内在规律的突破口。

习近平总书记在党的十九大报告中指出:"发扬学术民主,艺术民主,提升文艺原创力,推动文艺创新",用"占一字"的方式概括一个时代的特点,是一个具有挑战性的命题。"带着自信走来,带着使命走来,沧海横流雄心在,开启一个新时代。"有担当,不忘初心的书家要在新时代有新作为,就不会畏惧任何挑战。当代"尚技"给我们总结审视当代书法提出一个新问题,虽然每个人的感受不同,观点不同,可能会得出迥然有别的结论,甚至可能会由此引起持续的争论,但这对于正确认识当代书法艺术创作取向并推动其不断繁荣发展,肯定是有益的。

本文发表于《中国书法》2018年第1期

唱出更好的自己

——听雷佳毕业音乐会有感

张萌（中国音协《人民音乐》杂志副主编、副编审）

2017年6月13日晚上的北京音乐厅，当雷佳一袭素雅的白裙缓步登上舞台，在钢琴伴奏轻描淡拂的衬托下吟唱出郑板桥"老渔翁、一钓竿……"的隽永词句，立刻让听众忘却了音乐厅外长安街上的车水马龙，沉浸在闲云野鹤、超然世外的音乐意境之中，也由此拉开了她博士毕业音乐会的帷幕。

作为一位深受广大观众喜爱的歌者，中央军委政治工作部歌舞团的青年歌唱家雷佳自2013年考入中国音乐学院，跟随歌唱家、歌剧表演艺术家彭丽媛教授和民族音乐理论家赵塔里木教授攻读博士学位之日起，便受到了各界的广泛关注。正所谓"玉汝于成，功不唐捐"，如今，经过4年潜心苦读，已经顺利完成学校和导师交付的各项学业的雷佳用堪称令人惊艳的表现，让我们看到了她不仅在歌唱技艺上日臻成熟，在用声音塑造形象传情达意的修养上更是达到了新的境界，当之无愧地成长为中国青年一代民族声乐的领军人物。

当晚的音乐会可谓盛况空前、一票难求，众多音乐界乃至文化界的关心雷佳成长的师友同行纷纷自全国各地赶来，见证雷佳艺术成长道路上的这一具特殊意义的时刻。外行看热闹，内行看门道。拿到节目单，人们不难发现本场演出有别于常规的音乐会用心安排——中国艺术歌曲、欧洲经典歌剧选段、中国原创歌剧选段、创作歌曲等四个板块的设计，显示出浓厚的是学术气息。雷佳希望透过这套精心挑选的不同时期、不同风格的曲目，向观众全方位地展示自己近年来在舞台实践中反复锤炼，并经过理论思考的进一步升华萃取之后的艺术创作成果。

一

开场的四首曲目均为不同时期中国艺术歌曲的经典之作。无论是《渔翁》中垂钓老者举竿独钓的怡然自得、田园雅趣,《杏花天影》中白石道人以古风雅韵诉说着对爱人的相思之苦;还是《玫瑰三愿》中多情诗人的借花喻人、忧伤感怀,《阳关三叠》中故人西去的举杯相送、离愁别绪,雷佳都以含蓄不失韵味的演唱进行了恰如其分的演绎。这组作品在曲速的设计上整体偏慢,而正是这"一慢"在看似不经意间显示出歌者在演唱技术上的扎实功力。相比令人眼花缭乱、应接不暇的炫技,徐缓悠长的演唱给予听众更多的时间和空间来品鉴歌者的一音一韵、一招一式,而演唱者则需要用精巧的艺术构思将其填充,并以高超的歌唱技巧将之外化为实际的音响,方能让欣赏者得到听觉和心理上审美满足。雷佳对这组歌曲的演绎堪称中国风格艺术歌曲演唱的典范。整体上,每首作品的风格把握准确、韵味地道,乐句在充沛的气息支撑下绵长起伏、毫无滞涩之感;细微处,吐字清晰、归韵讲究,特别是在行腔润色上充分展示了她在中国民族音乐和戏曲方面的深厚底蕴,将中国传统音乐于声腔婉转中展现音乐韵味和艺术旨趣的特点发挥得淋漓尽致。这四首作品虽然是情趣相异、各美其美,却都散发着浓郁的传统文人音乐内敛平和的气质。这种气质与雷佳特有的端庄大气、真挚含蓄的演唱风格十分契合,因而使她的歌唱听起来如春风拂面、清泉入喉,入耳入心。

从 20 世纪上半叶开始,有关于"土洋""体用"之关系等一系列问题所展开的舞台实践层面的实验探索和理论上的争鸣讨论,构成了现代中国音乐文化发展的一条重要主线。这其中,不容否认的是,欧洲美声唱法对于中国声乐特别是以学院派为代表的中国民族声乐艺术从演唱方法到审美原则上都产生了的深刻影响。虽然按照惯例,西方美声作品对一场民族声乐的音乐会而言并非"标配",但雷佳还是通过一组欧洲经典歌剧的选段,显示出新一代的民族声乐歌唱家对于美声唱法更为深入、全面的学习和借鉴。值得玩味的是,虽然由莫扎特创作的歌剧《费加罗婚礼》中女中音咏叹调《你们可知道》和宗教作品《阿利路亚》,以及普契尼名剧《托斯卡》中女高音咏叹调《为艺术,为爱情》都是观众耳熟能详的唱段,但同时也无一例外是美声演唱教学中广泛应用的必唱曲目。透过这种曲目选择上的"保守",我们感受到的是导师对雷佳在艺术学习的严谨性与科学性上的坚持,因而也再次彰显出本场音乐会的学术色彩。雷佳对美声演唱技巧的驾驭和欧洲古典、浪漫时期音乐风格的准确把握,同样带给听众莫大的惊喜。《你们可知道》中,她的演唱意大利语发音准确,气息平稳流畅,中低音区音色扎实而富于穿透力;音乐风格上,不仅对于古典音乐所要求的音乐句法的处理规范严谨,而且在主题旋律的多次呈现中也随着音乐的不断推进在情绪上呈现出细微的变化,形象地传达出了年轻的凯鲁比诺对爱情既憧憬又充满困惑的内心情感。普契尼的经典唱段《为艺术,为爱情》被称为女高音演唱的试金石。尤其是咏叹调中对于主人公托斯卡在人生最后生死离别的时刻悲伤、愤怒、绝望、无助等诸多相互交织的复杂情感刻画,都对演唱者的声音塑造、气息把控的能力提出了极高的要求。雷佳的演唱紧紧抓住了主人公情绪演变的主脉,音色连贯流畅,强弱收放自如,将每一种情绪的戏剧性变化都刻画得细致入微、十分感人。充分掌握了美声唱法中科学的共鸣方法和气息的运用技术,使得雷佳的演唱更富于穿透力和表现力,尽管整场音乐会没有使用任何扩音设备,在与指挥家李新草执棒的中国交响乐团的配合中也丝毫不落下风,反而通过与交响乐队的相互配合与碰撞中充分展现出歌剧艺术独特的魅力。

如果说音乐会的前两组曲目侧重展现的是歌者的技术功底和艺术素养,那么接下来的五首中国原创歌剧选段则是雷佳音乐戏剧塑造能力的集中呈现。歌剧作为音乐艺术皇冠上的明珠,因其集合了多种艺术手段所呈现出的独特视听魅力而深为广大音乐爱者所喜爱,更因其需要调动声音、形体和表演等诸多手段来塑造人物形象所带来的艺术挑战,而成为每一位成熟的歌唱家所毕生追求的艺术高峰。从本世纪以来,伴随着中国社会经济文化事业的繁荣发展,一度沉寂的音乐戏剧创作有逐渐复苏,并在近些年呈现"井喷"之势,在当下的社会音乐生活中越来越占有举足轻重的地位。雷佳刚好是这一历史进程的见证者、参与者和受益者。从2001年首次主演室内歌剧《再别康桥》,到2009年接连主演青海花儿剧《雪白的鸽子》、陕北秧歌剧《米脂婆姨绥德汉》以及接棒恩师彭丽媛担纲歌剧《木兰诗篇》的主演,从2012年主演原创歌剧《运河谣》再到2015年在复排民族歌剧《白毛女》出演"喜儿"一角,每一个角色的塑造都记录了雷佳在艺术上的成长。音乐会当晚,雷佳选唱的曲目大都出自她主演甚至首演的剧目,一曲曲个性鲜明且富于戏剧性的唱段将音乐会推向了高潮。笔者还依稀记得2001年,观看仍就读于中国音乐学院本科的雷佳主演自己人生中的第一部歌剧《再别康桥》时的情景。而今,经过了多年的历练,雷佳再次唱起其中的选段《白日飞升》时,已经全然不见了当年的青涩,取而代之是对剧中主人公林徽因得知旧爱徐志摩罹难后的复杂心绪细致入微的刻画。在雷佳接下来演唱的《啊,我的虎子哥》(选自歌剧《原野》)、《秦生啊,你还好吗》(选自歌剧《运河谣》)、《我的爱将与你终生相伴》(选自歌剧《木兰诗篇》)等唱段中,最令人震撼的无疑是《白毛女》中的经典咏叹调《恨是高山仇似海》。为了纪念这个在中国当代文化史上都具有特殊意义的人物形象诞生 70 周年,2015 年雷佳曾在五十多天的时间里辗转九座城市地连续演出了 19 场全本歌剧,并拍摄了《白毛女》的 3D 版舞台艺术片,完成了中国歌剧史上的创举。而在对于"喜儿"这一深入人心的经典形象的塑造过程中,雷佳受到了郭兰英、彭丽媛等艺术家的悉心指导,从声乐演唱中的咬字归韵,到舞台表演上的一招一式都深得前辈大家的真传。所以,当她以包含激情的声音演唱出"恨似高山仇似海……"的旋律时,观众席上爆发出了热烈的掌声。人们不仅看到了"喜儿"的形象在雷佳的身上再一次鲜活地呈现,更看到了中国民族歌剧的血脉在几代歌唱家身上的传承与光大。

音乐会的最后一部分雷佳用一组当代创作歌曲,昭示了她作为一名军旅歌唱家,尽管已经登临了艺术的最高殿堂,最终依然要走出象牙塔,服务大众、服务部队文艺生活的文化追求。《金银藤蔓蔓长》中以寻常百姓朴实幽默描绘着人与人之间真挚与温情,《乡愁》中江南风格的旋律诉说着游子对故乡拳拳思念之情,让雷佳的歌声也变得越发生动鲜活起来,让我们仿佛看到了那个常年游走于基层民众中间、巡回于边疆连队哨所,为百姓和基层官兵放歌的身影。音乐会的最后一首正式曲目是曾经振奋鼓舞了一代中国人的《在希望的田野上》,重新编配的交响乐对伴奏赋予了这首作品出朝气蓬勃的时代气息,而从雷佳颇有乃师风采的演唱中我们还是感受到了深深的感恩和致敬。两代歌唱家的艺术使命和信念在音乐中完成了神圣的对接与传递。

在观众意犹未尽的掌声与欢呼声中,雷佳加演了自己的代表作《芦花》。原本柔美抒情的曲风,被作曲家赵麟改编成了富于动感圆舞曲,让整场音乐会在轻松、欢快的氛围中落下帷幕。

二

雷佳毕业音乐会的成功虽然似乎是意料之中的结果,但当晚她的出色表现还是给现场的观众带来了不小的惊喜。然而,了解雷佳的人都深知,雷佳攻读博士学位的过程与其说是学习深造,不如说是一次追求艺术真谛的修行苦旅。这场内容丰富、制作精良的汇报音乐会也只是雷佳博士期间所要完成学业的一小部分,在鲜花、掌声的背后她付出了怎样的艰辛和汗水。早在入学之初,导师就为雷佳制定了严格、系统的学习计划,而作为中央军委政治工作部歌舞团的一员,雷佳在攻读博士学位期间,除了完成本职工作以及参加一些国家重大的演出活动之外,几乎将所有的精力都花在了学业上。4 年的磨砺,雷佳向提交了一份沉甸甸的答卷——一部当代歌剧、一部民族歌剧、一场综合作品音乐会、一场民歌专场音乐会,以及一部十余万字的博士论文,这已经超出一个正常博士课业要求几倍的工作量。从中不难看出,导师彭丽媛对雷佳在艺术上的高标准、严要求和她本人在艺术上精益求精、不断进取的坚守。这不由地让人想起,彭丽媛在回忆自己求学的经历时讲到的恩师李凌对她的教诲,"年轻人如果只凭自身条件好而不刻苦学习,只能是一个'歌匠',要努力成为一个'家'"。正是当年恩师的教诲,引领彭丽媛从家乡来到北京,走进了中国音乐学院,走向了更广阔的艺术天地,最终取得了辉煌的艺术成就。今天,这个"刻苦成家,不为歌匠"的教诲又传给了雷佳,并伴随着时代的进步与中国音乐艺术的发展被赋予了新的使命和内涵。

对于作为新一代的中国民族声乐群体中的一员,该如何践行祖国与历史赋予的文化使命,在服务人民大众、讴歌时代的同时,又能在与世界不同文化的交流对话中彰显中国气派?对于这一具有积极现实意义的课题,雷佳用她不懈的努力和出色的表现给出了自己的解答。那就是一边深入民间,从丰厚的民族文化土壤中汲取养料,一方面将艺术视野望向国际,向丰富多元的世界不同文化学习,同时探索具有中国韵味的文化表达;一方面尊重传统,虚心求教于前辈的艺术家,将他们宝贵的艺术经验发扬光大,一方面勇于创新,创造出属于自己、属于时代的个性化的声音。作为一位日益成熟的歌唱家,雷佳结合自己多年的舞台实践,对于中国当代声乐艺术的传承与发展做出了自己的理论思考。她的十余万字的博士论文《论中国民族歌剧表演艺术的传承与发展——以郭兰英、彭丽媛、2015 版歌剧〈白毛女〉中"喜儿"形象塑造为例》通过前辈手把手地言传身教,通过自己大量的舞台实践,将中国歌剧发展已经取得的宝贵舞台经验继承下来并发扬光大,进而作为新一代的学者型歌唱家从表演者和研究者的角度为中国民族歌剧表演艺术体系的构建作出自己的贡献。

从某种意义上讲,雷佳博士学位的获得为中国声乐的人才培养树立了一个标杆。这背后蕴含的是导师和前辈对他在艺术成长上的殷切期许和谆谆教诲,几代人对于中国当代民族声乐人才的培养的筚路蓝缕、苦心孤诣的探索。而对于雷佳而言,这将是她艺术道路上的又一个起点,正如导师彭丽媛对她所期望的——"做更好的自己"。

本文发表于《人民音乐》2017 年第 7 期

《白鹿原》：文学经典及其"未完成性"

周燕芬（西北大学文学院教授）

马佳娜（陕西师范大学讲师）

　　陈忠实先生在他的长篇小说《白鹿原》问世 23 年之后辞世。这位文学成就卓越、人格精神高洁的作家却未能寿享遐龄，陈忠实的离去震动了中国文坛，让热爱他的读者倍感伤痛，鲁迅当年所言高尔基的"生受崇敬、死备哀荣"，用来形容陈忠实的生前身后可谓名副其实。更重要的是，因为有了《白鹿原》这样的作品存立于世，陈忠实物质生命的终结，却极可能意味着《白鹿原》艺术生命的又一次隆重开启。从这个意义上说，真正伟大的作家，他的精神生命是永远不会向人类谢幕的。

　　《白鹿原》的创作起笔于 1988 年，完成于 1992 年。1997 年有过一次修订，之后获得茅盾文学奖。作家之死是一种标志，《白鹿原》已经从陈忠实的怀抱中飞离而去，汇入了中国乃至世界文学的浩瀚星空之中。大凡清醒的作家都知道，每一部作品都有作品自己的命运，而时间"老人"和作为"上帝"的读者，将是其最终的价值裁判。法国文学评论家罗兰·巴特认为，创作有"可读的文本"和"可写的文本"两种，"可读的"指封闭自足的文本，满足短期的阅读性消费，而"可写的"则指那些具有动态性和开放性的艺术佳构，它召唤着读者和研究者不断进入"重读"，并完成思想艺术的再生产、再创造①。如果我们以"可写性"亦即"可重读性"来衡量一部作品是否有经典价值，那么《白鹿原》迄今为止的阅读史，或许只是一个开端，换句话说，由读者参与创造的《白鹿原》，还远远没有完成。

　　《白鹿原》产生于 20 世纪八九十年代之交的中国，这是百年历史文化转型历

---

① 参见［法］罗兰·巴特：《S/Z》，屠友祥译，上海人民出版社 2012 年版。

程中的又一个节点，远传统的几经塌陷和近传统的价值失效，使得世纪末的知识分子再次站在中国现代文化建构的起点上。在价值多元与个人出位的文化语境下，90 年代的文学创作呈现出前所未有的丰富驳杂，曾经最惹人眼球的是私人化欲望化写作的热闹景观，这股娱乐大众的商业化潮流绵延至今，成为文学自由的时代表征。而在纯文学领域，从 80 年代一路走来，创造了新时期文学首轮辉煌的一批实力派作家，在走进第二个文学十年的时候，普遍遭遇了思想价值系统的崩裂与重构，除了有些人选择职业转向，坚守文学园地的作家大都迎来他们文学历程中最深刻的一次创作变化，陈忠实也应该算作其中之一。

言说陈忠实与《白鹿原》，离不开 20 世纪八九十年代这一变革中的中国社会及其文化环境，但与同时代的作家相比，他的文学命运又显得如此不同。陈忠实出生于 40 年代，文学创作起步于 60 年代，十年"文革"，正是陈忠实迷醉于文学、在文学殿堂门前狂热摸索的时期，这就决定了陈忠实比之稍后成长起来的知青代作家，更直接地受到"左"倾时代风气的影响。或许，卸除历史重负和挣脱旧的思想牢笼，对他来说显得过于艰难和漫长，几乎整整一个 80 年代，尽管陈忠实已经有了丰富的艺术积累，有了相当出色的创作表现，但依然没达到让他自己满意的文学高度，直至长篇小说《白鹿原》出世，陈忠实才真正迎来属于自己的黄金时代。

陈忠实留下了《白鹿原》，也留下了一部宝贵的创作手记《寻找属于自己的句子》，为我们走进作家隐秘的内心世界提供了可能准确的途径。陈忠实在书中细致描述了由创作欲念的萌发，到开始酝酿写作，直至《白鹿原》完成的全过程，贯穿其中的一个最重要的主题词，就是"剥离"。这个在其他作家那里多被称之为"自我斗争"或"自我否定"的心路历程，陈忠实为自己找到了一个更恰当的表述，叫作"剥离"，这样的表述凸显了思想裂变中血肉疼痛的感觉，因为在陈忠实行将背离的文学传统中，有他一直视为文学教父的柳青。他说："除了《创业史》的无与伦比的艺术魅力，还有柳青独具个性的人格魅力之外，后来意识到这本书和这个作家对我的生活判断都发生过最生动的影响，甚至毫不夸张地说是至关重要的影响。"[1] 通过与柳青的影响关系，陈忠实也表达了自己对那个时代的政治理念和政策路线的无条件信奉和遵从。"剥离"发生的背景是 20 世纪 80 年代的思想解放运动，陈忠实所表述的"精神和心理剥离"，也夹杂着矛盾和惶惑的情绪，类似孩子甩开大人的手独自走路时无法避免的摇晃及惊恐。当时的陈忠实被分派到农村督促和落

---

① 陈忠实：《寻找属于自己的句子》，上海文艺出版社 2009 年版，第 92 页。

实分田到户责任承包工作,他不无震惊地想到了柳青,想到读过无数遍的《创业史》,他说:"一个太大的惊叹号横在我的心里,我现在在渭河边的乡村里早出晚归所做的事,正好和30年前柳青在终南山下的长安乡村所做的事构成一个反动。"①经历过阶级斗争年代的人大约都能体味"反动"一词的丰富含义,在农村集体所有制和集体化道路终被颠覆时,陈忠实意识到自己正遭遇到"必须回答却回答不了的一个重大现实生活命题"。

《创业史》曾经筑起少年陈忠实美丽的文学梦想,走上创作道路后,因小说被认为有"柳青味儿"而感到无比荣耀。而这时,《创业史》表现的合作化题材和当下现实发生了粉碎性碰撞,刺激陈忠实的同时也把他推到了新的转机面前。陈忠实写《白鹿原》,动用的是1949年以前已经作为历史的关中乡村生活,但恰恰是对新中国成立后发生的合作化运动以及柳青创作《创业史》的再思考,让他开始重新面对中国近现代半个世纪的历史生活内容,对即将进入自己小说的中国农民历史命运进行前所未有的深刻反思。今天我们阅读《白鹿原》,为什么强烈地感受到陈忠实笔下的所有历史叙述与家国忧思,都指向现实生活,指向中国的当下和未来?因为作家是以他亲身经历的"1949年后"为出发点提出问题、再回溯历史的。酝酿《白鹿原》的过程,也是陈忠实迫切地"打开自己"的过程,他曾以自己小说中的人物"蓝袍先生"为参照,来"透视自己的精神禁锢和心灵感受的盲点和误区",表现在他自觉地将西方现代文化纳入自己的思考系统,同时要在一个多世纪风云际会的开阔视野中,去探寻那些根本性和超越性的启示。陈忠实最终用《白鹿原》回答了那个萦绕于心的重大命题,完成了自己历史反思。如果没有经历那种艰难的自我否定、自我斗争过程,如果没有足够强大的精神力量迎接痛苦的思想蜕变,进而激发出能动地反思中国社会历史的思想力量,陈忠实期待已久的艺术创新和自我超越很难如期来临。

之所以反复强调"剥离"对于陈忠实不寻常的意义,是因为其决定着作家完成艺术突破的可能性,决定着《白鹿原》成为艺术经典的可能性。有意思的是,陈忠实写作《白鹿原》时已年近半百,而且算是一个相当成熟的小说家了,但他面对《白鹿原》这一巨大的艺术工程时,那种创作的冲动和情感的燃烧状态,那种重新打开与探问半个多世纪隐秘历史生活的急切愿望,令人想到文学历史中那些勇敢开掘未知世界而一举成名的青年作家,《白鹿原》对于陈忠实,确实是一次艺术生命的

① 陈忠实:《寻找属于自己的句子》,上海文艺出版社2009年版,第91页。

神奇再生，不同的是，作家既遭遇新的变革时代，而自己正如期走进了人生的思考季节，之前所有的思想积累和艺术经验，都将落成为这座恢宏艺术大厦的坚实基座，对于一个作家，对于新开张的一部小说，我以为，所谓"天时地利人和"大概莫过于此了。

陈忠实想要重新书写历史，重新表达自己的历史观，也想重新寻找可以依靠的文化价值系统，重新来过意味着不能固守任何既成的思维定式，也意味着要将历史生活的全部丰富性、复杂性和矛盾性都纳入小说中来，这就使得《白鹿原》整体上处于一种思想艺术的放开状态，成为各种文化价值和思想观念冲突对决的战场。作家在小说卷首引用了巴尔扎克那句话："小说被认为是一个民族的秘史"，以此为基调，《白鹿原》在中国社会政治演变、道德文化传承和个体生命进程三个维度复原小说中的历史，对人性及其演变的深层揭示则贯穿始终，这样的艺术构想已然突破了简单明确的传统寨臼，作家对历史的理解与把握已胜人一筹。他笔下的历史是一种复合体，是偶然与必然，理性与非理性，有序与无序的交织物，如果读懂了《白鹿原》，读懂了陈忠实的文学世界，一定会惊异地发现，原来一部好小说涵盖的是人生的全部，包括对人的存在本源的探照和对理想人性的终极追求。同时，陈忠实又为这个纷乱的《白鹿原》世界安放了三块思想基石，以统摄全局，维护这一艺术系统的稳定性。这三块基石就是人道主义、儒家文化和现实主义。

人道主义在新时期的回归，带有历史补课的性质，由此再出发的新时期文学确乎在人性的深刻挖掘和宽广表现中，攀上了中国当代文学一个全新的高度。诞生于20世纪90年代的《白鹿原》是一部赤诚的生命写真，作家对各色人物灵魂样态的逼真描画和蕴含其中的忧患意识、悲悯情怀，既构成这部小说的人性底色，也对新时期文学中的人性书写进行了有效的突破，毫无疑问，这是我们衡量一部作品经典价值的基本标准。对《白鹿原》一直以来最大的争议来自小说中的儒家文化内涵，这几乎成了研究《白鹿原》绕不过去的一座大山。陈忠实在他的长篇创作手记中并没有留下多少关于儒家文化的思考文字，或许我可以理解为，一部《白鹿原》中，陈忠实已经用小说的笔法把自己的儒家文化观写尽了，余下的是结论，这结论却是迄今为止我们依然没有结论。陈忠实对儒家文化的重新发现并将其奉为《白鹿原》的主要思想资源，从大的时代氛围来看，源自80年代中期以来文化寻根思潮引发的对传统文化的回视，而从作家自身分析，陈忠实生长的陕西关中平原，正是儒家文化的重要发祥地，作家浸润其中，自身的文化性格也形成于此，以儒学为小说的思想之本，在陈忠实这里是一种必然的文化选择。

《白鹿原》中的儒家文化,是作为小说的血肉构成了陈忠实笔下的历史生活,但我们分明读出了作家以此对话当代中国社会的强烈冲动,作家急切地想通过儒家文化由古至今的历史变迁,思考当下文化危机的由来,探寻民族救赎、人性复归的途径。这使得小说中最重要的两个人物白嘉轩和朱先生,成为文化标本式的文学形象,因而多被称之为"文化典型",小说中的其他系列人物也程度不等地带着文化象征的意味。一部《白鹿原》,从始至终回响着一个沉重的叩问,儒家文化能否真的成为我们民族精神的定海神针? 在恪守儒家文化传统的朱先生和白嘉轩身上,蕴含着陈忠实既有认同也不乏质疑的深刻思考,作家用文学的笔墨尽了修复的全力,然而并没有获取完全的文化自信,一部《白鹿原》,是一个巨大的矛盾体,留给读者的是新旧文化惨烈撞击后的一片狼藉。《白鹿原》创作的发生得益于时代变革的机缘,也必然难以逃避文化价值分裂的历史宿命。而值得我们深思的是,这种文化无解的背后,隐藏着中国当代文学迄今为止的思想高度,在通往未完成和未抵达的文学道路上,中国作家倘若不跨过这一"文化死穴",就无法建立起真正有理想价值和美学意义的文学家园。

在革命文化与传统文化的对决中,我们明显感觉到西方现代文化乃至"五四"新文化内涵的相对稀薄,这不是陈忠实个人的问题,而恐怕是这一代作家文化性格构成中的资源性缺失。在 20 世纪 80 年代西方现代主义风行文坛的时候,陈忠实接触到了马尔克斯,开始广泛阅读西方文学作品和社会文化方面的著述,使陈忠实的"整个艺术世界发生震撼"[1]的这次影响直接作用在小说创作当中,可以将此理解为《白鹿原》世界性因素的重要由来。一份文化遗产对作家的艺术个性发生过养成性影响,还是功能性地拿来为我所用,体现在创作中终究有所不同。陈忠实走的依然是"西学为用"的路子,他对现实主义传统的坚持表现在他对民族命运的不远离,对宏大历史题材的不放弃,以及依然怀抱构筑艺术史诗的宏伟理想,依然秉持贴近历史真实、注重生命体验、传达人性关怀的现实主义精神,这些稳固的艺术基因证明了陈忠实依然是柳青的传人。而另一方面,陈忠实自觉地用他的《白鹿原》进行了一次更新现实主义的艺术实验,实验的目的又恰恰是为了摆脱柳青,找到真正意义上的陈忠实自己。

陈忠实既反动了业已定型乃至僵化了的现实主义思想原则,而又对现实主义审美机制进行了有效的利用和调试,所谓利用,是指充分发挥现实主义小说的写实

---

① 陈忠实:《陈忠实创作申诉》,花城出版社 1996 年版,第 15 页。

功能,大胆地呈现历史生活的真相,以小说家笔下的种种无序与非理性真实,颠覆秩序和理性的历史谎言;所谓调试,则是建立起感应古老的白鹿原的心灵通道,以作家的生命体验带动文学想象,激活白鹿原上的传奇故事和人物命运,使小说呈现"非现实的一面"①,突破了依赖现实经验的陈规写作。小说家并非绝对意义上的哲学家或思想家,小说不提供现成的思想结论,小说只提供可能性,提供一种富有再生性的思想场域。现实主义的艺术力量及其审美机制的开放性,使陈忠实得以用小说的形式进行一次民族秘史的勘探,和关于民族命运的另类思考。正如理论家所言:"现实主义的胜利意味着,作家直面的尖锐现实无情地戳破了庞大的意识形态体系。生动的感性经验赋予文学反抗意识形态的能量。"②我们这里讨论《白鹿原》的现实主义,无涉小说创作的流派归属问题,那不是小说意义的根本所在。在陈忠实看来,"放开艺术视野。博采各种流派之长"的现实主义,其强大的艺术表现力在于它仍然能够胜任个人化的叙事,仍然能够承载作家的异质性思考。事实上,《白鹿原》最大的思想价值,正潜藏在错综复杂的文化冲突和人性剖示中,潜藏在《白鹿原》这个极端不和谐的小说世界中,小说折射着历史的荒谬和现实的虚妄,也彰显着作家反抗意识形态壁垒的"天问式"姿态,正如日本作家村上春树形容的:"假如这里有坚固的高墙,而那里有一撞就碎的蛋,我将永远站在蛋一边。"③这是小说存在的理由,也是我们评判小说艺术质量的重要指标。倘若以此为衡量标准,那些背靠"高墙"、貌似和谐整一的创作,或者只满足于艺术形式上标新立异的作家,其实是更加远离了我们对文学艺术的经典诉求。远的不说,单就脱胎于小说的电影《白鹿原》与原著相比,其思想艺术分量已然轩轾有别。从电影改编与意识形态达成的妥协,与市场和大众娱乐之间的共谋来看,电影几乎失掉了小说的思想精髓,成为徒有其表的空心艺术,造成接受效应的一落千丈也在意料之中,这也从另一方面证明了文学经典的无可替代。

陈忠实创作《白鹿原》的过程,是他不断努力地寻找自己的过程,用作家很钟情的海明威的那句话表述为:"寻找属于自己的句子"。陈忠实理解的文学个性,不单指向叙述语言系统的重新建立,根本上说,"寻找属于自己的句子"背后潜藏着作家小说思想的一场深刻革命。无论人性书写、文化选择还是对现实主义方法

① 胡风:《一个要点备忘录》,《胡风全集》第 2 卷,湖北人民出版社 1999 年版,第 633 页。
② 南帆:《后革命的转移》,北京大学出版社 2005 年版,第 4 页。
③ [日]村上春树:《高墙与鸡蛋》,《无比芜杂的心绪——村上春树杂文集》,施小炜译,南海出版公司 2013 年版,第 56 页。

的再考量,都在陈忠实的小说革命中发挥了至关重要的作用,也留下了未能解决的思想矛盾和未能跨越的艺术障碍,留下一个伟大作家挣脱传统负累飞向艺术自由王国的艰难轨迹。昆德拉有一句名言:"所有伟大的作品都包含一个未完成的部分",他强调,"惟其伟大"正与"未完成性"相关①。文学史已经证明,伟大作品的"未完成"为我们持续不断地再阅读创造了可能,无论是历史意义上的、思想意义上的,还是审美意义上的,再阅读同时也是文学再生产和再创造的过程,是面对"未完成"而努力走向完成的过程。文学经典属于过去和当下,也属于无限伸展的未来,文学经典的终极价值取决于一部作品到底能走多远,这使得经典的评判永远关系着我们对文学的理想期待,所以,"未完成"或是经典的存在方式,也是经典的魅力之源。

陈忠实的人生脚步停驻在了 2016 年的春天,仰望人类浩瀚的文学星空,他的《白鹿原》能飞多高飞多远? 昆德拉对"未完成"进一步的表述是:作家"所出色完成的而且也通过他希望达到而未曾达到的一切给我们的启示"②。如是而言,《白鹿原》深厚的历史生活描写、深刻的文化思考和人性揭示,使之经受住了二十多年的阅读考验。更重要的是,当我们把《白鹿原》视为一部动态、开放和富有未来性的小说文本时,小说承载的中国故事,就成为读者不断进入历史想象的生发点,而在作家"希望达到而未曾达到"的文本之间,又潜藏着批评家和研究者多向度阐释的种种可能。这既给了我们有关中国问题的诸多启示,也给了我们有关中国文学未来命运的深远思考。

---

① [捷]米兰·昆德拉:《小说的艺术》,孟湄译,生活·读书·新知三联书店 1992 年版,第 63 页。
② [捷]米兰·昆德拉:《小说的艺术》,孟湄译,生活·读书·新知三联书店 1992 年版,第 63 页。

国学概念的提出、辨析及书法与国学的关系

姜寿田(《书法导报》社副总编)

在历史上并无国学的概念。国学概念的提出与倡导是在 20 世纪初中国传统文化受到西学强烈冲击,花果飘零之际,一批固守中国传统文化者,基于保教、保国、保种的文化危机意识,而提出的应对西学挑战的本土文化概念。国学也即本土固有之学,亦称国故。在五四新文化运动中,激进主义倡导科学与民主,主张全面西化,同时提出"打倒孔家店"的口号,传统文化陷入全面危机。在这种文化危机与困境下,当时知识分子群体自然分成不同文化阵营。老一代学者如章炳麟、梁启超极力倡导国学,以振起民族文化之兴,抵御西学的日渐侵挈。章炳麟说:"国粹日微,欧化浸炽,会天下多故,四裔之侵,慨然念生民之凋瘵,而思以古之道术振之。"梁启超说:"虽然,吾更欲有一言。近顷悲观者流,见新学小生之吐弃国学,惧国学之从此而消灭,吾不此之惧也。但使外学之输入果昌,则其间接之影响,使吾国学别添活气,吾敢断言也。但今日欲使外学之真精神普及于祖国,则当传输之任者,必邃于国学,然后能收其效。以严氏与其他留学欧美之学僮相比较,其明效大验矣。此吾所以汲汲欲以国学为我青年劝也。"①

在章、梁后新一代学者如梁漱溟、熊十力、马一浮、陈寅恪等,也加入了这一固守本文化传统主义阵营,并倡言东方精神文明价值优于西方科技理性。梁漱溟《东西方文化及其哲学》一书,为孔子立言,认为中国文化是早熟理性的文化,其精神文明作为内在超越构成固有形上价值。他说:"(一)西洋生活是直觉运用理智。(二)中国生活是理性运用直觉的。(三)印度生活是理智运用现象的。只有在复

---

① 刘梦溪:《中国现代学术经典·梁启超卷》,河北教育出版社 1996 年版,第 120 页。

兴起这种孔颜乐处的人生态度的基础之上,才可以去学习西方;只有踏实奠定一种人生,才可以去学习西方;只有踏实奠定一种人生,才可以真吸收溶取科学、德谟克拉西,两种精神下的种种学术,种种思潮,而有个结果。否则,我敢说新文化是没有结果的。明白的说,照我的意思,是要如宋明人那样,再创讲学之风,以孔颜的人生为现在的青年解决他烦闷的人生问题。有人以'五四'而来的文化运动为中国的文艺复兴,其实这新运动只是西洋在中国的文艺复兴,怎能算得中国文艺复兴。若真中国的文艺复兴应当是中国自己人生态度的复兴。那只有如我现在所说,可以当得起,批评的把中国原来态度重新拿出来。"①;熊十力则以新唯识论,会通儒佛道家,易道乾元,体用不二。熊十力说:"余之学宗主《易经》,以体用不二立宗。本体论以体用不二为宗,本原现象不许离而为二;真实变异不许离而为二,绝对相对不许离而为二,质力不许离而为二,天人不许离而为二。"马一浮新儒学"六艺"本体论与熊十力的《新唯识论》以佛统儒因而佛学色彩过浓不同,同时也与梁漱溟"文化三路向",将印度佛学作为文化路向最高的归结不同;马一浮屏落佛学言论,而直以儒学为皈依。认为古今中外之学包括西方近现代科学皆可以统摄在儒学"六艺"之中。"六艺者,即此天德之道之所显现,故一切道术皆统摄于'六艺'""实统摄于一心,即是一心全体大用也。"他说:"今欲治'六艺',以义理为主。义理本人心所具,然非有悟证不能显现,自证本心为前提,即孟子尽心知性知天之意。致知是知此理,唯是自觉自证境界。如鱼饮水,冷暖自知,一切名言诠表,只是勉强描摹,一个阶段,到得此理显时,始名为知。"

马一浮新儒学求理气合一,求修性内证。走的是尽心知性,心物合一的内圣之路。由此其学刊落浮华,不落名诠而求其目击道存,穷理尽性。这是一个从道问学到尊德性、由学养人,而以道德人格完成为皈依的路程,而作为思想家,马一浮一生行实,不重言诠尤重实行。主敬集义,体认自性,统合离,复性成德。以史学著称的陈寅恪一生以史学追寻民族文化生命,并以生命之尊维护学术文化道统懿范。他对固有传统文化也是始终念兹在兹的,他在冯友兰《中国哲学史》下册审查报告中写道:"道教对输入之思想如佛教,摩尼教等,无不尽量吸收,仍然不忘其本来民族之地位,以其真能于思想上自成系统,有所收获者,必须一方面吸收输入外来之学说,一方面不忘本民族之地位。"

---

① 梁漱溟:《东西方文化及其哲学》,见刘梦溪主编:《现代学术经典·梁漱溟卷》,河北教育出版社 1996 年版,第 222 页。

值得注意的是,在 20 世纪 20 年代初,在传统文化与西学展开激烈论争的同时,文化思想领域还围绕人生观与科学展开了一场科学论战。一方以胡适、丁文江为代表,一方以梁启超、张君劢为代表。梁启超认为:"情感是生活的原动力,是绝对超科学的。爱和美是神圣不受约束的;科学派批判玄学派否认科学,提出人生观是由科学支配的。"丁文江引胡适观点:"我们观察我们这个时代的要求,不能不承认人类今日最大的责任与需要是把科学方法应用到人生问题上去。"

科学论战,论争的内容是科学与人生观的问题,但其实质也是围绕西学与国学的不同性质和价值而展开的,这可以说是西学与国学之争在另一个不同层面的展开。

至 20 世纪 30 年代,更有陶希圣、何炳松等十名教授联名发表《中国本位的文化建设宣言》,对中国传统文化的前途和中国文化身份及中国文化前景表现出深重的忧患意识。宣言写道:

> 在文化领域,我们看不见现在的中国了。中国在对面不见人影的浓霾中,在万象蜷伏的严寒中,没有光,也没有热。为着寻觅光与热,中国人正在探索,正在挣扎。中国在文化领域中是消失了,中国政治的形态,社会的组织和思想的内容与形式,已经失去它的特征。可以肯定地说,从文化领域去展望、现代世界里面固然已经没有了中国,中国领土里面也几乎已没有了中国人。
>
> 要使中国能在文化的领域中抬头,要使中国的政治社会和思想具有中国的特征,必须从事中国本位的文化建设。
>
> 要从事中国本位的文化建设,必须用批评的态度,科学的方法,检阅过去的中国,把握现在的中国、建设将来的中国,我们应该在这方面尽最大的努力。

这个宣言的发表不仅标志着传统文化回潮,同时,也预示着"五四"新文化激进主义思潮的消歇。事实上,早于这个宣言发表之前,一批激进主义文化精英皆由倡导西学而转向国学。如郭沫若、胡适,在古文字学、佛学、儒学及传统文学研究方面皆取得卓著成就。胡适甚至提出整理国故的倡导,这相对于新文化运动高潮初期他所提出的充分西化的主张不可谓不是一大回转。

可以看到,在整个 20 世纪初至二三十年代,中西文化的对立、融和与论争构成现代中国思想文化的主流并形成激进主义、传统主义、自由主义(西化派)三大思想文化主张,对中国文化及国家民族命运以及中西文化前途给予关注并提出自己的解决方案,显示出中国现代知识分子的文化担当与"以天下为己任"的家国情怀。也就是说,虽然由于文化主张以及思想观念不同,导致他们选择的文化道路与人生价值理想不同,但他们对中华民族的前途与命运以及文化前景都充满了忧患与关切。这一点到 20 世纪 50 年代牟宗三、唐君毅、徐复观、张君劢联名发表《为中国文化告世界人士宣言》,便强烈表现出来,宣言写道:

> 我们研究中国之历史文化学术,要把它视作中国民族之客观的精神生命之表现来看。但这个精神生命之核心在哪里?我们可说它在中国人思想或哲学之中。这并不是说,中国思想或哲学决定中国之文化历史,而是说,只有从中国之思想或哲学下手才能照明中国文化历史中之精神生命。因而研究中国历史文化之大路,重要的是由中国之哲学思想之中心,再一层一层地透出去,而不应只是从分散的,中国历史文物之各方面之零碎的研究,再慢慢地综结起来。

> 如果任何研究中国之历史文化的人,不能真实肯定中国之历史文化,乃系无数代的中国人,以其生命心血所写成,而为一客观的精神生命之表现,因而多少寄以同情与敬意,则中国之历史文化,在他们之前,必然只等于一堆无生命精神之文物。如同死的化名,然而由此遽推断中国文化已死,却系大错。[①]

20 世纪初在激进主义、传统主义、自由主义三分的情势下,传统主义对国学的倡导,其文化主旨与文化动机是十分明显的,这即是如章炳麟所言,护教、护国、护种。以文化激起信仰与种性,用国学抵御西学的侵袭,使中国文化不至于在西学冲击下斯文沦丧。因而国学的倡导是具有强烈的民族主义文化色彩和积极意义的。当然,受当时激进主义思潮的影响,传统主义被视为保守主义,而被指斥批判为落后腐朽。一些倡导西学的文化精英,如陈独秀、胡适、鲁迅、钱玄同等主张西化,对中国传统文化进行全面的抨击批判,甚至连汉字也主张取消,用拉丁拼音字母代替。陈独秀认为在新与旧,即西化与传统文化之间没有调和的余地:"吾人倘以新输入之欧化为是,则不得不以旧有之孔教为非;倘以旧有之孔为非,则不得不以新输入之欧化为是,新旧之间绝无调和和两存之余地。"胡适则主张充分西化,与陈独秀的观点并无二致:"新文化运动的根本意义是承认中国旧文化不适宜于现代

---

① 王元化:《释中国》第四卷,上海文艺出版社 1998 年版,第 2898 页。

的环境,而提倡充分接受世界的新文明。"并明言主张全盘西化。

这种主张现在看来未免过头了。事实上,五四新文化运动之后,至20世纪20年代中后期,一批主张西化的激进主义者,皆纷纷退守国学,如胡适、郭沫若,包括鲁迅。从这一点来看,传统主义倡导国学之举,适足构成对反传统文化激进者的抑制与平衡,为固守和理性认识看待中国传统文化增添了砝码,这种对传统文化的尊崇愈到后来愈益显示出文化眼光的远大与历史感。而对国学一词,在20世纪二三十年代各派学者便有不同意见,即便在倡导国学的新儒学者内部也是观点各异,甚至并不赞同国学一词。如马一浮便认为国学一词颇含混笼统,他说:"国学这个名词,如今国人已使用惯了,其实不甚恰当,照旧时用国学为名者,即是国立大学之称,今人以吾国固有的学术名为国学,意思是别于外国学术之谓。此名为依他起,严格说来本不可用。今为随顺时人语,故暂不改立名目。然即依固有学术为解,所含之义,亦太觉广泛笼统,使人闻之不知所指为何种学术。"①钱穆虽著有《国学概论》,但也对国学一词不满,认为乃一短暂时代名词:"学术本无国界。国学一名,前既无承,将来亦恐不立。特为一时代的名词。"②

事实上,国学概念的正当性是无可置疑的。而考虑到在西学冲击下,由国学倡导所起到的振奋民族自信心与固守本土文化价值方面,则国学的倡导正是具有"历史一刻"的意义。马一浮、钱穆对国学的概念质疑,在某种程度上只是从学理概念上对国学加以解析论定,而忽视了国学这一概念倡导的历史性,所以所论并未尽恰当。20世纪初,正是由于传统主义者对国学的动亢一呼,与激进主义、西化派对峙,构成鼎足之势。而国学经章炳麟、梁启超、梁漱溟、熊十力、马一浮诸大儒的倡导,在社会上影响日益巨大,顶住了西洋文化与激进反传统主义思潮的冲击与颠覆。由此,国学在"二十年代成为流行,致有北大国学门和清华国学院之设"③。

那么,究竟何谓国学?国学的内容究竟何指?又如何理解国学?这一方面从20世纪初,国学甫一提出一刻以迄当下仍然是众说纷纭,莫衷一是。理解的歧异主要表现在国学概念学理上之合理性与国学包含内容所指两个主要方面。国学合理性之辨析已如上述。而国学内容究竟指何方面则是颇存歧异。吕思勉在《国学概论》"何谓国学"一节中说:"国学者,吾国已往之一种学问。包含中国学术之性质与变迁,而并非与外国绝对不同之学问也。……又常有以精神文明与物质文明

① 《马一浮集》第一册,浙江古籍出版社1996年版,第9页。
② 钱穆:《国学概论》弁言,商务印书馆2008年版,第1页。
③ 刘梦溪:《论国学》,上海人民出版社2008年版。

等以区别东西洋之文化,实亦不然。"吕思勉对国学并未就学术本身予以界定,而只是较为概括地指出国学包含中国学术性质与变迁,并尤为强调国学与西学并无决然不同。而在这方面是有深意存焉的。它表明吕思勉并不认同国学与西学是古今之学,这就在很大程度上回应反击了西化派认为国学与西学决然对立,不可调和,而必以西学取代国学的观点。虽然就国学本身而言,吕思勉并未讲得分明。

有些学者则从根本上反对国学。认为国学概念大而无当,或者干脆认为国学本身毫无价值,乌烟瘴气,因而应被推翻。后来在 20 世纪 30 年代与陶希圣极力倡导中国文化本位并联名发表宣言的何炳松,在这之前的 1929 年却发表《论所谓国学》文章,极力抨击批判国学,呼吁中国人起来推翻乌烟瘴气的国学。他指斥批判国学之弊写道:"一、来历不明;二、界限不清;三、违反现代科学的分析精神;四、以一团糟的态度对待本国的学术。"何炳松以现代学术分类与科际整合立场,指斥国学没有走向专业化、学科化,认为国学研究大而无当,因而批评质问:"我们研究史学的人,为什么不愿专心去研究中国的史学?而要研究国学?我们研究文学的人,为什么不愿专心去研究中国的文学,而要研究国学?我们研究哲学的人,为什么不愿意专心去研究中国的哲学?而要研究国学,我们当现在分工制度和分析方法都极发达的时代,是否还想要一个'大坛场'上的'万物皆备于我'的朱熹?"

至于国学究竟应包括哪些内容,学者们也是其说各异。即如 20 世纪 20 年代国学代表人物梁启超与胡适,对国学的理解认识上也是大异其旨,甚至为此相互论争,剑拔弩张。这在他们分别于 1922 年、1923 年应燕京大学某报刊开列的《一个最低限度的国学书目》及《国学入门书要录及其读法》中可见一斑。胡适的书目列"184 种,其中工具书 14 种,思想史 92 种,文学史 78 种",思想史包括道教佛经书籍,文学史包括元曲、小说,如《三侠五义》《缀白裘》《儿女英雄传》《九命奇冤》以及《西游记》《水浒传》《三国演义》《红楼梦》等,而不具列史部。梁启超对胡适所列书目大不以为然。他在《评胡适之的〈一个最低限度的国学书目〉》一文中批评道:"胡君这书目,我是不赞成的。因为他文不对题,把应该读书和应备书混为一谈了。"而他对胡适在国学书目中,不列史部,而大量开列小说更是不可理解。"胡君为什么把史部一概屏绝,一张书目叫作国学最低限度,里头有什么《三侠五义》《九命奇冤》,却没有《史记》《汉书》《资治通鉴》,岂非笑话?若说《史》《汉》《通鉴》是要为国学有根底的人设想才列举,恐无此理。若说不读《三侠五义》《九命奇冤》,便够不上国学最低限度,不瞒胡君说,区区小子便是没有读过这两部书的人,我虽自知的学识浅陋,说我连国学最低限度都没有,我却不服。"①

从胡适与梁启超在国学认识上的分歧来看,国学内容究竟何指? 国学究竟应包括哪些经典? 哪些经典才真正体现为国学? 是一个殊难认识把握并获得共识的问题。但国学明显具有广义、狭义之分,就像文化概念一样,如从广义来看,文化几乎是无所不包,但从狭义来看文化概念就会相对集中于制度习俗,信仰与精神并区分价值层面,而就仅仅是这样限定,西方学者统计有关文化的定义也不下三百多个。就国学而言,自也有广、狭两义之分,而于国学自应取狭义。正如胡适论国学所说:"国学在我们心眼里,只是国故学的缩写。中国的过去的文化历史,都是我们的国故。研究这一切过去的历史文化的学问,就是国故学,省称为国学。"②当然胡适对国学乃国故,即中国的过去的文化历史的限定还是过于宽泛。即使是历史与文化,也自有形上、形下之别,究竟是哲学形上之思的宇宙精神更能体现国学真谛,还是小学、经学、名物、训诂更为承载彰显国学之真蕴? 如从新儒学来看,则哲学形上义理精神更能体现出传统文化—国学的要义,由此马一浮的以下一段话无论如何对我们理解国学的真正要义是具有启示价值的:

> 国家生命所系实系于文化。而文化根本则在于思想,由闻见得来的是知识,由自己体究能将多种知识融会贯通成立一个体系名为思想,孔子所谓知,即是指此思想体系而言。

清末民初以降,受乾嘉考据学的影响,学术界将乾嘉学派抬得过高,梁启超、胡适皆将乾嘉考证视作科学主义,认为"清代学术以复古为称,实则为学术史的一次解放",类似欧洲文艺复兴,这种推崇无疑有过头之嫌。乾嘉考据是封建专制主义下的文化奴役,与欧洲文艺复兴人性解放自由为旨归下的古希腊罗马古典艺术复兴具有完全不同的历史文化内涵,两者完全不可同日而语。但民初以来,一大批学者将乾嘉经学考证包括音韵、文字、训诂视作国学核心内容,而排拒思想、学术史研究,认为思想史研究肤疏空阔,在史学研究上贬低史观研究,无限放大推崇史料作用。

事实上,早在汉代,经学便由于一味沉溺训诂考证而被《汉书·艺文志》所抨

---

① 《胡适全集》第二卷,转引自刘梦溪:《论国学》,上海人民出版社 2008 年版,第 152 页。
② 《国学季刊》发刊宣言,见《胡适全集》第二卷,安徽教育出版社 2003 年版,第 17 页。

击:"后世经传,既已乖离,博学者又不思多闻阙疑之义,而务碎义逃难,便辞巧说,破坏形体,说五字之文,至于二、三万言。后进弥以驰逐,故幼童守一艺,白首而能言,安其所习,毁所不见,终以自蔽,此学者之大患也。"

由中国古代学术思想史来看,由东西两汉今古文之争,演变为儒、道之争以及宋代以来的汉学、宋学之争、理学经学之争以至元明清以来的心学与理学之争,考据义理之争,终至清末民初以来的考据与今文学之争、中西之争。由此而言,经学考证并不是贯穿中国古代学术思想史的主流,因而也并不能将其视为中国学术思想史的主体内容。一个不争的事实是,除汉代、清代二代重名物训诂考据之外,魏晋南朝以至宋元明皆重义理。魏晋玄学即汉代儒家经学烦琐积弊之反动;唐代重义,但尤重道统。韩愈、李翱讲心性,重建儒学道统,开宋代理学之源流。

宋人弃考据而重义理,自宋初三先生孙复、石介、胡瑗以至周敦颐、张载、程颢、朱熹、陆九渊皆以理学者称;元明二代绍续宋代理学,尤尊朱熹,至王阳明而倡为心学。而心学实系由宋代陆九渊理学所转出。至此心学大兴而朱熹一脉理学寝衰。整个明代几无考据学之地位。明末清初,顾炎武、王夫之、黄宗羲、由明朝亡国之痛,而将其文化思想之失归之于玄学、宋明理学,故在学术思想上有一新的转换,即从理学到朴学,倡导经世致用。顾炎武认为:"君子学以明道也,以救世也,有一疑又反复参考,又归于至当;有一独见,援古证今,必畅其说而后止。"①"孰知今日之清谈有甚于前代者!昔之清谈谈老庄,今之清谈谈孔孟。未得其精而已遗其粗;未究其本而先辞其末。不习《六艺》之文,不考百王之典,不综当代之务,举夫子论学论政之大端。一切不问,而曰一贯,曰无言,以明心见性之空言,代修己治人之实学,股肱惰而万事荒,爪牙亡而四国乱,神州荡覆,宗庙丘墟。"

在王夫之、顾炎武、黄宗羲对宋明理学的批判与经世致用的倡导中,寄寓着的是对阳明心学与士林清流空谈误国的沉痛反思。同时,也有着强烈的反清复明思想,他们强调由理学到经学,但是随着清朝统治者在思想文化领域理学统治的加强并大兴文字狱,顾炎武、黄宗羲、王夫之反理学及经世致用思想遭到抵制并被歪曲异化。清代乾嘉之学号称朴学,以汉代经学、小学相尚。戴震并言其学术宗旨为"由字以通其词,由词以通其道",即是通过名物训诂重新阐明原始儒家的微言大义,明道以救世。不过,事实上,乾嘉之学,虽称博洽弘广,于文学、音韵、金石、古文辑佚、典章靡不讨问,但将全部学术纳入考据,将考据与学问画等号,则使清代思想

---

① 顾炎武:《日知录·序》,见《日知录集释》,上海古籍出版社2006年版。

领域万马齐喑,长达近三百年没有出现一位思想家,而朴学由词以通其道的自我设定也全部落空。这是在思想专制时代乾嘉学派的必然命运。

马一浮对文化的推崇,认为国家生命所系实系于文化,而文化之根本则在思想的观念,实超于耽迷乾嘉学派的侪辈之上。而从哲学文化意识上回归到中国文化精神本原。也即是说,维系国家生命之根本在文化与思想,而不是闻见得来的知识,更不是工具性的文献考证,这就从根本上否定了乾嘉旧学及用经学贬斥或掩盖思想的倾向。中国文化的主流只能是基于道德伦理与缘于天人之际的形上之学。李泽厚将其概括为儒道互补。它塑造了汉民族的文化心理结构。支撑起华夏民族的价值理念与人文关怀。唐君毅认为:"中国文化精神至少在一点上实有至高无上价值,此即依于仁者之认识,以通天地、成人格、正人伦,显人文是也。"从这个意义上说,国学的主体无疑应是体现出华夏民族精神与人文价值的儒道释体系思想文化创造。

20世纪90年代初,李泽厚曾概括当时思想文化界的状态说:"思想家淡出,学问家凸显。"一时传为名言。李泽厚后来回忆评述说:

> 更正一下,"思想家淡出,学问家凸显"是一九九三年我给香港的《二十一世纪》杂志"三言两语"栏目写的三百字左右中的一句话,并非什么正式文章……我提出这个看法本是对当时现象的一种描述。并没作价值判断,没有说这是好是坏。但我的说法却被误读,以为我反对搞学问。后来,王元化先生在上海提出,要做有思想的学问家和有学问的思想家。但我认为,这讲法意义不大,有哪个真正的思想家没有学问作根底,又有哪个学问家没有一定的思想? 难道陈寅恪、王国维他们没有思想了? 难道鲁迅、胡适他们一点学问也没有? 王先生的话恰恰把当时那重要的现象给掩盖了。但王先生这句话后来却被认为是定论。认为这才是全面的、公允的、正确的提法。一位朋友说,实际上这是句正确的废话,因为即使抛开二十世纪九十年代初的具体情况来说,陈寅恪、王国维、钱钟书仍然很不同于胡适、鲁迅、陈独秀。尽管陈独秀的小学做得很好,胡适也搞过考证,鲁迅《中国小说史略》也证明了他有学问,但他们毕竟不是以这些学问出名的,而是以他们当时的思想而闻名的。特别是鲁迅,通过文学作品使他情感成分极重的"思想"影响了广大青年。胡适也不用说,尽管他的学问不大,他自由主义的胸怀和思想也很有吸引力。顺便说一句,现在把胡适捧成国学大师,我觉得非常好笑,其实他的学问当时根本被人看不上。

可见,这两批人之间有很大的差别,"思想"和"学问"还是有显著不同的。那么"有学问的思想家和有思想的学问家"一下把这种不同拉平了,就没有什么意思。不同时代需要不同的人,同一时代也需要不同的人,这样才有意义。但是说到底,现代中国如果没有胡适、陈独秀、鲁迅,与如果没有王国维、陈寅恪、钱钟书相比,恐怕会不大一样吧。

我当年提出这个断语,并不是忧虑与担心,我在八十年代就说过,中国在现代化的进程中需要大量的专家。因为任何一个现代化的进展中需要大量的专家。因为任何一个现代化都是各方面专家贡献智慧的结果,自然科学、社会科学才会得到发展。但专家只是"专"那么一点。如果你"专"很多点就不是专家了。人文科学也是这样,有胡塞尔专家,海德格尔专家,董仲舒专家,朱熹专家……各种各样的专家出现,是时代的需要,但这并不意味着这个时代不需要思想家。当时风靡一时的"回到乾嘉""乾嘉才是学问正统,学术就是考证,其他一律均狗屁""只有学问家,没有什么思想家"等等,我是不赞成的,现在好多人可能淡忘或不知道这些事了。我当时曾发表过一些嘲讽,所以在这个"三言两语"中虽未作价值判断,只描述现象,但也确有提醒一下,让大家注意的意思,谈不上担心和忧虑。而"有学问的思想家和有思想的学问家"恰恰把问题掩盖了。正如以前我的一些朋友也是著名的学者如周策纵、傅伟勋提"中西互为体用""中学为体,西学也为体"等等来反对我的"西体中用",看来很正确、公允、全面,其实没意义,等于什么话也没有说。总之,任何时代都需要这两种人,不必一定比个高低上下。但大家也知道,学问家可以有百千,即使一般却能真正影响人们的思想家恐怕也只屈指可数。

忘却了问题和失去历史意识等于遗忘了时代,而时代问题不会不比历史问题更重要。中国的改革开放正是思想家的一篇《实践是检验真理的唯一标准》终结了僵化的意识形态,而开启了新的全面改革开放,走向世界的历史,在这方面考据恐是无用的。哲学是无用而成其大用,考据除了在知识领域成其用外,而于家国思想文化与人文大率无用,此即学问与思想之大较也。

有人认为学问包括史料考据,即是一切,而根本不懂史料考据的逻辑与思想文化的逻辑判然有别,思想家当然也不会平地产生思想,其思想也要凭借文献史料而得以产生形成,只是其思维并不停留于史料,而是穿越史料形成问题链与宏观的历史观念,并且其关注的中心也不会是史料本身及局部微观的枝节考证,这是思想史研究与史料考证的最大不同,也即价值观差别。所以两者也自相去甚远。这也是当下体察认同国学所不得不深识明辨之根本问题。

从书法史上看,书法的变迁与文化嬗变同体共生,文化形塑书法,而书法也反映揭橥文化,并反映出每一个时代的文化变迁,无不承载与揭橥出彼时的文化审美风尚。而从魏晋发端的书法文化文人化历史,则更是使书法成为优入圣域的民族文化艺术的最高象征。宗白华认为中国音乐衰落,书法却代替它成为一种表现民族最高意境和情操的艺术。林语堂则认为,书法培育了中国人基本的韵律感和美学精神。

书法的文人化性质与独特文化审美地位,决定了书家的文化价值定向,这是历史给出的答案。书法产生于中国文化内部,因而人文化成的文化要求便构成对书法的制约。从线的营构、品格到气韵、风骨、神采、意境都浸透着本土美学的形上追索,而这一切又归约为书家的个体生命存在。一个进入不了中国文化内部的书家不可能成为书法大家,也不可能创造出一流的伟大作品,这是毋庸置疑的。由此书法创作也如佛学渐悟的体道过程,书法的高度取决于生命境界的高度,单纯的技巧并不能深入中国文化内部,当然,这是一个极为复杂的问题。即如中国国画中文人画与院画、戾家画之间存在的也是一个技与道的问题。早在北宋时期,苏轼就指出,世之工人能曲尽其形,而思致气韵则难以臻至。黄庭坚批评周越草书之俗,是从其"胸次之罪"也就是境界格调不高出发的。这说明在以气韵、格调相高的书画领域,文与道占据着重要地位。在这里,道并不玄妙,道有形上之道、自然之道、生命之道、文化之道、个体之道。在道的泛化语境中,有一点是共同的,由文化自觉而超越世俗的创造性个体自律,历史上的每一位大艺术家无不具备这一点,这也是技与道的张力所在。当代很多中青年书家将技巧与文化作对立观,在思维上走向二元价值对立,实际上看看古代大家的知与行,这种所谓文化与技巧的对立争论就毫无意义了。所谓"下士闻道,大笑之,不笑,不足以为道也"。

书史证明,书法过去不是,现在不是,将来也不会是纯粹形式化的产物,而是观念积淀的形式。因而西化形式论,并不能为中国当代书法的创新变革提供全部观念支撑,只能是一种参照系。中国书法生命精神植根于国学的深厚土壤,中国伟大传统文化奠定了中国书法的美学精神,因而离开传统文化的滋养,书法之源便会枯竭。长期以来,受西方形式论影响以及对现代性的误读,当代书法片面追求形式支持和法的精巧,而忽视了书法本体的美学意蕴与书家主体的修为,从而使书法成为名利场情景逻辑中的时尚性技术竞争,技遮蔽了道,而成为无意义书写。对于中国书法而言,形式化对书法精神价值的漠视恰恰构成对形式本身的自我消解。因为中国书法从来是将书家主体的道德与审美视作同一结构的张力所在,它的形式意味恰恰来自主体精神的支撑。也就是说,书法的形式意味与风格魅力正是从精神性中弥散而出的。所以即使现代老一辈书家,也无不遵循并对后辈书家加以精神性上的引导,如沙孟海、林散之皆强调学养的重要,而表现出对技匠的鄙弃。在他们看来,匠气是不读书,缺乏修养的结果。忽视传统文化的修养,便事实上与做一个真正的书法家相距甚远。因而沙孟海便要求学生须抗心希古,创作上要以一两门学问作基础。而林散之则遵从黄宾虹教导,行万里路,读万卷书,砥砺名节。他在创作上对自己的要求也极高,志在与古人争地位,看能否三四百年不倒。而这无不须以深厚的学养作根底。

当下倡导国学的意义,是在现代性背景下返本开新,深化传统,穿越西方,回到中国,确立传统文化价值,追寻中国文化的核心观念和终极关怀,推动中西文化融合,并在中西文化融合的境遇中实现中国传统文化的现代转换。

随着国学的倡导,当代书坛也在引导培养青年书家的读书风气,并连续举办了多届中青年书家国学培训班。这对扭转青年书家重创作轻学养的不良风气无疑是大有裨益的。同时这也表明中国书协经历了三十余年主办国展历程,也开始反思展览之弊,而从技向学转换。书界对国学的倡导便表明,过去注重青年书家以技显,而当下却转向对书家整体素养尤其是国学素养的要求与陶冶。这是对书法传统从文化层面的更高尊崇。由此也显出,国学修养对书家的重要性。弘一法师曾有名言,要文艺以人传,而不要人以文艺传。儒家也强调"游于艺","艺"之上要"志于道,据于德,依于仁"。这表明一个书法家的养成离不开国学——传统文化本身。

本文发表于《中国书法·书学》2018 年第 1 期

雕刻时代的心史

——评张炜长篇小说《艾约堡秘史》

宫明亮(山东省文联省文艺创作研究院常务副院长)

　　记得 2011 年,作家张炜的十卷本共计 450 万字的长河小说《你在高原》诞生后,在一次访谈中,他说:"我写到现在有点成熟的感觉……"平淡的句子,平淡的语气,却蕴含了显见的文学势能。要知道,那时他已经写出 1500 万字。一年前,长篇小说《独药师》问世,作者正面介入半岛东夷文化的某些幽深部分,以精微细致的分寸感对此文化做了清新传神的撮取,淋漓酣畅,丝毫未沾玄学领域的习气,其难度之大,表达之特异,令人叹服。

　　长篇新作《艾约堡秘史》离《独药师》的出版只有短短一年半时间,但作者从起意到完成却用了漫长的三十年! 什么样的作品配得上这三十年?《艾约堡秘史》对人物群像的刻画力度、复杂人性的挖掘深度、语言艺术的完美度、精神叙事所达到的强度与高度,庶几超越了作者以往的探索,完全是一次开疆拓土般的抵进。

巨富之谜:直面物质时代财富激增的奥秘

　　在结构上,故事情节属于双线推进,分别是主人公淳于宝册的童年及少年的成长经历和当代生活部分。前一部分是以主人公回忆录的形式呈现,巧妙融入当代生活的肌体中,避免了叙述时间与空间上的疏离感。淳于宝册生于半岛东部的小乡村,两岁时父亲死于家族械斗,母亲不堪凌辱而与仇人同归于尽,宝册自此在收养与流浪中度过了少年岁月,其间屡陷绝境,九死一生。磨难让他早熟,忍耐成为性格中最可依恃的部分,是他在日后度过人生无数惊涛骇浪的压舱石。

淳于宝册有着过人的文学天赋,他的中学校长李音发掘并成为他的精神导师,给他的黑暗岁月带来少有的光亮。当他遇到后来的妻子——绰号"老政委"的小学老师杏梅时,终于迎来了人生的转机。"老政委"洞明世事、天生豪情,她的人生传奇同样色彩斑斓,惊世骇俗。她引导淳于宝册辞职创业并利用上层关系让他掘到人生第一桶金。此后几十年,深谙中国资本市场玄秘的淳于宝册把公司做得风生水起,直至建成了一个横跨矿业、房地产、制造业、旅游业等众多领域的实业帝国——狸金集团,雄峙中国北方。

然而在作品中,这一切只是序幕,当故事发展到狸金集团要兼并一个海边渔村时,精彩的大戏才正式上演——以集团董事长淳于宝册为一方,以村长吴沙原及民俗学家欧驼兰为另一方,围绕着矶滩角村的命运走向展开了一场艰苦漫长、胜负难分的鏖战!双方在社会、文化、经济、人性、情感等层面全面碰撞,祭出了几乎所有的武器,用尽所有的机心:时而曲折迂回,和风细雨,时而刀剑铮鸣,火花迸溅!这一过程中所展示出的运筹与攻防、妥协与坚守、忍韧与冲撞,构成了全书跌宕起伏、悠长激烈的华章!村长吴沙原与淳于宝册的权力对位势如猫虎,但是在人格品质上,吴沙原却不输淳于宝册。吴沙原身上有天生的古倔气,看似迂腐实则意志如铁。对故地的迷恋以及对一村百姓命运的忧思,让他在这场保卫战中占尽道义优势,气势上丝毫不落下风。

兼并是狸金集团几十年来快速发展中惯常的资本运作行为,因此这场对渔村的兼并便具有了经济学意义上的典型性。作家用近三十万字详尽地再现了这一过程,就像在狸金集团这个巨无霸的肌体上切下了一片相对完整的经济学标本,放在显微镜下,让它所有的隐秘都一览无余:在这里,资本展示了它原始、冷酷、嗜血的本性。它无关道德,它遵循的唯一法则就是如何快速地自我复制,永不停息地进行财富积累。淳于宝册的妻子"老政委"从中总结出一条"金刚策",她说:"我们从事的既不是工业也不是商业,而是一场战争!"

几十年间,淳于宝册在这条"金刚策"的护法下,跑马圈地,所向披靡,最终登上了财富之巅。

但凡战争,结果具有两面性。物质的废墟可以重建,而某些文明的积累,却可能消失不再。渔村的村长吴沙原和民俗学家欧驼兰正是看透了这一点,才与狸金集团展开了悲壮不屈、前途未卜的抗争……

在张炜的创作生涯中,他一向对社会热点问题保有审慎的警惕,这次罕见的介入有其偶然性和必然性。据作家回忆,他在1988年偶遇当时已是巨富的前文学青年,随即被某些必然因素给强烈吸引了:为什么一位文学青年会成为一个巨富？他肯定有超人的创造力与想象力！其二,这位文学学青年在经济领域能取得如此成就,那么他从事其他行业也可能会成为一个成就不凡的人物。可以说,作家当时遇上了一位极具创造力、复杂性格和生命高度的人物。生命高度越高,作家在创作中就越需要有高层次的对话能力,即对其生命的准确感悟和把握。这就对作家的想象力、表达力构成了极大挑战,但也激起了作家的雄心。历经三十年的酝酿,淳于宝册这个人物从文学中走向了我们。坦率地说,这是中外文学画廊里没有出现过的人物,当代也没有产生过像淳于宝册这种具有大气魄大胸襟以及丰富内心世界的巨富。仅从这一点看,《艾约堡秘史》的文学意义是重大的。

同样引起读者关注的是《艾约堡秘史》的社会学意义,即作家对几十年来国内经济领域发展变化的观察与思考。他以一个渔村的命运直面当下财富积累与分配的现实矛盾,剖析了竞争日趋激烈的经济生态,其中的某些成因和现象令人掩卷深思。

解构"艾约":人人心中有座艾约堡

如果用剥洋葱来形容一部作品层次的话,故事永远是最外的一层。告别了故事,迎面就是艾药堡了。艾约堡坐落于山中,远离人迹,由狸金集团靡费巨资建成,既豪华大气又曲折内敛,是淳于宝册生活、办公、宴客之所。淳于宝册为此堡取了个古怪的名字:艾约堡。

那么,何谓艾约？参透了它,就等于掌握了打开这座丰饶之堡的钥匙,同时也就掌握了进入作者精心搭建的艺术迷宫的钥匙。其实它来自半岛的一句俗语,原词是"哎哟",是指人到了绝望和痛苦之极时的呻吟声,承认屈辱和失败的乞求声。而当地人最常用的是四个字,"递了哎哟",意即像递上一件东西一样,向胜利者递上自己的全部尊严,几乎没有任何一句话能将可怕的人生境遇渲染得如此到位！

但这与淳于宝册何干？从财富角度讲,淳于宝册是当世罕有的成功者,是经济运动中的参与者和脱颖而出的极少数既得利益者。他理应在财富的顶端,享受拜物者的追捧。然而,淳于宝册又是一个天生的醒者和灵魂自我审查者,这让他的人生注定不得安宁。当他在花甲之年回顾过往时,他得出了一个结论:自己的一生是充斥苦难和屈辱的一生,是不断"递了哎哟"的一生。

首先,淳于宝册三岁时即遭逢人生罕有的至大打击,父母双亡,他在被人收养和流浪中度过了童年与少年,其间遭逢的欺辱、构陷让他数次濒临绝境! 这是他向命运"递了哎哟"的源头。

在创业的过程中,淳于宝册的实业快速发展部分得益于与权力的结盟。然而资本与权力的二人转中,淳于宝始终是个配角,有时甚至是个卑微渺小、毫无尊严的配角。书中有两个细节虽不动声色却意味深长:在开头部分,淳于宝册在艾约堡宴请一位权力者,后者迷于女办公室主任蛹儿美色而索要联系地址。蛹儿正犹豫间,身为董事长的淳于宝册却恭敬而迅速地躬身代为写下联系方式;在书的后半部分,狸金集团接待一位更大的权力者的儿子,他对集团员工"眼镜兔"的女友欲行不轨,"眼镜兔"以命抗争,善后中,集团高层竟编造理由为权力者的儿子脱责。在这里,淳于宝册又一次向权力"递了哎哟"。

作为一个实业帝国的首领,没有人比淳于宝册更明白资本运作的奥秘,它的嗜血的本质,他更明白狸金集团的地基下埋藏着的累累白骨。上天让他扮演一个合谋者的角色,他注定无法完成灵魂的自我救赎,但上天偏偏又给了他一颗自省的心,于是他说:"如果连我们都在地狱外边逍遥,那肯定就没有地狱这回事了。"在这里,淳于宝册向自己的良知"递了哎哟"。

在少年时代,校长李音为淳于宝册提供了宝贵的物质与精神上的庇护,发掘了他的文学天赋。后来,李音蒙冤而死,他的父亲李一晋收留了淳于宝册,并为其提供了安定的居所和工作。可以说,李家对淳于宝册有至大恩情。李一晋对淳于宝册几乎视如己出。后来,急于报恩的淳于宝册创业成功后,建成一处豪华庭院,把李一晋接来,欲让其颐养天年。然而,有文人风骨和精神洁癖的李一晋敏锐地察觉到淳于宝册的"不义",对其与权力者的合流深恶痛绝——此时的淳于宝册已非同类,遂坚辞而去。子欲养而亲不从,这对淳于宝册造成了巨大的心灵创痛! 在这里,淳于宝册向人间至情"递了哎哟"。

爱情,在淳于宝册的生活中一直是个奢侈品。当他宿命般地遇到民俗学家欧驼兰时,为之心颤,准备谈一场真正的恋爱。这场恋爱贯穿于整部书中:淳于宝册投入足够耐心,用尽所有心机,却绝望地发现自己根本无法抵达。让他最终崩溃的是,自己最大的优势在欧驼兰眼里竟是不能昭示阳光的"耻辱之踵"。在这里,淳于宝册向爱情"递了哎哟"。

而在诸多"哎哟"之上的,还有一个更大的"哎哟"在啃噬着淳于宝册,那就是对奋斗一生的价值质疑、对自我救赎的无计无力! 他终生追逐财富,当站在财富之巅时,却发现财富非但没给他带来灵魂的安定,反而无数倍地放大了他的恐惧:失去人生目标和方向,在人生的暮年一脚踏进灵魂的荒漠……因此,淳于宝册给自己的养老之地取名"艾约堡",成为终生境遇的最后总结和终极寓言。

掩卷沉思,当我们遥望艾约堡,对主人公的命运发出喟叹之时,必会扪心自问:我们的人生又经历过多少次"哎哟"?我们是不是也应该为自己建一座"艾约堡"?不同的是,淳于宝册把它建在山里,而我们把它建在心中。

爱与欲:世界诞生在人性的本源里

翻越了艾约堡,读者会一路抵达淳于宝册的情感世界。这里一扫艾约堡的阴郁沉重,呈现出绚烂摇曳的色彩,一如夜空里怒放的焰火,令人沉迷陶醉。淳于宝册这个人物一旦与爱情相遇,立刻变得丰满灵动,浑身散发出亮眼的魅力。他强悍的生命力、巨大的好奇心、不可止息的探索热情、击穿他人灵魂壁垒的洞察力、天生的幽默感和不泯的童心,在这里统统有了用武之地。

淳于宝册有两个人生梦想:一是当大著作家,另一个是当情种。可命运阴差阳错,他最终当了一个大实业家。他自嘲自己只能算个"业余情种研究者",这个称谓也许让他稍稍欣慰。几十年间,他沉迷于咂摸自己的爱情、身边的爱情、对手的爱情,建立了一套探索人—自然—社会三者关系的独特方法:人世间的一切奇迹,说到底都是男女间这一对不测的关系转化而来。人类的所有社会活动,有些看似远离儿女情愫,实则内部还是曲折地联系在一起,只不过是某种特殊的转移和反射而已……

例如他庞大的实业帝国,就是从初识"老政委"的那一刻为发端,一点点衍生而来。淳于宝册与"老政委"的爱情不能以通俗的标准来定义,"老政委"貌不逾中人,肤色黝黑,身材粗胖,爱抽烟,喜枪棒,好武装,且比淳于宝册大六岁,二人相遇时已年过三十,但她的豪情,从容与雷厉,决断与远谋,让淳于宝册见识了女人中的稀缺品种。在这场爱情中,淳于宝册说不上是权宜,更不是利用,而是两人之间不可思议的吸引力和征服力、某种难言的魅力在起作用。"老政委"干脆利落地驱赶淳于宝册打下了江山,然后,远赴英伦陪儿子并决定在那里度过自己的余生!缘来不喜,缘尽不恋,"老政委"转身处,留下了深深的禅意。

后来淳于宝册遇到了蛹儿——一个性感逼人、被爱情折磨得伤痕累累的女性。二人因书结缘,蛹儿应邀来到了艾约堡并担任办公室主任。蛹儿的聪慧柔顺、善解人意似乎让淳于宝册终尝到世间的爱情。

作者在此不惜冒着结构犯忌的风险用整部书的前三章介绍了配角蛹儿的情感经历,其实大有深意。它铺设了淳于宝册所有爱情探险中最坚固的层面,并隐而不显地暗示了淳于宝册的爱情结局。在蛹儿的映照下,淳于宝册的人性得到了最自由的释放。二人可谓如榫似卯,阴阳相合。其中蛹儿有两段爱情经历,分别是与艺术家"跛子"和企业家"瘦子",可谓写得绝妙无比,仿佛直入二者的人性腠理,将其最原始真实的两性心理表现得纤毫毕现,令人拍案!正因为如此,淳于宝册甘愿将好奇之心置于自尊之上,在与蛹儿的聊天中总要拐弯抹角地挖掘这两座富矿:第一相识、第一次接吻、蜜月趣闻、坏小子的本事、床上怪癖……最终将二人引为某种崇拜对象或知己("情种"),叹服之余几欲与之结识,因为他们极大地印证并丰富了淳于宝册的爱情哲学。

但是,二人在这场恋爱中的心态却有着明显差异:对蛹儿来说,她的前半生饱受感情创伤,孤单无依,把获取对方身心看成人生最重要的一场战役,必要打赢,所以押上了全部身家,内心始终是紧张和焦虑不安的。而淳于宝册则把蛹儿定位为情感苦旅上的一位良伴,一位善解人意的倾听者和见证者,他的内心是放松的,漂移的。因此,当他在渔村邂逅民俗学家欧驼兰时,其心灵指针终于确定了方向。

那是宿命的一天:淳于宝册路过矶滩角渔村,在海滩饭庄用餐时,村长吴沙原和驻村的民俗学家欧驼兰结伴而至,淳于宝册瞥了一眼……作者在描述这场邂逅时用笔平淡如水,不动声色,没有极尽渲染的情节,没有激烈的心理活动,但读者却感受到流淌在淡泊文字之下的沸腾岩浆,那是淳于宝册情感的岩浆!

此处还埋藏了一个细节:淳于宝册决定追求欧驼兰时,同时作出了另一个决定:兼并矶滩角渔村。这是一种以爱情为前提的附加行为还是一种纯经济行为?读者在情节的脉络中难以准确把握,这是本书的吊诡之处。它实在太重要,如果把整部书比作一棵枝叶繁茂的大树,那么种子就发端于这一刻:爱情与兼并两个故事线索在此开始互相缠绕,继而难分难解。作家通过淳于宝册的行为确定了一种人生经验:大到人类社会的演进,小到凡人之事,并不是完全遵循现成或潜在的逻辑与经验而行,有时是一种不确定的力量在起作用,而这正是作家着迷并着力深掘之处。

淳于宝册和欧驼兰的爱情始于淳于宝册的单恋,他发现自己陷入一种特殊的关系中:欧阳驼兰或许倾慕村长吴沙原,而吴沙原的心却在被人拐走的前妻那里。三人形成了爱情几何中的等边三角形。但在同时推进的兼并渔村的进程中,欧驼兰坚定地站在吴沙原一方,与淳于宝册形成两点对立。三人既对立又吸引,既欣赏又排斥,亦庄亦谐,亦敌亦友,像弹簧振子一样在理智与情感的两极奔走,构成了这部书最复杂漫长而又惊艳迷人的部分。在这里,淳于宝册的爱情博弈得到了最充分的展现:他几乎是用战争的手段来应对这场爱情,从一开始即调动一切资源暗地里收集对方的资料,直至亲自扮成游客到渔村里调查,以做到知己知彼。他还恶补民俗学,以期与欧驼兰有共同的专业话题,更有以资本优势向对方展示力量。这一切都做得有条不紊,耐心之极。然而,当一切走向结局时,淳于宝册悲哀地发现:他与欧驼兰原来分属于两个世界,对方灵魂的高贵,骨子里的凛然,知识女性的笃定与典雅,还有灵猫一样的气质,让她一直处于云端之中,他与她的世界之间有一道绝壁,淳于宝册注定翻不上去。也许,当他在世俗世界里翻云覆雨、涤荡一切时,这个结局早就注定了。结尾处,身心疲惫的淳于宝册与蛹儿来到最初相识的书店——全书戛然而止……

有趣的是,这部书始于爱情,止于爱情。除了淳于宝册与欧驼兰的爱情,更有各色人物的林林总总的爱情:精神之爱肉欲之爱畸形之爱萍水之爱无望之爱……堪称一部爱情大全,是关于情与欲在资本隆隆推进的物质时代的最细致入微的表现。

拉网号子:追索人类民间精神的回声

通常,一部作品的内在品格是由作品的核心精神决定的。《艾约堡秘史》通篇弥散着浓烈的情感气息,令读者在各种爱情故事中唏嘘感叹,沉醉不已。掩卷之余,读者却会发现,这部作品不像爱情小说惯有的感性、张扬的特质,而有一股神秘的力量沉潜其中,将所有的气息牢牢缚在理性的大地上。这股力量便是作者引入的一种民俗文化——拉网号子。

拉网号子是东部半岛地区流传上千年民风俗韵,是反映劳动人民物质文化生活的独特载体,暗含这一地区粗犷豪放的精神密码。民俗学家欧驼兰的研究课题就是挖掘记录散失在民间的拉网号子。作者在此不吝笔墨,用了大量篇幅展现欧驼兰搜集整理拉网号了的过程。看得出,作者对这一民俗做了长时间深入的调查研究,其涉猎的广度深度、考证的严谨精微,使之完全可以胜任一部具有独立学术品格的"拉网号子"考! 这种学术品格铺展为全书的色调与底蕴,形成了既诗意饱满又典雅庄重的质地。

它的价值也许还远不止于此,如其对欧驼兰这个人物的塑造所起到的特殊作用。欧驼兰拥有近乎完美的人格,灵魂的力量更是让她高居云端。对这一人物的塑造稍有差池,就易虚化成不食人间烟火的某种符号。但欧驼兰却是这部作品的众多人物中,在艺术层面上最真实可信的之一,这即得益于她所从事的民间文化的滋养。民间文化博大自由的精神、深不可测的力量,是欧驼兰取之不竭的生命源泉和精神依恃。不得不叹服,将拉网号子引入作品,是体现作者艺术智慧的一个妙策。

梳理作者以往的创作历程,会发现在几部代表作性作品中都有对民间民俗文化的深入挖掘和研究,如《古船》中的粉丝文化、《丑行或浪漫》中的胶东方言、《独药师》中的道家养生文化……作者无一例外地从学术层面给予认真扎实的研究和考证,使其具有了艺术作品中少见的学术价值。

当读者碰触到拉网号子的现实意义时,远没有探究它的艺术层面更为身心愉悦,反会陷入沉重压抑的氛围之中……笔者去年听过一堂关于国内各省非物质文化遗产保护的现状的专家讲座,情况非常严峻,而经济越发达的地区情况越严重。单是古村落的保护一项,东部省份在排名中居于后位。作家生活的地区恰好是经济发达的半岛地区,他对当地生态现状的了解程度,书中可见一斑。

在作品中,欧驼兰与吴沙结盟打的这场渔村保卫战,其战术目的是一致的,战略目的却有不同:吴沙原是要保卫一座现实中的村庄,而欧驼兰要保卫的是精神的村庄,它承载了人类共同的乡愁……

语言:文学经验与人生经验共同托起的艺术高峰

当写作者拿起笔的时候,便与语言结成了一生的亲与仇:一生炽热不渝的爱恋,一生驱之不去的梦魇。汉语是这个世界上最复杂深奥的语种,所以中国的作家既面临着最艰巨的挑战,也拥有获得最高荣耀的可能。远的不说,自白话文以来,文学作品浩如烟海,但能在语言艺术层面长久屹立的作品却为数不多。于是,建立在现代阅读基础上的经验告诉我们,判断一部作品的优劣,有很多标准,比如故事、人物、主题、语言、结构等等,其语言只是其中之一。当阅读《艾约堡秘史》时,我的阅读经验和艺术经验瞬间被颠覆,我认定这部作品在建立一个新的自我苛刻的标准:语言仿佛成为唯一的标准。在这部书里,语言已非作者实现目的之载体,而直接就是目的。我甚至认为,它语言和故事的匹配已经达到了某种极致,即离开此一种语言就无法讲述,更谈不上其他。在这里,读者开怀畅饮语言的琼浆,于陶醉中随人物共舞:或会心一笑,或头皮一栗,或唏嘘感叹,或拊掌拍案……

这种与故事完美匹配的语言,除了先天的语言天赋和扎实的古文修养,大概就是作家洞悉世事的人生经验和近两千万字的磨砺。我们甚至可以放任好奇心去猜度:作者走入一个特有的意境中,开始为每一个句子寻找原始单元:字与词。汉字显示了它的色彩、温度、光泽,乐感和味感……作者小心遴选,织入链中。在这一过程中,文字的精灵们幻化出不同的形态、设下各种陷阱。在这场人与精灵的博弈中,作者是完美的胜者。

可以说,这是一部向汉语致敬的书。

精神叙事:在非传统中荷戟独行

关注灵魂,关注人性,寻求救赎之道,直面人类精神困境,这是精神叙事的内在特征。精神叙事是世界杰出的文学传统,被有序地传承下来。由于文化上的差异,某些文学传统是由社会叙事或物质叙事统领,更为关注的是人与社会的关系。

文学史上诞生过以精神叙事为特质的巨擘,从屈原、陶渊明,到鲁迅。他们引领我们仰望星空,俯视大地,体验灵魂的力感和痛感。他们犹如文学的恒星。张炜在精神气质上与前者一脉相承。他早期的作品即开始关注发掘人性善恶的秘密、自我救赎的途径,始终灌注着强大的道义力量和良知的声音。他的首部长篇小说《古船》,被称为20世纪的一座厚重碑石,主人公隋抱朴的"磨坊之问"直到现在拷问着我们的灵魂。

《艾约堡秘史》具有典型的精神叙事风格。

它虽然撷取了当代社会资本扩张的典型案例,以一个实业巨富为主人公,却没有简单执着于社会物质层面,而是直入精神之界,发掘灵魂的奥秘:悲愤与狂喜,希望与绝望,善良与罪愆,救赎与堕落。主人公是物质时代的王者和病人,一生都在分裂中生活,他所追逐的财富、权力、亲情都没能给他带来灵魂的安宁,正打一场最后的自我救赎之战。

实际上,作家以淳于宝册的一己悲剧,昭示了一个物质主义时代的集体悲剧:在物欲挤压下的灵魂变形。这是所有人的悲剧。这是此书的根本价值所在。

结尾

从《艾约堡秘史》回望张炜的创作,可以再次肯定它的新超越与新抵达。与

《古船》《九月寓言》《丑行或浪漫》《刺猬歌》《独药师》等代表作品不同——它们虽然闪烁着才华的光泽,或借助青春的勇气,或借力独特的手法——这部作品却称得上文学经验与人生经验最成熟的合奏。

这部作品最挑战阅读经验的是其主旨:表达了什么主题? 是对人间道德的坚守还是对人性恶的挞伐? 无以回答。在这部作品中,作者似乎意不在此,甚至可以说,作品中的所有人物无一坏人,他们全部笼罩在悲悯的氛围之中。

《艾约堡秘史》,一部令人难以拆解和评说的新著……

本文发表于《中国文艺评论》2018 年第 5 期

风格史—断代史—现代性—后现代

——西方音乐历史编撰学若干问题的讨论

姚亚平(中央音乐学院音乐学系教授)

一、"风格断代史"论析

什么是风格史?这个原本相对明确的历史编撰学流派,却在历史中不知不觉地演化出不同的理解,这里有必要对其进行梳理。

1988 年,美国音乐学家弗吉尼亚·耐费尔到中央音乐学院讲学,专门讲授音乐风格史。但是,当被问及:什么是音乐风格史,它与音乐史的区别是什么时,耐费尔却意想不到地提醒我们:需要纠正一个误会,风格史与普通的音乐史并没有太大的区分,至少在美国,二者经常可以视为同一。[①] 耐费尔的这个说法,虽然使人一时会感到困惑,但仔细想想,似乎也确是如此:格劳特等人流传广泛的《西方音乐史》经常被视为风格史著述;而诺顿西方音乐断代史系列丛书:《中世纪音乐》《文艺复兴音乐》《巴洛克音乐》《古典主义音乐》《浪漫主义音乐》以及《20 世纪音乐》也被称为"风格断代史"(stylistic history)[②]。在这里,"风格史"概念同普通的音乐史似乎真没有什么区别。在耐费尔看来,"风格"二字在这里只是为了强调对"音乐本身"的重视,以示于"与大量不谈音乐只热衷于考证、记谱、手稿等史书的区别"[③],当然它也区别于社会史、文化史倾向的著述。

然而,今天人们对于"风格史"的这种理解,即强调音乐本身:强调作曲家(当

---

① 蔡良玉:《西方音乐风格史谈话录》,《人民音乐》1988 年第 8 期。

② 贾抒冰:《论当今西方音乐史领域的几个核心问题》,《音乐研究》2013 年第 4 期。

③ 蔡良玉:《西方音乐风格史谈话录》,《人民音乐》1988 年第 8 期。

然不可避免会涉及作曲家生活的社会和时代)、强调作品风格描述(这不可避免地会涉及一些美学的话题),以及涉及属于音乐本身的体裁、形式、音乐会、演奏、乐器、社会活动等等的音乐史撰写,与"风格史"当初提出时的原本含义存在较大差距,因为"音乐本身"与"风格"的概念还是有所不同。

在音乐历史编撰学的历史中,"风格"概念的提出与"自治"(Autonomy)概念有密切关系,这里"自治"与"音乐本身"是有区别的,前者更强调形式或样式(这是"style"的本意),说明音乐自治的最有力证据是它的语言特征本身。历史音乐学的先驱,奥地利音乐学家基塞维特(R.G.Kieseewetter,1773—1850)在写于1834年的《欧洲和西方音乐的历史》中暗示了"自治"的思想,他认为,"音乐艺术史的分期不应该按它以外的历史时代来划定,而应该根据音乐自身的变迁来划分时期。"[1]基塞维特极为强调天才作曲家对音乐史的主导,但他着眼的不是这些作曲家身后的历史文化精神,而是这些音乐天才"对音乐材料的掌握",即音乐的形式和构成是风格的最主要体现,这使他成为"首先进行风格史划定和研究的学者"[2]。

最早明确主张把"风格"现象置于音乐史研究的是阿德勒(Guido Adler,1855—1941)和里曼(Hugo Riemann,1849—1919),这里可以视为音乐风格史的真正源头。这两位音乐学家虽然有些区别,但对于"风格"的理解还是很接近的,即强调音乐的形式与构成。阿德勒也提出过"风格史即音乐史"(应该注意他同耐费尔的差异),在《音乐史的方法》(1919)中提出:音乐史学即以研究、阐释作曲活动全过程的嬗变与结果为对象,史学研究的最主要的对象是音乐作品,及其形成和产生。[3]而里曼,作为一名在和声学方面作出重要贡献的音乐理论家,在其历史观中,则更是关注音乐形式与风格的发展进程,他的《音乐史手册》(1904—1913)将音乐形式与风格演化之外的其他诸如作曲家个人生平、社会文化历史从正文剔除放入附录部分,他心目中的风格史研究就是体裁、形式等音乐形态的演化规律,注重的是作品本身的旋律、和声、节奏等因素。[4]

然而一百多年前的"自治"的概念一开始就很难只是音乐自身,几乎是从它一诞生,就被18世纪的进步论以及风靡19世纪的进化论这类社会史、思想史观念挟持;几乎每一个宣称"自治"和关心音乐风格演化的研究者,从福克尔(Forkel)到基

---

① 周青青、李应华等:《音乐学的历史与现状》,人民音乐出版社2003年版,第167页。
② 周青青、李应华等:《音乐学的历史与现状》,人民音乐出版社2003年版,第167页。
③ 孙学武:《西方"风格史"研究种种》,《中央音乐学院学报》1991年第4期。
④ 周青青、李应华等:《音乐学的历史与现状》,人民音乐出版社2003年版,第168—169页。

塞维特、阿德勒、里曼、安布罗斯（Ambrose）及其后继者都不可避免地将风格演变纳入宏大的社会历史发展规律中，他们都从实证性的风格分析和音乐形式演化观察中，完全接受了"有机""进化"的观点，把音乐历史——外观是风格和形式——看作是朝着既定目标进化的整体发展过程。

把"风格"与进步、进化观念结合，客观上好像把音乐史降格为进化观念的一个旁证，很容易突破"自治""音乐本身"的界限：所谓进步、进化这类观念并非来自音乐本身，而是包含着非常浓厚的总体历史文化意味，是一个特定时期的全局性（而非仅仅音乐）的历史观和意识形态。

20世纪初，实证主义、有机进化的科学主义历史观遭到批判，德国历史哲学家狄尔泰（1833—1911）要为自然科学和精神科学划界，认为历史是精神史，历史学家永恒的关心对象是人、生命和精神。由于历史是人创造的，因此人类历史文化的全部外在形式，从政治制度、法律机构到哲学、宗教、艺术都是精神事物和生命现象的表征。在这样一种哲学目光下，刚刚试图从进化论中挣脱出来的风格史很快找到了新的"东家"：艺术形式成为生命本体，风格中凝固着精神，它成为生命的中介和外化形式。受狄尔泰影响，里曼的学生古利特（W. Gurlitt, 1889—1963）及时地从重形式的风格史跳出来，提出："把作为风格批判的历史描述与根据思想史得到的解释结合起来：把音乐现象与个人、民族、文化氛围联系起来考虑。"[1]同时代的另一位里曼的追随者，德国音乐学家彪肯（E. Bucken, 1884—1949），也从传统的形式和风格研究转向"力图使风格的研究增加其学术的深度，努力将音乐美学与音乐史学、人文精神与音乐历史结合起来，以此来扩展'风格'概念在音乐历史中的内涵"。[2] 应该看到，即使这类似乎脱离音乐本身、关注精神事物的史学研究，也绝不会完全脱离音乐（否则就不是音乐史了），这时"风格"再次成为重要抓手，成为精神（社会、文化、政治等）陈述不可失去的凭借。这方面的典范，当推瑞士音乐学家库尔特（E. Kurth）的《浪漫主义和声及其在瓦格纳的"特里斯坦"中的危机》（1920），该文可以视为狄尔泰历史哲学思想在音乐研究中的硕果，它是风格研究与精神史结合的典范。

从以上论述可见，"风格史"——一种希望在艺术与历史（这里"历史"指艺术的内在历史，而非外在的普通历史）之间取得平衡，并表现出明显的"自治"追求的

---

① 周青青、李应华等：《音乐学的历史与现状》，人民音乐出版社2003年版，第172页。
② 周青青、李应华等：《音乐学的历史与现状》，人民音乐出版社2003年版，第173页。

理想,似乎一开始就被身不由己地绑定在 18 世纪以来"宏大叙事"的社会思潮——文化进步和历史哲学的话语表述中。然而,随着历史学作为一门专门学科的兴起,出现了一大批真正关注音乐自身的历史研究者,他们成为传统音乐史学的中坚。这批人中必须要提到的有伯尼(C. Burney, 1726—1814)与霍金斯(J. Hawkins, 1719—1789),他们是阿德勒、里曼之前的一批历史学者;他们不是音乐理论家,不是百科全书式的文化学者,而是真正的音乐史专家:他们远离哲学,关心具体的音乐历史学的注重实际的经验主义传统;这个传统并没有被历史哲学吞没,而是延续下来,为风格史的变异进行了铺垫;以今天对风格史的理解和标准(如耐费尔),他们似乎更像风格史的开创者。①

19 世纪临近结束,就在阿德勒首倡"风格史"(1885),就在"风格"的描述被纳入有机进化、整体规律之时,一种新的历史意识——历史断代意识——开始逐渐兴起。80 年代,"文艺复兴"开始引入音乐史的讨论(安布罗斯);1888 年,沃尔夫林的"巴洛克"概念出现,并影响到音乐史;之后,古典、浪漫的概念(最开始作为批评术语),陆续被固化为对历史分期的认识。在漫长的欧洲音乐历史中,对历史的断代分期并非始于此时:福克尔的《音乐史通论》(1788—1801)基于进步论的历史观,提出历史发展的三阶段:简陋的音乐、成熟的音乐(巴赫是顶峰)以及衰落的音乐(当代);阿德勒着眼于风格演化,也大致是三段式的眼光:即礼拜音乐传统、1000—1600 年、1600—1880 年,最后也论及第四时期,按国别而非风格地涉及 19 世纪末和 20 世纪初的音乐现象。然而,无论是福克尔还是阿德勒,他们的历史分期都是基于整体性,都是通史,都包含着对总体历史规律的判断和理解,因而也很难避免进步论或进化论的历史哲学,这与新的历史分期,真正意义上的断代史:中世纪、文艺复兴、巴洛克、古典浪漫的断代意识存在很大区别。

最早的一批音乐断代史专著产生于 20 世纪上半叶。德国音乐学家萨克(G.

---

① 风格史,就笔者所理解,是仅仅涉及音乐的形态和样式的演化的历史。严格的风格史,笔者以为,国内比较熟悉的有:卡尔·聂夫的《音乐历史导论》(1920)(张鸿岛 1950 年以《西洋音乐史》译出);王光祈《西洋音乐史纲要》(1930)(由于历史原因,很粗糙);刘志明(台湾学者)《西洋音乐史与风格》(1981)。最典型的是苏联音乐理论家谢·斯克列波科夫(在国内以他的《复调音乐》著称)的《音乐风格的艺术原则》(1973)(陈复君译,中央音乐学院出版社 2008 年版),这完全是一部真正意义上的、涉及很专业和内行的作曲描述的风格史著述,然而斯克列波科夫是音乐理论家,与传统史家的著史风格很不同,在史学界没有重要影响,以至于这一部风格史专著并没有引起史学界的重视。因此我认为,在史家圈子里流行的所谓风格史,来自霍金斯、伯尼的著述传统,它们是综合的,风格样式的发展虽然是主线,但"风格"的概念是泛化的,包括了历史的很多其他成分,它更广博,更能带来阅读的兴趣,更具有"史"(广义)的含义,能引起更广泛人群的关注。这种风格史就是耐费尔所等同的音乐史。

Sachs,1881—1959)的《巴洛克音乐》(1919),将"巴洛克"这个命名用于音乐史,显然受到沃尔夫林艺术风格观念的启发;随后还有:哈斯(Hass)1928 年、布克夫泽尔(Bukofzer)1947 年的巴洛克音乐研究;贝塞勒(Bessele)1931 年、里斯(Reese)1940年的中世纪音乐研究;以及里斯 1954 年和帕里斯卡 1960 年的文艺复兴音乐研究。断代史作为专题史研究意味着音乐史走向细化和更加专门化,同时也表现出一种历史观,即对宏大的、追寻整体历史规律的,包含进步论和进化论历史哲学的抵制("断代"本身客观上中断了总体感和连续性)。在新版的《格罗夫音乐与音乐家辞典》"音乐历史编撰学"条目中,格伦·斯坦利(Glenn Stanley)写道:

> 断代分期与福克尔式的历史哲学背道而驰,后者是建立在被连贯的自然法则驱动的进步论基础上,并与绝对音乐的美学结合。另一方面,历史学家强调历史发展各不同阶段的特殊性(这并不必然地排斥进步论),也表现出对于历史的"可理解性"(comprehensibility)(安布罗斯)的实用性需要,这两个方面有助于解释不断增加地对断代史研究的专注和兴趣。①

20 世纪的历史音乐学被一批职业的和精通音乐事物的历史学家主导,这批历史学家是伯尼、霍金斯这种类型的历史学者的直接传人:他们不同于早期的音乐理论家;不是 18 世纪那类热心音乐的百科全书式的历史学者[如普林茨(W.C. Printz,1641—1717);拉伯德(La Borde,1743—1794)];也不是受历史哲学、受狄尔泰"时代精神"影响和鼓动的目光远大的思想者(如福克尔、阿德勒以及马克思主义者和文化史家),他们是真正的职业历史音乐学者:严谨、精细、务实、渊博,把音乐史真正地圈定在属于它本身的恰当范围。随着历史音乐学作为一门学科进入成熟,20 世纪上半叶由一批职业学者奠定的学术风格范式和研究传统,在 20 世纪下半叶被进一步发扬光大,推出了一批优秀成果。其中,断代史研究引人注目,断代史(而不是通史)成为一个时期历史撰写的主导性著述方式,诺顿西方音乐断代史系列体现了这一趋向,它们是西方学者在音乐历史撰写方面的最新和最高成就。

最新的断代史总体上仍然是注重风格的历史,如斯坦利所言,"历史音乐学作为一门成熟学科和风格概念的出现是不可分的"②。并且,风格概念独享其尊,成

① [德]《格罗夫音乐与音乐家辞典》2001 年版,Historiography 条目。
② [德]《格罗夫音乐与音乐家辞典》2001 年版,Historiography 条目。

为历史著述的标准范式。综观音乐编撰的历史,尽管它总是在科学的实证主义与人文的文化理论,在自治、音乐本身和音乐的社会历史环境之间来回地摇摆,但"风格"始终是一个"统治性标准",它左右逢源、随机应变,总是能够把自己置于一个不可或缺的角色地位。斯坦利的观察很准确:"风格是客观和科学的,提供了一种语言以音乐的术语讨论音乐历史,它可以用于各个时期和体裁,既可以支持目的论,也可以用于相对主义;既可以支持时代精神,也可以运用于对单个作品的解释。"①

当断代史与风格史结合,也就同时宣示了一种历史观:它是综合的、折中的,尽量照顾到历史的方方面面。然而它坚持"自治"或"音乐本身"的主导性,这一点通过坚持以风格描述为主线而得以保证。这也意味着,它抵制宏大的历史哲学的叙述方式,非常自觉地避免将音乐史等同于观念史或精神史。不过,这不能理解为它彻底放弃了音乐历史的宏大背景,放弃了进化和历史整体论。它只是淡化、虚掩了它们,而不是彻底消除。事实上,"断代"只是从形式上将历史截成几段,一些根深蒂固的传统观念还会影影绰绰地发挥影响。风格断代(我更愿意称之为"专名"断代)之所以很难真正彻底地坚持"自治"或"音乐本身",还在于它的命名。它的各类专名:中世纪、文艺复兴、巴洛克、浪漫都不是来自音乐本身,而是来自音乐之外的社会历史和文化艺术事件。风格史的先驱,基塞维特的"自治"主张,即"音乐史的分期不应该按它以外的历史时代来划定,而应该根据音乐自身的变迁来划分"的愿望并没有实现。根据斯坦利,断代理论主要来自三种:出自音乐本身;出自一般历史学;出自文学、视觉艺术。他认为18世纪是第一种情况,但严重依赖第二种,而最强大的是第三种,它出现于19世纪晚期②,此时正是断代史滥觞,"文艺复兴""巴洛克"以及随后的"古典""浪漫"相继出现。当"中世纪""文艺复兴"这类概念进入音乐史,我们很难说它们仅仅是一个命名符号,它们身后复杂和丰富的社会历史内涵,它所随之带来的观念和思想性的内涵绝不会不影响到对音乐史的观察和描述。我们今天说:文艺复兴风格,似乎只限于音乐本身,只是在谈论15—16世纪的欧洲音乐的存在样式。但是音乐史之所以采用"文艺复兴"这个普通历史学的专名,还在于音乐史割舍不下音乐身处其中,仿佛又在"音乐本身"之外的大的历史环境,正如斯坦利所说:"就连里曼也不能抵制温情的文艺复兴,很难想象

---

① [德]《格罗夫音乐与音乐家辞典》2001年版,Historiography 条目。
② [德]《格罗夫音乐与音乐家辞典》2001年版,Historiography 条目。

任何可以取代这种文化的时代符号的替代品……它拥有太多的历史意义。"①

在当代反传统浪潮中,很多历史意识面临衰退乃至死亡:科学—实证主义、历史进化论、时代精神以及东方学派的马克思主义都处于大批判的风口浪尖,唯有改造过的风格史存活下来,而且似乎活得很好。但是隐忧尚存,风格史本质上属于传统史学,很多传统痕迹它没法掩盖,因此而不断地遭到一些新思潮的刁难和指责:首先,风格史无法掩饰骨子里的精英气质,风格史描述很难绕开大作曲家、主流作曲家的经典作品,最明显的莫过"古典风格",这个专名本身明确宣布了对经典崇拜;其次,风格史无法避免风格演进,即使是断代史,也总是难以避免阿德勒、里曼等先驱对风格演化线索的编织,而这又总是同连续性、有机进化难脱干系;再次,由于风格断代的专名都来自音乐之外的历史、文化、文学艺术,风格史不可能放弃哪怕是暗示性的政治、社会和文化背景,格劳特在《西方音乐史》中所列出的政治、文化与音乐历史大事件的对照表,带有"反映论"嫌疑,达尔豪斯对此严重质疑;最后,偏重于形式论的风格史,无法在审美意识上避免19世纪以来形成的"形式—内容"二元论,这是传统美学无法动摇的根基。

对风格断代史的质疑归根到底是对其蕴含的历史观的质疑,这种质疑的源动力并非仅仅来自音乐内部,而是严重地受制于音乐之外的社会思潮和历史意识。20世纪下半叶,随着普遍领域新思潮的涌现,人们越来越清晰地感受到一种前所未有的革新正在出现,这种感受越来越凝集、越来越明确,成为一种历史感,一种新的断代思维,它展示出一种新的历史态度。

二、另一种断代意识:现代性与后现代

就在风格断代史红红火火陆续推出一部部佳作,另一种新的断代——"世纪断代"(century history)悄然出现。其实之前,以"世纪"为单位叙述历史的思潮已经开始涌动并在历史编撰学者中蔓延,但这一断代立场的最明确宣示,当属21世纪出版的剑桥大学音乐史系列丛书:《剑桥17世纪音乐史》《剑桥18世纪音乐史》《剑桥19世纪音乐史》《剑桥20世纪音乐史》②。世纪断代以"世纪"为单位,彻底拿掉了传统专名的标签,这绝不仅仅是断代命名的改变,而是包含着历史观和历史

---

① [德]《格罗夫音乐与音乐家辞典》2001年版,Historiography条目。
② 贾抒冰:《论当今西方音乐史领域的几个核心问题》,《音乐研究》2013年第4期。

认知态度的不同,实际上,世纪断代隐含着对专名断代的质疑、不满和抵制。

相比传统的专名断代,以"年代"划分的所谓"世纪断代"要显得简单明了很多,它试图保持一种纯客观的态度,从纯粹音乐史本身,把一些人为的历史断点抹掉,把从外部额外加给音乐史的一些标签统统去除。专名断代的"弊端"显而易见,可以很轻易地找出问题:其一,用一个专名或概念(如"浪漫")来概括 19 世纪丰富的历史是无论如何无法周全,可以随处找到漏洞。其二,用一个来自音乐之外的概念来描述音乐历史,总会让很多持"自治"立场的人的不满,它很容易陷入"要么不是历史,要么不是艺术的历史"的"达尔豪斯式烦恼"①。其三,历史从哪里断开? 此风格和彼风格的界限在哪? 常常众说纷纭,事实上,这里常常包含着对"连续性"关注的主观认知,和建立在此基础上的对历史走向的揣摩。风格断代史的缺陷是显然的,事实上,很多即使仍然在使用这类专名断代的历史学者,也从未认真对待,他们往往将其只是作为一个约定俗成的名称标签,而对这些专名所拥有的丰富内涵并不在意。相比而言,"世纪断代",至少在命名上,避免了传统专名断代划分的所有困难,它最保险,绝不会犯错误:它躲开了用一个概念来说明全部事实的"鲁莽":它可以安全地退回到音乐本身,用音乐史自己为自己划界。其四,它不用承担划断历史的主观性责任,可以一劳永逸地避免音乐史在这类问题上永无了结的纷争。

更为重要的是,应该看到,"世纪断代"代表着未来历史撰写的可能趋势(虽然风格描述极有可能仍然是它的重要内容),因为,传统的风格断代史——它的以历史文化时代为内涵的专属命名以及这套命名中所包含的全部传统史学观念和意识,甚至其风格描述方式,都必将在"世纪断代"中被削弱。剑桥大学的"世纪断代"音乐史系列无疑引领了这一新的潮流,它以完全不同的撰史路数——专题写作形态以及集体撰写方式都暗含对传统的整体性、连续性历史观的解构,它以其具有前瞻性和前卫的历史意识,必将对断代史的历史书写产生影响。

以上对音乐历史断代思潮趋向的判断,来自更宏大的历史断代——现代性与现代性之后。传统的专名"风格史断代"无疑属于现代性范畴,而"世纪断代"即使它并未显示出后现代的先锋性和激进特征——毕竟,历史编撰本身是一项传统事业,但就其他与"风格断代"在观念上的差异和对立,它确实是在很多方面,在思想态度上是暗中迎合着后现代观念的。

---

① [德]卡尔·达尔豪斯:《音乐史学原理》,杨燕迪译,上海音乐学院出版社 2006 年版,第 37 页。

福克尔之后,宏大而粗疏的历史划分(常常是三段式):古代(简陋)—近代(成熟)—现代(衰落),已经无人问津。这类进步论的历史观,历史哲学的史学版本———本质上属于思想史和观念史已经陈旧而完全被摈弃。然而就在人们似乎彻底遗忘了历史哲学,遗忘了宏大的思想史关照,而沉浸在音乐本身的风格和历史描述中时,福克尔式的三段式的宏大历史叙述,具有历史哲学和思想史本质的历史观念,却始料不及地在悄然无声中(以至于很多人浑然不觉)靠近我们。这就是:前现代—现代性—后现代的新三段论。

也许有人会对此否认,认为这种断代根本就是"臆断",它不属于音乐史。的确,这种断代并没有在音乐史学界得到普遍公认,也很难成为一种历史编撰的断代体例,但作为一种历史意识,却毋庸置疑地存在。它并不是臆断,并不是强加给音乐史的,而毋宁说,是由音乐本身引发的,是真实的音乐实践、音乐现象、音乐生活"倒逼"人们不得不生发的一种历史感。"现代—后现代"的断代包含着历史反思,一种前所未有的更深刻的历史观察,它本质上是一种充满历史感的思想或观念,和过去的历史哲学一样,它都包含着很大的人文抱负:即通过历史理解和认识人类及其社会。

在传统的西方音乐断代史划分中,各个断代的"断痕"程度并不相同,今天的历史学家看法也并不一致,甚至有激烈的冲突。比如中世纪—文艺复兴,这个断代在很大程度上可能要归功于丁克托里斯,正是由于他(当然也包括其他一些历史人物)对 15 世纪初期英国、勃艮第地区音乐的盛赞,热情地欢呼一个新的音乐时代的到来,促成了一个新的历史时代的产生。然而这个断代,遭到了很多当代历史学家的质疑,他们认为这种断代也许夸大了它的断痕,事实上这两个时代有更紧密的联系,所谓文艺复兴应该更多被视为是中世纪的延续。反对者的质疑并非没有道理,从一些表面现象可以看到,这两个时代拥有很多连续性的共性:如共同的复调织体,特定体裁的延续(经文歌、弥撒曲等)以及调式体系的根基。另一个被最近的某些历史学家[如布卢姆(Blume)]轻视的断代是古典—浪漫,这些历史学家认为,由于建立在共同的作曲法则——调性基础上,古典—浪漫事实上联系非常紧密,二者之间的界限很难划清,实际上它们不过是同一时代音乐的不同阶段而已。此外,有迹象显示,在调性与无调性,在晚期浪漫主义与自由无调性之间的划分也在遭到轻视。

但是,在诸多断代中,有一个断代的"断痕"却不可否认地更为显著、稳固和确定,共识度最高,这就是出现于 17 世纪的巴洛克时代:费蒂斯(Fétis)在对调性起源的考察中,将 1600 年前后蒙特威尔第的音乐视为一个重要结点;阿德勒的三个时代中,1600 年是一个断点;霍金斯的分期中也提到 1600 年作为第二阶段开始;苏联著名音乐理论家谢·斯克列波科夫《音乐风格的艺术原则》强调了巴洛克与古典时期的连续性,却仍然把"古典主义风格的确立与成熟"的起点划在 16、17 世纪之交。1600 年断代点之所以引起注意,不容易被抹掉在于,它的确出现了前所未有的"断痕":产生了一批对后世有深远影响的新的音乐体裁,这些体裁概念(opera、oratorio、sonata、concerto 等)构成了后来人们心目中"西方音乐"的核心内含;1600 年还是音乐织体形态(复调到主调)转换的重要时节,这种转变本质上是新的音乐思维以及由此而带来的新的、与传统激烈冲突的音乐观念。这个断点之所以显著,之所以与众不同地区别于其他断点,还在于它拥有深刻的社会历史原因,它是欧洲历史运动的一个重要的转折点——从文艺复兴的人文主义转向启蒙时代的理性主义,这是欧洲文明迈入近代的开端,也即现代性的入口。

关于"现代性"问题,国内学术界前几年讨论很热烈,对于何为"现代性"?"现代"从何开始?虽然有很多说法,但被多数人接受的"断点"是从欧洲近代社会开始。吉登斯的看法具有代表性:"现代性指社会生活或组织模式,大约 17 世纪出现在欧洲,并且在后来的岁月里,程度不同地在世界范围内产生影响。"[1]支持吉登斯的是,1627 年《牛津英语词典》首次收入"modernity"一词,将 17 世纪作为一个新的起点。

对于现代性,还应该了解的是,它是随着后现代反思才真正获得其深刻的学术立意的;在后现代之前,西方关于 modern 的话题不绝于史,自中世纪以来,它就不是一个新鲜的话题;对它的追逐构成永无休止的历史再现和循环。然而这种循环越来越缺乏内生动力,显出疲态而难以为继,于是出现了这样一种历史反思:它不再追求一个接一个的"modern",而是把所有"modern"视为一种整体——现代性。通过这种对历史的重新划分(重新思考),现代性被作为一个新的历史(断代)参照,在与后现代思维的反衬中被反思和审视。就西方音乐来说,历史上也是"modern"(新音乐)不断,尽管 20 世纪上半叶的西方现代音乐已经表现出强烈的革新性,但同以往的"modern"一样,它仍然不过是一次"革新",一次理想化运动,一次对"好的"音乐的憧憬。而现代性思维不同,它以全新的历史视野,将西方音乐最精华、最宝贵的黄金时段——理性(调性意识)的兴起、全盛以及衰落的全过程"打

---

① [英]吉登斯:《现代性的后果》,田禾译,译林出版社 2000 年版,第 1 页。

包"在一起,作为一个断代来审视。站在后现代立场,作为文明总体的现代性绝不只是指艺术中20世纪现代派;20世纪上半叶艺术中的现代主义虽然表现出强烈的社会批判特征,但其本质仍然是现代性历史运动巨大惯性的延续,因而它仍然留在现代性之内,它的社会批判从根本上属于内在批判,"仍然缺乏超越自身的比照和反思"①(鲍曼)。这里所谓"内在批判",即仍处在西方传统文明之内的批判,而后现代反思则试图彻底挣脱出来,跳出西方文明,从外部全面反思西方近代文明走过的道路。因此,后现代的现代性批判,是带有全局性、总体性的批判,是前所未有的、区别于西方历史上形形色色的任何批判:区别于文艺复兴批判,区别于启蒙运动批判,区别于浪漫主义和区别于20世纪的现代主义批判,它决绝地试图与传统告别,自觉把伟大的欧洲文明的总体作为反思和批判对象,并试图将自己从中剔除并置身之外(是否能实现是另一回事),与传统形成了深刻的断裂。

20世纪下半叶以来西方音乐中的后现代主义运动并不是臆造的,而是实实在在存在的现实的音乐现象,是一股不可否认的、扩散到音乐的各个领域的强大思潮。在专业的作曲领域,后现代主义发轫于20世纪五六十年代之后的先锋主义激进实践,这是对西方音乐近代历史的总体反思;在音乐社会生活中,20世纪50年代兴起的摇滚乐、流行乐,代表着世俗和商业化大众音乐占据了社会音乐的中心,传统的学院派被排挤到边缘,这是一个历史的风向标,它显示出大众与精英主导的音乐历史的深刻分歧。在音乐学研究领域,民族音乐学另辟蹊径,与传统音乐学决裂;而在传统西方音乐研究内部,"新音乐学"异军突起,以一种全新的后现代风格和姿态以显示对传统音乐学的抵制;在音乐表演领域,在这个一向认为"安分守己"的舞台实践领域,也在20世纪60年代左右,通过一次所谓的"早期音乐"的历史表演运动②卷入到反主流、反传统的历史大潮中。

在当下的时代,后现代气息如影随形,无处不在。从细小处看,在我们普通的日常交谈中,在网络化和微信圈生活中;从大处看,在人们的人文理念、价值取向、艺术思潮中;在商业运作、科技创新乃至国际政治形形色色的表现中,后现代大潮暗流涌动,波谲云诡,音乐中的后现代思潮完全是整个时代潮流的正常反应。

20世纪初,历史哲学家贝奈戴托·克罗齐(Bendetto Croce)提出:一切历史都是当代史。这句名言包含两个主要意思:第一,历史学家首先是一个当下的人,他

---

① 转引自周宪:《审美现代性批判》,商务印书馆2005年版,第2页;周宪:《审美现代性批判》,商务印书馆2005年版,第39页。

② 贾抒冰:《论当今西方音乐史领域的几个核心问题》,《音乐研究》2013年第4期。

应该以此为基点,以当下人的身份来思考过去,也理应更关注现在;第二,当下人对历史的关注,绝不是为历史而历史,它应该包含我的当下精神和思考。因此,"一切历史都是当代史"的另一种表达是:一切历史都是思想史。克罗齐的这句话尤其适合现代性—后现代的历史断代意识。首先,它要唤起对当下的关注,对现代性的关注永远是对当下的关注,历史学家不应该无视对当下的、无时无刻出现在我们周围的音乐现象的关心和思考;其次,这种断代必然属于思想史,这是它与风格史的巨大差别,后现代思维带来的历史巨变,仅仅风格史无力做出回应,它必须要求介入巨大的思想能量来予以理解。

就音乐来说,现代与后现代的根本分歧和尖锐对立,集中在一个在过去看来似乎不是问题的问题,即:什么是音乐? 通过现代性的洗礼,我们已经形成了关于音乐的根深蒂固的观念,即发端于基督教文明,并在启蒙理性主义推动下,形成的有关于音乐的审美、构成、表演、评价等一整套理念,这套理念一直延续到 20 世纪上半叶,即使在勋伯格、斯特拉文斯基、亨德米特的音乐创作中也未发生实质性的改变。然而到 20 世纪下半叶,反转终于发生。首先是在专业的作曲领域,先锋主义的过分的实验性终于引发了一个长期憋在很多人内心深处的疑惑:到底什么是音乐? 大众化的流行音乐,从另一个角度提出近似的问题:什么是属于我们的音乐? 它仅仅属于精英? 抑或是精英强加给我们? 现代性过程解放了大众,使大众获得经济、政治上的独立,但大众并不满足于此,他们终于发觉,自己是按照精英塑造,但缺乏自己的内心,于是开始寻找自己。某个角度看,极端实验性的先锋主义与大众音乐并没有尖锐的对立,约翰·凯奇与大众音乐可以取得某种"怪异"的调和:在"音乐就是生活"的后现代口号中,可以找到二者的相通性。音乐学研究中,民族音乐学自不待说,他们完全背过身去,关注迥异西方的、完全不同文化的音乐;即使在西方音乐研究内部,分歧也出在对音乐的理解,麦克拉瑞最不满意地就是她在学校教育中,被老师告知的什么是音乐的教导:老师告诉她,音乐就是音乐,音乐就是作曲家及其形式和风格,但麦克拉瑞不满足于此,她要去寻找她心目中的音乐:音乐是文化,她不再研究音乐本身,而是转向音乐之外的其他事物;最后,是表演,表演——一个似乎从不产生怀疑的领域,也在质疑:我们所理解的音乐是正确的吗? 我们演奏的是巴赫的音乐吗? 或者,某种本真的东西被遮蔽? 是什么蒙蔽了我们? 矛头直指有关于演奏历史的现代性进程;演奏对本真追寻的策略完全是后现代式的,即对边缘事物的兴趣,以边缘挑战中心。从其演奏作品上可以见出三种情况:1.挑选非主流作曲家的作品;2.挑选主流作曲家的非主流作品;3.对主流作曲家的主流作品采取非主流的(即所谓"历史性的")处置方式。

后现代时代,对音乐提出了很多问题,这些问题需要通过反思、回溯,这导致对于历史的重新分割,这是现代—后现代断代意识产生的必然性。由于风格史需要解决的是音乐本身的问题,它是现代性进程为音乐历史提出的任务,这是一项伟业,它对于历史的贡献应该得到高度的尊重,然而风格史无法解决新的历史时代提出的问题,新时代提出的问题是综合性、跨学科的、理解或阐释性的,它需要从音乐走出去,需要思想力量的介入。

最后,我们也很关心风格断代史的未来,作为现代性思维的产物,它在后现代环境中如何存在? 以现代性思维来看,音乐历史在经历了中世纪、文艺复兴、巴洛克、古典浪漫,以及 20 世纪之后,有一个惯性的期待,即历史的下一个断代在哪?它何时出现? 会有何种表现? 这样的提问是合逻辑的,因为在现代性观念中,包含着一种持续进步的、合目的性的、不可逆转的发展的时间观念。这种时间观念包含中一种历史将永无止境地向着下一个目标进发的信念。

对于风格史的未来,涉及对现代性的理解,后现代主义者鲁莽地放言:历史终结了! 齐格蒙特·鲍曼代表着这样一种观点,他提出:

> 这些年的变化,确切地说,体现了一种新的观察视角的形成:现代性自身被看作是一个盖棺论定的对象,一个在本质上已经完成的产品,一个有明确开端和有明确尾声的事件。①

> 现代主义论证提供了这一新的视角……后现代主义话语在回顾过去时,把这一刚刚逝去的阶段,看作是一个已经结束的事件,一种向着它自身的方向已不可能再发展的运动。②

哈贝马斯则代表着另一种谨慎和乐观的态度,认为现代性进程远未结束,对于它的未竟之业,仍然可以大有作为。

以上两种观点都有各自的视角和语境,站在他们各自的立场上似乎都可以理解。以上两位对于现代性看法的分歧,也可以用来看待音乐历史编撰学中现代性

---

① [英]齐格蒙特·鲍曼:《立法者和阐释者》,洪涛译,上海人民出版社 2000 年版,第 156—159 页。转引自周宪:《审美现代性批判》,商务印书馆 2005 年版,第 39—40 页。

② [英]齐格蒙特·鲍曼:《立法者和阐释者》,洪涛译,上海人民出版社 2000 年版,第 156—159 页。转引自周宪:《审美现代性批判》,商务印书馆 2005 年版,第 40 页。

标志之一——风格断代史。先说"风格",作为音乐历史编撰,只要继续书写历史,以风格写作主导的"统治性标准"似乎无法从根本上动摇,它可以令无数的学者永恒地努力下去,有关音乐风格的研究永无止境。但是,需要留心的是,随着风格探索的深化,其趋向必然会走向无限细化、破碎化,和涉足边缘性现象,从而在不知不觉中颠覆了现代性语境中总体的、连续性的风格史概念,而与后现代的时代潮流契合。再说"断代",可以大胆猜测,"专名断代"已经难以为继,"世纪断代"必将成为未来历史编撰的常规形式。其实,这种趋向在传统的专名断代的末期已初见端倪:传统七个断代的最后一个——20世纪音乐,已经放弃了专名概括的企图,而以世纪断代取代。未来的音乐史已经很难想象以某个普通历史,或文学艺术的术语来给自己命名。专名断代的终结标志着一个时代的结束,这并不仅仅是一个命名问题,也不仅仅是历史学家的问题,而是历史本身的问题,正是历史本身的改变导致了一段历史的终结。

大约20年前,我在我的充满观念史内涵的博士论文的结语中,写下"西方音乐的终结"的标题。20年过去了,这个观点没有动摇,但可以有一些补充和修订。"西方音乐",对于我来说,是一个历史而非地域性概念,"历史概念的西方音乐应该被看成是人类历史长河中的一种独特的文化现象,这一现象不是与生俱来的,也不会万世永恒。"①因此,所谓"终结"指的是:"一种具有特别含义,只占据着有限历史空间,散发着特殊精神气质的音乐已经走到了尽头!"②我所理解的西方音乐史,是一部观念史、思想史,充斥着一种特殊的意识形态,包含着一种执拗的文化信念,一种理想主义色彩,一种不断的破、立的轮回。所有这些特质依附于专名断代,循着中世纪、文艺复兴、巴洛克、古典、浪漫、现代的分期不断重现,然而进入后现代,人们骤然发现,这条线索——现代性的历史演进,在后现代性映衬下,已无力再掀波澜,"以基督教文化为线索的音乐发展再也找不到新的继承人。"③

所谓历史的终结,在很大程度上指现代性历程的终结,以下,很多只能在现代性土壤中培育出了的历史现象——它们记载在传统的风格主导的音乐史著中——在后现代时代或将消失:

主导性的音乐风格,这种风格同时代的思想史和精神史潮流息息相关;
标志性的写作技术;

①　姚亚平:《西方音乐的观念》,中国人民大学出版社1999年版,第239页。
②　姚亚平:《西方音乐的观念》,中国人民大学出版社1999年版,第239页。
③　姚亚平:《西方音乐的观念》,中国人民大学出版社1999年版,第239页。

建立在这种风格和技术上的统一音乐流派；

众望所归的大作曲家,他们往往是流派的核心和代表；

广为传扬的经典之作；

风格的连续性,或风格演变的进化特征；

新的体裁(背后总是有特定的技术支撑),历史上每一个断代都有自己的体裁标志。(20 世纪音乐以创新著称,但在体裁上似乎无大建树。)①

以上,是现代性历史观——传统风格史历史撰写的主要内容。

因此,所谓历史的终结,只是指一种特定的历史的终结,或者说,一种最能显示西方音乐文化的与众不同,最使西方人激动和骄傲(马克斯·韦伯),并深刻影响整个人类音乐文化的音乐历史的终结。"西方的音乐"(而非"西方音乐")的历史无疑将永续,对它的历史的书写也无疑将永续;专名断代或许不再延续,但 21 世纪、22 世纪、23 世纪……的音乐历史——"世纪断代"的西方音乐史可以无限地永远书写下去。真正的未来音乐,告别了现代性,也就告别了宏大的社会内涵,告别了思想史,告别了意识形态、哲理和深刻,它真正返回了自身,漫长等待的"为音乐而音乐"的历史承诺终将得到兑现。对于现代性,或许如鲍曼所说,它经历了"一种失常的状态,一段偏离目标的道路,一个现在应予以纠正的历史错误"②,在经历一段伟大的精神远征之后,音乐终于回家了,西方的音乐表现出与周围的文化邻居融合的意愿——它们过去本来是融合的;它开启了一个新的时代,一段它许久以来都没有经历过的、或许已经有几分陌生的历史!

本文发表于《人民音乐》2018 年第 3 期

---

① 笔者曾提出体裁的终结。参见姚亚平:《语言与命名——话语变动中的西方音乐体裁史扫描》,《中国音乐学》2003 年第 3 期。

② [英]齐格蒙特·鲍曼:《立法者和阐释者》,洪涛译,上海人民出版社 2000 年版,第 156—159 页。转引自周宪:《审美现代性批判》,商务印书馆 2005 年版,第 40 页。

推动当代摄影大潮的引擎

——摄影通感与跨界的感悟

索久林(中国摄影家协会顾问、黑龙江摄影家协会主席、一级作家)

当下,数字和信息技术的迅猛发展,使摄影已经成为全民、全社会参与的全球性的汹涌大潮。作为视觉艺术,摄影在这种大潮的波风浪谷间,正发生着突飞猛进的变革。摄影的认知方式、构成方式、呈现方式、推进方式都不断地发生着新的变化。摄影作品中,视觉、听觉、触觉、味觉、嗅觉、意觉多感互通的艺术通感要素,摄影与文学、绘画、书法、音乐、舞蹈、影视的艺术跨界,已成为推动当代摄影大潮的引擎。研究摄影艺术通感和艺术跨界,对于创作"思想精深、艺术精湛、制作精良"的优秀作品,构建中国特色的摄影艺术理论体系,促进摄影艺术的健康发展具有重要意义。

一、摄影通感与跨界已介入摄影的各个层面

艺术通感是中华文化中闪耀着辩证和唯物光泽的优秀成果。儒家的"以玉比德"、佛家的"六根互用"、道家的"耳目内通"等辩证唯物主义成分都是这个成果的具体体现。反映在艺术创作上,源远流长而又浩如烟海的诗歌、散文等文学作品和美术、音乐、书法等艺术作品,都借助着艺术通感在文艺百花园里争芳斗艳。《礼记·乐记》关于音乐的评述、《文心雕龙》和《文赋》中关于文学的评论以及大量的画论书论都论及了多感互通的理论。近代、当代我国艺术通感运用和研究成果很多。国外,从亚里士多德到波德莱尔的众多的哲学家、思想家、艺术家关于艺术通感研究的著述和作品也不少见。1839 年摄影术诞生之后,摄影艺术伴随着艺术通

感和艺术跨界的发展而发展。当代数字摄影取代传统摄影、喷绘输出取代传统输出、多种软质、硬质材料取代纸质材料,屏幕、银幕等呈现方式取代单一的书画呈现方式,这些令人耳目一新的现象,是艺术通感和艺术跨界的结果,也是推动艺术通感和艺术跨界的巨大推手。

多种感官、多种艺术形式跨界的审美要素,成为摄影认知和表达的重要构成方式。

(一)影像中的触觉审美要素

摄影创作中,我们视觉感受到的很多审美,是各种感官的共同反映,其中就有触觉传递给我们的审美要素。触觉,是靠人的身体神经系统同外界接触而产生的感觉。艺术审美中的触觉,却主要是通过心理活动完成的。韦斯顿的人体质感摄影,哈斯抽象作品中的动感摄影及众多摄影名家的变形摄影、色温摄影等,都展示了出色的触觉审美。

(二)影像中的听觉审美要素

"音乐是流动的建筑,建筑是凝固的音乐",这种黑格尔、歌德推崇的理念在当代摄影中得到了充分体现。许多影像作品,在这种平面艺术中追求线条、色块、几何图形等物体节奏韵律产生的听觉美;发音载体和音乐符号产生的听觉美;作品表现的意蕴和境界产生的听觉美;表现对象"行为"产生的听觉美。比肖夫《吹笛少年》的凄美笛声,黄功吾《战火中的小女孩》惊恐呼喊,解海龙《大眼睛》的无声的心声,都是摄影听觉美积极发挥。

(三)影像中的味觉审美要素

物品给予人们的味觉记忆,物体形态、色彩给予人们的味觉条件反射,生理味觉向心里和社会的延伸,成为很有意韵的味觉审美要素。多萝西娅·兰格的《流浪的母亲》表现的无以言状的苦楚,安德烈的《动物情感系列》表现出的溢于言表的甜蜜,反映了摄影家对味觉审美的追求。

(四)影像中的嗅觉审美要素

在意境的营造中,具体事物的嗅觉记忆,表现对象提供的嗅觉氛围,事物引申出来的嗅觉联想,是嗅觉美的主要体现形式。许多摄影家表现水的清新,表现冰雪的圣洁,表现社会的候征,表现季节的讯息等,都很好地发挥了嗅觉审美的效应。卡帕《诺曼底登陆》,运用乌云、海浪、动感的士兵等要素,出色地渲染了战争的气息,为正义和英雄主义提供了展示的平台。

（五）影像中的意觉要素

从生活中得来的相对独立的意识、情感倾向，我们称之为意觉。在摄影创作中人们很注重意觉的作用。亚当斯认为，他的摄影创作，是读过的书，看过的电影，听过的歌音乐，爱过的人。简言之是全部感觉构成的意觉。绘画主义摄影、主观主义摄影、抽象主义等，都充分发挥了意觉的审美功能。郎静山的集锦摄影利用意觉效应，把中华文化在光影视觉中表现得尤为精彩。当代数字摄影中，很多应用软件都开发了油画、水墨、剪纸、招贴画的多种风格的制作程序，成为意觉审美的载体。

（六）多感融合中新文体的审美。

多感互通的艺术审美，导致了静态影像与动态影像、与音乐、与绘画、与光电手段结合创造的新的艺术表现形式，极大地强化了影像的艺术表现功能。中国摄影家协会从第 24 届国展开始，专门设立了多媒体影像评奖类别。多感融合影像作为一种新的摄影文体，已经到了社会的广泛认可。

二、摄影通感与跨界的审美功能

通感，是一个多层面的概念。不同学科的通感，在认知和表达上具有不同的意义。在生理学层面，通感可以使人感觉超常、记忆超常，某些生理技能超常；在语言学层面，通感可以运用特殊的修辞方法，表达难言之感，难诉之理，使语言更为准确、鲜明、生动；在艺术表现上，通感可以捕捉特殊的感觉、表达特殊的审美、产生特殊的艺术效果。在摄影层面，艺术通感的运用，对于摄影创作来说，具有不同于其他层面通感的特殊意义：它会促使摄影人在认识能力、表达能力上产生一种前所未有的飞跃。

第一，摄影通感与跨界，增加了摄影主体艺术感觉的触角，使之可以多层次、全方位地感受生活，为创作撷取取之不尽的素材。

以多感互通带来的心灵的感悟去唤醒视觉。摄影艺术通感使摄影家的心被激活了，可以在"无关"的事物上找到相关的感觉、在小事上找到"大"的意义、让许多日常生活中习以为常的"旧"事物，洗心革面，绽露出新的风采，拓宽了创作的源泉。

以特殊的审美取向，纠正视觉的误区。艺术通感可以以不同感官的特有功能，纠正视觉片面追求视觉"完整""全面""清晰"等误区，为创作选材明确了规范。

以各种感官的联合协作，提高感觉的捕捉能力。多种感官的联合行动，可以把握表现对象审美品质的多向性,可以使摄影家多角度、多侧面、全方位地认识和把握生活。

第二,摄影通感与跨界,加深了摄影主体对生活的理解,可以更深刻地领悟和发掘表现对象的意义,提高作品的思想和艺术价值

有利于地捕捉表现对的审美特质。任何表现对象,都具有代表其特有属性的审美品质——它存在于视觉,也可能存在于其他感官。艺术通感的多种感觉可以抓住表现对象的审美特质,进而也就抓住了其独一无二的个性。

有利于表达摄影主体特有的情感。单一的视觉,很多时候使主体抓不住与表现对象情感的联系。凭借艺术通感多种认知和表达的触角,为摄影家审美情感表达提供了保障。

有利于开掘表现对象的最佳的审美属性。在艺术通感的作用下,人们对物象的审美属性可以运用多种感官,反复比较,从中选择最有意义的审美向度。

第三,摄影通感与跨界,延伸、丰富了摄影主体的艺术感觉,可以催生奇思妙想的摄影语言,提高艺术的传递功能和艺术感染力。

感觉的挪移,有利于产生推陈出新的艺术效果。让视觉之外的感官提供新的感觉要素,会促使摄影家神经系兴奋起来,产生新的创作立意和创意。

多种感觉的交汇、融合,增强了艺术的表现力和感染力。具有多感要素的素材,在我们身边并不少见。单一的感官或者较少的感官,可能感觉不到它的意义,将较多的感官作用它,就可能产生"颠覆性"效果

摄影通感催生了许多鬼斧神工的表现手法。艺术通感可以使摄影主体的审美追求,在广阔的物象空间里纵横驰骋,从而拉动摄影表现手法应运而生,甚至进入出神入化的境界。

三、打开走向摄影通感与跨界的路径

摄影通感和跨界,涉及摄影主体的视觉、听觉、触觉、嗅觉、味觉、意觉多种感官活动,具有特殊的构成方式、存在形态,也遵循着特有的艺术规律。虽然摄影艺术通感孕育的摄影作品异彩纷呈,甚至令人眼花缭乱,摄影艺术通感造就的表现手法超凡脱俗、鬼斧神工,但它不能超越艺术规律。在艺术规律面前,摄影主体必须循规蹈矩,打开有效的路径,进而走进摄影艺术通感的丰富界面。

（一）从艺术规律的高度认识摄影通感与跨界的意义

近二百年来，西方生物学界、心理学界、语言学界和文艺界纷纷用各种理论解释通感现象。毫无疑问，不同学科对通感研究、阐释的方法也各不相同，但有一点却比较接近，都认为通感的作用可以帮助人们对事物认知和表达：当人的认识和表达能力受制于生理和社会条件限制，一种感官无法完成事物认知和表达任务时，便要求另一种感官利用已有的经验给予协助。这是通感产生的"需求说"。对于摄影创作来说，摄影通感与跨界正是这样一种需求，一种不以人们一直为转移的艺术规律。

恩格斯认为："我们的不同的感官可以给我们提供在质上绝对不同的印象。因此，我们靠视觉、听觉、嗅觉、味觉和触觉而体验到的属性是绝对不同的……最后，总是同一个我接受所有这些不同的感性印象，对它们进行加工，从而把它们综合为一个整体……"摄影是视觉艺术，但人们认知和表达不能仅仅依靠视觉，必须多种感官相互贯通，共同协作。摄影艺术通感和跨界，不仅仅是一个创作手法和创作风格问题，它是一个基本的认知和表达方式。

能动地、有效地运用这种认知和表达方式，会把摄影带到一个较高的境界。时代对摄影艺术作品的新要求，新技术对摄影创作和呈现方式的影响，都要求摄影界研究运用好摄影通感和艺术跨界，进而引领和推动世界摄影大潮的发展。

（二）培养艺术通感和跨界的思维方式

摄影艺术通感与生活的关系，是一种多维度的关系。摄影艺术通感，是多种感觉的交融、挪移，需要多种感官的协调配合，统一行动。所以，要丰富摄影家生活的阅历，就不是一个或两个感官的事情，而是要丰富全部感官的阅历。

要扩宽多种感官的阅历，就要有意识地在日常生活中把各种感官调动起来，以不同的方式收集、整理、储存生活中的信息。甚至，面对同一类素材或同一种生活，用不同的感官去收集不同的感觉，进而把各种感官协调起来，综合运用。面对摄影表现的对象，视觉以外的各个感官无法抓住它的形态、色彩，但却可以"感觉"的方式掌控它。各种感官感觉到的信息反映给主体，促成审美意识的产生，进而支配艺术创作活动。摄影家要有意识地能动调动其他感官，捕捉其他感官的感受。让多感互通的思维定式成为常态的摄影思维方式，并把这种思维方式贯穿创作活动的始终。

（三）掌握通感和跨界的必要技能

随着人类整体的进化与进步，人的各种感官在认知和表达上也在不断进化与进步。不同的感官都在对应地派生出不同的审美表达形式,即不同的文学艺术形式或手法。听觉,派生出音乐等可听的艺术;视觉,派生出美术、摄影、书法等可视的艺术;触觉,派出生肢体语言及与可触性相关的艺术形式和手法;嗅觉、味觉也派生出相关的艺术及手法;意觉则可以借助生理、心理活动,产生艺术的情感和意念;多种感官的合作,派出生文学(语言)和戏剧、影视等综合艺术、多媒体艺术。摄影艺术通感要求实现各种感觉的交流、挪移、融合,要体现在各种艺术形式、艺术手法的运用上。然而,由于呈现方式、所用材料、媒介、形态、功能的不同,每一种艺术形式和艺术手法,都具有不可替代的艺术特点和艺术规律。

摄影要实现跨界和融合,摄影主体就必须向其他艺术门类学习,熟悉其他艺术形式和艺术手法,像现代抽象艺术创始人康定斯基那样熟悉"声音——图形",让绘画中的色阶,与音乐作品中的音阶相通,以此来创造宏大的视觉交响乐。

(四)加强艺术通感和跨界理论的研究和指导

摄影通感与跨界是对传统摄影的一种颠覆,也是对新的摄影理念和方法的一种构建。它使摄影主体的认知和表达方式,由一种感觉转换为多种感觉;对表现对象审美品质的掌控,由一种向度转换为多种向度;摄影作品的呈现方式,由一种形态转换为多种形态。摄影面临着许多复杂的问题需要理论上加以阐释。摄影通感和跨界理论在古今中外文论中虽然并不罕见,但对摄影来说,还是凤毛麟角,被动的实践多,能动的实践少;有零星的论述,无系统的理论,无法适应摄影创作实践的要求。当下,新的社会需求、新的构成方式和新的呈现方式的介入,更需要理论上的界定和引导。

要用科学的世界观和方法论指导摄影通感与跨界理论研究,借助多学科的研究成果,阐释摄影通感与跨界产生的条件、构成的要素、存在的形态、运作的机制、艺术的功能、介入的方式等,为人们搭建能动地迈进摄影通感与跨界的桥梁。对于摄影通感与跨界营造出的新的摄影表现方法、新的摄影呈现方式、新的摄影文体,给予必要的诠释和界定,为创作和鉴赏提供有效的遵循。

开展摄影通感与跨界的系统理论研究,有利于构建和深化的这一理论体系;进行摄影通感与跨界的作品评论,有助于对创作的指导和引领。全面推进摄影通感与跨界的理论建设,一定会为当代摄影创作插上腾飞的翅膀。

本文发表于 2017 年 11 月出版的《文化自信:中华美学与当代
表达首届中国文艺长安论坛论文集》

媒介裂变下的文艺批评生态和批评者重构

夏烈（杭州师范大学文化创意产业研究院院长、教授）

在互联网作为崭新媒介尚未对实际生活尤其是文艺批评发生什么了不起的作用前，文艺批评在当代中国已经积弊重重。在将近 20 年后的今天，人们把讨论的焦点转移到"互联网+"即其媒介革命的背景时，一切看上去变得如此时髦也更加轻盈，就此所展开的论述和成果犹如改天换日，无须考虑前一周期是阴还是雨——然而覆盖总是令我心存疑惑，因为阴天和雨天即便在互联网时代还会出现吧，这恰如大雪掩埋了土地见不到地上的碎石瓦砾了，但雪一化终究会露出原本的残损狼藉。当然，新一轮的太阳或者大雪铺天盖地，昭示着不可逆的造物之共同体的存在，不在其上构想创造与批评的世界，批评家也就毫无意义了。批评家在这个意义上讲，总是当下的、前沿的、此刻的；没有比批评家更热烈地关心和思考其所在这一刻之特征的人群。

"前互联网时期末叶"文艺批评的问题

我所说的"前互联网时期末叶"是个特殊的概念。大约指 1990 年代。

一方面，中国民用和商用化的互联网从 1996 年登上历史舞台。1998 年，之后被界定为互联网文艺的最早表现（也是最不需要复杂技术手段）的网络文学的"元年"。换言之，与这些网络环境相伴而来的网络文艺批评也可以从 1996 年讲起，它们在新世纪（2000 年后）逐渐生长、繁茂、泛滥；那么，1990 年代恰好成为传统文艺批评的一个末叶。

另一方面，如果将 1990 年代视为某个比较稳定的文艺批评时期，比如"新时期文学""纯文学"乃至"世纪末文学（艺）"等等概念的尾声——这些概念都有专门的界定或者一定程度的共识，是曾经被创制和使用过并已然进入相关史述的命名，那么，1990 年代的文艺批评又恰好是这些概念统治效用的最后阶段。之后，它们被"新世纪文学""80 后文学""网络文学""网络文艺"等新概念替代、挤压和版本覆盖。不是说传统文艺批评手段就此失传，更不是说 1990 年代所象征的文艺批评问题已经解决和全无讨论必要，只是说为什么将"前互联网时期末叶"这个提法定位于此——乃因为当时文艺批评的基础、方法和手段仍然全盘运行（呼吸）着，关于它的问题（呻吟）亦尚未被"互联网+"这个话题干扰而留有末叶的整个儿活态。

　　手边的一册理论评论集可作为缩略的观照物。2016 年 1 月，由张燕玲、张萍主编的《今日批评百家：我的批评观》一书由广西师范大学出版社付梓，该书汇集了《南方文坛》自 1998 年 1 月开设头条栏目"今日批评家"以来的 98 位中国一线代表性文学批评家的《我的批评观》一文。由此，我们可以看到 1998 年延伸至 2015 年的 50 后至 80 后批评家谱系及其观念系统的传承性和变异性，了解不同时候登上这本典型批评刊物的人物们关心的当下问题究竟是什么。结果，在 1990 年代最后两年的议论中可以看到我上述"前互联网时期末叶"的文艺批评家的注意焦点：

　　　　更为严重的情况出现在批评内部：一些批评家似乎丧失了必要的信心，他们对于批评的前景忧心忡忡。……他们习惯地说，批评已经"失语"，陷入了"危机"——"失语"或者"危机"正在成为两个时髦的反面形容词。

　　　　现在的批评论文晦涩难解。……不可否认，不少生吞活剥的批评论文很难赢得足够的耐心和尊重。然而，是不是还存在了另一种可能？——交流的中断也可能归咎于读者的贫乏。如果读者对于 20 世纪以来的一系列重要学派一无所知，那么，一大批生疏的概念术语的确会产生难以负担的重量。……没有必要在一大片茫然不解的眼光前自惭形秽，害羞地四处道歉。

　　　　批评家甚至使用一些夸张的言辞为作品指定一个并不恰当的位置。这种批评一部分来自不负责任的友情，另一部分是商业氛围的产物。大众传媒一旦分享了作品的销售利润，这种批评可能在某个圈子之内愈演愈烈。①

---

① 南帆：《低调的乐观》，《南方文坛》1998 年第一期。

90年代批评家心理有些不平衡。一则文坛功利色调愈重,作家拿批评家当敲门砖的行径不单日益普遍,且较以往更不加以掩饰,一旦达到目的就将批评家一脚踢开,令批评家失落、切齿。二则批评家在名利两方面与作家的差距都在不断而迅速地拉大,为人作嫁衣裳之叹遍及评坛。①

> 在文坛上,有一个专以文学为对象的"职业批评家"群体,这是1949年后特定的政治、经济和文化格局的产物。随着这种格局的变化,这样一种文学群体也终将消失。……
>
> "职业批评家"群体的存在,使得值得批评与不值得批评的作品都被加以评说,也使得好作品和坏作品一时间无从区分。②

在更多的不需引用的文学批评家自述中,类似的批评的批评、社会的批评、文化的批评、历史的批评、人性的批评、职业伦理的批评以及强调文艺批评家理想、志业、精神、灵魂、自由追求、审美追求的观点、意见成为"前互联网"时期文艺批评的主调。

从当时文艺批评之传统和社会变化的关系来看,1990年代的改革开放向市场经济深化这一选择,事实上成为紧张关系的决定性因素。商业化、大众传媒的勃发、功利主义与实用主义、作家与批评家在名利上的不平衡,乃至读者对于批评文体、文风的龃龉嫌弃(一种市场化后供需关系与服务购买的意识转变),都与中国的社会主义市场经济实践有关。如何处置义与利、崇高与消解、精英与大众、艺术与消费等词语背后即相互间的关系,尤其是在极具精英意识、知识分子认同,以及传统媒介与体制下权威文艺阐释者形象的批评界中消化、调整、重构这部分时代关系,特别的困难艰窘。

似乎没有人从批评家的收入来源和收入水平谈文艺批评的社会地位及其改善的路径。如果这么谈在1990年代有困难,那么今天为什么也不这么谈?——在新世纪的两个十年中,屡次掀起过由上而下的关于文艺批评中"红包批评""人情批评"问题的批评潮,这一问题实际上在1990年代的市场化语境中已经大量发生,成为绵延而下的很长一段时间以来中国文艺批评家生活的"潜规则"和部分工作伦

---

① 李洁非:《九十年代批评家》,《南方文坛》1998年第六期。
② 王彬彬:《"职业批评家"的消失》,《南方文坛》1999年第六期。

理,有其市场语境、资本语境中异化和腐化的问题,但也有批评家劳动与劳动报酬是否匹配的问题。在前引的南帆、李洁非、王彬彬等的议论中其实都提到并批判了与之有关的"老问题",但十年、二十年过去了,征候和药方也仍是"旧模样""老例"。固然,"精神胜利法"在这个事情上有一定的作用,比如王干1998年借用弗洛姆"利己欲"概念加以申说的"批评家的牺牲精神":"一个真正的批评家必须克服自私自利的行为之后,才有可能肩负起批评的使命和责任","我则联想起批评家的精神历程,想起批评家的使命——文学繁荣的牺牲者","他是一个伟大的人梯,伟大作品的传世是和作者连在一起的,批评家是注定要被淹没和遗忘的。这有点像某种昆虫,在献出生命的汁液之后死去","他可以倒在批评的岗位上(岗位这个和平岁月里常见的词在此时如此地悲壮),但却不能退却,因为他是肩负使命的人,他是文学的清道夫。"①然而,仅仅建立在道德甚至超道德律令的基础上谈文艺批评的坚守传承恐怕独木难支。

当我们认识、分析人类文明和中国社会发展早已历经了"资本论"及至"后资本论"的理念,国家也已进入了全球化文化战略及意识形态博弈的场域后,依然将文艺批评环境氛围的改良净化归诸批评家个体节操和群体清贫,不是用综合治理、现代公共文化建设和批评生态学等角度看待时代文艺批评的功能、作用、环境和未来发展趋势,积极描述说明延误而亟须解决的核心问题,借用公共言论和议政通道提出来、解决掉,多少有点"古典,太古典了"! 换句话说,就是把文艺批评家在1990年代以来的生活和工作焦虑看作社会问题而不是道德问题来思考和呼求,在文艺以外的社会、政治、文化场域中充分表达阶层人士的智慧意见和另一番道德勇气,以当代知识分子的身份、意识、作为来反哺自身的文艺批评事业,而非将自己视作"职业批评家""圈子批评家"对一亩三分地的歉收自怨自艾、自我麻醉、自我矮化,这才是破解市场化甚至资本化碾压的有效自觉和自信。所以,这种自我身份确认的差错和方法上的无力恐怕正是文艺批评界整体上最大的思维盲区和本领恐慌。

同样的,1990年代由于特定时代环境呈现的"退回书斋"的倾向在进一步扎紧高校学科思维下的学术规范和评价体系时,也有意无意地阉割了文艺批评(包括批评家个性、出身、文体、文风)的多样性,即其在"学院"体制中被日益边缘、齐一、量化等弊端围堵、清扫、出局。1990年代一方面仍然延续着1980年代文艺批评的

---

① 王干:《批评的使命》,《南方文坛》1998年第四期。

某些遗绪,比如书评、书话体的文艺批评仍大量存在,《中华读书报》《文汇读书周报》《中国图书商报》《读书》《书屋》《书城》等读书类报刊在一段时间内都相当景气(《读书》在1996年汪晖、黄平主政时期全盘转向思想学术类刊物,因"文风晦涩"为一部分老读者诟病,与1996年之前的随笔化《读书》风貌迥异。这同样也是学院派加强其话语权重的一项标识。学院派批评的方式本身渊源有自,未必是问题,但如果整个文艺批评生态一花独放,难免就不是春了);另一方面,所谓"思想淡出,学术凸显"的语境中,文艺批评从"急先锋"沦为了似乎游谈无根的"二等公民",论文体占领上风、愈益显赫,批评家学者化、学院化、教授化势在必行,作协派批评家日益减少,文艺批评愈来愈千人一面、创新乏力、读者窄化,高校文科教师科研考核加剧而一般文艺批评无分可拿,这些都限制了文艺批评的繁荣。再之后,多样化的文艺批评生态在出版和发表上都逐渐生出窘境,书评、书话体文集、文丛不再是出版社乐意出版的对象。这一转折是否寓意着"前互联网时期末叶"的学院精英与如火如荼到来的大众文化浪潮的切割和决裂? 至少在文艺批评的写作和阅读感受上言,就是这样。

媒介赋权与文艺批评的新景观

媒介赋权,顾名思义。我这样使用,直接改造于新加坡国立大学国际关系和中国研究学者郑永年的一部专著名称:《技术赋权:中国的互联网、国家和社会》。这部专著描述和分析了互联网技术作为中国百年来"科学的思维观念"和"技术的民族主义"的结果之一,对于中国国家政治和社会关系的作用及其发展模式。另一个来源,则可列举马歇尔·麦克卢汉的巨著《理解媒介:论人的延伸》,他的"媒介即讯息"实现了西方哲学"语言学转向"之后的"媒介学转向",证实着一种新媒介的全面引入必然带来一整套新信息的系统,包括社会生活的尺度、速度和方法。

互联网、移动互联网的媒介技术通过数字表明了它在当代中国的全面降临。截至2016年12月,我国网民规模达7.31亿。互联网普及率达到53.2%,超过全球平均水平3.1个百分点,超过亚洲平均水平7.6个百分点。中国网民规模已经相当于欧洲人口总量。其中我国手机网民规模则达6.95亿,网民中使用手机上网人群的占比提升至95.1%,网民手机上网比例进一步攀升。(中国互联网络信息中心(CNNIC)发布第39次《中国互联网络发展状况统计报告》)可以说,这些网民都是网络文艺的受众,在上网行为中接触到广义的网络文艺作品和产品的概率为百分之百。

这样一个网络文艺的时代是惊人的奇观,完全溢出了过往文艺批评者的群体经验。我们对"媒介赋权"缺乏人文意义的预判、评价、介入和信任,有分量的理论思考主要来源于域外;如何接受并相信从"书本的文化"向"写书的文化"(读者即作者模式)转型的一系列观看、写作、编辑、转发、评论、点赞、打赏的"动词"中,通过网民创作和全民互动孕育出"一时代之"重要和伟大的文艺作品? ——这些基于新媒介的作品、产品早已不顾我们的迟滞,在受众和产业资本的推动下,以网络小说、网剧、微电影、网游、直播、订阅号等新名称纷纷扬扬地来到生活中;在这种创作和批评环境里,传统的文艺批评和"家"们意味着什么? 何为?

一些事件证明着"互联网+"时代来临后批评家们的理路、遭遇。

2006 年 3 月,博客全盛时期发生了一场"韩白之争"。文学批评家白烨和"80后作家"韩寒在新浪博客爆发了一次冲突。从白烨的角度言,在个人博客上贴一篇《"80 后"的现状与未来》的文学现象批评毫无不妥,一个核心观点在于他认为当时源自 1998 年第一届"新概念作文"之后出现的韩寒、郭敬明、张悦然们的作品还不算"文学",只是一个文化现象。然后详细谈了为什么从质量上讲够不上文学的理由。但韩寒的发难和回击是凶猛的,以《文坛算个屁,谁也别装逼》否定了白烨们代表的文学批评标准尤其是象征体制化"文坛"的那套权力机制。媒体和新媒体的跟进与便利,很快让文坛朋友圈的陆天明、陆川、高晓松、谢玺璋、王晓玉、李敬泽等与远为浩大的"韩粉"们共同牵扯其中,构成了"博客"这一媒介平台全盛时期的重要文化事件、文化景观。不同年龄、世界观、文学观的人们被崭新的媒介平台即其信息流裹挟,自觉不自觉地按照媒介权力的游戏规则展开批评"战争",演练着互联网媒介的一种典型批评样式。事件发生一周之后,白烨关闭了自己的博客,以彻底告别这一新媒体的方式退出这一"混杂"的批评样式。将白烨个人博客的关闭当作一个典型案例来解读我想并不为过,它反映了传统文艺批评与网络文艺批评的媒介性质迥异和面向这种信息流的心理准备与边界较量。从国内互联网媒介的文艺批评角度梳理,"韩白之争"是一个刻度,白烨的博客书写及其遭遇都非常有典型价值。

豆瓣在 2005 年的出现是另一个具有典型意义和价值的样本。固然从早期的西陆、水木、天涯等等 BBS、网站中都能找到草根文艺批评的痕迹,但像豆瓣这样专注于做评论,并以文艺范儿标榜和自我定位的批评类网站至今仍难出其右。豆瓣读书、豆瓣电影、豆瓣音乐作为网站的三大文艺批评支柱,给图书、影视、音乐的爱好者和更为广大的普通网民落地了交流、互动、评价、分享、批评才华展露的空间。你经常可以在一些颇具质量的文艺作品下面看到个性化、有观点、视角多样、携带知识分享等特点的草根文艺批评、民间文艺批评。在某些方面,由于鲜活、自由、知识背景不同等原因,那些批评文字或长或短,都能让拥有专业学科背景的职业批评家们感觉惊喜和羡慕。如果按照豆瓣体文艺批评的大致特征,很多学院式高头大马模样的论文在此将毫无生存空间(当然也许你可以在知网、万方、龙源、维普这样的学术论文网找到另一种存在感?)。这也从一个侧面证明了媒介赋权并不就是旧权力的互联网搬移,而是实实在在地"赋"权,即通过媒介和信息在更广阔的虚拟地理空间内筛选出新的权力,以平衡甚至制衡旧有的权力,即便像这样在貌似不够社会核心的文艺领域。换言之,互联网的基因中带有"民主"的遗传密码,在创造这个虚拟世界基础的伟大的人物们身上,"科学"和"民主"是紧密联系的,这不就是新文化运动百年的最好的回馈和说明吗!在这个意义上,我支持一切有助于解放和平权的话语震荡,对这种媒介裂变报有"五四"式的敬意。

另一类成规模的互联网文艺批评平台源自腾讯的微信业务即其公众订阅号。2011年1月,微信1.0版本诞生;2012年8月,公众订阅号平台上线。这极大地改变和推进了包括互联网文艺批评在内的新媒体写作,也改写了之前由新浪微博领衔言论批评和文艺批评的结构。如果说微博时期的文艺批评很难成为大众在互联网文化上的焦点(远远无法跟热点事件引起的言论批评相比),那么,微信的公众订阅号却给予了文艺批评以合适的平台、节奏、传播力。一方面,传统文艺批评的订阅号也开始有机会转身甚至华丽转身。比如人民日报、光明日报、文汇报、文艺报等党媒的文艺评论都有各自的订阅号平台,而北青报、文学报等的文艺批评订阅号还形成了特色,结果都比纸质的母体在传播上、口碑上好得多。学术杂志如《文学评论》《文艺研究》《文艺理论研究》《读书》《中国图书评论》等等,也都纷纷做了订阅号,将每期目录和一些代表性文章做了圈层化的新媒体传播。

另一方面,针对文学、影视、音乐、戏剧、美术、书法、舞蹈、设计、动漫、游戏等文艺体裁的批评类订阅号也从小众圈层的立意被创立起来,出现了一些很有代表性和影响力的平台。以网络影视批评的订阅号为例,富有专业度的如虹膜、知影、文慧园路三号、桃桃淘电影、后窗、迷影网等,既综合了互联网大众影评的术语、黑话,更突出了他们继承自传统文艺批评之功底且有时代和国际色彩的影评风格。而由这些新媒体诞生的影评人今天已经成为影视艺术的主流批评家,magasa、木卫二、卫西谛、叶航等渐次成为戛纳电影节"国际影评人周"、华语电影传媒大奖、金马奖等影视节展赛事的评委。而这些"'迷影群体'是一群热爱电影艺术、电影技术和电影历史的人群。他们的职业各式各样,包括电影从业人员、媒体从业人员、电影学专业学生、学院电影研究者、IT业白领、理工科博士等,但在网络上进行关于电影的写作,都是占据其生活与工作极大分量的活动。……网络影评人的身份一直是比较隐蔽的"。①

公众订阅号时期的互联网文艺批评呈现了两个重要的启示和要素:一、传统文艺批评开始其移动互联网化的进程,并且取得了良好的成绩,与其他网民构成的或专业或大众的订阅号同台并行,显现了媒介赋权由裂变向融合的方向过渡的特征,并正在形成某种批评生态矩阵。当然,是否能够在部落化、圈层化的新媒体时代进一步开拓和交融,依旧是一项复杂过程,尝试比退出好,变革比闭锁好。二、从各行各业涌现的非学院体制或体制化生存的批评家,正在媒介赋权的过程中确立自己的坐标点,修正文艺评价的坐标系。事实上,每一次媒介赋权后,都会有从民间到主流的重构发生,一些人借此遴选到新的权威系统,包括批评家、作家、导演、演员、编剧等文艺岗位。因此,这就是一个由媒介裂变引起的批评阵营重构的问题,谁因缘际会,谁就有可能修改数据。

新媒体时代文艺批评家的要素

作为新媒体时代的文艺批评家,首先对互联网必须进行哲学性省视。在理论上解决自己网络批评实践的原动力问题。

在我的一篇文章中,曾对此有以下表述:

互联网及其虚拟世界尤其是分泌出的文化(文学艺术)黏性,是人类思想和智能发展到崭新阶段的"造物"。它本身是人类在向我们之上、我们之前——存在性的——"造物者"不断逼近、不断模仿、不断创意的结果。在互联网之前,人类至少还有两次对这一伟大造物者的模仿,一次是器物层面的生产工具和生活工具,其最终的形态则是物化了我们的生活,即形成了城市和社会;另一次则是写作。写作从造物的意义上说,即一种脚本设计:人物、性格、故事、情节、关系、命运,因为是人造之物,又无一例外的呈现着人类才有的情感、情绪、情怀——人性的踪迹、两性的踪

---

① 唐宏峰:《公众号时代的电影批评》,转引自中国文联理论研究室等编:《当代文化思潮与艺术表达》,中国文联出版社2016年版,第267页。

迹、身心的踪迹。写作从抽象的、虚拟的层次再次逼近(模仿)伟大的造物者之谜,即其造物的方法、手段和心灵基因。而目前的互联网及其虚拟世界是第三次模仿——某个方向上进化了的造物方式,它再次召唤着人性的踪迹、两性的踪迹、身心的踪迹填充并且发展出人类的创造之域。上述三次人类"造物"之旅的理想形态则都是功能性和审美性的高度合一。所以说,当我们把文学的虚构叫作"第二世界"的时候,互联网时代的虚拟艺术和技术就是"第三世界"的到来。而秉承马克思主义哲学,我们把人类社会叫作"第二自然"的时候,我确实在想象互联网所承担的内嵌的世界是不是一种"第三自然"。①

这样,我们的文艺批评实践就意味着在"造物"与"创世"的意义上添砖加瓦。而这一点,又必须要求网络批评实践者解决第二个问题:入乎其内的"粉丝""内行"的问题。一方面,随着网生代文艺批评者的出现,互联网处境包括 ACG(动漫游)代表的"二次元"文化对他们都不陌生,真正的互联网文艺批评家将成功诞生在网生代的人群;另一方面,稍长的批评者,以及有志于成为具有深度的引领性的批评者,可以以亨利·詹金斯所说的"粉丝批评家"的定义训练自己:"有组织的粉丝圈首先就是一个文艺理论和文艺批评的机构,一个半结构化的空间,被不断提出、争论和妥协的相关文本在这里被赋予不同的阐释和评价,读者们在此思考大众媒体的属性和他们自己同大众媒体的关系。"粉丝批评家是流行文化领域内真正的专家,"组成了和教育精英相抗衡的另一种精英"。② 类似这样一种"沉浸",是网络性对批评者提出的内在吁求。

至于过去萦绕于心的批评文体问题,似乎在"互联网+"环境中可以自行治愈。浏览数、点击量和好评、点赞等机制都在说明你的文体写作是否适合大众或小众读者。相信智慧者总会很快找到自己在互联网文艺批评中游刃有余的江湖,这就好比毛尖的得意:"我认为,就像我们有过盛唐诗歌,宋词元曲,眼下,正是批评的时代。互联网无远弗届的今天,'批评'告别传统学院派的模式样态,从自身的僵局中至死一跃,不仅可以有金庸的读者量,还能创造艾略特所说的经典,所以,如果要说批评观,我会坚持用写作的方式从事批评。"③

最后的要素,则是批评家的自我批评意识。我愿意以何平的话作为结尾:

---

① 夏烈:《网络文学时代的类型文学》,《山花》2016 年第八期。

② [美]亨利·詹金斯:《文本盗猎者:电视粉丝与参与文化》,郑熙青译,北京大学出版社 2016 年版,第 86 页。

③ 毛尖:《批评,或者说,所有的文学任务》,《南方文坛》2010 年第二期。

　　事实上,绝大多数文学批评从业者也只满足于自说自话,文学批评的阐释和自我生长能力越来越萎缩。而这恰恰是令人担忧的。在大众传媒如此发达的今天,文学批评并没有去开创辽阔的言说公共空间。相反,文学批评式微的一个直接后果就是,文学批评越来越甘心龟缩在学院的一亩三分小地,以至于当下中国整个文学批评越来越接近于烦琐、无趣、自我封闭的知识生产。因此,现在该到了文学批评自我批评、质疑自身存在意义的时候了。

　　……文学批评从业者必须意识到的是在当下中国生活并且进行文学批评实践。……只有通过广泛的批评活动才有可能重新确立自己在世界中的位置,建立起文学批评的公信力,同时重新塑造文学批评自己的形象。[①]

"修辞立其诚",确实,媒介赋权的契机在我看来,正在于重建文艺批评的"信用"。

本文发表于《文艺评论》2017 年第 6 期

[①]　何平:《批评的自我批评》,《南方文坛》2010 年第一期。

中国话剧危机出现新变种

徐健（《文艺报》社艺术评论部副主任、副编审）

最近十年，随着社会经济的发展、文化消费市场的不断成熟，以及国家层面对文化的高度重视，对话剧的"担忧"似乎变成了杞人忧天。花样繁多的话剧展演、节庆活动，不同等级的奖励资金、项目基金，日渐频繁的中外戏剧文化交流，不断增长的演出票房和观演人群，已经构成当下中国话剧生机繁荣的景观。面对繁荣，再谈"危机"的确有些不合时宜，甚至危言耸听，但是，透过这些外在的热闹和喧嚣，回到话剧文本、演出、理论评论，话剧真的就不需要"危机"之类的诤言了吗？

精神追求萎缩得让人忧伤

在笔者看来，当下中国话剧仍没有走出"危机"的阴霾，而且出现了新的变种。这种"危机"不同于20世纪80年代，彼时话剧遭遇了来自内外两个层面的困境，外在受到影视的挑战，内在则困于创作观念的陈旧、美学思维的落后、体制机制的限制，于是乎不到几年的光景，剧场便门前冷落车马稀，陷入了生存困境。相较而言，今日中国话剧完全可以不再担心演出场地、演出剧目或者观众的问题了，物质条件的极大改善、技术手段的更新换代、多样化的推广营销方式，让话剧的生存有了尊严，而且成为文化时尚。

然而，与这种物质化的丰富、充溢相互映衬的，却是国内话剧创作依旧无法走出的原创困局：尽管观念早已开放，但是实践的方向却日趋保守；现实生活为人性解读提供了足够广阔的空间，但是创作内容的视角依旧狭窄；尽管培育起了市场化的环境，但是实际运作中有悖于市场规律、艺术规律的现象比比皆是；尽管一些陈旧创作观念已经得到纠正，但是概念化、模式化、主题先行的创作思维时有显现。造成这些现象的原因很多，其中之一是滋养话剧审美气质、人文涵养的精神资源的匮乏，这种内在资源的枯竭恰恰是当下中国话剧面临的最大"危机"。

话剧创作的精神资源，既包括思想层面的独立思考、批判自省、价值立场，以及开阔的文化视野、厚重的人文积淀，也包括美学层面艺术探索的眼光和勇气，以及对艺术理想、艺术风格的坚守与追求。这些精神资源不仅构成了话剧不同于其他艺术形式的独特的人文气质，也是这一行业得以持续发展的内在驱动力。遗憾的是，就目前中国话剧的创作状态而言，精神追求萎缩得让人忧伤。中国几代话剧人孜孜追寻、艰辛探索写就的光荣历史，奠定的美学风范和审美旨趣，锻造的知识分子典型人格和精神家园，积累的艺术财富和演剧资源，正逐渐从剧场中退隐。不少新晋的话剧从业者开始把戏剧当作一门谋生谋利的营生，而不是真正的艺术创造活动。毕竟，参与这门"营生"不需要多高的入行门槛和文学根基，更不用在乎艺术标准的有无，只要按照既定的行业规则就可以实现现实利益的最大化。于是乎，越来越多的作品只是满足于迎合当下、迎合个人趣味，缺少了沟通历史、现实与未来的雄心，剧目演出的可持续性不断降低；同时，话剧与时代、与其他艺术、文化思潮的共振也在减少，那种反映人的处境进而呈现一种带有时代、社会和个体生存的交叉的文学艺术体验感，那种被称为艺术家创作灵光的东西，变得日益稀缺。这种体验、灵光曾在20世纪80年代文学、艺术的各个领域出现过，话剧舞台上诞生的《狗儿爷涅槃》《桑树坪纪事》等就是最好的例证。这些作品不仅展示了那个时代话剧反思历史、现实、人性的力度和深度，而且塑造了一个个可以铭刻在历史上的典型形象。反观当下的话剧舞台，传统变成了符号，创新变成了幌子，舞台艺术的实践者们更擅长创造各种概念、口号，追求舞台呈现上的新、奇、特，热衷于盲目的自恋和偏执。身处无目标、无定向的创作状态下，我们看到的是传统异化后的"大综艺""大晚会"，是以传统的名义对传统美学精髓的肤浅化表达和滥用。

艺术的敬畏感、精神的持续性，这些话剧引以为傲的东西一旦消逝，这种艺术形式的生命力必然衰竭。我们有太多的只属于某个年份的作品，而没有写出具有精神持续性价值的作品的雄心。长此以往，话剧的审美光环、艺术灵魂将何去何从？

越来越会虚构人想象人　而不会发现人思考人

近年来，为了应对播出平台、观众欣赏趣味的变化，影视行业迎来了"定制时代"。投资方、制作方不再盲目上项目,而是更多根据播出平台和观众的需求,进行差异化的创作,以期实现资源的整合和品牌效应最大化。这种面向市场和观众细分的"定制",一定程度上缓解了政策调整带来的不适,避免了创作同质化的持续。然而,"定制"并非提升创作质量的良药,"定制"的名义背后,不少编剧陷入了流水线式的生产作坊,特别是那些业内知名编剧,无时无刻不苦于人情、资本、评奖的牵制。影视行业正在面临的"定制时代"的困扰,是否在话剧领域也存在呢?

实际上,定制与创作优秀作品并不矛盾,关键是如何在创作与市场、观众之间寻找平衡。不同于影视行业面向市场的"定制"作品,目前话剧领域的"定制"更多可以理解为委约创作或者定向创作。它首先是基于剧本荒的现状,是对有限的编剧资源,特别是一线编剧资源的争夺,是当下话剧"原创焦虑"的一种体现;其次是为了完成来自制作主体更多方面的利益需求,比如申报某个基金扶持、完成主管部门交付的重大主题宣传任务等等。当然,在这两者之外,还有一些"定制"把为观众创作、为艺术理想作为出发点。笔者论及话剧领域的"定制",并不是要否定这种形式的可行性,而是希望关注这种形式在实践中出现的偏差,那就是:越来越多的艺术家以"定制"的名义,带着艺术之外的各种利益诉求投入创作,让话剧创作变成了人情、资本、权力的交易,而恰恰在这个过程中,就话剧艺术存在的独特性而言,"人"渐渐地离开了剧场。

乔治·斯坦纳在《语言与沉默》中写道:"相比于其他文类,戏剧的技术形式更符合新兴大众社会的手段和需要。戏剧能够颠覆作家与大众、作家与一般共同体之间那道间离的壁垒。在剧场中,人既是他自己,也是他的邻居。"剧场、戏剧在当代社会存在的基础或者重要职能就是为人提供了一个重新思考自己、认识自己的机会。它在影像、画面、技术等各个方面无法与影视比肩,在市场资本、商业利益面前也无法与影视同行,唯有在表现人、塑造人、刻画人,在深入人的精神世界、心灵世界方面具有无可替代的作用。但我们不得不面对的现实却是:话剧越来越会虚构人、想象人,而不会发现人、思考人了,话剧与各种项目、概念、资本比邻而居,与人的情感关系、精神渴求、内心真实渐渐疏远,在舞台与观众之间,"定制"竖起了一道有形的隔栏。

尽管这样说可能会被某些人认定为"以偏概全",但细细梳理这十年发表、演出的剧目,真正能够留得下的作品或者可以称之为保留演出的作品确实是屈指可数。与此相呼应,编剧、导演创作的节奏越来越快,剧院所要完成的任务也越来越多,大量以定制名义创作的作品,疲于应付各种展演和演出场次要求,忙于完成各种上级的任务、戏剧圈的人情、利益的追逐，却在人的要求上变得滞后，业内人士"不愿意谈论作家的伦理、道德或哲学意图"，"仿佛把戏剧看成一种工程项目，目的在于研究成功的艺术模式"；于是，"高价资金牵住贫瘠的手，它们一起制作出四平八稳的剥掉一切锐气棱角和个人特征的产品"。这些阿瑟·米勒对 20 世纪 50 年代美国戏剧创作弊端的批评，在今天的中国话剧舞台难道就不存在吗？

中国话剧当下最为紧迫的不是如何拥抱市场，如何与资本、项目合谋，而是要缓一缓脚步、等一等生活、想一想人。2017 年春，林兆华戏剧邀请展上，由俄罗斯戏剧导演列夫·朵金执导的《兄弟姐妹》引发国内文化界热议。这部描写苏联战后农庄生活的作品，没有停留在揭开伤疤表现痛苦的层面上，而是深入制度、体制的肌理，展现了时代转型过程中的生存变化之痛、人性之痛，以及"痛苦"背后的历史反思。它讲述的是苏联农民的生活，触动的却是不同国家观众的心，解开的是人性共通的密码。列夫·朵金曾说："真正的艺术反而要比生活更慢才对。戏剧就像是文学，为什么有那么多伟大的长篇小说能给世界带来深刻的影响，是因为它们研究到我们生活的方方面面，真正的作家是创造世界、研究生活的，而我们当下真正的作家太少了，而热衷于写快餐文学的作者却很多。不论是文学还是戏剧，要研究我们自己都必须花许多时间，必须静下心来。"《兄弟姐妹》的成功经验不仅源自作品站在了文学的肩膀上，更源自导演对于作品的深耕细作，对于历史中的人与现实中的人的有效互文。而这样的互文，在国内的主流话剧舞台上，是相当匮乏的。

对人的思考的滞后，也反映在近十年戏剧思潮的停歇上。戏剧思潮的背后往往伴随着人的发现和觉醒，它是社会文艺思潮、艺术思潮在戏剧领域的反映，也是话剧创作者对人的思考、剖析所能达到的新高度的反映。20 世纪 80 年代，现实主义创作复归、戏剧探索思潮双潮并行，尽管两股思潮实践的方式各异，但都建立在人的发现、人的觉醒和人的启蒙的基础之上，都有对人在现代化进程中复杂性、丰富性的哲学思辨。新世纪以来，特别是最近十年，由于缺少有效的精神资源供给、文艺思潮的支撑，戏剧思潮逐渐从话剧发展中退却，既看不到成规模、成体系的创作趋向，也看不到美学的创新冲动、艺术的前进动力，更看不到业内关于重大戏剧美学问题的争鸣与论争。对人的思考都无法深入，舞台上塑造的形象又怎么可能变得立体、真实。

舞台手段"富裕" 表演方式"浮华"

柏拉图在《理想国》中继承苏格拉底的思想主张,认为"节制是一种好秩序或对某些快乐与欲望的控制",并将"节制"作为城邦统治者和护国者们必须具有的美德和品质。时过境迁,有关"节制"的内涵和外延早已从政治领域延伸到了社会生活的各个层面,尤其是面对消费主义泛滥,欲望膨胀的生存状态,重新倡导节制的生活理念,对于人性与自然的完善和可持续发展,意义非凡。但这里,笔者却要将"节制"一词借用到当下的话剧舞台上,倡导话剧创作的"节制美"。之所以如此,原因有二:

一是舞台形式手段的日益"富裕"。视频、LED、灯光、技术、置景等的更新换代、过度堆砌,让话剧舞台变得越来越复杂、越来越综合,逐渐向着格洛托夫斯基眼中的"富裕的戏剧"倾斜。剧场之内交流方式也似乎正在从人与人之间的"活生生"的交流,变成人与影像媒介、人与道具信息、人与装置艺术的交流。从新近演出的一些剧目看,视频技术运用的娴熟程度已然很高,影像媒介更是一跃成为舞台表达的主要载体。这样的创作趋势从近年来的西方引进剧目中不难看出端倪,但这是否是西方主流剧场创作的现状或者潮流呢?

实际上,就目前我们引进的剧目看,不少作品都是为适应国外某个戏剧节的艺术标准或者遵循导演的个人风格打造的,而欧美国家主流剧院、商业院团上演的常规剧目,并非以"富裕"见长,也没有将影像媒介、视觉呈现作为创作的重心,更多是植根于本民族的审美传统、戏剧文化,立足于本国人的精神现状和价值认同,以此为前提,寻求"世界表达""人性深度";同时,它们作品中的艺术语汇、舞台语言、表达符号,也都是基于本国观众生存经验、期待视野的提炼和延伸,与所在国家的文化高度默契。这是剧场能够成为不少国家精神殿堂的深层次原因。注重从本土文化、本土体验中提炼出独特的表现语汇,进而赢得本土观众的认可和认同,这是我们目前话剧最迫切需要解决的课题。

近年来,出于申报项目、评奖造势的需要,各地院团纷纷邀请京沪主创团队加盟打造地方剧目,制作团队的"北京化""上海化"特征明显,这些来自一线都市的制作团队,在一种赶工期、赶进度的背景下,迅速组织起创作团队,他们带着对地域文化的猎奇进入创作,并把这些猎奇转化为舞台上的建筑、民俗、野史的铺张呈现,再加上对各种地域视觉符号的肤浅化、拼贴化滥用,一部作品最终变成了附着在剧情之上的地域民俗风情的展览。艺术创作重在美学品格的建构和发现,而对于戏剧而言,美的形式不在舞美的绚烂、不在于堆砌了多少地域符号,更重要的是一种文化的触动,是心灵意义上的感召。

二是表演方式的日益"浮华"。目前各地话剧发展水平不同,剧目水准参差,但是表演质量的下滑却是普遍的。演员成了任由导演摆布的符号,丢了生命的质感和表演的温度。他们来不及准备角色,缺少生活储备情感宣泄式的大喊大叫、过度泛滥的激情表演比比皆是。与这种外在的铺张、热闹相比,安静、内敛、平淡的表演和精致的细节打磨,这些考验演员和导演的表演和叙事能力的技艺稀缺。戏剧也是一门"手艺",离不开从业者的工匠哲思,唯有精细化的打磨、节制化的表达,才能让舞台上的角色充满着生命的光泽、思想的韵味。

希望下一个十年、下下一个十年的中国话剧不再是"孤芳自赏"的小舞台,而是"气势如虹"的大舞台。

本文发表于《北京青年报》2018 年 1 月 19 日

新机制、新媒介与当代性

——对当代条件下文艺高峰建设的思考

唐宏峰

在人类文学与艺术发展历史上,出现过诸多群体性、时代性的"文艺高峰",如中国先秦时期的诸子百家、唐代诗画乐舞全面繁荣和五四新文化运动在文学艺术和学术上取得的辉煌成就等,在西方则有文艺复兴"巨人"时代、启蒙运动在哲学和古典艺术上的成就和19世纪至20世纪的批判现实主义与现代主义思潮。这些璀璨作品集合而成的文艺高峰是人类文明的瑰宝。在当代中国语境中重提"文艺高峰",源于国家发出"筑就文艺高峰"的呼唤,期望广大文艺工作者"努力筑就中华民族伟大复兴时代的文艺高峰"①。显然,当代文艺高峰话语主要源自国家政治的文艺治理策略,与新时代中国经济和国际地位的提升、民族文化复兴的时代语境密切相关。但这一要求如何落实到具体的复杂多变的当代中国文艺生产场域,当代文艺如何生成高峰杰作,这些问题急需创作界和学界的深入思考。

在既有的"文艺高峰"话语中,无论是国家政策层面的表述,还是学者对历史上诸文艺高峰范例所进行的研究,主要都在以传统的文艺创作经验基础上,总结出诸如相应的社会环境、主体的思想观念、天才能力、文艺资源的继承与创新等要素,期望当代文学艺术家秉持坚定的意志、锻造精神思想、锤炼艺术语言,创作出伟大作品。这些历史上的经验为当代中国文艺高峰建设提供了重要的借鉴,但同时也要看到当代文艺生产的特殊性,其在创作主体、艺术种类、产业系统、媒介环境和接受条件等诸多方面,都发展出与传统大为不同的机制,这意味着思考当代中国文艺

---

① 习近平:《在中国文联十大、中国作协九大开幕式上的讲话》,人民出版社2016年版,第22页。

高峰建设,需要充分考虑文艺体制/场域的当代性新特点。传统的审美自律观念下的天才式创造遭遇大众媒介与当代文化产业,在呼唤创作者坚定艺术的意志抵抗市场侵蚀的同时,也许更重要的是将大众传媒与文化产业视为文艺高峰的孕育土壤,而非将二者视为对立面。我们需要探索在当代文艺生产机制中产出精品杰作的途径。

一、文艺高峰建设面对当代文学艺术体制

在一系列相关于文艺内容的讲话与文件中,国家号召广大文艺工作者努力攀登文艺高峰,这里的文艺工作者应该不止包括文学家和艺术家等文艺创作者,还包括了在文学艺术体制和场域中发挥重要功能、占据重要位置的诸多力量,如被分工瓦解的多重创作主体、行业组织、投资主体、各类新兴传播媒介、展演空间、市场运作、文艺评论等。人类文艺史发展到当下,文艺创作与生产早已不是、并且越来越不是独立个体的冥思苦想,而是与日益重要的诸多力量发生关系,在协商、调配、抵抗、制衡之中构筑一部作品。当代中国文艺高峰建设,不同于既有的历史经验,需要面对新的环境和新的挑战。

关于文学艺术生产的场域与体制问题,西方当代理论已有精细思考。从布迪厄(Pierre Bourdieu)到阿瑟·丹托(Arthur Danto)和乔治·迪基(George Dickie)等,都把文学和艺术看作是在一个复杂的体制和场域中运作的系统,是艺术品赖以存在的生产、传播、消费、评价的完整的社会机制。这一观念将艺术品放置到一个动态的网络关系中,在这一场域内,不同的行动者(艺术家、艺术商、批评家、博物馆负责人等)携带着自己的文化资本进行权力争夺或合作,从而使艺术形成特定的面貌。布迪厄对这一建构艺术的体制结构所包括的各种要素有一个很好的概括:

> 艺术品价值的生产者不是艺术家,而是作为信仰的空间的生产场,信仰的空间通过生产对艺术家创造能力的信仰,来生产作为偶像的艺术品的价值。因为艺术品要作为有价值的象征物存在,只有被人熟悉或得到承认,也就是在社会意义上被有审美素养和能力的公众作为艺术品加以制度化,审美素养和能力对于了解和认可艺术品是必不可少的,作品科学不仅以作品的物质生产而且以作品价值也就是对作品价值信仰的生产为目标。

作品科学不仅应考虑作品在物质方面的直接生产者(艺术家、作家,等等),还要考虑一整套因素和制度,后者通过生产对一般意义上的艺术品价值和艺术品之间差别价值的信仰,参加艺术品的生产,这个整体包括批评家、艺术史学家、出版商、画廊经历、商人、博物馆馆长、赞助人、收藏家、至尊地位的认可机构、学院、沙龙、评判委员会,等等。此外,还要考虑所有主管艺术的政治和行政机构(各种不同的部门,随时代而变化,如果加博物馆管理处、美术管理处等等),它们能对艺术市场发生影响:或通过不管有无经济利益(收购、补助金、奖金、助学金等等)的至尊至圣地位的裁决,或通过调节措施(在纳税方面给赞助人或收藏家好处)。还不能忘记一些机构的成员,他们促进生产者(美术学校等)生产和消费者生产,通过负责消费者艺术趣味启蒙教育的教授和父母,帮助他们辨认艺术品、也就是艺术品的价值。①

在这里布迪厄强调的不是艺术品自身的生产,而是艺术品价值的生产。而价值是不能单靠物品本身实现的,一个作品有价值得需要别人来相信和认同,因此这种相信和认同才是真正的生产内容,就是布迪厄所说的对艺术的信仰。也就是说艺术品总是被人们接受为有着特殊价值和意义,而要实现这一点,就需要有批评家、美术馆、学院、艺术教育等等各个机构和环节来发挥作用,构成一个场域,一个权力空间,艺术在其中获得神圣之名。在这个过程中,艺术家所能起到的作用是有限的,而是一套机构体制在发挥作用。

而当代中国文艺创作正处于这样一个日益复杂多变的体制与场域之中,形成一个与传统有着诸多不同的新的生产机制。与传统的文艺创作格局相比,市场和经济的因素对当代文艺生产有着更大的作用和影响。当代文艺创作无法单纯作为与商业无关的纯粹精神创造,而是与版税、票房、拍卖价格等多种经济利益有着密切关系。因此,这样作为产业的文学艺术,就不是单纯的艺术创造,而是一个复杂的产业系统,要依赖多种力量的综合,形成一个在国民经济中能够发挥重要作用的行业。如电影依赖完整的产业链,从投资方到制作公司,到导演、演员、摄影师等完成电影拍摄,再到宣发公司宣传,影院接受排片,最后是观众观看、评论家评论,而最终电影取得相应的票房。文学、戏剧、音乐等其他文艺领域也面临类似的产业系统。文艺创作不再单纯是个体性的精神活动,而是与诸多力量发生关系,包括国家

---

① [法]布迪厄:《艺术的法则》,刘晖译,中央编译出版社 2001 年版,第 276—277 页。

管理机构、制片公司、唱片公司、国营/民营艺术院团、电视台、博物馆、画廊、出版社、售票平台、艺术网站、媒体、影院、剧院等。在这样复杂多变的产业系统中，艺术家受到各种支持或限制，戴着镣铐跳舞，艺术作品也具有艺术、技术和商品等多重属性。于是，当代文艺创作一方面为人民群众带来精神满足与文化享受，另一方面也可以带来巨大的经济产值，是国民经济的重要组成部分。因此，文艺高峰建设需要考虑到当下文艺生产机制的诸多问题，无法单纯地以过去较为单一的生产环境为条件来思考如何提升创作、培育大师，而是必须要在当下复杂的产业系统和生产机制中重新探寻文艺高峰的建设路径。

二、创作主体的多样性与多重性

文艺高峰建设首要在于对高峰杰作创作者的培育。艺术创作者是文艺活动的主体，人类文艺高峰史上的伟大作品诞生于伟大的文学家与艺术家之手，中西文艺理论史上有诸多关于"天才""巨人"等伟大文艺家的讨论。[①] 中国文艺史上，从王羲之、吴道子、李白、曹雪芹，到鲁迅、聂耳、齐白石等天才巨匠闪耀着耀眼的光辉。天才巨匠们有着超越性的创作意志，潜心于艺术，创作出崇高伟大的作品。这样一种古典天才式的创作主体在当代依然是最宝贵的存在，我们要努力培养大师巨匠，艺术家们要沉潜于创作，为世界贡献一流的当代中国艺术。

但另一方面，更要看到当代中国文艺创作主体呈现出多样性和多重性的鲜明特征。首先需要认识当代艺术创作主体构成的多样性新变。当代的文艺主体构成已不单纯是少数专业天才，而是数量更多、范围更广、成分更多样。艺术观念的转型、艺术教育的普及和各种新媒介的发展等条件，使得更多非专业、半专业的人有机会从事艺术创作。如当代艺术在观念和媒材上的拓展，使得艺术创作打破了学院训练的藩篱，原本并无机会和能力进行传统造型艺术创作的更多样的人群现在有可能成为当代艺术作者。再如网络文学、网络艺术、网络电影和网剧等艺术形式，凭借互联网新媒介成为培育了更多更广泛的艺术创作者，他们在新媒介渠道中一展才华，积累经验，并有机会进入更高的创作领域。如当前中国电影中的新力量创作群体，在日益丰富的资源与媒介条件下，许多人并未遵循传统的学院教育与大

---

① 如恩格斯用"巨人"一词讨论文艺复兴时期伟大艺术家。恩格斯：《自然辩证法·导言》，《马克思恩格斯全集》第 20 卷，人民出版社 1974 年版，第 254 页。康德则充分讨论了艺术天才的特性。[德]康德：《判断力批判》上卷，宗白华译，商务印书馆 1964 年版，第 152—164 页。

制片公司的路径,而是小成本独立制作、网络平台传播,实现快速成长,进入主流院线。① 这些都说明当代艺术创作主体日益丰富多样。

在多样性之外,多重性更是当代文艺创作主体的突出特点。创作主体的多重性指文艺作品具有非单一的多重作者,创作被分解为多重作者的分工合作,复合的作者给当代文艺带来一种生产性、工匠性和物质性。首先,与古典文艺形式相比,当代艺术家族有了更多的综合艺术成员,如电影和电视。影视艺术创作包括导演、制片人、编剧、摄影、美术、录音、演员、服化道等庞大的制作团队,一部伟大电影的完成不仅需要一个天才的导演,还需要优秀的摄影和不拖后腿的表演等,每一个工种都要恰如其分地完成自己的工作。制约当代中国电影发展的因素之一正是电影工业中各种工业性、技术性人才的短缺。即使是传统的艺术形式,如戏剧、造型艺术和音乐舞蹈等表演艺术,也呈现出越来越强的多重性作者的特征。向来集编导表演舞美于一体的舞台艺术(戏剧、音乐、舞蹈等),在当代越来越多突出舞台要素、剧场要素,比如"剧本戏剧"向"剧场戏剧"的转变,舞台美术与设计对于当代戏剧的重要性在不断增加,经常形成固定的导演与舞美之间的合作,如林兆华和易立明,田沁鑫与罗江涛,孟京辉与张武等。② 具有鲜明特性的舞美营造出极大的视觉张力,有力参与了戏剧整体氛围地营造与情绪表达,当代戏剧作者的多重性远高于过去的戏剧形式。对于造型艺术来说,当代艺术在观念和媒材上与古典艺术相比产生了巨大的差异,观念艺术、装置艺术、综合媒材艺术等具有越来越强的制作性,许多作品都需要依靠艺术家之外的人工操作,而这并不是传统的多位作者间的合作关系,而是单一的艺术家的作品通常直接包含着众多他人劳动。当代艺术的形态已发生巨大变化,众多艺术以项目的形式进行,与生活同一,而非产出一件美术馆作品。③ 艺术作为生活实践,其创作主体就不再是传统的高超精深的艺术家,而是多重的日常主体在生活实践中碰撞。如当代艺术家邱志杰持续经年的"南京长江大桥自杀现象干预计划",艺术家及其团队进行文献收集、对各类人群实施调查与访问,同时一系列创作计划平行展开,包括了档案、文字、绘画、摄影、录像、装置、行为等各种媒介。这一项目的第五次展览《齐物》(2014)使用竹子作为材料,在浙江安吉的竹编作坊中,艺术家与各种男女竹编匠人和老篾匠们共同工作,而在展览

---

① 参见《完善机制 科学发展 助推新力量》,《当代电影》2018年第1期。《第三届"中国电影新力量论坛"部分代表发言摘要》,《当代电影》2018年第1期。

② 郭晨子:《今日编剧》,《艺术评论》2014年第2期。

③ [德]格罗伊斯:《走向公众》,苏伟、李同良译,金城出版社2012年版,第93页。

中,竹本身、竹编的半成品或未完成状态与竹编的各种造物并置在一起,打破所谓完整的作为结果和作品的艺术,将其开放,与不息的生活合流。这样作为项目和实践而非传统作品的当代艺术,自然生成一种新的展览体制,美术馆展览不再是优秀作品的简单陈列,而是有了更多的策划,依据某种学术和意识来选择、组织、展览和指向艺术。于是策展人的作用日益重要,当代展览体制(包括各种美术馆、艺术中心、策展人、批评家等)甚至使得策展大于创作,创作主体的多重性已是不争的事实。

因此,当代中国文艺高峰建设需要将这种不同于古典文艺形态的当代创作特性,纳入考虑的范围当中,单纯以古典作者精密幽深、藏之名山的情态绳之于当代文艺创作,并不会真正奏效。攀登新时代文艺高峰建设需要考虑多样性和多重性的主体构成特点,在努力培育大师天才之外,还要注意引导更多样类型的创作群体的提升,鼓励、扶持与认可多种创作群体,将建设文艺高峰与社会整体创作力量相结合,改善当代中国文艺的整体水平。杰作、崇高作品的出现建立在时代群体性的氛围之上,历史上,无论是唐代文艺的全面繁荣,还是欧洲文艺复兴的整体辉煌,都具有普遍群体性的基础。当代文艺高峰的出现,必然也要建立在整体文艺水平提升的基础之上。而多重性意味着当代文艺创作组成部分复杂,包含着多种成分、多样工作,当代文艺成果的完成需要有诸多生产性、技术性的内容,这与古典创作强调个人性才华是有区别的。个人创造的神话,已经不能完全涵盖当代文艺创作,当艺术家在展厅内外进行竹编、大型装置、人类学调研时,艺术与生命和生活的关系需要重新丈量。技艺、手工、可复制性、熟练而准确、精良制作、工匠精神等等,是影视、舞台、造型艺术等当代文艺创作的重要方面,佳作、杰作之崇高思想和高超艺术建立在此基础之上。我们所期待的当代中国文艺高峰,一方面仍是精绝高蹈的个人创造,而另一方面则会从新的多样与多重的创作主体中生发出来。

三、媒介的新变

随着互联网媒介的发展,媒介问题在当代日益突出,新媒介在切实改变人的生活,也剧烈地改变了当代文艺从创作、传播到接受的全面生态。

快速更新的各种互联网媒介带来自媒体、媒介融合、多屏互动、全媒体等各种新媒介环境,而这已成为当代文艺生产的主导媒介环境。文艺生产从创作、传播到接受的全链条都受到新媒介的巨大影响,这要求对当代文艺发展的思考必须充分考虑新媒介的作用。各类网络新媒介,包括诸多文学与艺术网站、视频网站、直播平台和微博微信等移动社交媒介等,降低了文艺创作与传播的门槛,吸纳各类创作力量,培育各种新兴文艺创作群体,为当代文艺注入大量蓬勃的生命力;同时也拓展了文艺传播的渠道,带来了更广泛的艺术受众。新媒介催生了许多新的文艺类型,包括文学、影视、音乐、造型艺术等在内的网络文艺是当代中国文艺领域中的重要组成部分,而且越来越重要。网络文艺是以各类网络平台为首要传播媒介、并呈现出相应的媒介适应性与偏向的文艺形式,经过多年发展,已渐入正轨,尤其是网络文学与网络剧,已逐渐发展出稳定的形态与风格,品质逐步提升。

互联网颠覆了传统意义上的艺术生产,网络时代艺术生产的本质不仅在于艺术作品的更广泛发布,更在于生产与展示和传播的同一。互联网"颠覆了传统意义上的艺术生产。如今越来越多的艺术家将自己的创作过程、艺术品上传到网上,甚至利用互联网创作。当然,互联网的运用超越了艺术展示的时空概念,任何人都可以毫无选择地在不同的时间、地点观看艺术品,甚至艺术的生产过程"。网络条件下,艺术创造就是传播,旧有的创作—展览—传播的流程成为一个动作。"互联网真正的问题不在于它是艺术分配以及展示的地方,而在于它是一个创造之地。"①在传统的博物馆体制下,在博物馆的管理体制之下,艺术在某个地方(艺术家的工作室)生产,并在另一个地方(博物馆)展示。而现在,网络消除了艺术生产以及展示之间的差异,艺术生产的过程直接被暴露在网络上。各种艺术网站、社区、博物馆美术馆网站、视频网站与直播网站等,都有大量艺术展示,其中当然有大量艺术作品的各种角度的图像,更有各种行为艺术、装置艺术、艺术项目、艺术实践等正在进展的过程,网络对这一过程的同步再现,就是艺术本身。而这生产的同时就是展示和传播,观看随时随地发生,艺术生产不再是神秘之物,艺术欣赏也越发成为日常行为。在这里,生产—传播—消费被压缩为同一过程,具体的时空关系也被超越。

新媒介对于文艺评论的影响同样非常巨大。微博微信等移动社交媒介作为自媒体,使得普通人拥有广泛传播信息的可能,带来评论生态的全面变化,从评论的主体、评论的属性、传播的途径到文本的文体风格、评论的价值与效果等都发生了剧变。媒介变迁日新月异,文艺受众很容易变成批评主体,批评主体更加多元化和

---

① [德]格罗伊斯:《艺术工作者:乌托邦与档案之间》(节选),费婷译,《东方艺术》2013年第9期。

大众化,文艺批评呈现全媒体整合、全民性参与的新态势,其标准和风格也日趋多元。

因此,思考当代中国文艺高峰建设的问题,不能不充分面对、理解和把握这样的媒介现实,必须看到并承认网络媒介在当代的文艺格局中的巨大作用。这一作用不仅是带来网络文学、网络剧等新的文艺类型,而是对所有的文艺形式、对全面的文艺生态发生影响。网络新媒介根本上属于大众媒介,进一步深化了现代艺术以来的艺术民主化与审美平权。现代性社会以来,摄影、电影、先锋派艺术都在打破古典艺术和现代主义艺术在观念和媒介上的精英性限制,使用更接近普遍大众的媒介和材料,成为"机械复制时代的艺术",根本驱力来自现代大众的民主平等政治。① 格罗伊斯进而认为,现当代艺术的根本动力是"审美平权",实现所有图像的平等,在不断发现、平衡和再发现"剩余图像"的过程中,艺术得以不断运动发展。② 而网络新媒介无疑更彻底地推进了这一点,在人人都操纵媒介(或者被媒介操纵)的条件下,"人人都是艺术家"才属实,新媒介带来的艺术大众化应当放到现代性审美平权的脉络中来理解。那么,面对网络媒介大众化带来的庸俗化、媚俗化的内容,便无法简单方便地采用所谓去粗取精、取其精华去其糟粕的方法,在审美平权的逻辑下,先锋性与庸俗化也许是无法剥离的一枚硬币的两面。

因为媒介并非只是中立的媒介、透明化的工具,仿佛用这一工具可以承载各种内容,而一旦发现问题,只需去掉不好的部分即可。这只能是一厢情愿的想象和理论的懒惰。文艺高峰建设需要直面纷繁芜杂的媒介现实,探究在这一媒介之中生成伟大作品的途径,而非依旧以传统经典杰作的标准和思路,排除媒介的大众化与市场化等。以基特勒(Friedrich Kittler)、齐林斯基(Siegfried Zielinski)为代表的德国媒介理论主张在人文主义传统之外,重新理解人与技术和媒介的关系,指出媒介是内在于人的,认为无法剥离人和技术与媒介,进而考察媒介技术与人的主体性形成之间的内在关系,更将媒介/技术/图像作为主体(agency)进行理解,而非将其仅视为服从于人类主体性的客观物。③ 人虽然确实是媒介的操作者,但却只能在媒

---

① 参见[德]本雅明:《机械复制时代的艺术作品》,见[美]阿伦特编:《启迪》,张旭东译,江苏人民出版社 2006 年版。[德]比格尔:《先锋派理论》,高建平译,商务印书馆 2002 年版。

② 鲍里斯·格洛伊斯:《艺术力》,杜可柯译,吉林出版集团 2016 年版,第 4 页。

③ 参见 Friedrich Kittler, *Optical Media*, translated by Anthony Enns, Malden:Polity Press, 2012;Siegfried Zielinski, *Deep Time of the Media:Toward an Archaeology of Hearing and Seeing by Technical Means*, Cambridge:The MIT Press, 2008。

介的规则下操作,遵循媒介的自动化逻辑,其实更像是媒介的一个功能项。① 媒介具有主体能动性,媒介带来特定的偏向力,对文化产生巨大作用②,比如人类文化史上,机械印刷媒介带来书写文字的稳定、长篇小说的兴起和宗教的祛魅,但同时也带来错误的不便改更、图像的粗制滥造和光晕(aura)的丧失。在当下的新媒介条件下,所谓网感、公众号文风等也并非是很方便就可以排除和抛弃的,我们无法简单地去除坏媒介,或者简单地去除媒介承载的坏内容。面对当代数字媒介、网络图像、社交媒介、网络直播等等现象,笼而统之的以虚假景观对付是一种懒惰,会错过内在的真问题。

但这当然也不意味着我们只能照单全收。思考当代文艺高峰建设问题,理论和实践的难度在于,如何探究在新媒介的偏向中探讨创造伟大作品的路径,而并非简单排除这一途径。这就需要有能力内在于媒介思考问题,细致分析媒介运作、媒介作用感知的机制。前文强调了新媒介带来艺术创作—传播—接受的同一,这源于新媒介的互动性与即时性,这种媒介特性自然瓦解了传统创作的"批阅十载、增删五次",远离了古典的沉潜、推敲、苦吟,带来许多追求短期效益的粗制滥造。但思考和治理这一问题,却并不一定要否定即时性本身,而是分析这一媒介特性带来了什么样的新旧感知,如何在媒介特性基础上改善和提高。比如,新媒介之互动性与即时性似乎正实现了罗兰·巴特所欢心的"可写之文",是区别于完成了的"作品"的"文"③,这是新媒介快感的核心。要做的是思考如何将即时性引导向积极的"未完成性",重新理解"作品"概念,引导创作走向无限的"生成"(becoming)④。需要做的是研究新媒介特性,思考如何将互动性、即时性、视觉性等新媒介所带来的新的感官机制与优秀文艺创作相结合,产生出当代条件下的时代杰作。当代文艺状况也颠覆了"藏之名山"的古典态度。在当下条件下,艺术的生产与传播之间的时空界限被极大压缩,我们已经很难想象一个当代作品藏之名山、一个孤独的天才被后世追认的情况。从网络文学、纸媒出版、院线电影、热播电视剧,到展览艺术、舞台艺术、剧场艺术,如果创作没有在有效的短期内引发认可和反响,大概就意

---

① 参见邹建林:《技术、记忆与图像的根基——关于弗鲁塞尔、斯蒂格勒、贝尔廷的对比考察》,黄专主编:《世界3:开放的图像学》,民族摄影出版社 2017 年版。

② 参见[英]哈罗德·伊尼斯:《传播的偏向》,何道宽译,中国人民大学出版社 2003 年版。

③ [法]罗兰·巴特:《文本理论》,《文之悦》,屠友详译,上海人民出版社 2002 年版,第 85—105 页。

④ [法]德勒兹:《什么是生成?》,《哲学的客体:德勒兹读本》,陈永国译,北京大学出版社 2009 年版。

味着它在以后更长的时间内也依然如此。经典化的历史经验很可能已经失效了，只是我们还没及时体会和认识到。这意味着当代文艺高峰的识别与塑造需要适应当代条件，当代文艺作品的接受、认可、其意义和效果的实现，需要即时发生，在媒介传播最大化的当代条件下，没有即时进入传播而依赖后世识别，几乎不可能了。新媒介主导下的当代传播使生产、传播与消费成为即时性一体化的动作，精品杰作必须重视传播，寻求广泛传播与接受，同时更重要的是批评家要独具慧眼，识别、肯定、推重优秀作品，使高峰艺术在世获得光芒。

四、进入同时代史，讲述中国故事

当代中国文艺从思想、主题、情感到风格、观念、语言都呈现出丰富多样的面貌。1980 年代以来，各种艺术门类在古今中西的资源与传统中汲取养分，在较短的时间里发展出极为多样的类型与风格，从古典风格、现实主义，到现代主义、极简主义，从观念艺术、装置艺术到现代舞、世界音乐、类型电影、艺术电影，等等。这种丰富多样的面貌与当代文艺所面临丰富多样的文艺资源密切相关，在历时上，古典、现代与当代的人类艺术历史凝聚在当下；在共时上，上层高雅艺术与民间的、通俗的文艺形式都转化为当代创作资源。当代中国艺术在继承、影响、对话与发展中，形成了纷繁复杂的面貌。不同的艺术家接受不同的传统影响、不同的教育与训练，秉持不同的艺术观念，形成不同的题材偏好，选择不同的语言形式，多元与差异是当代性的重要特征。这意味着当代文艺高峰并非只能产生于某种特定的类型与风格，而是会发生于各种艺术观念、风格与类型当中。

但在丰富多样的基底之上，当代中国文艺高峰应该具有"当代性"和"中国性"的内在要求，需要讲述当代中国的故事、塑造新的中国形象，并以此在民族性与世界性、时代性与永恒性中找到有效的位置。

筑就当代中国文艺高峰的吁求并非源于文艺的自然发展，而是首先来自国家政治的顶层设计，是国家重要的文化战略，在中国经济高速发展、国际地位稳步提升的当下，国家需要文化复兴来匹配大国崛起的时代政治，以辈出的杰作来匹配新时代中国国家形象。当代文艺高峰的核心任务是讲述中国故事、塑造中国形象，为新时代传神写照。当下的中国确实处在一个蓬勃发展的新时代，文艺创作要无愧于时代，有能力把握这个蓬勃发展、千变万化、多元多层多极的当代中国现实，这样文艺的创新、品质的提升、产业的发展才能建立在坚实的基础上。当代中国从政治、经济到社会、文化、国际关系等方方面面都处于急速发展、剧烈转型之中,不同的经济形态、城乡关系、阶层身份、精神观念、文化形式等带来复杂多变的社会现实。创作者应该保持对现实的高度敏感,把握当代生活的方方面面,从中国到世界,从都市到乡村,从大学生到新工人,从主流文化到网生亚文化……这种把握的对象不能停留在外在形式,而是要抓住内在经验。在电影、电视、戏剧、美术、音乐、舞蹈等各种艺术领域,"深入生活、扎根人民"不能流于表面,也未必一定采取下乡、写生等外在形式,而是以高度的敏感和深刻的体认来书写当代现实。文艺创作者讲述深植于真实生活经验与总体社会现实的中国故事,呈现经济高速增长、社会剧烈转型进程中的中国经验,表达当代情感、心理与经验,展现民族精神,匹配大国形象。

那么,什么是当代性?创作者与其同时代之间应该形成什么样的关系?当代艺术之"当代性"从来不是不证自明的,从阿瑟·丹托到朗西埃和阿甘本,近年来许多理论家特别集中讨论了这个问题,"当代"已经被问题化。[①] 不是只要发生在这个时代的艺术就可名之为当代的艺术,当代可以被理解为一个动词,是"去成为当代",成为当代的,意味着波德莱尔式的将现时英雄化,用当代的语言描绘当代的生活,根植于时间当中,直面这个时代的真的问题。艺术家与自己的同时代的关系,应该是反思性的,成为当代在此意味着在断裂与批判中的同时代性。按照阿甘本的见解,真正同时代的人,真正属于其时代的人,是那些既不完美地与时代契合,也不调整自己以适应时代要求的人。正是通过这种断裂与反思,他们才比其他人更有能力去感知和把握他们自己的时代。[②] 因此,当我们吁求文艺高峰书写中国故事,并不是简单的描摹现实,而是在巨大的张力中以智性分析时代本质、以直觉把握现实内涵,歌颂所热爱的、鞭挞所批判的,做这个伟大时代的最好的同路人。

正如竹内好笔下的鲁迅,那是一个并非先觉者的、与全部近代文学历史共存的,"回心"的、"挣扎"的鲁迅形象。鲁迅一生时刻"在历史的状况之中",切身进入历史,与其同时代共命运。竹内好以"在场外观看的看客与奋力奔跑的选手"这个比喻,提出"进入历史"的价值。[③] 在竹内好看来,鲁迅与全部中国现代文学共存的这种历史关联性,是中国现代性的最真实的存在样态,不是先知先觉,甚至是某

[①]　参见汪民安:《福柯、本雅明、阿甘本:什么是当代》,《什么是当代》,新星出版社 2014 年版。

[②]　[意]阿甘本:《什么是当代人》,见 https://www.douban.com/note/153131392/。

[③]　[日]竹内好:《近代的超克》(孙歌编译),生活·读书·新知三联书店 2005 年版,第 209—212 页。

种后进性,恰与东洋后发现代性保持最真实的一致。竹内好一直要求自身进入其"同时代史",为此也付出了很大的代价,因为与同时代共存,意味着必须要承担历史的错误,但是他不放弃对自己切身参与历史的感觉。从此来看,可以回答"书写当代中国故事"这一主张中所包含的质疑。讲述当代中国故事,似乎是应急性的、缺乏超越性的主张,无法导向伟大作品所具的世界性和永恒性。回答这一质疑,首先自然要认识到,并不存在一个本质化的世界性与永恒性,人类文明的伟大作品恰恰是由于凝结了其时代与社会的深刻观察、其民族人民的精神情感,才成为跨越民族和历史的世界艺术。但更能击中要害的回答,正如竹内好的态度,不回避进入同时代史的代价,包括短视与错误,那些"在场外观看的看客",看似超然、正确,但不过是没有参加比赛而已。因为进入历史意味着创造与改造历史,由此获得真正的主体性,而非放弃自我的虚假的主体。历史在"每一个自我拼搏的瞬间"成为自我,在自我否定、自我更新的紧张下完成自我主体的塑造,这是一种在挣扎和抵抗中的"回心"类型的自我主体,而非是在历史和时代之外的他物。当代中国文艺讲述当代中国的故事,我们期待的伟大作品是当代中国的伟大寓言,在其中构筑出当代中国的自我主体。

但这不意味着要求文艺作品是对社会现实的自然主义呈现、是时代政治的传声筒。在这里重提卢卡奇(Georg Lukacs)的"总体性"概念是有帮助的。"艺术反映现实的客观性在于正确反映总体性","这并不意味着每部艺术作品都要竭力反映客观或广延的总体生活。艺术作品的总体性是内在的:即给予那些对所描写的生活片段具有客观决定意义的因素以限定的、自足的秩序,那些因素决定着那一生活片段的存在和运动,决定着它的特质以及它在总体生活过程中的地位。从这个意义上来说,一段最简洁的歌曲有着和一部最壮阔的史诗一样的内在总体性。"在真正的现实主义者看来,艺术与现实之间并不只是一种表层联系或者细节联系,艺术的社会责任在于揭示表象背后具有深度的本质和规律,这种对本质的把握才是总体性。但这一总体性把握需要在最生动具体的形象和故事中表现出来,这便是结合了普遍与特殊的"典型"的意义。"通过将他们描写为典型人物和典型环境,通过栩栩如生地描写作为特定人民和特定环境的具体特征的客观生活状况的最大丰富性,他使'他自己的世界'呈现为整体动态生活的反映,呈现为过程和整体。"[1]当代中国文艺高峰讲述

---

① [匈]卢卡奇:《艺术与客观真理》,[英]拉曼·塞尔登主编:《文学批评理论:从柏拉图到现在》,北京大学出版社,第53—59页。

中国故事,塑造时代与现实的典型,但典型的意义需要扩展,不只是典型人物与典型环境,而是同样包含其他类型,如典型的情感、典型的事件、典型的材料形式等。伟大的作品以对现实的总体性的把握,为接受者提供与既有经验不同的对现实更真实更完整、更生动和更动态的反映,并以接受者的经验以及对这种经验的组织和概括为基础,引导他超越自己的经验界限,达到对现实更具体的深刻洞见。

同时,这种现实并不单纯的仅来自当代社会状况,而是根植于并浸润着历史传统经验,并且对这一现实的把握并非仅仅面对当下中国,而是需要在时空上同时面对世界和未来。党的十九大报告用一段极为凝练的语言概括当代文艺在历史上和世界上的定位:"中国特色社会主义文化,源自中华民族五千多年文明历史所孕育的中华优秀传统文化,熔铸于党领导人民在革命、建设、改革中创造的革命文化和社会主义先进文化,植根于中国特色社会主义伟大实践。发展中国特色社会主义文化,就是以马克思主义为指导,坚守中华文化立场,立足当代中国现实,结合当今时代条件,发展面向现代化、面向世界、面向未来的,民族的科学的大众的社会主义文化,推动社会主义精神文明和物质文明协调发展。"①报告对新时代中国特色社会主义文化的定位,也是对文艺工作的定位。这一定位清晰回答了新时代文化与文艺在历史时空上的位置问题:一方面,在历史时间上整合过去、当下与未来,明确了与我们深厚的历史文化传统的紧密联系——这一传统由中华优秀传统文化、现代革命文化和社会主义先进文化组成,同时,重要的是结合新时代现实条件回应时代新问题并面向未来;另一方面,在世界空间上则既坚守本民族文化传统,又强调面向世界和各国民族的优秀文化,而非封闭保守。这样在古今中西之间的精准定位基础上,建设中国特色社会主义的文化与艺术。那么,讲述中国故事,透视当代中国复杂多变的现实经验,并不能将之把握为一种孤立自足的对象,而是需要将之放在历史与世界的时空纬度上来衡量。

如上所述,思考当代中国文艺高峰建设,需要面临很多新的时代课题,包括新的文艺生产机制、产业系统、媒介形态和现实状况等,尽管我们需要充分借鉴中国古代文艺高峰传统和西方文艺高峰发展史中的范例经验,不过同时,必须看到这一新的建设任务有着不同于历史传统的新的语境与条件,这要求我们探求新的路径

---

① 习近平:《决胜全面建成小康社会 夺取新时代中国特色社会主义伟大胜利——在中国共产党第十九次全国代表大会上的报告》,人民出版社2017年版,第41—43页。

与机制。当代文艺面临着许多新的产业与媒介问题,一方面文艺工作要以正确的创作观念、精深的思想与艺术表达来提升文艺在大众传媒和文化产业中的普通水准;而另一方面,当代文艺高峰只能从此种当代文艺生产机制中发展而来,将大众传媒与文化产业视为文艺高峰的孕育土壤,而非将二者视为对立面。同时,在此种生产机制条件下,文艺高峰创作在具备深厚的思想和情感、高超的艺术水准的同时,还需要将这些要素与更广泛的行业、媒介和大众条件相结合,精深的思想与艺术要反哺于整体性的行业环境与多变的媒介条件,促进当代文艺整体的提升。

最后,本文还想强调一点,在这样的当代条件下培育文艺高峰,需要我们"坚持百花齐放、百家争鸣,坚持创造性转化、创新性发展"的原则①。在强调"以人民为中心"的社会主义核心价值方向、坚持文化自信和中华美学精神的同时,也要坚持"双百"与"两创"原则。百花齐放、百家争鸣一直是党的基本文艺政策,要发扬"学术民主、艺术民主"②,这是保证文艺事业开放活跃的重要条件。同时,传承中华文化并非简单复古,也不是盲目排外,而是"古为今用、洋为中用","有鉴别地加以对待,有扬弃地予以继承","辩证取舍、推陈出新,实现中华文化的创造性转化和创新性发展"③。"两创"强调的是在新的时代条件下对传统文化进行创造性与创新性的阐发、调整、转化与再造,使之更好地与当代现实相适应。传统文化的传承与弘扬要符合新时代中华民族伟大复兴文化建设的现实要求,不能泥古不化,而是要辩证发展,对其进行加工转化、丰富再造,把传承与改造发展相结合,注入新的时代精神,使之成为适应新时代要求的民族文化。

在这样的当代条件下,文艺工作者要紧密结合新的时代条件和实践要求,认识自己所承担的历史使命和责任,参与进时代历史的洪流,为中国文艺找到恰切的形式,创造出高峰杰作,塑造出当代中国新的自我主体,以此面对自身历史传统和世界他国文明。

---

① 习近平:《决胜全面建成小康社会　夺取新时代中国特色社会主义伟大胜利——在中国共产党第十九次全国代表大会上的报告》,人民出版社 2017 年版,第 41—43 页。

② 习近平:《决胜全面建成小康社会　夺取新时代中国特色社会主义伟大胜利——在中国共产党第十九次全国代表大会上的报告》,人民出版社 2017 年版,第 41—43 页。

③ 参见 Friedrich Kittler, *Optical Media*, translated by Anthony Enns, Malden: Polity Press, 2012; Siegfried Zielinski, *Deep Time of the Media*: *Toward an Archaeology of Hearing and Seeing by Technical Means*, Cambrige: The MIT Press, 2008。

戏曲历史剧的"思"与"诗"

黄键(福建师范大学文学院教授)

历史剧是戏曲创作的重镇,向来是备受关注的焦点与热点。新时期以来,以京剧《曹操与杨修》、莆仙戏《新亭泪》《秋风辞》为代表的文学性与思想性高超的历史剧群矗立起一个高峰。进入 21 世纪,较前期呈现出不同风格的晋剧《傅山进京》等亦成为新的历史剧典范。回望近十年来的历程,我们发现当下的历史剧创作呈现出丰富多样、追求文学性与舞台性相统一的昂扬风貌。

从内容上看,近年的创作既有从传统历史主义出发,以宏大视角对大人物大事件进行观照的历史正剧;也有在新历史主义思潮影响下对历史人物作微观历史描述、日常生活叙事的历史传奇剧和历史故事剧,如京剧《建安轶事》中更多作为普通女性形象出现的蔡文姬,黄梅戏《小乔初嫁》小乔成了会帮王小二磨豆腐的民间乡野女子。从题材上看,写得最多的仍然是知识分子戏、文人戏,其中又以海瑞与屈原为最,这与剧作家超越时代的知识分子操守和理想脱不开关,也与"反腐倡廉"的时代命题有关。从剧种上看,以京剧与越剧为多,成绩、表现都较突出。京剧本以敷演帝王将相为主,袍带戏多,历史剧是其常项与强项;而擅演才子佳人的越剧却转而挑战自己的弱项,演绎深沉凝重的《屈原》《李商隐》及《柳永》,这延续了越剧的文人戏传统,但加重了历史的分量,更多地将人物置入历史与政治的熔炉中锻造人物,使之更深地呈现为知识分子戏;当然这也是百年越剧不断追求超越自我、提升剧种品格内涵及表现力的探索与努力。

从写法上看,依然有大量作品秉承从正面描写大人物大事件的经典写法,即从典型事件中塑造典型人物,如豫剧《北魏孝文帝》展示孝文帝迁都、改姓、易服、平叛等重要改革举措,塑造其雄才大略的帝王形象。壮剧《冯子材》再现了晚清老将冯子材扛棺上阵拼死夺取镇南关大捷的史实。河北梆子《张居正》讲述张居正辅佐万历皇帝开创"万历新政"的故事。但也有新鲜的、独辟蹊径的视角，以非典型事件表现重大人物，如海瑞戏一般都写海瑞与严嵩的斗争或是海瑞上疏，但京剧《青天道》、闽剧《青天》均聚焦于喜剧性的"海瑞升官"：海瑞清廉严正、不惧权贵，贪官们为了把他赶走，联合起来为他跑官……琼剧《海瑞》则通过海瑞和胡宗宪既矛盾又相惜的关系，写出了一个有人情味的海瑞。晋剧《布衣于成龙》撷取了被贬为布衣的于成龙主动请命安抚啸聚山林的百姓的"小"历史。苏剧《柳如是》截取了降清后柳如是与钱谦益的一段生活经历。但无论从哪个角度切入，这些作品都注重人物性格的丰满、立体，这是新时期历史剧的沉淀与累积所致。

对思想性的追求仍然是最引人注目的现象。京剧《金缕曲》就接续了《曹操与杨修》对知识分子深层心理的探索，讲述顾贞观为营救知己吴兆骞寄身相府二十年，却等来了一个奴颜婢膝、气节丧尽、面目全非的吴兆骞，由此展开了对在残酷生存境遇压迫下的知识分子的心路变迁、人格尊严与人性情感严峻却又不乏悲悯的拷问。京剧《春秋二胥》，从伍子胥复仇与申包胥复国的历史记载中生发出这一对好友在吴楚战场上的多次往还，不仅从历史文化语境中展示了血性复仇与理性宽恕之间的交战冲突，更从哲学意义上直击个人情仇、天下苍生以及终极正义之间几乎无解的复杂命题。

将两个人物卷入一段特定历史中相互牵扯、交缠，以此来辐射出他们各自的性格特点；人物分量相当，戏量相等，这是适合戏曲体裁的写法。近年来这种写法也出现了一种新动向，剧作家更深地沉潜到历史纹理的深处，对历史人物及其关系的理解也更为细致复杂，被置入这一结构中的两个人物不复是忠奸、善恶、正反、黑白的二元对立关系，而呈现出更为多元多样的生、克、惜、杀交相纠缠的复杂状态。《春秋二胥》中的伍子胥和申包胥，不仅是一对政治目标完全相反的对手，更是有着深厚友情与恩义的生死之交。而随着剧情的发展，在家国命运的沉浮激荡中，两人的关系更是亦友亦敌，忽友忽敌，即使最后申包胥因无法认同伍子胥玉石俱焚的残酷行径而声明与之恩断义绝，后者对前者却仍怀有难以割舍的情感，正是这种无法快意的恩仇纠缠才更令人唏嘘不已。闽剧《北进图》，明末清初，在是否投降归顺清廷的问题上，由于人生观与价值观的分歧，使郑芝龙与郑成功父子在抉择面前产生了严重冲突。但作者并未将这一历史转折期不可避免的悲剧习惯性地铺叙为政治上忠奸、正反的对立叫嚣，而是融进了人物的父子亲情关系中并揉碎了来写——政治殊途而血脉情感相连，使得家国兴亡之叹中更饱含丰富辛酸的滋味。

闽剧《林则徐与王鼎》中,王鼎与林则徐更是一对互相扶持、惺惺相惜的师徒,精神上的父子,几乎没有什么性格与思想上的冲突,只有情感上的同步共振、肝胆相照,形象上的交相辉映,这种没有矛盾的人物关系是前所未见的。以两个主要人物关系为主轴结构整部剧作的编剧法在悄悄嬗变。

新时期的历史剧由于更注重文学性(思想性)与文本性,其舞台性、观赏性难免在一定程度上被疏忽、压抑(因此很多作品的成就更多的是进入文学史层面而非艺术史)。戏曲的表演空间亟待拓宽。21世纪以来的戏曲创作对此作出了反拨与转向,更注重本体,尊重传统,重视表演与观赏性,重流派、角儿,至今短短十几年又一递进,从突出表演到了突出整体,追求思想性与舞台性的统一,"思"与"诗"的融合;戏曲作为舞台艺术的综合性特征全面凸显,戏曲文学性的内涵得到真正认识——是戏曲艺术的文学性,而非戏曲文学的文学性。这是真正回到了作为综合艺术的戏曲的正轨,是戏曲成熟的表现。京剧《康熙大帝》就是一台综合性强,从各方面看都趋成熟、充分戏曲化的好戏,京剧本功运用得巧妙生动,尤其主演王平在趟马、辫子功的展现上既见功力又不失分寸;全剧在人物动作设计、武打上有一些创新亮点(如吸收了"马刀舞"等蒙古族艺术元素),但都融入京剧身段与程式中,体现了津味京剧的风范。在节奏上与《傅山进京》相近的京剧《赵武灵王》,也呈现出与新时期历史剧不同的面貌,整体布局舒缓从容许多,缀以闲笔,剧中的大红马不仅突出了赵武灵王作为马上打天下的君主形象,并以其通人性反衬人性的残酷,更以其温暖的亮色润泽了沙丘宫黑暗凶险的氛围,舒缓了紧张激烈的节奏,使戏灵动、松阔,充满情趣。郑怀兴先生近年从传统戏中悟到并追求的"生活情趣",在大红马以及丑角优孙身上可见一斑。

由于对表演的重视,我们从这些戏里不仅看到了精彩纷呈的传统程式及其当代化用,更看到了创新与发展,如《将军道》开了言派武戏的先河;《春秋二胥》中的伍子胥性烈如火、情绪激越,与人们熟悉的《文昭关》中的传统老生形象截然不同,所以改用花脸行当;这是丰富流派与行当的有益尝试。越剧《柳永》在结构上以柳永六首词的词牌来组织全剧,每首词展开了人物的一个故事,将人物命运与词牌捏合在一起,在戏曲史上也是罕见的,是对剧种样式的丰富。

然而,我们要警惕将历史评价代替道德评价的倾向。即以当下的历史评价来衡断、裁定历史人物,忽视历史人物特定的历史条件、文化心理与历史境遇,使之完全主观化、意志化甚或功利化,符合于时流。如20世纪60年代的话剧《王昭君》,王昭君就被塑造成了一个高高兴兴出使匈奴的和平小白鸽,"用这个题材歌颂我国各民族的团结和民族之间的文化交流"（曹禺）。这种倾向在当下的史剧创作中又重新出现，有些剧目简单地以"免生灵涂炭""要和平不要战争"为事理逻辑，以无条件无前提的反战主义、不抵抗主义来占据道德制高点，以"死一人而活千万人"的功利性价比对主人公与观众进行道德绑架（或者让可能引发战争的主人公就此稀里糊涂地被迫死去，就没有战争了；或者是主人公被害，亲人放弃报仇，也就没有战争了，如此等等）；然而情感与审美的价值立场含糊，美丑善恶得不到区分，对历史理性与人文理性都缺乏真正深刻的理解。

此外，我们还要警惕过度主观化的创作倾向。对于历史是允许有不同的理解、阐释乃至叙述的，但历史也绝不可以被任意装扮。在创作中应树立基本的正确史观，摒弃历史相对论与主观主义对史剧创作的影响。

本文发表于《光明日报》2017 年 8 月 18 日

柳青、皇甫村与 20 世纪 80 年代

程光炜（中国人民大学文学院教授）

　　1960 年因出版"反映我国农村社会主义革命的史诗性"的"长篇巨著《创业史》"，柳青被称为"当代文学史上的一位杰出作家"。[①] 重写文学史思潮后，这种评价不复存在。有的文学史教材，用 6 页篇幅叙述赵树理小说成就，柳青仅给了 3 页。[②] 有的教材章节，没出现他的名字。[③] 柳青文学史地位的跌落，与新时期文学观念的重新洗牌有关，1979 年的"农村家庭联产承包责任制"政策，也成为阅读《创业史》的障碍，并进一步带来历史遗忘的效果。

　　这个"文学史角落"，对理解以往历史的完整性丰富性究竟有没有意义，现在看不清楚。不过，假若以问题为导向来分析材料，就会牵连到这位作家与 20 世纪 60 年代的关系，牵连到 80 年代的评价标准，也就会"首先了解事实，然后解释事实，并在一套融贯的话语中将事实联接起来"[④]。虽然，现在还不到准确和全面地认识柳青的时候。

一、柳青在 1978 年谢幕

　　1978 年 6 月 13 日，柳青在北京朝阳医院病逝，终年 62 岁。物理时间上的

[①]　张钟、洪子诚等：《当代中国文学概观》，北京大学出版社 1986 年版，第 417 页。

[②]　在洪子诚修订版的《中国当代文学史》中，讲述赵树理创作的内容是 85—90 页，柳青是 91—93 页。而在 20 世纪 50—70 年代，柳青的地位似乎还要高于赵树理。（北京大学出版社 2008 年版。）

[③]　在陈思和《中国当代文学史教程》的第二章"来自民间的土地之歌"，提到的农村题材创作的作品是《山乡巨变》《锻炼锻炼》和《李双双》，未见柳青创作的描述。（复旦大学出版社 1999 年版。）

[④]　［法］安托万·普罗斯特：《历史学二十讲》，王春华译，北京大学出版社 2013 年版，第 45、46 页。

20 世纪 80 年代还没有开始,它却因"四人帮"的倒台提前翻开了新的一页。1978 年,便在这个枢纽点上紧密联系着 1980 年代。

1978 年春节期间,由长期哮喘转为严重肺心病的柳青①,在西安四军医大西京医院治疗效果不佳,一个月后感染上绿脓杆菌,病情转危。为抢救柳青,出版《创业史》的中国青年出版社向中央有关部门打报告,申请来北京救治。经文化部副部长林默涵②和沙洪等人出面,柳青被安置在朝阳医院三病房。据柳青女儿刘可风说:因床位紧张,父亲整天咳嗽影响同室病友休息,这使父女俩极度不安。经出版社斡旋,后来换到一个小单间。一次谈到战争的残酷时,柳青说如果身体不允许他把《创业史》写完,就写一篇不太短的短篇小说,以纪念战争中牺牲的战友。但最让他放不下的还是《创业史》。柳青的病情时好时坏,精神状况也不稳定,医院虽全力治疗,效果仍不理想。此时,中国文联正召开第三届三次全体会议,这是那场浩劫之后,文艺界的第一次聚会。很多延安时期的老朋友,刚解放的老同志,不时来医院探望。有人叙述会议开始,宣读"文革"期间被迫害致死的文艺工作者名单,长达半个小时。"沉默,许久的沉默,父亲终于没有控制住自己的感情"。"在最后的日子,父亲能见到他们,得到难言的宽慰"。然而,越发耿耿于怀那部没写完的长篇小说。柳青真切感到,稍微延长的生命对于他多么重要。一次"查房的时候,父亲苦苦地请求医生:'再给我一年时间,让我再写一年吧!'医生走后,我酸楚的泪流不止,父亲说:'你不要难过,肉体对我就这么一点意义,给人们留下一些研究上个时代的真实材料。'他喘口气后接着说:'爸爸不怕死,有一天,我离开这个世界,会非常非常平静。'他明亮的眼睛里没有一丝悲伤和恐惧。"③

① 据邢小利、邢之美《柳青年谱》,柳青从小体质很弱,1933 年十七岁在榆林中学念初二时,因"咯血过半月之久,肺结核病大作",一个学期休学在家自学;次年 8 月,一边备考西安高中,一边"每天到医院打针,先后打了一百多针,止住了肺结核的发展"。长期困扰他的过敏性哮喘,由此而来。1970 年五十四岁时,"原来的哮喘病发展为严重的肺心病"。儿子搀扶他到陕西泾阳县三渠公社杨梧村的"杨梧五七干校",领导不敢收留这位生活不能自理的病人,又由儿子送回西安小南门的家里。(《柳青年谱》,人民文学出版社 2016 年版,第 11、13、109 页。)

② 林默涵(1913—2008),福建武平人。1929 年入团。1938 年入党,到延安马列学院学习。先后在《中国文化》月刊和《解放日报》工作。新中国成立后任中宣部文艺处处长、副部长,文化部副部长,中国文联党组书记等职。他是柳青延安"文抗"时期的朋友。另一个同柳青无话不谈的朋友是刘白羽。

③ 刘可风:《柳青传》,人民文学出版社 2016 年版,第 365—369 页。刘可风是柳青与前妻马纯如女士生的第二个孩子。两人在延安离婚。新中国成立后马纯如带着三个孩子在北京生活,柳青一直给孩子寄生活费。"文革"前,刘可风考上北京大学无线电电子学系(今北大信息科学技术学院)。"文革"中柳青妻子马葳自杀,身边留下五个年幼的孩子。因柳青病重,1970 年大学毕业的刘可风自愿到离西安不远的永寿县工作,就近照顾父亲,一直到 1978 年去世,长达近九年时间。

　　老编辑王维玲回忆说,1978 年他到朝阳医院看望柳青时,也碰见过这种情形:"他的病情太严重了。24 小时离不开氧气,还要不断地使用喷雾器、雾化器的辅助才能呼吸喘气。柳青聪明绝顶,他预感到留给他的时间不长了,但他又是一个十分理智,能克制自己的人。""一次医生来查房,刚好可风出去了,他睁大了那双发光的眼睛,诚挚中带着几分乞求,悄悄地说:'你让我再活上两年,有两年的时间,我就可以把《创业史》写完了!'"他接着说道,1976 年、1977 年这两年,柳青就想奋力完成《创业史》的写作,即使完不成原计划的四部,也想让这部长篇留一个较为理想的结局。柳青在 1976 年 10 月 15 日致他的信中说:"原想今冬争取将二部上卷发到工厂,现在看来已经无望了。形势大好,自己倒更差了。不得已时请考虑先出一部。"王维玲不同意先出一部,致信柳青:"文革"前一部印了 70 万册,至今还在流传,这说明第一部的寿命。读者仍在关心第二部,不如先出二部上卷,再重印一部。柳青来信同意:"七十余万册也不少了,至于书的寿命,确实只取决于它内在的思想力量和艺术功夫,某个时期的评价,销数和其他,随着时过境迁,肯定会失去影响,我已经不是一个青年,懂得一些道理。短暂的名利是一条无情的绊马索。许多有才能的作家被它摔倒了。革命家只有抓住真理,站稳立场,认清方向,一心一意地走下去就对了。"他意识到自己身体,已不允许像 20 世纪 50、60 年代那样长久的思考,在一种惊人的耐力中写完这部长篇了。1978 年春节病情恶化住进西安四医大,柳青抱病修改二部上卷的前十二章。因担心写不成三、四部,修改时很注意人物思想发展的完整性和段落感。有些章节近乎重写,有的改动很大,消耗了他大量精力。在四医大,他看到病房紧张,觉得自己患的慢性病,在此修改作品影响不好,坚决要求转到长安县第六医院。六院医疗条件不好,病情出现反复,这样又回到四医大。直到 4 月中旬,才把第十三章改完。柳青在信中说:"直到现在才完成十三章……望你们很快发工厂,补排上去。我最近开始给改霞擦点红。完了,如果有时间,如果赶得上,——十三章字数如太少,我想把十四章也添上去。不过,十四章放在下卷开头最好。"最后一次来北京住院,柳青还告诉王维玲,如果不写三、四部,就把二部下卷的"口子"留小一点,人的思想、面貌,争取基本完成。王维玲说,你在长安县生活 14 年,四部的构思已完成,如精力不够,就用录音机把三、四部的构思录下来。柳青告诉他:"长安县委有好几部录音机,回去就借一部,先录起来"……①

----

　　① 王维玲:《回忆柳青同志——纪念柳青逝世两周年》,《收获》1980 年第 4 期。

但历史与柳青《创业史》之间出现了错位。就在他来京治疗的半年前（1977 年 11 月 20 日），刘心武短篇小说《班主任》在《人民文学》1977 年 11 期刊出。人们从作品释放的强烈信息捕捉到：20 世纪 50—70 年代整整一个时代结束了。漫长的革命时代已成往事。而这个时代，正是《创业史》描写的中心。刘心武在创作谈《根植在生活的沃土中》中信心满满地说："不少读者热情地肯定《班主任》'写真实'、'摆脱了帮味'，'能使人想到身边的人和事'、'感到亲切'。为什么我以前发表的作品不能获得这样的评价？仔细想来，关键在于以前或多或少总是有点从概念出发，而《班主任》却是从生活本身出发来构思的。"①刘心武这句并非影射柳青，但他与柳青之间，的确出现了"现在"/"以前"的错位。众所周知，在 1963 年严家炎批评梁生宝等"新英雄人物"身上的概念化问题，而柳青进行反批评的时候，这种错位就已经出现。新时期文学与十七年文学争论的问题，其实早就埋伏在 60 年代，只是人们习焉不察。② 刘心武所忧虑的"真不真实"的问题，曾经是严、柳争执的焦点。③ 年轻的严家炎挺负气地指出："在他们看来，仿佛对新英雄人物形象既需要热情，就可以不必从艺术实际出发作出实事求是的评价；仿佛探讨新英雄人物创造上的某些弱点，跟热情对待是不能并存的，或者简直就是不热情的表现；仿佛人物形象的思想教育意义，可以跟艺术表现的实际成就无关。"柳青笔含不悦地回应道："《创业史》这部小说要向读者回答的是：中国农村为什么要发生社会主义革命和这次革命是怎样进行的。回到要通过一个村庄的各阶级人物在合作化运动中的行动、思想和心理的变化过程表现出来。"而"批评者不分析这部小说的内容，强使内容服从形式，根据他自己关于英雄和'尖锐的矛盾冲突'（他指的是'面对面搏斗'）的特殊理解和特殊爱好，就批评这部小说主人公不真实，情节也是'比较静止的状态'。在这个问题上，小说的描写和严家炎同志的分析，也存在着不可调和

---

① 刘心武：《根植在生活的沃土中》，《人民文学》1978 年第 9 期。这篇小说在社会上产生很大的影响，除杂志发表外，中央人民广播电台的朗诵也起到了十分重要的传播作用。

② 参见严家炎：《关于梁生宝形象》，《文学评论》1963 年第 3 期。在此前后，作者还发表了《梁生宝形象和新英雄人物的创造问题》《谈〈创业史〉中梁三老汉的形象》等文章。柳青的回应文章《提出几个问题来讨论》，刊发于《延河》1963 年 8 月号。参与讨论、实际是声援柳青的，还有蔡葵、卜林扉（林非）的《这样的批评符合实际吗？》（《延河》1963 年 11 月号），李士文的《关于梁三宝的性格特征》（《延河》1963 年 11 月号），冯健男的《再谈梁三宝》（《上海文学》1963 年 9 月号），吴中杰、高云的《关于新人形象的典型化》（《上海文学》10 月号），等等。这些批评家都以"典型论"为标准，批评严家炎对柳青小说的无端指责，以维护这位作家崇高的社会声誉。

③ 严、柳两人原不认识，因 1963 年严著文批评《创业史》产生过误会。1967 年初，严家炎去西安出差时，向陕西作家协会提出访问柳青，柳青本不想见他，但见面谈话后，化解了误会。1978 年 5 月柳青在北京朝阳医院治病，严家炎曾到医院探望。

的矛盾。请大家讨论"。

越过案头这些暗黄的文献资料,我略微感伤地看到了 1978 年春节伏在四军医大病房木板上艰难地修改二部上卷前十二章的柳青先生。他没想到,1963 年他与严家炎先生之间"现在"/"以前"的错位,1978 年再次被刘心武先生的文章提起。当刘心武奋力创作新时期小说的时候,他还在修改以前的 60 年代小说。在"现在"/"以前"的历史枢纽点,他正与刘心武这一代新生代作家擦身而过。我明显感受到 1978 年柳青身上的悲剧性,却没有在这种悲剧性中释然,反而察觉到它在增加 80 年代后认识柳青的难度;或是从另一方面又丰富了他的精神世界。确实,我的感伤是来自于自己"现在"对于"以前"的柳青的蒙昧无知。

二、在历史深处看皇甫

在 20 世纪 80 年代以来中国当代文学史频繁更新的地图上,位于陕西省长安县的皇甫村,是一处被废弃的遗址。然而柳青在那里落户 14 年,坐落在关中平原上的这座村镇仍值得今天细细地打量。

1949 年 4 月 16 日,柳青离开延安赴北京。7 月参加第一次全国文代会。1951 年应团中央书记冯文彬和副书记蒋南翔邀请,参与《中国青年报》创刊工作,任编委和副刊部主任。10 月随中国青年作家访问团出访苏联。刚出版的长篇小说《铜墙铁壁》受赏识。① 次年夏,"为方便深入生活和写作,对生活根据地的选择","决定在西安附近落户"。柳青多方考察,后听从中共西北局宣传部长张稼夫建议,到距西安二十里、"开会、听报告"都较方便的长安县落户。担任长安县委副书记,后改为县委委员。9 月 30 日,柳青写道:"我已经下了决心,长期地在下面工作和写作,和尽可能广大的群众与干部保持永久的联系。"于是,从 1953 年到 1967 年,柳青在长安县王曲区皇甫村半山坡那座旧庙中宫寺一住就是 14 年。② 临行前西北局书记习仲勋找他谈话,好心地说:"给你配辆汽车,就放在省委。"旁边的第三书记马明方插话道:"没有紧要的事,你来回不要坐汽车,最好坐马车,这也是接近群

---

① 据刘可风《柳青传》:1951 年底柳青访苏回国,听说江青希望他将长篇小说《铜墙铁壁》改成电影剧本。经胡乔木接洽,他到中南海的毛泽东家与江青面谈。"江青对他很热情。实事求是地说,当时他觉得江青和蔼谦虚,柳青也就直言自己的想法,他说他要从互助组阶段起,把参加中国农村社会主义改造的全过程写成一部大型的长篇小说,已经想好了回陕西农村安家落户。"(人民文学出版社 2016 年版,第 111 页。)

② 邢小利、邢之美:《柳青年谱》,人民文学出版社 2016 年版,第 29—38 页。

众、了解群众的好机会"。①

柳青不像 20 世纪 50 年代有些作家把"深入生活"当成走马观花,而是真正扎根于农民中间。"他不仅在县上兼了一定的领导职务,而且简直把自己变成了农民中的一员,与他们同甘苦共欢乐。因此,他对农民有了很深的感情。"他了解农民的利益,更关心他们的命运和心曲。② 皇甫村距王曲镇五里地,每逢三、六、九集日,村里人吃过早饭,就掩上街门,三三两两走上去王曲镇的大路。柳青也提上筐,放上醋、酱油瓶子,夹杂在人群中,跟几个老汉边走边说。他戴个瓜皮帽,穿一件中式对襟褂子,把眼镜放在兜里,粗糙的棕色皮肤和农民风吹日晒的皮肤完全一样。"到了王曲镇南街供销社门前,他故意挤着排队,并和排队的人交谈,问这问那。到了跟前又借故不买,又跑到后面挤,有时还与一些人争执:'我这里站着,你为啥要站到前头?'"他这是"为了熟悉生活,体会排队的滋味和观察群众的心理活动,倾听排队人群对组织互助组、建立农业社的建议"③

柳青没觉得自己是作家,而像基层干部直接参与了成立互助组和农业社的全过程。县委指示,王曲地区的互助合作运动由他具体领导。1953 年 3 月,为方便工作,柳青把自己和妻子马葳的组织关系转到皇甫村。马葳担任皇甫乡党支部副书记兼文书职务。后来调到王曲区委任团委书记、党委副书记。1955 年 5 月,胜利社肖德胜等 3 户社员,见自己地里麦子长得好,闹着要退社。区委书记孟维刚和乡支部冯继贤赶紧向柳青汇报。"柳青听后,要亲自去处理这个问题。三人走向蛤蟆滩的滈河边,河里涨水,河上无桥,从秦岭流出消融的雪水,一浪接一浪地奔流,水面上还漂浮着白色泡沫、树枝、杂草等。孟维刚劝柳青不要过去了,柳青坚持过河,一手拿着拐棍,一手挽裤腿脱鞋,准备涉水过河。孟维刚先下河探水深浅,发现河中间水挺深,消融的雪水冰冷入骨,就背上柳青过河。晚上 10 点多钟,29 户社员代表都到了会场。柳青喘着气,拄着拐棍,站在群众中,讲了旧社会农民的苦难,合作化道路的前途,社会主义的好光景,讲了一个多小时。会议一直开到次日凌晨 4 点多,平息了退社风波。散会时,东方已经发白,三人来到社主任王家斌家里,柳青哮喘病加重,咳嗽不停,上气不接下气,只喝了半碗汤,然后用被子垫在草

① 刘可风:《柳青传》,人民文学出版社 2016 年版,第 114 页。
② 何西来:《流派开山之作》,此为《创业史》重印本所作的序,《延河》2006 年 9 月号。
③ 孟维刚:《忆柳青深入生活轶事》,见董颖夫等编:《柳青纪念文集》,西安出版社 2016 年版,第 233 页。

棚炕上睡了会儿。天大亮时,三人离开胜利社。"①

王家斌②乃《创业史》梁生宝的原型,一个踏实、沉稳和吃苦耐劳的社主任,是柳青着力培养的乡村基层干部。有一天,一个驻社干部向柳青反映,社里的账目很乱,柳青听说后心急火燎地跑到县上,在县委门口就劈头盖脸地批评起王家斌来:"社里没安排好就到县上来,屁股擦干净才能走,没擦净怎么出门呢?"王家斌丈二和尚摸不着头脑,被当众批评得眼泪哗哗地流。柳青回去向村民调查,很后悔自己听了不实之词。王家斌后来这样说柳青:"他对普通农民从来不发脾气,也不说重话,要求脱产干部和俺也要这样。他经常提醒我们做农民工作,说明问题不要面面俱到,一次就讲一两个问题,用农民熟悉的语言和实例,把道理说深说透,让人们真正理解党的政策"。因为感念柳青把自己这个新中国成立前的长工培养成党的基层干部,成立高级社的狂风刮下来的时候,省委工作组想把柳青打成"右倾分子",计划从王家斌这里找突破口。这个诚实的农村汉子,承受着巨大的压力,又想极力保护自己的恩人。工作组让他"交代",说交代了就没事了。"王家斌一下悟出来:'这是要找柳青的岔子,贵贱不能把柳青说出来。'最后就干脆放声大哭,再问,他就是个哭,会议只是把陈尊祥和他的报告批了一通,无果而散。"③1969年,在马葳不堪凌辱跳井自杀,柳青被关在"牛棚",家里剩下五个年幼的孩子,春节揭不开锅的艰难日子里,还是这个有情有义的农民,悄悄拿来了20元钱和一袋大米。

这些史料文献让人看到,一个高级干部(行政10级),④宁愿放弃北京和西安优越的生活待遇,放弃独栋小楼、司机、勤务员和厨师,穿中式对襟衣服,戴农夫的草帽,拄着拐杖,与皇甫村的农民和基层干部朝夕相处。他的举止言谈、黝黑的面孔,与当地农民无异。他为他们成立互助组、解决邻里矛盾出谋划策,参与社里账务记账,穿过湍急的河流亲自处理农民退社问题,还放下正在写的小说,错过对作品人物一瞬即逝的宝贵艺术感觉,潜心为长安县农民编写了一本《耕畜饲养管理三字经》等通俗读本;本村农民在他创作之余,可以随时到中宫寺家中与他聊天,这些百姓亲切地称他为"那老汉"。"柳青完全农民化了。矮瘦的身材,黧黑的脸

---

① 邢小利、邢之美:《柳青年谱》,人民文学出版社2016年版,第45页。

② 王家斌,原名肖浩奇,人称浩娃。1919年12月生,小柳青三岁,原籍长安县子午镇张村。1929年随父母逃荒讨饭到皇甫村。父亲病逝后,母亲改嫁王三,于是随父姓,改名王家斌。

③ 刘可风:《柳青传》,人民文学出版社2016年版,第221页。

④ 柳青跟女儿说,他最初行政定级是9级,因让给民主人士郑伯奇1级,变成10级。后来提级又让了一次。这个行政级别,当时相当于陕西省委或省政府的副秘书长、西安市常务副市长一级的干部,在省会可拥有单独一栋楼,包括司机、勤务员和厨师等等待遇。

腔,和关中农民一样,剃了光头,冬天戴毡帽,夏天带草帽。"①

王维玲在回忆 20 世纪 60 年代初去皇甫村看望柳青的情景时说:他在皇甫村的住房,就是农村一座略加修缮的破庙。庙内一大一小并排两个庭院,柳青住在靠里边的院子,有三间正房。我去的是深秋季节,柳青、马葳从正屋里迎出来,柳青穿一身中式对襟小褂,马葳穿一身灰色制服。生活在农村,看到远方来客,自然意外高兴。天黑时,马葳端上饭菜,我见只有两双筷子,便要马葳和孩子一起过来吃饭。马葳笑答:我们家有两个灶。小灶,专门给柳青,因为他体质弱,写作又对他身体消耗大。饭后,王维玲在院中散步,无意在厨房,看到马葳和孩子们团团围在一个大锅旁,满满一锅菜粥,没有干粮,也没有炒菜,每人捧个碗就这么吃着……回到屋里,我再也克制不住自己,问柳青:你生活这么紧迫,为何还要将《创业史》的一万多元稿费,都捐献给皇甫村人民公社呢?你留一部分不好吗?你做得也太过分了!柳青望着我,慢慢地说:"我这一生再不想有什么变动,只想在皇甫村生活下去。我在这里,只想做好三件事:一是同基层干部和群众搞好关系;二是写好《创业史》;三是教育好子女。你想想,我身在农村,生活在人民群众之中,谁都知道我写书,宣传和私有制、私有观念彻底决裂。今天出书了,拿了巨额稿费,全部揣进自己的腰包,改善个人的生活,农民会怎么看呢?他们会说:'这老汉住在这里写我们,原来也是为他个人发家呀!如果这样,我还怎么在皇甫村住下去!《创业史》还能写下去吗?'"②

人是自然和社会环境的产物,柳青也是 20 世纪 50—70 年代社会历史的产物。理解分析柳青,离不开他赖以生存的社会土壤。柳青不是"现代隐士",也不是鲁迅那种从乡村走向城市的乡土小说家,而是一个革命者。他 1928 年入团,1936 年入党,曾是延安文协党支部干事,解放战争时期任大连书店主编,新中国成立后任《中国青年报》编委和副刊部主编,50 年代初回陕西兼任长安县委副书记等职。他是一个经过战争和政治运动严峻考验的老革命、老干部、老作家。在皇甫村 14 年,除基层工作、写作和家庭等难以避免的困扰外,还要经受上级组织不正确方针政策的困扰,因为他是"组织上"的人。1955 年、1956 年两年,《创业史》第一部写到第

---

① 白烨:《人之楷模　文之典范》,仵埂等编:《柳青研究文集》,西安出版社 2016 年版,第 334 页。

② 王维玲:《回忆柳青同志——纪念柳青逝世两周年》,《收获》1980 年第 4 期。《创业史》第一部的基本稿酬和印数稿酬,共 16065 元,柳青将它全部捐献给王曲公社,做工业基建的费用。公社用这笔款项修建了机械厂,这些房屋又让给了王曲卫生院。后来,柳青还向中国青年出版社预支 5000 元,用于胜利大队高压线的建设。"文革"中,这件事变成他的罪状之一。

二稿,遭遇了很多困难。省里主要领导找他谈话,让把作品拿出来,写不出来就不要再待下去:"要跟上形势,看来×××的道路是正确的,跟上铁路跑,写些及时反映人民群众火热斗争的文章。"柳青表示,每个人对文学有不同的理解,即使失败也要坚持下去,结果不欢而散。又一度,省委让他到宣传部做领导工作,也被他拒绝。① 领导只把柳青看作一个干部,柳青则认为自己是革命队伍中的作家,这是主要分歧所在。还有一次,省委宣传部通报批评柳青,说他在接待英国作家格林时丧失原则。格林在西安访问时见过柳青,回北京向有关方面说,地方上的看法和中央不同。西安作家柳青说,胡风问题不是反革命问题,是学术问题。② 更令柳青苦恼的,还有上级领导在跨越历史阶段和农民承受能力搞农村政治运动时,对基层干部进行的粗暴批判和撤职。1964 年搞"四清",各地"左"风盛行,伤害了很多在农村一线辛勤工作的基层干部。工作组人员审问王家斌:你贪污了多少粮?王回答:我没有拿过社员的粮食。又逼问:一百担麦子,五十担豌豆的黑仓库在哪里?于是把王家斌关在家里"交代问题"。西北局领导驻点的长安县,在这场疾风骤雨式的激烈运动中变成重灾区。"时任西北局第一书记刘澜涛蹲的点在姜仁村,支部一共七个人,六个开除,一个女的劝退",村干部一个不剩。"四清"在王家斌的胜利大队搞了 7 个月,"全大队 45 名党员中,受留党察看处分的 6 人,开除党籍的 7 人,大队和生产队干部以'四不清'而打下台的 45 人"。③ 为保护基层干部骨干,柳青到处找人谈话做工作,去县里讲党课,启发开导大家不要放弃革命精神。柳青还决定冒险找刘澜涛反映情况。两人本来不熟,1961 年看到报上表扬柳青的文章,刘曾把他热情接到省委芷园招待所,吃了饭,还和夫人一起把他送上汽车。但这次见面,"刘澜涛表情严肃,态度冷淡","柳青三点钟到,他说四点钟还有事,不时看表,最后对柳青说:'你到皇甫村也只是比完全不下去强。'"④柳青是"组织上"的人,他当然会根据党章向上级领导正常地反映问题。他又生活在农民中间,他要让农民感觉到党组织的责任感和严肃性。然而农民是把他当作一个真实存在的老领导、老朋友看待的:1981 年长安县大多数乡镇实行了家庭联产承包责任制,胜利社到 11 月还没有落实。县里很着急。在西安召开的《创业史》座谈会上,该社干部

---

① 刘可风:《柳青传》,人民文学出版社 2016 年版,第 172、173 页。
② 邢小利、邢之美:《柳青年谱》,人民文学出版社 2016 年版,第 51 页。
③ 西安市农经委调研处、长安县委政策研究室联合调查组:《〈创业史〉取材地胜利农业合作社发展史》,董颖夫等编:《柳青纪念文集》,西安出版社 2016 年版,第 198 页。
④ 刘可风:《柳青传》,人民文学出版社 2016 年版,第 238—255 页。

董炳汉说:"还介绍什么呢? 现在穷得鼓都打不起了,原来柳书记整天操心我们,现在你们要来就来,要走就走。"这件事引起新华社记者卜昭文的注意,将问题反映到中央,省委领导亲自到胜利社解决问题。"群众反映,柳青死了,他们又缺粮了。"①时间到了 2006 年,长安的老百姓依然记得这位柳书记:"我们在筹集柳青文学奖基金的时候,一位 80 多岁的农村老人闻知我们做这件事,他硬要给我 100 元钱"。他告诉我们:"柳青是个好人,你们做这个事,是个正事、善事"。②

三、今天认识柳青的困难

但为什么这个故事不能融入后来的历史叙述呢? 读过七遍《创业史》、并以柳青为师的陈忠实感慨地说:1982 年春天,他被西安市灞河区派到"渭河边上去给农民分地,实行责任制"。在"第一个分牲畜的那个村子,晚上分完牲畜以后都到一点左右了,我骑着自行车回驻地的时候,路过一个大池塘——莲花池,刚从分牲畜的纠纷里冷静下来,突然意识到",我"倾心尽力所做的工作,正好和柳青 50 年代初在终南山下滈河边上所做的工作构成了一个反动。30 年前,柳青不遗余力,走村串巷,一个村子一个村子宣传实行农业合作化的好处;30 年后,我又在渭河边上一个村子一个村子说服农民,说服干部,宣传分牛分地单家独户种地最好,正好构成一个完全的反动"。他强烈地意识到:"这个反动对我心理的撞击至今难忘。生活发生这种戏剧性的变化,在我们文学界,多年以来涉及对《创业史》的评价,也是最致命的一个话题"。③

何西来在评价柳青时,也表达了类似的看法:"《创业史》是柳青小说创作达到的最高成就,也是他个人创作生涯的终结。正是这部作品,决定了 20 世纪他在中国当代文学史上一流作家的地位。"今天研究界虽有"三红一创"之说,但综合来看,《创业史》成就最高。"文革"结束后,"中国的文化思想界开始了对历史的反思","以农业合作化为题材并且产生了巨大影响的《创业史》,自然而然地会进入当代理论批评家和文学史家文化反思的视野。"作品所反映的农业合作化运动自

---

① 西安市农经委调研处、长安县委政策研究室联合调查组:《〈创业史〉取材地胜利农业合作社发展史》,董颖夫等编:《柳青纪念文集》,西安出版社 2016 年版,第 200 页。

② 董颖夫:《对一座文学高峰的回望与礼赞》,《柳青研究文集》,西安出版社 2016 年版,第 398、399 页。

③ 陈忠实:《我读〈创业史〉》,董颖夫等编:《柳青纪念文集》,西安出版社 2016 年版,第 5 页。

然不能绕开:"我国的农业合作化,由于指导思想上'左'的倾向长期居于主导地位","致使占全国总人口80%以上的农民长期无法真正摆脱贫困"。而且"这种错误在事情发生的当初,并没有被多数人认识到,作为当事人的农民认识不到,指导运动的领导人认识不到,做具体工作的干部认识不到,作家也认识不到,这就是历史的局限。"这些做具体工作的干部和作家里面,当然也有柳青。不过何西来像20世纪80年代以来很多人一样,对文学界的好人采用把人与时代分开的分析方法。他找到了"现实主义的创作方法"这个历史切入口。"尽管《创业史》存在着题材本身所必然带来的历史局限和作家本人政治立场、政治倾向的局限,但是因为柳青在创作原则上忠实地贯彻了现实主义的创作方法,就使他的艺术图卷的展示上坚持了从生活出发而不是从既定的理念、政策条文出发的相对客观的立场",这使《创业史》"仍然有其认识的价值"。这个价值即是柳青当时可能已经意识到,又不情愿地通过小说曲折地展现出来的这几点:一是当时农业合作化运动并非农业经济发展的需要,而是根据上面政策借各级组织向下贯彻的;二是蛤蟆滩很多人都不愿意入社,如郭世富、郭二老汉,也包括代表主任郭振山;三是土地改革把地主的土地分给农民,他们的"土地所有证揣在怀里还没有暖热",又鼓动入社,"他们当然不情愿"。另外,他认为《创业史》的认识价值不仅在艺术上成功塑造了梁三老汉的形象,也成功塑造了郭振山的形象:"郭振山有远较梁生宝以及乡党支部书记卢明昌等开阔得多的文化眼光。他利用自己掌权的有利地位,让村里有钱的人出资办了学校"。他认为,"庄稼人必须有文化。他不仅把改霞从封闭的徐寡妇的家里引出来,让她参加农村工作,参加青年团",鼓励她上学,退婚,而且启发她离开农村到城里当工人。"改霞是柳青特别偏爱的一个人物",但因郭振山的引导,她选择了一条不同于梁生宝的人生道路。①

贾平凹和路遥认为,柳青有国家大局观,他放下作家身份,甘愿在皇甫村与当地农民打成一片,与此是有着内在联系的。贾平凹说,柳青受人尊敬,首先是他有"旷世才华"和"文学上的远大抱负"。"当杜鹏程的《保卫延安》轰动全国后,又刺激了柳青,这就使柳青不满足于以前的创作"。"他常讲文学是马拉松长跑,是以60年为单元的。他的强大的内心就是《创业史》的写作动力";其次,柳青起初去长安县是为写作,在深入生活的过程中,"他就有了一般作家所缺乏的使命感,这才有了他参与农村一切事务的行为,把自己变成了一个农民,变成了一个农村基层

---

① 何西来:《流派开山之作》,此为《创业史》重印本所作的序,《延河》2006年9月号。

干部,变成了与人民同呼吸、共命运的一个作家,而不是一个搜寻写作材料者、一个旁观者、一个局外人";另外得益于"柳青的土气和他的现代性学养"。柳青的生活习惯乃至衣着和言语都和农民一样,农村的事他没有不知道的,他的写实功夫扎实深厚皆源于此。"据说,他曾去广州开会,住一旅馆,服务员以为他是农民,不让他进。但柳青在骨子里是很现代的,他会外语,他阅读量大,他身在农村,国家的事、文坛上的事都清清楚楚。"《创业史》的"结构、叙述方式、语言,受西方文学影响很大"。① 路遥说,《创业史》让柳青付出了很大的代价。他的《病危中的柳青》描述了晚年柳青的形象:"严重的哮喘病使得他喉管里的出气像破风箱发出的声音一般,让站在他面前的人也压抑得出不上气来。胸脯是完全塌陷下去了;背却像老牛背脊一般曲折地隆起来"。"探访他的人看见他住在这么简陋狭窄的病房里,都先忍不住会想:这样一个有成就、有影响的作家","就不能得到条件更好的治疗环境吗?"他还告诉读者:"第一次看见他的人,谁能想象得来他曾多次穿越过战争的风暴,而后在皇甫村的田野里滚爬了十几个年头,继《种谷记》和《铜墙铁壁》之后,又建造起像《创业史》这么宏大的艺术之塔呢?"路遥最后深有感触地说:"他雕刻《创业史》里的人物,同时也在雕刻着他自己不屈的形象——这个形象对我们来说,比他所创造的任何艺术典型都更具有意义"。② 李建军在艺术上肯定了柳青:"从语言能力和小说技巧方面看,《创业史》无疑内蕴着值得挖掘的财富。在当代作家中,柳青的文学才华无疑是第一流的。他把陕西的方言土语,融入人物语言和叙述语言,创造出一种耐人寻味的美学效果;他有很强的景物描写能力,寥寥几笔,略加点染,便能写出丰富的诗意,使人有身临其境的真切感;他很善于揣摩人物的性格,能通过生动的细节,写出人物的心理活动和性格特点。例如,梁三老汉因为生儿子的气,突然向家人宣布,自己要开始吃鸡蛋了:'我早起冲得喝,晌午炒得吃,黑间煮得吃!'你简直无法相信这样的人物是虚构出来的"。③

　　上述作家批评家是在超越严家炎们"错位理论"的愿望中热情拥抱柳青的世界,但约定俗成的"错位理论"也在限制着他们的思考。当陈忠实在 1982 年回望当年柳青的时候,他意识到他的渭河和柳青的滈河之间,出现了一道无法逾越的历

---

　　① 贾平凹:《纪念柳青》,董颖夫等编:《柳青纪念文集》,西安出版社 2016 年版,第 6—8 页。
　　② 路遥:《病危中的柳青》,董颖夫等编:《柳青纪念文集》,西安出版社 2016 年版,第 9—16 页。
　　③ 李建军:《被时代拘制的叙事——论〈创业史〉的小说伦理问题》,仵埂等编:《柳青研究文集》,西安出版社 2016 年版,第 25 页。

史鸿沟。因此某种意义上,他和路遥所继承的"柳青传统",①实际只是柳青的写实的传统、文学为人生的传统,却不包括柳青作品所反映的社会内容。历史这把剪刀,对柳青创作悄悄地做了纯化的剪辑。而作家批评家们都是历史的协助者。他们分明清楚地看到了,《创业史》最后部分令人激动地描绘了农民被组织起来的未来图景,然而这个"未来"却没有被今天的农村和农民的现状所证实。"现实"在那里倒逼着"错位理论",作家批评家不可能脱离现实而思考。"错位"不光是在历史整合过程中出现的问题,而其实也是对未来的判断与后来历史的发展不匹配的结果。被裹挟在未能达成和解的两种历史叙述中间,这正是作家批评家思考柳青现象时所面临的社会语境。虽然,已有有识者提出:"我们必须在'文学'与'这30年'的相互生产的互动性关系中来进行讨论。一方面我们要谈,文学是如何介入到、参与到这30年的历史变迁和社会变革之中的,另一方面,我们也要谈文学怎样被这30年的中国现实所深刻界定并制约。"②

阻碍研究界与柳青沟通的阶级叙事,也有待清理。1978年5月柳青在北京最后一次露面时,拟将国策从"以阶级斗争为中心"转向以"以经济建设为中心"的党的十一届三中全会还在酝酿准备的过程中,但在文学界,否定阶级叙事的《班主任》等一大批伤痕小说已登上了历史舞台。1960年版的《创业史》是以阶级叙事来创作的。1963年,当这种叙事因"大跃进"失败而受挫,严家炎便对梁生宝形象的理想色彩进行了质疑。这倒不是严家炎有先知先觉,而是20世纪60年代初的纠左思潮给了他批评柳青的视野。然而实际上,小说《创业史》虽在贯彻阶级叙事,柳青思想已经在各种运动的教训中发生着悄然的变化。"作者"与"作品",在严峻的现实面前出现了不易觉察的"错位"。许多研究者,更关注的是1960年的《创业史》,却没有兴趣注意到1960年以后的作者柳青。1965年1月中央新的文件《农村社会主义教育运动中目前提出的一些问题》,也即著名的"二十三条"公布后,在"四清"运动受到不公平对待的长安县基层干部普遍感到委屈。柳青给干部作了一次报告:"咱们这个集体好像是一座房子,有人总想破坏这个集体,想乘机拿镢头把你的房子挖倒,你当干部,多吃多占,搞特殊化,不是等于不去制止用镢头挖墙的人,反而帮助他们用手指头抠墙吗?不怀好意的人挖,咱自己还抠啥呢?同志

---

① 在杨晓帆未刊的博士论文《路遥与"柳青的传统"》中,"柳青的传统"是作为中心问题来讨论的。这个被大大提前的文学命题的复杂性,也远远超出了研究者的视野。

② 蔡翔、罗岗、倪文尖:《文学:无能的力量如何可能?——"文学这30年"三人谈》(上),北京文艺网2009年《文艺理论》版。

呀,不要抠啦!""以后还好好工作,为大伙服务,群众是会原谅的。"话是在批评无端打击基层好干部的工作组,实际是在安慰在"四清"运动中受委屈的村干部。"说到王家斌,有些人哭了,所有的人都赞叹:'没见过这么好的人呀!'家斌从他们来到走,不管是被斗争的一段,工作组道歉以前还是道歉以后,一直是热情诚恳,面色平静,没说过一句怨言,怎么能不让人感动?"①"文革"中,妻子身亡,柳青多次被打,身体严重受损。他对这种叙事进一步萌生出怀疑。1972 年春,为了"躲病",柳青在女儿陪同下秘密住到北京一个亲戚家。王维玲闻讯赶来看望他,并与他有一次思想上的长谈。柳青说:"这几年我想得很多,经过牛棚一段的考验,我告诉你,在任何情况下,我也不会消沉的! 尽管我自己,我的亲人,我的孩子,都付出了重大代价,但是,我们都有一颗纯洁的革命良心,都有一颗随时准备为我们的信念牺牲的决心!"②

刘可风的《柳青传》和邢小利的《柳青年谱》,也试图向研究界强调柳青身上这种"革命者的觉醒"。《柳青传·下》"柳青和女儿的谈话"用"口述史"形式,记录了作家在"文革"中的反省。③《柳青年谱》附录一"柳青晚年的读书和反思"认为,他思想的波动变化是真实的:"由于常年患病和'文革'中的各种折磨,身体越来越差","他就以谈话的方式,告诉在身边照顾他的大女儿刘可风以及少数信得过的朋友,或以片段的笔记、记下他的所想所思。"例如,他对李旭东说:"农业合作化是做了一锅夹生饭"。他告诉刘可风,如果有时间写《创业史》第四部,"主要内容是批判合作化运动怎样走上了错误的路。"柳青赞成在当时生产力水平比较低的历史阶段,通过合作化来组织农民来提高生产力的水平;但不赞成超越历史阶段和农民接受能力,迅速地将"初级社"提升到"高级社"和"人民公社"。邢小利指出:《创业史》是一部只写了一半的小说,是一部未完成的小说。因此,他强调不能只在已完成的《创业史》的小说文本上做文章,还应该结合作者的"后期思想"来分析他。在他看来,20 世纪 80 年代整个思想文化界的"觉醒"不是 1978 年后凭空出现的,它的思想源头是在 1966 年到 1978 年这整整十二年。"从 1966 年至 1978 年这十二年,是柳青的晚年,是他从人间到地狱、由死到生的十二年。他作为一个名作家、'黑权威'经历了'文革'的全过程和'四人帮'的覆灭。"从这个角度看:"他与

① 刘可风:《柳青传》,人民文学出版社 2016 年版,第 258、259、260 页。
② 王维玲:《回忆柳青同志——纪念柳青逝世两周年》,《收获》1980 年第 4 期。
③ 这种通过亲属笔录的著述形式,虽然能够展现作家较为丰富的思想活动,也会因为笔录者的敏感身份,或其他旁证的支撑,而容易被质疑。作为稀见的史料文献,它仍然具有一定的参考价值。

在孤独中陪伴他的大女儿以及与友人在长夜中的谈话,在自知来日无多的遗言式的留言,留下了一个时代的代表性作家的深刻反思,这是一份丰富的需要慢慢整理"的文学和思想遗产。它使柳青的形象更立体,"复杂未必是贬义,复杂的往往是深刻的。"①

　　从以上种种观点看,人们不怀疑柳青《创业史》写作的过程,认为他对农村农民怀有朴素真挚的感情,在皇甫村 14 年生活的点点滴滴真实感人。在实现两种历史叙述的和解之前,能够做的也许只有将具体的柳青与抽象的历史暂时分开。一些研究则有向前推进的意思,具体的柳青显然处在比抽象的历史更加优先的叙述位置。这种焦虑不安表现在作者对史料文献的选取上,也渗透在传记和年谱的字里行间。但从 20 世纪 80 年代重返柳青和皇甫村,并不是一个轻松短暂的旅程,却可能是持这种看法的观察家另一种或明或暗的历史的感觉。

本文发表于《文学评论》2018 年第 2 期

---

① 邢小利、邢之美:《柳青年谱·附录一:柳青晚年的读书和反思》,人民文学出版社 2016 年版。

中国文学创立期的艺术格局与历史高度

傅道彬(哈尔滨师范大学文学院教授)

引言

中国文学有着气象恢宏的历史开篇,中国文学与中国文化一样表现出早熟的历史特征,这种早熟不是少年老成,而是充满了自然而浪漫、绚丽而庄严的青春般的艺术风范。先秦文学是中国文学的创立期,所达到的思想与艺术高度不是简单式的发源草创,而是恢宏的奠基与繁荣,是质变式的突破与跨越。可以说,这一时期中国文学形成的艺术格局和达到的历史高度,甚至是后期文学难以超越的。

先秦文学不仅自成风格,也有自身独特的发生、发展、繁荣、总结的演变规律。一般的断代文学发展常常表现出发生、发展、繁荣和衰落的特征,而先秦文学却是在繁荣中进入总结期,在经典文化、诸子文学与楚辞屈赋等文学形式充分发展的高潮中结束的。具体而言,首先,先秦时期的中国文学实现了从口语向笔语的历史转折,并建立了独特的抒情与叙事方式。其次,礼乐文化是中国文学生长的历史土壤,发达的礼乐文明为中国文学提供了制度、仪式、器物及艺术职业化的形式保证,中国文学很早就具有了专门化的宫廷文学特征。再次,经典时代是中国文学的思想审美实现突破的时代,以《易》《诗》《书》《礼》《乐》《春》秋为代表的六经,不仅仅代表中国文化的精神气象,也代表着中国文学和艺术的审美品格,六经不仅仅是经学的,也是文学的审美的。六经的出现代表着古典时代的思想突破,也反映着这一时期中国文学的历史突破和艺术跨越。最后,君子文学是早期中国文学的典型代表,君子从原始的阶级意义转化为后来的道德的、文化的、人格的意义,在文学上中国文学也追求一种有风雅气象、正义精神、中和美学的君子文学,这对中国文学在精神气质和艺术追求上产生了深刻的影响。遗憾的是,先秦文学达到的历史高度被大大低估了,这一时期的文学被简单地描述为原始的、草创的历史阶段,忽略了其独特的发展道路和艺术格局,矮化了先秦文学达到的历史高峰。致使人们对中国文学的历史发源缺少应有的重视,影响了人们对中国文学历史起点的正确认识。

一、从口语到笔语:中国文学书写方式及笔法的建立

虽然文学起源于口语,但是我们看到的中国文学的经典样式却是笔语,是一种以文字为主要载体的书写形式。中国文学很早就完成了从口语到笔语的历史过渡,实现了从口语的即兴灵活到笔语的锤炼雕琢的艺术跨越。

吕叔湘先生认为语言有"口语"与"笔语"之分①,口语是声音的,而笔语则是通过文字表达的,笔语的阅读对象是在受过一定训练的贵族间进行的。口语多是即兴的当下的,而笔语则是长久的锤炼的,因此需要更多的修饰手段。原始文学源于民间,源于日常生活,则呈现出自由灵活的即兴特征。"今夫举大木者,前呼邪许,后亦应之"②的"杭育杭育"式的"举重劝力之歌"③;《竹弹谣》的"断竹、续竹、飞土、逐宍"④等都保留了原始文学散漫即兴脱口而出的原始特征。需要指明的是,无论口语文学如何自然生动,其流传方式都是有局限性的。文学的真正成熟需要记载,汉字的出现不仅仅为历史的记录提供了载体,更为文学从口语向笔语的历史跨越提供了条件。甲骨文是中国最古老的文字系统,也反映了笔语文学书写方式的原始风貌。

甲骨文已经显现出成熟的笔语形式:

"癸丑卜,贞:今夕,亡祸? 宁? 甲寅卜,贞:今夕,亡祸? 宁? 乙卯卜,贞:

---

① 吕叔湘谓:"就现在世界上的语文而论,无一不是声音代表意义而文字代表声音。语言是直接的达意工具,而文字是间接的;语言是符号,文字是符号的符号。语言是主,文字是从。因为语言和文字有主从之别,语言可以包括文字:西文'语言'一词(例如英语 language)都是这样的含义,而且'口语'和'笔语'来区别表现形式为声音的还是形象的。"参见吕叔湘:《吕叔湘文集·语文散论·文言和白话》(第四卷),商务印书馆 2004 年版,第 73—74 页。

② 刘文典:《淮南鸿烈集解·道应训》,中华书局 1989 年版,第 380—381 页。

③ 刘文典:《淮南鸿烈集解·道应训》,中华书局 1989 年版,第 381 页。

④ 赵晔:《吴越春秋·勾践阴谋外传》,江苏古籍出版社 1999 年版,第 149 页。

今夕,亡祸？宁？丙辰卜,今夕,亡祸？宁？"(《甲骨缀合新编》,第466页)

"癸卯卜,其自西来雨？其自东来雨？其自北来雨？其自南来雨？"(郭沫若:《卜辞通纂》,第368页)

"王占曰:吉。东土受年？吉。南土受年？吉。西土受年？吉。北土受年？吉。"(郭沫若:《卜辞通纂》,第368页)

甲骨卜辞一般包含叙辞、命辞、占辞、验辞四个部分,形成了较为稳定的结构形式。上述几组甲骨卜辞已经有了整齐的排比句式,反复的追问语气和时间、空间有秩序的组合排列,很显然这不是即兴的普通的口语,而是经过巫师们精心雕琢与文饰的"笔语",甲骨卜辞代表着殷商典型的成熟的笔语文辞,意味着殷商时期的笔语文学已有稳定的艺术形态。

史官的记事笔法,出自宫廷,是典型的笔语叙事。已有学者注意到甲骨卜辞与《春秋》记事笔法的深刻联系。殷周时代史官是一种世袭的职业,周代初年文化落后,周代王室及诸侯国的史官多源自殷商史官家族,这就造成了殷周之间历史叙事笔法的继承和联系。刘源先生特别指出了《春秋》与甲骨卜辞者相互联系的例证①:

1. 关于战争侵伐。"某侵我某鄙"的方式,是春秋常见的书写战争的方式。例如:《春秋》僖公二十六年、文公十五年皆书"齐人侵我西鄙"、文公七年书"狄侵我西鄙"、襄公十四年书"莒人侵我东鄙"。上述"某侵我某鄙"的历史记载中的"我",皆指自己一方,在《春秋》中则特指鲁国。而这种笔法也常见诸甲骨卜辞中,如罗振玉旧藏一版大骨②,有"沚戛告曰:土方征于我东鄙,弐二邑,方亦侵我西鄙田"的记载,两者之间存在着渊源关联。

2. 关于天象、物候。《春秋》对天象、物候的记载也延续了殷商史官的传统笔法。《春秋》记"雨""不雨",与殷墟卜辞完全一致。又如,《春秋》记载日食30余次,皆用"日有食之",殷墟卜辞记载日食、月食,亦用"日有食""月有食""日月有食",基本一致。关于"大水""有年""螽"(蝗灾)等记法也都继承殷墟笔法,其例甚多。

3. 关于遣词造句。《春秋》《左传》关于战争侵、伐、袭之类的记法,与甲骨卜辞

---

① 刘源:《〈春秋〉与殷墟甲骨文》,《光明日报》2013年8月12日。
② 即《殷虚书契菁华》第一片,《合集》6057,现藏国家博物馆。

所记的战争性质也大致相同。《春秋》谓建筑多用"作",如"新作南门""新作雉门及两观",而殷墟卜辞也常见此例,如"王作邑"(《合集》14201)等。《春秋》常书"公至自某地",这也很容易让人联想到殷墟卜辞的"有至自东"(《合集》3183)、"其先至自戉"(《合集》4276)之类的记载。

笔语不仅是一种历史叙事方式,也是一种抒情方式。古老的歌诗,是礼乐化的仪式化的,而这些诗篇本身也是也为抒情文学建立规范。《周礼·春官·大司乐》记载了所谓"六代之乐",即所谓"《云门大卷》《大咸》《大韶》《大夏》《大濩》《大武》。""六代之乐"是黄帝、尧、舜、夏、商、周六代民族史诗,现在对《云门大卷》《大咸》《大韶》《大夏》《大濩》等史诗还不甚了了,但经过古今学者的努力,对周代乐舞诗《大武》的形式结构已经有了大致的了解。《礼记·乐记》谓《大武》"六成","六成",即六章,相当于戏剧的六场,不同的单元反映不同的内容。依《乐记》记载:"夫《武》,始而北出,再成而灭商。三成而南,四成而南国是疆,五成而分周公左召公右,六成复缀以崇。"①如此叙述,与《史记·周本纪》记述的西周初年的历史脉络正相吻合,《大武》用音乐、舞蹈、诗歌的形式艺术地再现民族的历史,而这里的"诗"也是一种文学笔语,《诗经》中的雅颂诗篇本质上是对乐诗的历史继承和发展。

二、从民间到宫廷:礼乐文明与古典歌舞艺术的繁荣

文学不仅是从口语向笔语发展的历史,也经历了从民间转入宫廷的过程,从民间到宫廷是文学从自然向雕琢转变的过程,也是不断雅化政治化的过程。"乐辞曰诗,诗声曰歌。"②从文学起源上说,原始的诗歌是徒歌。徒歌是即兴的,属于语言节奏的加强形式,因此最早的诗歌都具有篇幅短小、语词简单的特征。《吕氏春秋·季夏·音初》以"候人兮猗"为南音之始,"燕燕于飞"为北音之始,而无论南音还是北音,都仅仅四个字,其形制都十分短小,这恰恰是原始徒歌的一种特点。徒歌的音乐性常常借助语气虚词表达诗歌的音乐效果和艺术韵味,以《候人歌》为例,全句四字,却只有两个实词,即候人,等着心中的那个人,而强烈的情感表达都集中在"兮猗"两个虚词上,诗的音乐性不是通过乐器,而是通过语言的内在节奏

① 《礼记正义·乐记》,《十三经注疏本》,中华书局1980年版,第314页。
② 范文澜:《文心雕龙注·乐府》,人民文学出版社1962年版,第102页。

起伏跌宕,形成回肠荡气感人至深的艺术效果。闻一多谓:"只有带这类感叹虚字的句子,及由同样句子组成的篇章,才合乎最原始的歌的性质,因为,按句法发展的程序说,带感叹字的句子,应当是由那感叹字滋长出来的。"①原始诗歌多用虚词,例如猗、兮、嗟、哦、呼、噫嘻等,这些今天看起来缺少实际意义的语词,却是原始徒歌创作常用的语词,体现着早期诗歌的内在节奏与旋律。即兴创作、自然歌唱、形式短小、多用虚词,构成了徒歌的艺术特征。

而乐歌则是诗与音乐的结合,徒歌也有音乐,而乐歌则更强调歌唱与乐器之间的融合。在技术上,乐歌需要歌唱、乐器、表演之间的配合,这一方面增强了文学的艺术表现力,而另一方面随着技术的复杂化和艺术的综合化特点的加强,盛大的音乐表演只能通过专门的音乐机关来实现,这就决定了文学的发展必须走入宫廷。在宫廷中,实现职业化、专门化的转变,这就需要专门的音乐机关和音乐制度,于是出现了典乐制度。"典乐"制度记载最早见于《尚书·舜典》:

> 帝曰:"夔,命汝典乐,教胄子,直而温,宽而栗,刚而无虐,简而无傲。诗言志,歌永言,声依永,律和声。八音克谐,毋相夺伦,神人以和。"夔曰:"於!予击石拊石,百兽率舞。"②

从这里可以看出典乐是宏大而复杂的工程。有主司其事的专门官员——夔,有重大的教育职责——教胄子,有综合的艺术形式——诗、歌、声、律、舞,有八音克谐、击石拊石的音乐旋律,借助宫廷强大的政治力量乐歌已经呈现出体系化的复杂化专门化的特征。

周代建立之后,制礼作乐,建立了强大的礼乐歌诗的文化体系,原始的诗歌转变成宫廷的歌诗,这一文学转向对后代文学产生重要影响。周代歌诗制度是建立在全面的礼乐文化基础上的,诗是文学的,但在礼乐制度下的歌诗制度却不是为着文学的目的,而是礼乐制度的组成部分。《周礼·春官》专设"大司乐"之职:"掌成均之法,以治建国之学政,而合国之子弟焉。"③"均"即"韵"也,所谓"成均之法",即是"成韵之法",职掌整个音乐教育,但这个音乐教育是服务于礼乐文化的。

《诗》三百所录皆为乐歌,已成为学界共识。《左传·襄公二十九年》记吴季札

---

① 闻一多:《闻一多全集·神话与诗》,生活·读书·新知三联书店1982年版,第182页。
② 《尚书正义》,《十三经注疏本》,中华书局1980年版,第19页。
③ 《周礼注疏·春官·大司乐》,《十三经注疏本》,中华书局1980年版,第149页。

至鲁国观乐,所见十三国风,皆用"使工为之歌""为之歌"等,足见春秋时的《诗经》是乐歌,有专门的表演乐工,是宫廷艺术。《墨子·公孟》有"诵诗三百,弦诗三百,歌诗三百,舞诗三百"①的记载。《史记·孔子世家》亦载:"三百五篇孔子皆弦歌之,以求合《韶》《武》《雅》《颂》之音。"②因此我们看到的周代诗歌本质上是歌诗,歌诗即是文学宫廷化的结果。把"诗三百"纳入音乐歌唱,不是文学欣赏,而是服务于礼乐政治,因此歌诗本身属于宫廷艺术,所以才为周代统治者倡导,成为周代贵族的必备修养。

尽管文学宫廷化的过程,常常使源自民间的原始艺术磨损了自然的清新生动,但不能否认的是,在政治手段的强力推动下,这一过程也使得艺术的规模不断扩大,形式不断完备,实现了专门化、职业化的转变,扩展了艺术的表现与传播空间。这里有几点值得注意:

第一,专门化的庞大的音乐管理机构的建立。礼乐一也,礼的繁荣与宫廷音乐的繁荣是联系在一起的。一些文献都曾记载了夏、商时代宫廷乐舞的繁盛,屈原《离骚》亦谓:"启《九辩》与《九歌》兮,夏康娱以自纵。"③《尚书·伊训》《墨子·非乐上》都曾记载商汤对"恒舞于宫""酣歌于室"等淫乐之风的批判,而殷商末年商纣王"使师涓作新淫声,北里之舞,靡靡之乐"④。依然未能走出声色享乐的历史怪圈。虽然这些古典文献都是从批判的角度记载的,但却真实地记载那个时期的歌舞兴盛。而宏大的歌舞演奏靠个人与私家的力量,是不能完成的,在歌舞繁盛的背后站着强大的王权政治。虽然夏商两代的乐官记载,文献缺如,而《周礼》却详细记载了周代庞大的音乐机构。大司乐统领整个音乐管理系统,承担着音乐教育、祭祀、外交、导演等重大责任。有专门的乐器演奏者:钟师、磬师、笙师、籥师、镈师、籥章等。有登堂演唱的歌者:大师、小师、瞽矇、歌工等。有专门的舞蹈表演者:旄人、司干、鞮鞻以及"众寡无数"的类似于今天的伴舞者,还有许许多多服务于歌舞表演的士、胥、府、史、徒等下层的表演及管理人员,如此规模庞大的音乐机构,可以想见宫廷音乐的重要与兴盛。

第二,精细化的音乐分类与艺术表演。在宫廷中,音乐的分类越来越精细,职业化的特色越来越鲜明。诗乐需要乐器的技术支持,乐器的进步反映着文学艺术

---

① 吴毓江:《墨子校注·公孟》,中华书局 1993 年版,第 705 页。
② 司马迁:《史记·孔子世家》,中华书局 1959 年版,第 1936 页。
③ 洪兴祖:《楚辞补注·离骚》,中华书局 1983 年版,第 21 页。
④ 司马迁:《史记·殷本纪》,中华书局 1959 年版,第 105 页。

的进步。早期音乐的繁复性应该在乐器的繁复中得到证明。据杨荫浏先生统计，"到了周朝，见于记载的乐器，约有七十种，其中被诗人们所提到，见于后来的《诗经》的，有二十九种。"①打击乐器有钟、鼓、磬、铃、柷等，管吹乐器有笙、簧、箫、管、埙、篪等，弦弹乐器有琴、瑟等，这还是大类而言，其实钟、磬等乐器是大类，大类下面又有许多不同的分类，有的竟达十几种、二十几种。不同的乐器、不同的材质，就会发出不同的乐音，《周礼·大司乐》将其分为"金、石、土、革、丝、木、匏、竹"等所谓"八音"。郑玄注："金，钟、镈也；石，磬也；土，埙也；革，鼓、鼗也；丝，琴、瑟也；木，柷敔也；匏，笙也；竹，管、箫也。"②在宏大的音乐演奏中和礼乐仪式上，往往是一种八音组合的乐舞，乐官的职责就是将不同的乐器组合在一起，做到"八音克谐"。周人的礼乐表演，根据天子、诸侯、大夫、士等阶层划分，甚至是不同的时令，其使用的乐器也都不一样。天子金奏，一般士人也只能用琴瑟言情。《诗经》中的风雅颂，是一种音乐分类，也表现为不同等级的音乐风格。

第三，职业化的文人集团的建立。文学走入宫廷，使得文士从士人集团中分化出来，独立为以精神生产为主要劳动的知识群体。他们与战场上的武士、田野里的农夫以及从事各种杂役的百工等判然有别，他们主要工作是占卜、记载、典礼、辞命、行人、乐舞等知识性工作，虽然这一时期文学的概念还不是十分明晰的，而他们却成为后来的文人雏形。上古文士要接受良好的教育，诗乐成为他们必备的修养。《周礼》谓大司乐"以乐德教国子：中、和、祗、庸、孝、友。以乐语教国子：兴、道、讽、诵、言、语。以乐舞教国子：舞《云门大卷》《大咸》《大韶》《大夏》《大濩》《大武》。"③"乐德""乐语""乐舞"，是周代贵族的基本教育内容。《礼记·内则》说："十有三年，学乐、颂诗、舞勺。成童舞象，学射御。二十而冠，始学礼，可以衣裘帛，舞《大夏》。"诗乐艺术是贯穿着青少年的成长，这里培养的不仅仅是有着风雅精神的礼乐人才，培养了可以赋对可以应答有良好艺术学养的文学人才。正是这样有修养有根基的礼乐君子将中国文学的水平提高到一个空前的历史高度。

有周一代进入中国文化的经典时期，而所谓经典正是卜筮、历史、礼典、诗乐等文化形式经过宫廷收集、整理、传播不断被阐释被雅化的历史文献，从文献到经典，是宫廷思想不断介入的过程。正如《诗经》的许多篇章，来自民间，而纳入宫廷则成为礼乐教化的工具。经典文学由民间走入宫廷的历史，在一定程度上限制了文

---

① 杨荫浏：《中国古代音乐史稿》，人民音乐出版社1981年版，第41页。
② 《周礼注疏·春官·大师》，《十三经注疏本》，中华书局1980年版，第157页。
③ 《周礼注疏·春官·大司乐》，《十三经注疏本》，中华书局1980年版，第149页。

学表现的内容,但在艺术形式上却是一次巨大的扩展,依靠政治力量,使中国文学有了宏大的艺术规模,也为文学的发展提供了人才的基础。

三、从文献到经典:中国文学的思想突破与艺术转型

德国哲学家卡尔·雅斯贝尔斯(Karl Jaspers,1883—1969)将公元前8世纪到公元前2世纪称为文化的"轴心时代",而经典的建立是"轴心时代"的标志性事件。印度的《梵书》《森林书》《奥义书》;古希腊的《伊利亚特》《奥德赛》等长篇史诗;希伯来的《圣经》,都是轴心时代出现的文化经典,正是这些经典决定了人类的思想发展和精神走向。

经典的建立经历了从文献到经典的漫长历史过程,历史文献在流传中经过历史积累、阐释传播、思想升华,成为沉淀于中国文化深层结构的文化符号体系。以《诗》《书》《礼》《乐》《易》《春秋》为代表的六经是中国古代思想与艺术的代表著作,而六经的形成,是经过了漫长的历史流传,在历史文献的搜集整理及删改扬弃中,最后形成较为固定的文本形式。以《易传》完成、《诗经》结集、《春秋》绝笔以及礼乐在贵族间广泛普及为标志,意味着中国经典文化时代的到来。"郁郁乎文哉,吾从周"①,周代学术的重要意义是这一时期从文献积累流传到经典建立的历史跨越,中国文学也在这一时期达到前所未有的繁荣。经典时代完成了古典哲学的思想突破。

思想从来不是孤立的无所依附的,思诗相融,思想的突破,也是文学的突破。春秋时期,对话问答,议论风生;诸子时代,百家争鸣,纵横驳辩,思想的繁荣也是文学的繁荣。古代思想家从来不把六经看作单纯的政治经典,也当成是文章的典范,是文学经典。"文本于经",即文学模式源于经典模式,这是中国古代文艺理论的普遍见解。汉代扬雄谓"五经含文"②,是对五经与文学关系的朴素认识,经典蕴含着文学的审美意味。没有文学意味,也就没有经典的流传,所谓"玉不雕,玙璠不作器;言不文,典谟不作经"③。王充《论衡·佚文》说:"文人宜遵五经六艺为文,

---

① 《论语注疏·八佾》,《十三经注疏本》,中华书局1980年版,第11页。
② "扬子比雕玉以作器,谓五经之含文也。"参见范文澜:《文心雕龙注·宗经》,人民文学出版社1962年版,第23页。
③ 汪荣宝:《法言义疏·寡见》,中华书局1987年版,第221页。

诸子传书为文，造论著说为文，上书奏记为文，文德之操为文。立五文在世，皆当贤也。"①两汉思想家们不仅看到了"五经六艺"的政治意义，更将其当作文章的典范。"言之无文，行而不远"②，古代思想家不是抽象地阐述道理，而重视哲学与思想的艺术表达，因此经典文献也是文采斐然的辞章。刘勰对文学的发生、文体的形成和文学风格的描述，都是从经学出发的，因此"宗经征圣"是刘勰文学思想的立论和逻辑基点。《宗经》谓：

> 故论说辞序，则《易》统其首；诏策章奏，则《书》发其源；赋颂歌赞，则《诗》立其本；铭诔箴祝，则《礼》总其端；记传盟檄，则《春秋》为根：并穷高以树表，极远以启疆，所以百家腾跃，终入环内者也。③

百川归海，万法归宗，在刘勰看来，文学现象虽然繁复但无不与以"六经"为代表的经典为根本，从文体上说，刘勰认为《易》与论说辞序、《书》与诏策章奏、《诗》与赋颂歌赞、《礼》与铭诔箴祝、《春秋》与记传盟檄都存在着深刻的历史联系。"百家腾跃，终入环内"，意谓文学的现象虽然纷纭繁复，但却终究在经典的范围内。其实，经典与文学的联系不仅仅是形式的文体的，更是精神的思想的。

春秋时代是经典成熟的时代，因此中国文学也带有这一时期的时代烙印，表现出一种思想突破和精神转型。

1. 理性的清朗与人的精神反思。

经典时代是理性觉醒从早期玄学的迷蒙走向理性清朗的时期。《周易》最初是一种古老的卜筮著作，体现着玄学的迷茫精神。而至孔子，则以理性的目光审视卜筮文献，重新阐释原始的卜筮著作，建构了以人为本体的思想体系，将《周易》从原始的卜筮带入哲学，实现了从巫术的迷蒙向理性的清朗的历史跨越。马王堆帛书《要》之三章云：

> 子曰："易我后其祝卜矣，我观其德义耳也。……吾求其德而已，吾与史巫同涂而殊归者也。君子德行焉求福，故祭祀而寡也；仁义焉求吉，故卜筮希

---

① 黄晖：《论衡校释·佚文》，中华书局 1990 年版，第 867 页。
② 《春秋左传注疏》，《十三经注疏本》，中华书局 1980 年版，第 283 页。
③ 范文澜：《文心雕龙注·宗经》，人民文学出版社 1962 年版，第 23 页。

也。祝巫卜筮其后乎?"①

这段话代表了孔子对《周易》的根本态度。与原始《周易》的预言占卜不同,孔子对《周易》的热爱体现在对哲学与人生意义的关切,因此他公开提出自己与传统的巫卜"同涂而殊归",他指向的不是天命,而是人的主观的思想,强调人的主观能动和自身的力量。"君子德行焉求福,故寡祭祀;仁义焉求吉,故卜筮希也",君子主张的是依靠人自身的道德和人格赢得人生,而不是匍匐于神灵脚下寻求超自然力量的庇佑,这里实现《周易》从巫卜向哲学的升华,标志着中国古典哲学的巨大历史进步。

天命观念的动摇,是经典时代精神迷茫的思想基础。"天"字在《诗经》中共出现了97处,在《周颂》和"正风正雅"中还是正义的庇护苍生的化身,是人们顶礼膜拜的对象。而至春秋风雅精神骤变,在变风变雅②中,"天"的意味发生了根本转变,神圣的"天"不仅不再降福人间,甚至制造灾难,带来祸患,"已焉哉,天实为之,谓之何哉?"③"靡神不举,靡爱斯牲。圭璧既卒,宁莫我听"④,无论周人怎样祈祷,怎样祭祀,怎样竭尽所有,上天已经听不到他们的呼唤和诉求,从而陷入了空前的精神绝望。

与天命动摇的还有人们的精神与心灵世界。从《诗经》雅颂诗篇来看,西周人的精神世界总体上是平静乐观波澜不惊的,而至春秋经过巨大的政治动荡,春秋人充满了悲伤绝望情的绪,形成了一种"我心忧伤"的感伤抒情模式。"知我者,谓我心忧。不知我者,谓我何求。悠悠苍天,此何人哉!"⑤——这种深切的《黍离》之悲,代表了整个春秋的基本情感基调。《诗经》"变风变雅"中的愤懑、牢骚、不平、哀怨、迷茫的情绪弥漫开来,成为挥之不去的心理阴影。"我心忧伤"成为《诗经》风雅诗篇中的习惯用语,也为屈原缱绻不展的心灵苦闷奠定了情感基调。"曾歔欷余郁邑兮,哀朕时之不当"⑥,"心郁邑余侘傺兮,又莫察余之中情"⑦,从"变风变

① 于豪亮:《马王堆帛书〈周易〉释文校注》,上海古籍出版社2013年版,第186页。
② "变风变雅"与"正风正雅"相对,"变风变雅"一词最早见于《毛诗大序》:"至于王道衰,礼义废,政教失,国异政,家殊俗,而变风变雅作矣。"
③ 《毛诗正义·邶风·北门》,《十三经注疏本》,中华书局1980年版,第41—42页。
④ 《毛诗正义·大雅·云汉》,《十三经注疏本》,中华书局1980年版,第293页。
⑤ 《毛诗正义·王风·黍离》,《十三经注疏本》,中华书局1980年版,第63页。
⑥ 洪兴祖:《楚辞补注·离骚》,中华书局1983年版,第25页。
⑦ 洪兴祖:《楚辞补注·惜诵》,中华书局1983年版,第124页。

雅"到离骚屈赋,其情感脉络是一致的。经典时代的文学规定了中国文学的情感模式,尽管引发诗人们心理变化的原因是多方面的,或为情爱,或为生存,或为家国,或为个人,而中国文学的情感基调都是抑郁的感伤的。

2. 文学自觉与文学笔法的成熟。

在文学创作上,经典时代的中国文学已经形成了独特的审美形式和表现笔法,显示了文学观念的自觉与进步。

早期的中国诗歌充满了神圣感、仪式感,充满了以歌颂英雄为主旋律的宏大叙事。周初史诗中塑造了一组气象不凡的民族英雄群像,如后稷、公刘、古公亶父、季历、文王、武王、姜尚等,按照这个线索可以勾勒出整个西周王朝不断兴盛的历史。史诗中的英雄形象,半人半神,经历非凡,但早期诗篇却很少关注平凡人,很少关注世俗的生活,而只停留在重大事件、重要人物的宏大叙事上。而《诗经》中的变风变雅诗篇,则淡化了宏大的英雄主题,淡化了宗教生活的严肃神圣,而转向世俗生活转向普通人物,从而增强了现实主义的表现力,以朴素的笔法描绘耕耘、征戍、宴饮、爱恋等广泛的生活场景。

宏大叙事里的英雄人物,尽管功业显赫,但却缺少细腻的情感和心理活动。而《国风》《小雅》等诗篇中的普通人物,则是生动的鲜活的充满心理变化的。《郑风·子衿》谓"青青子衿,悠悠我心。纵我不往,子宁不嗣音? 青青子佩,悠悠我思。纵我不往,子宁不来? 挑兮达兮,在城阙兮。一日不见,如三月兮。"①整个诗的重点居然是描述心理过程,从诗看来是恋人之间发生了误会。少女的矜持、羞涩让她不能主动与热恋的男友主动联系,而少女却心中十分想念他,心中不免埋怨起来:"即使我不去看你,难道你连一点讯息都没有吗?""即使我不去看你,难道你不来看我吗?"刻骨的相思之情,让少女感到了时间的漫长和心理的煎熬:"一日不见,如三月兮。"整首诗不是依靠故事的起承转合推进叙事的演进,而是依靠心理世界的起伏跌宕,取得激荡人心的艺术效果。《诗经》中对广阔社会生活的场景描述更为广阔,《七月》十分广阔的视角叙述了农夫一年四季艰辛的劳动生活,有备耕,有春种,有采桑,有砍伐,有狩猎,有制衣,有秋收,有修缮,有酿酒,有烹调,有砍柴,有打场,有修缮房屋,也有乡饮的气派;不唯如此,诗中出现的众多的文学人物,也十分众多,有耕耘的农夫,有送饭的农妇,有采桑的少女,有英勇的猎人,有缝衣的女工,有烹调的厨师,有修缮房屋的工匠,诗从来没有像这样生活广泛、人物众

---

① 《毛诗正义·郑风·子衿》,《十三经注疏本》,中华书局 1980 年版,第 77 页。

多,有如此深广的艺术表现力。

《左传》在描写宫廷、记录战争、表现人物以及语言艺术方面,都显示了春秋时代历史散文的突出成就。《左传》完成了历史记录从史学向文学的转变,使得中国文学的叙事水平达到了一个新的高度。

《左传》对《春秋》的文学突破,恰恰在于从历史的宏大叙事向文学的生活写实的变化,如果说《春秋》是"常事不书"的话,那么《左传》则特别注重对日常朴素生活的描写。《左传》一直保持了描述日常生活的热忱,除了描写宫廷、战争、外交、宴享等重大事件之外,《左传》对日常的世俗生活有着强烈的书写和表现愿望,左氏对朴素生活的新鲜感、好奇心显示着春秋文学笔法的成熟。以著名的"郑伯克段于鄢"为例,叙事的中心是郑庄公与公叔段兄弟之间君权的政治争夺,本来故事至"大叔出奔共",庄公胜券在握,公叔段逃亡他乡,一场母子之间、兄弟之间惊心动魄的较量已经结束,但是作者却并不就此止笔,而是笔锋陡转,意味深长地写出了郑庄公与母亲武姜从"不及黄泉,无相见也"的水火不容,尖锐对立,到冰消雪融,母子如初,描写出一派其乐融融的温馨生活气氛。

在《左传》的故事里,《春秋》名录式的人物变成了血肉丰满的艺术形象,有了淋漓酣畅的精神气度,有了复杂多元的心理性格。齐桓公是春秋五霸之首,东征西讨,南征北战,威风八面,携华夏诸姬兵临楚国城下,止住了楚人问鼎中原的脚步。但他却在与蔡姬荡舟时,表现出胆小怯懦的一面,《左传》僖公三年记:

> 齐侯与蔡姬乘舟于囿,荡公。公惧,变色;禁之,不可。公怒,归之,未绝之也。[1]

战场上威风八面的春秋霸主,竟然在园囿的水波荡舟时,仓皇失措,大惊失色,而他一时盛怒,竟将心爱的女人遣返故乡。晋文公雄韬伟略,志向恢宏,流亡十九年而重返晋国,称霸天下,而其在逃亡路上,由于得到齐桓公的盛情款待,竟然也贪图安逸,陶醉于男欢女爱的一时之乐,而准备放弃重返晋国的理想。

无论何等气象的人物,《左传》都愿意写出其生活中的面貌,既描写出其超群拔俗的英雄气度,也刻画出其普通生活中的寻常角色。晋公子重耳也不是一味地志存高远,屡遭挫折,风餐露宿的逃亡路上,一时的生活安逸,也使其如入温柔之

---

[1] 《春秋左传注疏》,《十三经注疏本》,中华书局1980年版,第90页。

乡,不思进取,意志动摇。当齐姜与大夫子犯将其灌醉,送他上路时,酒醒之后他还手执兵戈迁怒子犯,一个活脱脱的贵公子形象跃然纸上。这样人物就不是扁平的类型角色,而是圆形的典型风格。即使是作者笔下批判性否定性的人物,也力图表现其丰富性多面性的一面,而不是简单地片面地谴责。闵公二年记,鲁庆父依仗与庄公夫人哀姜的私情关系而独断于鲁国宫廷,连杀公子般及鲁闵公,因此有"不去庆父,鲁难未已"的说法。但是在写到庆父生命的最后阶段,派公子鱼请求僖公原谅未果时,他远远地听到传来的哭声,便判断出这是子鱼的悲声,而果断自杀,在这样的描写里庆父之死也有几分悲壮的色彩。

经典时代的中国文学已经进入成熟与自觉时期。关于文学的自觉时代,最流行的观点是所谓魏晋时代的"文学自觉说"。其实文学自觉的标志不是依靠一两个理论概念,而是文学自身,而应该是文学自身的理论意识和艺术的全面成熟。经典时代显示了文学的巨大进步,这种进步不是某种文学现象,而是涉及文学笔法、文学体裁、文学理论、文学笔法及文学风格的全面进步,是一种质的变化和飞跃。《易传》是对《周易》的重新阐释,以《文言》为典范的新议论问题,逻辑上总分结合,句式上灵活变化,修辞上方法多样,对仗、排比、设问广泛运用,显示一种自由畅达的新体文言的成熟。以《诗经》《左传》《论语》为标志,把文学的传统笔法大大向前推进。《诗经》取得的巨大进步并不是比兴,而是"赋"法的广泛运用,以《卫风·硕人》为例,"手如柔荑,肤如凝脂,领如蝤蛴,齿如瓠犀,螓首蛾眉。巧笑倩兮,美目盼兮"[①],如此细致的状物刻画能力才是文学笔法的圆通娴熟。"赋"是一种描述能力,是细节的表现力,赋法的进步才是现实主义艺术表现的基础能力。《左传》在"春秋笔法"的基础上,实现了历史叙事笔法的突破。《左传》叙事不仅关注宫廷、战争等重大历史现象,也关注市井乡野、儿女情长的细琐的世俗生活;既关注帝王诸侯、贤相名臣等重要历史人物,也关注名不见经传的小人物、小事件,而小人物、小事件往往推动大历史的发展。这是历史观念的进步,也是文学笔法的进步。如果我们将文学的自觉拖延至魏晋时期,将无法解释中国文学在现实主义和审美表现所达到的成就。

3. 文学理论品格与"中和"美学精神的建立。

文学自觉的标志一方面是文学创作自身笔法的成熟,另一方面是理论的成熟,理论的成熟意味着对文学本身的反思。先秦时代的文学理论已经不是零散的个别

---

① 《毛诗正义·卫风·硕人》,《十三经注疏本》,中华书局1980年版,第54页。

的概念的提出,而是体系化整体化的全面建构,既包括对文体的理论总结,也包括对文学总体的整体认识。诗乐相通,先秦时期的音乐理论也是一种文学理论。

《乐记》是先秦时期文学理论的最重要成果,《乐记》的出现代表着中国古典文艺理论的最高成就,由于有了《乐记》,中国古典文艺理论可以和其他国家的任何一部文学理论经典对话。《乐记》的几乎回答了文学发生、文学反映、审美论、风格论等基本理论问题,中国古典文学理论正是在这一基础上构成的。有几个问题特别值得注意:

(1)"生于人心"的艺术本体论。

《乐记》把音乐归结为心灵,古代思想家将一切精神活动直指人心,直指人的心灵活动,心灵才是音乐的本体。《乐记》开篇就说:"凡音之起,由人心生也。"①这样的观点为古典音乐理论指明了精神方向,也深刻影响了中国文学,《文心雕龙》在描述文学的发生时也指向心灵本体:"心生而言立,言立而文明,自然之道也。"②比起西方柏拉图将文学看成是对世界的模仿,《乐记》音乐起于人心的理论有更丰富更有内涵。

(2)"感物而动"的艺术发生论。

《乐记》把艺术情感的发生,看作是心灵与物理世界的相互遭遇的结果。音乐生于人心,又不是凭空而发,而是在物质世界的感动下引发的。古代文艺理论家力图把物理世界与心灵世界联系起来,建构"心"与"物"相互感应的艺术发生理论。"心"的本质是"动",而这种"动",是与自然物质遭遇的结果,客观的物质世界与主观的心灵世界交互感应才有了音乐的发生。而这种发生是丰富的多样的,物质世界的丰富性决定了心物感应的丰富性。

(3)"缘情而发"的艺术表现论。

"情"与"志"是中国古代文艺理论的基本命题。不少学者认为"情志一也",其实在先秦文艺理论中,"志"与"情"还是有分别的,其基本观点是"诗言志""乐言情"。"志"的意义是显性的人为的主观的,而"情"的意义则是隐性的本源的客观的。《礼记·礼运》谓"何谓人情?喜、怒、哀、惧、爱、恶、欲七者,弗学而能"③,比起鲜明的"志"来,"情"是一种更深藏的自然本性。《乐记》谓"君子反情以和其

① 《礼记正义·乐记》,《十三经注疏本》,中华书局1980年版,第299页。
② 范文澜:《文心雕龙注·原道》,人民文学出版社1962年版,第1页。
③ 《礼记正义·礼运》,《十三经注疏本》,中华书局1980年版,第194页。

志,比类以成其行"①,孔颖达疏曰:"反情以和其志者,反己淫欲之情,以谐和德义之志也"②,"志"的意义是一种主观的怀抱,"志"可以改变,而"情"则体现为一种自然的本性,难以改动。

(4)"乐观其深"的艺术反映论。

"诗可以观"是周代有重要影响的诗学理论,观就是通过诗歌考察乡邦民俗,观察家国政治,体察个人志向。而《乐记》认为音乐有着对历史对社会对人情更深刻的观察和认识作用,这主要体现在"乐观其深"理论的表述:

> 先王本之情性,稽之度数,制之礼义。合生气之和,道五常之行,使之阳而不散,阴而不密,刚气不怒,柔气不慑。四畅交于中,而发作于外,皆安其位而不相夺也。然后立之学等,广其节奏,省其文采,以绳德厚。律小大之称,比终始之序,以象事行。使亲疏、贵贱、长幼、男女之理,皆形见于乐。故曰,乐观其深矣。③

在音乐世界里自然的生气、阴阳、疏密和人伦的刚柔、文采、节奏以及政治的亲疏、贵贱、长幼、男女等丰富的世界内容,都组合在一个大小有序、有终有始的和谐旋律中,反映出自然、人类、社会的深刻内涵,这正是"乐观其深"的理论意义。

《乐记》以为"声音之道,与政通矣"④,"乐与政通"是"乐观其深"的理论延伸,是对音乐的政治考察。《乐记》认为音乐不仅是乐器、旋律和节奏,更是政治风俗的反映。倾听音乐,也是倾听政治,倾听政治的治乱兴衰。

(5)"君子知乐"的艺术人生论。

从人生上说,《乐记》认为是否有音乐修养,是人与动物、有教养的君子与粗鄙的众庶的根本区别。"君子知乐"这一理论的提出有重要的历史意义,《礼记·乐记》谓:

> 知声而不知音者,禽兽是也。知音而不知乐者,众庶是也。唯君子为能

---

① 《礼记正义·乐记》,《十三经注疏本》,中华书局 1980 年版,第 308 页。
② 《礼记正义·乐记》,《十三经注疏本》,中华书局 1980 年版,第 308 页。
③ 《礼记正义·乐记》,《十三经注疏本》,中华书局 1980 年版,第 307 页。
④ 《礼记正义·乐记》,《十三经注疏本》,中华书局 1980 年版,第 299 页。

知乐。①

知声、知音、知乐,不仅是音乐修养的层次递进,而是人与动物、君子与众庶区分的标志。音乐不仅是将人与动物区分开来,也将芸芸众庶与风雅而有教养的彬彬君子区分开来,"知乐"不是一般的艺术技能,而是一种人格一种精神一种文明的象征,代表着一种崇高的人生境界和修养。

（6）中正平和的艺术审美论。

《乐记》是以"和"为音乐的审美理想的。其谓：

> 乐者,天地之和也。礼者,天地之序也。②
> 乐极和,礼极顺。内和而外顺,则民瞻其颜色而弗与争也。③

音乐是天地间各种事物各种声音交织而成的艺术,是一种天地自然的融合。在中国古典哲学中,"和"是一种崇高的思想境界。和不是同,和是将有差别的事物放到一起相互融合相互消化而形成的异质文明的交流。《国语·郑语》谓"和实生物,同则不继",将有差别的事物放到一起才会产生新的事物、新的生命,例如将不同的味道调和在一起会产生新的味道,将不同的色彩放到一起会出现新的色彩,将不同的生命（如男女、雌雄）放到一起,会诞生新的生命,而将相同的事物放置在一起,只是数量的增加,而不会产生新的事物。中国古代音乐理论立足在不同的音律之间找到平衡,建构中和的美学品格。《国语·周语下》记单穆公对周景王说："政象乐,乐从和,和从平。声以和乐,律以平声。"④中和的审美境界就是在相反相对的事物中,找到平衡点。《尚书·舜典》谓"直而温,宽而栗,刚而无虐,简而无傲"⑤,孔子谓"乐而不淫,哀而不伤"⑥,《左传》襄公二十九年记载吴季札评论音乐的最高境界是"直而不倨,曲而不屈,迩而不偪,远而不携,迁而不淫,复而不厌,哀而不愁,乐而不荒,用而不匮,广而不宣,施而不费,取而不贪,处而不底,行而不

---

① 《礼记正义·乐记》,《十三经注疏本》,中华书局1980年版,第300页。
② 《礼记正义·乐记》,《十三经注疏本》,中华书局1980年版,第302页。
③ 《礼记正义·乐记》,《十三经注疏本》,中华书局1980年版,第316页。
④ 上海师范大学古籍整理组校点：《国语·周语下》,上海古籍出版社1978年版,第128页。
⑤ 《尚书正义·舜典》,《十三经注疏本》,中华书局1980年版,第19页。
⑥ 《论语注疏·八佾》,《十三经注疏本》,中华书局1980年版,第12页。

流"①,或是"A 而 B",或是"A 而不 B",都是立足在不同性质相互对立的情感与思想境界之间,找到沟通的中间点,寻求审美与艺术的调和,不偏不颇,有弛有张,中正和谐,这是音乐境界也是文学境界。

在《乐记》看来,音乐与诗都是指向人类生命的和谐生长,生命中的平和之气是艺术粉丝生的物质基础。《乐记》描述了人的生命中深藏的"气":"是故情深而文明,气盛而化神。和顺积中,而英华发外,唯乐不可以为伪。"②只有生命深处积淀着这种生命的"气"挥发出来,才能将艺术的思想的精神的英华表现出来。生命的和谐决定了音乐的和谐,而音乐的和谐最终又深化浸润生命的和谐。

《乐记》是从音乐出发来建构古典文学理论的,诗乐一也,《乐记》达到的音乐理论高度,也代表了古典文学理论的高度。

四、从英雄到君子:君子文学与中国文学的历史高度

君子文学的成熟是先秦文学的重要特色,而鲜明的君子人物群体的出现是君子文学成熟的标志。

文学的中心是人,而在人物塑造上先秦文学恰恰经历了从英雄崇拜到君子刻画的历史进程。西周雅颂诗篇描写的人物常常是一些半人半神的英雄人物,这些英雄人物总是天赋异禀,生而不凡,带领整个民族走出苦难走向辉煌,但他们很少个人情感的波澜和心理活动,缺少人物生长的具体生活的背景和土壤。西周以后的中国文学特别是诗歌,英雄人物逐渐退隐,代之而起则是一批鲜活生动的平凡人物,比起西周以前诗歌的英雄形象,他们也许并不完美,有着种种世俗的悲欢和追求,但却具有真实的力量。这些人物或质疑天命,或牢骚哀怨,或相思爱恋,或宴饮欢歌,这些林林总总的文学人物有一个共同的称谓叫"君子"。君子不是圣贤,圣贤是超迈众人的,而君子则是生活在世俗生活之中的,尽管他们也有自己的道德追求和文化修养,但更多的则是有血有肉的平常人物,这就难免有一般人物的弱点。这些人物的出现让经学家们大为不满,但这恰恰表现出先秦文学现实主义的艺术成就,人物的丰富性显示着生活的丰富性,性格的多样性显示着社会的多样性。

春秋以前的历史与文学也常常记载君子的言行,例如《尚书》《逸周书》《清华

---

① 《春秋左传注疏·襄公二十九年》,十三经注疏阮刻本,中华书局 1980 年版,第 305 页。
② 《礼记正义·乐记》,《十三经注疏本》,中华书局 1980 年版,第 308 页。

大学藏战国竹书》等文献中的尧、舜、伊尹、盘庚、文王、武王、周公等,但这些人物基本属于半人半神的形象,常常以一副威严庄谨的面貌出现,他们居高临下,正襟危坐,很少世俗的情怀,更没有情感的波澜。传世文献与出土文献中描述最多的上古圣贤就是周公,但周公的形象还属于文献的自我呈现,而不是文学的自觉表现,且这样的圣贤基本属于是定型的不发展的救世的英雄形象,缺少人物性格的发展变化。

而《诗经》《左传》《国语》《论语》等塑造一批鲜活生动的君子人物形象的出现,代表着中国叙事文学的真正成熟。其文学的进步意义在于:

1. 君子文学确立了中国文学普通人的形象主体。

早期中国文学的主体是英雄,这些英雄人物是承担着崇高庄严使命的半人半神的形象。而随着西周王朝的衰落,弥漫在贵族阶层的天命思想开始动摇,一种质疑天命、质疑神灵、质疑英雄的思潮在《诗经》《左传》等文学经典中强烈地表现出来。君子的意义最初是阶级的,只有居住于城邦的人才成为君子。而后来君子一词的阶级意义渐趋淡化,而成为道德的文化的精神的象征。于是,君子是一种人格的象征,成为士大夫们的一种人格理想和追求目标。这样以五经为代表的文化经典中,君子也就成为文学表现的主角。君子是具有道德追求而又具有人性精神的普通人,他们不像英雄人物那样一贯正义而缺少情感的变化,而是具有普通人的喜怒哀乐和世俗情趣的。《左传》记载历史人物众多,据统计,提到的人名多达3400多个,而叙述详细、形象丰满的人物也有480多人,这些人物从王公氏族到名臣列女,从贵胄公卿到征戍野人,涵盖广阔,包括了春秋时代社会各阶级、各阶层的成员,这里既有高贵的天子,也有城邦诸侯,风雅的士大夫,也有过彪悍的武臣猛将,富有辩驳才华的行人说客和属于一般的知识阶层的学者良医、巫史卜祝等,也包含不把人重视的商贾倡优、宰竖役人,甚至是为人轻视的盗贼游勇等等,他们都曾为文学描写的对象,给人留下深刻印象。以贵族为主体的君子人物群体,构成了《左传》主要描写对象。

2. 君子文学扩展了世俗社会描写的生活广度。

早期的文学题材往往集中在民族的重大历史事件,人物也主要是在民族发展历史上具有里程碑意义的英雄人物。以《大雅》所谓"正大雅"为例,十八篇诗作描述的都是在周民族的历史上具有决定作用的人物,从后稷以农业兴国,到公刘迁豳,古公亶父居岐,季历受命,文武革命,直至周公作典、成王训诫,共同组成了周民族发展的系列史诗。讲述的正是周民族从小到大,由弱及强的发展,每个篇章看起来短小,而十八篇诗歌亦演亦唱,亦武亦讲,组合起来,世代讲述,组成了一个气势恢宏的史诗乐章。

而《国风》《小雅》等诗篇,则将笔墨集中到具体的生活来描述。一树花开,一声鸟鸣,春风细雨,寒露秋霜,无不触动诗人敏感的神经,成为风雅表现的内容。《诗经》中越晚出的诗篇,就越远离宏大叙事,而喜欢从恢宏历史中选择一个片段、某个琐细的生活场景来表现具体的生活场面,一叶知秋,滴水见日,从局部显示整体,由细小展现广大,这比动辄泛泛的宏大叙事,更具体更真实,因此也更有艺术力量。

现实主义的"实录"精神在《左传》中已经得到了完美的体现,充分拓展了中国文学的叙事空间。以鲁国为例,《春秋》是鲁国史官所记,出于本邦立场,《春秋经》对鲁国之阴暗屈辱的历史多有隐晦,"如鲁之隐、桓戕弑,昭、哀放逐,姜氏淫奔,子般夭酷。斯则邦之孔丑。"①,《春秋经》或者隐约其词,或者略而不记。这一点连刘知几也十分不满,认为同样是国史,晋国的《晋春秋》《纪年》等,对晋国"重耳出奔""惠公见获"等历史秉笔直书,"皆无所隐",而作为经典史书的《春秋》却"事无大小,苟涉嫌疑,动称耻讳,厚诬来世,奚独多乎!"②这一点在《左传》的历史记载中得到了突破,鲁国作为春秋弱国有着充满辛酸屈辱的历史,鲁宣公七年(公元前602年)宣公被晋成公囚禁,鲁成公十年(公元前581年)一国之君的鲁成公竟然被滞留在晋国,为去世的晋景公送葬。更有甚者,鲁襄公二十九年(公元前544年)楚国竟然让出访的襄公为刚刚去世楚康王穿上葬衣,这些被《春秋》略去鲁国的奇耻大辱都被《左传》忠实记录下来,《左传》的作者也是鲁国史官,却以"实录"为最高的史学理念,为了历史的真实,不惜揭开鲁国人心头的伤疤。

《左传》以现实主义的"实录"笔法全面展现了那个时代整体的历史风貌和精神风采。《左传》记事时而恢宏壮丽波澜壮阔,时而鸟语花香云淡风轻,宏大的历史叙事如宫廷政变、诸侯争霸、宗族厮杀等,起伏跌宕,惊心动魄;细微的历史描写如生活琐事、男女私情、朝野趣闻等,形神毕肖,耐人寻味,形成了恢宏与精细、阔大与细小、庄严与趣味、紧张与悠闲的艺术融合。

3. 君子文学展现了普通人物复杂而深刻的精神世界。

在抒情文学中,《诗经》人物群像中最让人感动的不是气象非凡的那些英雄,

---

① 浦起龙:《史通通释·外篇·惑经》,上海古籍出版社1978年版,第405页。
② 浦起龙:《史通通释·外篇·惑经》,上海古籍出版社1978年版,第405页。

而是普通的却性格鲜明的君子人物集体。世俗君子不像英雄人物那样高高在上，不动声色，而是有着丰富情感表现和复杂心理活动的世俗君子。他们有慷慨从戎的英雄气度，也有男欢女爱的世俗情怀；有宫廷祭祀的庄重优雅，也有乡里宴饮的沉醉放浪；有理想不得施展的心灵纠结，也有山水优游的自然酣畅，《诗经》君子群像缺少了居高临下的非凡气派，却更细致更准确地解释了普通人的心灵与情感世界。

在叙事文学中，《左传》刻画的中君子人物群体也足以在中国文学史上熠熠生辉。清代学者顾栋高在《春秋大事表》中将《左传》描写的 273 位重要历史人物，分为十三类，这十三类人物看似道德评价，其中有着深刻的性格区分。在左氏笔下所谓圣贤、忠臣、谗佞、侠勇等，常常是通过历史事件展现的，作者并不是以概念出发去表现历史人物的性格，而是在复杂的历史风云中揭示春秋君子们复杂的精神世界。《左传》描写历史人物已经走出了概念化脸谱化的表现方式，努力发掘和表现人物性格的丰富性和心理世界的复杂性。左传的历史人物形象都不是一成不变的，圣贤也有失察之时，奸佞也有忠勇之处。以管仲为例，《左传》四次记录管仲的言论，闵公元年与齐桓公论华夷之辨，力主救邢，坚守华夏民族主义立场；僖公七年，纵论霸王之道，提出"崇德"主张，强调德政思想；僖公十二年，婉拒上卿之礼，一派谦和儒雅风度。这些或慷慨或激昂或恳切的言论，勾画了管仲作为一个为大政治家的远见卓识和开阔胸襟，而僖公四年的管仲则挟齐国霸主之威，兵临城下，强词夺理，颇有几分骄横自得。管仲的性格是动态的发展的具有多重性的，人物性格的丰富性显示了早期叙事文学的巨大进步。

结语

先秦文学开创了中国文学自然浪漫而又雅正庄谨的艺术格局，在经典时代的思想突破的文化土壤上实现了文学笔法和艺术理论的突破，从而为后来的文学开辟了道路。我们无法根据进化论的观点，将文学的历史简单描述成一个从低向高级发展的过程。马克思曾将人类早期文明划分为"粗野的儿童""早熟的儿童""正常的儿童"，人们普遍将中国早期文明看作"早熟的儿童"，我们认为与其说这是早熟，不如说中国早期文明与文学很早进入到青年时期，这一时期的艺术境界与思想气魄，更接近一个人的青年时代，属于青春的歌唱。从这个意义上说目前流行的文学史大大低估了先秦时期的文学成就，矮化了其达到的历史与艺术高度。

20世纪以来的"疑古思潮",从对上古文献的怀疑批判出发,提倡以理性的目光审视传统清理古代文化遗产是有积极意义的。但是盲目的怀疑,与盲目的相信一样有害,脱离先秦时期的历史背景,不顾及整体历史事实,以几处文献上的所谓罅漏,以偏概全,无限延伸,进而否定整个上古时代的历史真实,这就使得丰富的先秦文化失去了科学的支撑,变得苍白而贫弱。越来越多的考古资料证明了先秦文学材料的可靠性、真实性,而这些材料却还为一些文学史家忽略,这就大大影响了我们对这一历史时期文学的正确评价。

马克思在称赞古希腊神话时像人类的童年一样不可重复,其达到的艺术成就"仍然能给我们以艺术享受,而且就某些方面来说还是一种规范和高不可及的范本"①,这一点对评论先秦时期的中国文学也有借鉴意义。

本文发表于《中国高校社会科学》2018年第1期

---

① 马克思:《〈政治经济学批判〉导言》,《马克思恩格斯选集》第2卷,人民出版社1972年版,第113—114页。

真性情写真山水

—— 宗其香与广西

谢麟（广西美术家协会原主席）

中国传统山水画向现代性的转型,经过曲折的探索,在以写生创作为主要变革的手段,以及以西画的审美视角和观念融入中国画作为创新方式,表现对象在从北向南移的过程中,以20世纪初齐白石三进三出广西,以独特带符号性的表现方式书写桂林山水,到后来黄宾虹、徐悲鸿、张大千、李可染、陆俨少、张安治、胡佩衡、关山月、阳太阳、白雪石、马万里、宗其香、黄独峰等一大批名家在表现桂林山水题材取得了成就,使中国山水画在表现现实性的实践中实现了中国山水画的当代转型。桂林,是实现这种转型的圣地,桂林山水使画家们找到了突破传统山水画在表现形式上的程式化的路径及载体,并形成有时代气息、有鲜活生命力和个性语言的当代中国山水画面貌。

宗其香以自己独特的感受,在传统笔墨的基础上,运用西画的光色、透视、风景画处理手法,表现了山水和广西风光,更开创了表现夜色桂林山水的一种新的形式。宗其香的桂林山水画,有别于其他画家对桂林山水的表现,他在笔墨的运用上更直接。直抒胸臆,看似随意,却笔笔见功力与修养,其写意形神兼备,加上他对空间造型的处理,巧妙利用色彩点缀,使作品呈现出独特的审美品格。

一、南方的召唤,心灵的向往

1959年,宗其香第一次来到广西,这里的青山秀水深深地吸引了他。后来,他带学生来广西,创作了一批山水画。"文革"后,受到严重心灵创伤的他,向往大自然,希望在大自然的怀抱中重新点燃自己的创作热情,他首先想到的地方是桂林。1977 年,在广西艺术学院任教的学生周志龙帮助下,他又来了广西。在那之后,广西成为他心灵的归宿,几乎每年都要来。再后来,他迁居桂林,直至 1999 年去世。对桂林山水的表现,成为他有代表性的题材,并且为当代中国山水画的开拓作出了极大的贡献。有评论称,宗其香晚年选择桂林,更多是要逃避曾受伤害的地方和复杂的社会、人事、名利干扰,去寻求清静的生活,安度晚年。我想,他更大的愿望,是在寻找心灵归宿的同时,找到自己艺术创作的源泉,实现"改革中国山水画"的理想,因为这是他一直在追求的事业! 桂林,是他认为最有可能实现其艺术理想的地方。

宗先生到过广西不少地方,创作了大批作品。比如 1963 年在桂林写生创作的《白沙渔火》,1978 年的《漓江畅想曲》,1979 年在柳州创作的《六律山夕阳》、在融水创的《融水》、在三江创作的《桂北胜景》,1980 年创作的《漓江夜泊》《芦笛仙境》、在南宁创作的《良凤江畅想曲》,1989 年根据 1979 年 7 月游龙胜、三江得景创作的《龙胜三江》,1992 年在桂林创作的《漓江新月》《清秀奇古惬人心》,1993 年的《古榕伴清流》,1994 年的《黎明》,1996 年的《夕阳无限好》,等等,其中不少作品成为其代表作。他对广西山水的热爱和对广西人民的感情是至深的,广西不但给予他宽厚的怀抱,让他在磨难后得到心灵的慰藉,还激发了他无限的创作灵感和情怀。这对于当时处在人生及艺术低谷的他来说,是至关重要的,因为广西给了他第二次艺术生命,也成为宗其香的第二个故乡,是他艺术的原乡。

二、真性情写真山水

宗其香先生游历在广西的山水间,一边自疗心灵的伤痛,一边陶醉在大自然的怀抱里,他珍惜这片红土地对他的厚爱,他在这里找到了他的艺术伊甸园,他用心去感受这里的一切,用画笔表现他的情感。宗先生喜爱广西的一山一水,他用真情去表现,并在表现中继续他对"新中国画"探索的实践。

对宗其香先生来说,广西的山水在形态上的独特是产生自己艺术面貌的一个条件,但只有样式的独特是不可能实现山水画在当代的转型的,要在表现语言、审美观念、当代精神、艺术个性和个人情感的综合呈现下才有可能,并且要有很高的艺术修养和创新能力。而其中有感而发引发的艺术感受和创造力是至关重要的,只有"为创新而创新"的主观臆造是不会创作出具有文化意义和时代特征的优秀作品的。所以,他观察体验这里的一切,以真性情写真山水,给自然景色以灵魂和艺术生命,我们从他的作品中能真切地感受到这种感染力。

广西的山水成为宗先生的精神寄托。从他到过不少地方写生,但从未有一个地方能让他如此流连忘返,投入这么多时间和精力去体会、去研究、去表现这一点来看,足以证明他对广西的热爱。他表现三江侗乡的《桂北胜景》,彩墨交融,气象万千。江上的风雨桥,半山上的侗寨、梯田,山道上的村民,层林尽染的崇山峻岭,一派桂北山区景象。作品中的一笔一墨全是写心抒意的情感,真切而生动。没有多次深入侗乡采风的体验,是画不出来这种感觉的。侗乡的风雨桥成为宗先生表现广西风光的一个符号性的标志,在不少作品中都有表现。在《古榕伴清流》中,气势磅礴的古榕和秀美精巧的风雨桥形成鲜明的对比,画面不但具有鲜明的地域特点,还增添了丰富性和层次美。《良凤江畅想曲》是宗先生表现广西风光代表性的作品,借景色表现了他对广西西南部的印象,同时,还把风雨桥呈现其中,使画面宽阔深远。桂林山水是宗先生表现广西风光的主要题材,他足遍桂林山水,领略其中的神韵风采,对这里倾注了无限情感。我们在《漓江畅游》《漓江新月》《清秀奇古惬人心》《黎明》《夕阳无限好》《漓江夜泊》等作品中真切地体会到他对漓江风光的情怀。

在广西的真山真水间,宗先生找到了他艺术的泉源和人生的寄托与归宿。他将生命与这片天地相融合,他以自己的真性情写这里的真山水,达到了"天人合一"的艺术境界。

三、水墨生韵五彩山

在传统中国山水画的现代变革中,不少画家都在桂林获得了形成自己艺术面貌的源泉,创作出了代表现代中国画山水的经典作品。其中以李可染的"黑山水"和白雪石的"白山水"尤为突出。而宗其香的"夜山水"及"彩山水",则在新的领域开拓了中国山水画的表现力,也对传统山水画在当代的变革作出了重大贡献。

宗先生早年在重庆因画重庆夜景而成为用水墨画表现城市夜景的第一人,并受到徐悲鸿先生的称赞,认为是传统山水画革新的一个突破和方向。在表现重庆夜景时,除了运用传统水墨语言,宗先生结合了西画焦点透视原理,以西画风景写生表现的要求,用笔墨把空间、明暗、光色的对比变化表现出来,打破了传统山水画的局限性,在融会东西中探索出一条当代山水画发展的道路。这种突破有两点是具有特殊意义的,一是首创用水墨画表现城市夜景;二是用西画风景的原理加以水墨语言表现山水。这种中西融会,在代表性的革新人物中,他是较为彻底的。而这种彻底又是以保留传统中国山水画的水墨语言及审美特征为前提的,这就十分可贵了。没有深厚的传统中国画造诣和文化精神的修养,没有对水彩画的深入研究和创作水平,是达不到这种境界的。

"夜山水"是宗其香先生表现桂林山水的主要题材,也是表现桂林山水的创新与突破。桂林山水甲天下,"甲"就甲在它的秀美,这种美如仙境的景象,体现在阳光明媚或烟雨朦胧中,很少有艺术家能够发现夜桂林的美,即便发现了(不少摄影家拍过桂林渔火),也没想过去画或没办法去表现。宗其香在表现重庆夜景时,主要以江边的楼房和江里的船只为主体,在表现漓江夜景时则少了变化丰富的建筑物,只有山水和渔船,难度加大了许多。宗先生最早表现漓江夜色的作品是1963年带学生到桂林采风时创作的《白沙渔火》,几只渔船错横在江面上,俯视的江水占了大部分画面,宗先生通过对船和江水的表现,使画面生动而纵深。而后,他画了一系列的漓江夜景,代表作品有《漓江夜泊》《丽江新月》《榕湖夜》等。在这些"夜山水"中,我们看到宗先生在几个方面创造性地开拓了中国山水画的表现语言,一是云山的逆光表现,二是水光倒影画法,三是透视空间的营造。宗先生画云彩,是以水彩的画法表现,用水墨直写,丰富多变,阳光透过云彩山峰间隙,直射江面,鳞波闪烁,打破了传统山水画对云彩的表现。在表现江水倒影时,他运用墨色的变化,加以紫蓝色和橙红色的对比,使江面透明清澈,犹如明镜,把漓江夜色的秀丽充分呈现了出来。宗先生对空间透视的表现,强调焦点透视,用光色表现空间的深度、广度,扩展了传统山水画对空间的表现力。我们在观赏他的作品时,能够感觉到江面层层纵深进去,极目山水云烟,似乎能呼吸到漓江的清新空气,让人心旷神怡!这些突破,是宗先生运用水彩画的表现原理,对水墨语言的创新,也是他深厚的艺术造诣和人文修养以及对桂林山水的深刻认识取得的艺术成就。他对"光""色""空间"的研究和在山水画上的运用,从"夜重庆"到"夜漓江"的发展,形成了自己的艺术语言并取得了开拓性的成就,对传统中国山水画在当代的转型和发展作出了很大贡献。

"彩山水"是宗其香先生对当代中国山水画的另一贡献。传统中国山水画以色彩表现山水多用"浅绛法"赋彩或作"青绿"山水,多为主观设色。然而,在用写生去表现时大自然丰富多彩的变化时,这些传统的表现方法是不够的。所以,宗先生选择了以色彩作为探索中国山水画语言当代性的方向之一,并在实践中取得了很大成就。宗先生有很高的水彩画造诣和中国画修养,这为他探索以水彩增加山水画表现语言的丰富性提供了很好的条件。任何的变革与创新,如果没有深厚的传统文化、艺术修养,没有在一个高度上对时代文化的现状和发展有一个判断,是不可能实现的。宗其香先生从 20 世纪 40 年代开始对"彩山水"的探索,到 70—90 年代,特别是在广西创作的一批作品,达到了炉火纯青的境界。他的《漓江畅游》《良凤江畅想曲》《黎明》《古榕伴清流》《桂北胜景》,可谓经典之作,开辟了当代中国画山水的新风貌。这些作品,没有传统山水画中概念的符号,而是饱含激情、写生创作出的具体景观。传统山水画的气韵笔墨、写意精神,在光色的变化中,在多种空间的层次中,形成了一种全新的审美形态,给我们提供了新的视觉体验。《良凤江畅想曲》丰富的色彩变化,把广西亚热带风情表现得淋漓尽致,画中的树林灌木、木棉、奇花异草,鲜活而生动,笔墨、色彩、光影、空间、景色形成一曲美妙的交响乐。《黎明》是宗先生《漓江新月》的姐妹篇,尽管是以同一角度表现漓江,但漓水表现得更加明亮透彻。寥寥数笔写水波,在橙黄色和紫灰色的对比中,一派漓江黎明的祥和恬静,紫气东来,霞光万丈的景象跃然而出。远处山云和近景竹林蕉叶、棕树野花,渔火和朝阳争辉,充分地表现了漓江黎明的诗情画意,把"彩山水"发挥到了极致。《漓江畅游》《古榕伴清流》等作品同样在这种新的山水画语言中呈现出独特的艺术效果。在中国画变革中,以"彩"入笔墨,以实景表现达到如此高度的,宗先生是一个代表人物。"彩山水"是继"黑山水""白山水""夜山水"后对当代中国画山水形成和发展的又一贡献。

宗其香先生在融会东西、开拓中国画山水当代发展道路的实践中,始终坚守一个根本原则,就是传承传统中国山水画的审美精神和语言特征。因为他的传承和发展,使他实现了探索"新国画"发展道路的理想。他创造出一种崭新的、时代气息浓烈、生动自然、个性鲜明、传统中国画审美精神充盈的中国画山水新图式。这是他对当代中国画发展的贡献,这种贡献的影响是深远的。而广西,是他成就这种成就的圣地。

宗其香先生对广西的厚爱,打开了 20 世纪中国山水画变革的一个灿烂篇章。同时,广西也因他的艺术而多了一道绚丽色彩。

本文发表于《中国美术馆》2018 年第 1 期

小人物身上的大时代痕迹

——从彩调剧《哪嗬咿嗬嗨》到话剧《花桥荣记》

黎学锐(广西民族文化艺术研究院副书记、副研究员)

罗艳(广西戏剧院助理研究员)

一、关于彩调剧《哪嗬咿嗬嗨》与话剧《花桥荣记》

广西戏剧自 20 世纪 50 年代末 60 年代初涌现出风靡全国的巅峰之作《刘三姐》之后,经历了十年"文革"的创作停滞期。"文革"结束后,广西戏剧重焕生机,其中 1978 年周民震创作的三幕喜剧《甜蜜的事业》和 1979 年谢民创作的独幕话剧《我为什么死了》在当时产生了较大的影响。20 世纪 80 年代,广西戏剧创作处于沉潜期,除了韦壮凡等创作的彩调剧《喜事》、桂剧《泥马泪》和梅帅元创作的壮剧《羽人梦》等作品引起较为广泛的关注外,有全国性影响力的作品总体而言较少。不过这一时期以梅帅元为代表的一批广西青年戏剧工作者的茁壮成长,为 20 世纪 90 年代广西戏剧迎来新的高潮积蓄了能量。自 1991 年起,到新旧世纪之交,短短的十年时间里,广西剧坛先后涌现出了桂剧《瑶妃传奇》、彩调剧《哪嗬咿嗬嗨》、桂剧《风采壮妹》、桂剧《商海搭错船》、壮剧《歌王》、舞蹈诗《咕哩美》、民族音乐剧《白莲》、舞剧《妈勒访天边》等多部获得了全国性大奖的剧目,其中又以彩调剧《哪嗬咿嗬嗨》(编剧:张仁胜、常剑钧,导演:龙杰锋、胡筱坪)与壮剧《歌王》(编剧:梅帅元、陈海萍、常剑钧,导演:曹其敬、胡筱坪)这两部戏最为突出。

彩调剧《哪嗬咿嗬嗨》剧本最初发表在《剧本》杂志 1994 年第 10 期上,主要讲述了一群底层小人物——飞彩班调子客们在 20 世纪上半叶波澜壮阔的时代洪流中的悲惨际遇及多舛命运。此后剧本又经过多次修改,最终由广西彩调剧团编排出的彩调剧《哪嗬咿嗬嗨》在 1995 年四川成都举行的第四届中国戏剧节上大放异彩，夺得优秀编剧奖等 9 个奖项。此后，该剧又获得第六届文华新剧目奖、中国曹禺文学奖等 20 多个奖项，成为建国后广西戏剧获奖最多的剧目之一。彩调剧《哪嗬咿嗬嗨》的出现引起了当时中国剧坛的震撼，被誉为"可与世界接轨的作品"①"继《刘三姐》之后彩调剧演出史上的又一里程碑"②。彩调剧《哪嗬咿嗬嗨》的编剧张仁胜、常剑钧，导演龙杰锋、胡筱坪，再加上《羽人梦》及《歌王》的编剧梅帅元，这五人当时尽管还只是三四十岁的年轻人，却已经成长为广西戏剧界的扛鼎人物，因此被时人并称为广西戏剧界的"三编两导"。

"三编两导"成员在 20 世纪 90 年代合作推出彩调剧《哪嗬咿嗬嗨》、壮剧《歌王》之后，在上世纪末本世纪初又联手合作了儿童音乐剧《太阳童谣》（编剧：梅帅元、张仁胜，导演：胡筱坪、张仁胜等）、彩调剧《梦里听竹》（编剧：常剑钧、张祖寿，导演：龙杰锋、胡筱坪）、彩调剧《大山小村官》（编剧：常剑钧、任君、王超，导演：龙杰锋）等作品。2002 年之后，胡筱坪由广西调到上海越剧院，而梅帅元和张仁胜则主要将精力投入到山水实景演出领域，"三编两导"中只剩下常剑钧和龙杰锋继续在广西剧坛耕耘。十多年来，除了 2009 年常剑钧、龙杰锋合作编排了彩调剧《哎呀，我的小冤家》（编剧：常剑钧，导演：龙杰锋、周瑾）外，"三编两导"成员已经很少再合作推出新剧目了。时隔多年后，一直到 2016 年底，随着话剧《花桥荣记》（编剧：张仁胜，导演：胡筱坪）的上演，观众才再次欣赏到"三编两导"成员联手合作推出的精品，也再次感受到了他们一如既往的横溢才情与深刻思想。

话剧《花桥荣记》改编自白先勇的短篇小说《花桥荣记》，这篇小说最早发表于 1970 年台湾地区《现代文学》杂志第 42 期，后收入了白先勇 1971 年出版的短篇小说集《台北人》中。2006 年，《台北人》被来自全球各地的学者作家共同评选为"二十世纪中文小说一百强"，并且名列第七位，是仍在世作家作品的最高排名，可见这部小说集的地位及重要性。《台北人》用诗句"旧时王谢堂前燕，飞入寻常百姓家"作为全书题记，书中收录的 14 篇短篇小说主要讲述了一群被大时代洪流裹挟着从大陆撤逃到台湾的人们的人生转变，写出了他们对往昔富贵的留恋、对故土旧乡的伤怀，写尽了他们的惆怅与失落。《花桥荣记》取材于桂林记忆，讲述了当年

---

① 薛若琳：《与时俱进的广西戏剧》，转引自广西壮族自治区党委宣传部编：《广西新时期优秀剧本选》，漓江出版社 2002 年版，第 6 页。

② 广西壮族自治区文化厅编：《广西的改革开放·文化艺术卷》，中央文献出版社 2000 年版，第 6 页。

桂林水东门外花桥头家喻户晓的米粉店"花桥荣记"在台北长春路重新开张的故事。来到台北后,当年的米粉丫头已变成了"花桥荣记"的老板娘春梦婆,而食客们也多是广西同乡,在台北的这家"花桥荣记"小店里,演绎着几位流落台湾的广西人的悲情故事。

应该说,张仁胜改编白先勇的《花桥荣记》是有一定情结在里面的。一方面,张仁胜成长于桂林,桂林的漓江他玩过,桂林的花桥他走过,桂林的米粉他吃过,他还曾写过《哪嗬咿嗬嗨》《阳朔西街》《桂林故事》等与桂林相关的剧本,由此可以想象,当他读到白先勇小说《花桥荣记》里面的那些桂林场景与故事时,不会不怦然心动。另一方面,张仁胜在小说《花桥荣记》里的春梦婆、营长、卢先生、李老头、秦癫子等人身上应该看到了《哪嗬咿嗬嗨》中李阿三、桂姑、鼓哥、鼓嫂、小白脸等人的影子,他对这些无法掌控自身命运的小人物怀着深深的悲悯之心。2016年5月,话剧《花桥荣记》的剧本创作完成之后,笔者有幸成为第一批读者,读的时候内心涌现出了当年读彩调剧《哪嗬咿嗬嗨》剧本时的那种感觉,那是一种既悲又喜的感觉,为剧中人物的命运而悲,为广西戏剧界再一次贡献出能够与时代、与世界对话的本子而喜。

可以说,话剧《花桥荣记》是张仁胜、胡筱坪们对20多年前彩调剧《哪嗬咿嗬嗨》的回望与承续,因为无论是从时间的延续,还是从主题的衔接,抑或是从美学的承传上来看,彩调剧《哪嗬咿嗬嗨》与话剧《花桥荣记》都是一脉相承的。

二、舞台时空的延续——道尽别离苦

彩调剧《哪嗬咿嗬嗨》的时代背景是20世纪20年代至40年代后期,话剧《花桥荣记》的时代背景是20世纪40年代后期至60年代末,两部戏讲述的都是别离年代里与桂林相关的爱恨情仇故事,在时空背景的承接延续上有着内在的逻辑关系。

在彩调剧《哪嗬咿嗬嗨》里,浓缩展现了20世纪上半叶的北伐、蒋桂战争、抗日战争以及解放战争等重大历史事件,让观众在短短的两个小时里洞悉到了时代的风云变幻,也感受到了历史的沧桑厚重。当然,战争只是这部戏的故事背景,剧中反映战争场面与战斗细节的场面并不多,而真正推动剧情向前发展的原动力是调子(1955年统一定名为"彩调剧")。飞彩班调子客们把唱调子视作比命大比天大的事情,在他们远离故土亲人、四处奔波打仗的日子里,唯有调子能够平抚他们内心的煎熬与挣扎,带给他们希望与力量。

第一场的故事场景是北伐前的桂林郊区,飞彩班的男女艺人们在尽情欢唱调子:"打声长锣哟闹翻一个天,吼声哪嗬嗨来了调子班;扭两步矮桩俏出一朵花,甩一把彩扇舞成一兜莲。"①在这一场景里,飞彩班男女艺人们对调子的热爱与钟情溢于言表,李阿三、小白脸与桂姑之间的微妙关系欲说还休,调子客们各自的鲜活形象及鲜明性格都得以充分展现,为日后这群人不同的命运遭际做了铺垫。这个时候的飞彩班洋溢着欢快、舒畅、和谐、融洽的氛围,当然李阿三、小白脸们彼此间会有一些争风吃醋,但那也只是各自对心上人献殷勤而耍的小小伎俩罢了。第一场的末尾,当桂姑正式情定李阿三的时候,李阿三却因为保护桂姑而误杀了兵痞,从而连累了整个飞彩班的男人们不得不匆忙投军避难。第二场队伍即将出发北伐时,李阿三与桂姑准备在树林里演《王三打鸟》的下一本"王三哥和毛姑妹喜进洞房"②,未曾想却被尾随而至的小白脸故意搅了好事。飞彩班里的鼓哥和鼓嫂是老夫老妻,当李阿三和桂姑还在卿卿我我的时候,鼓嫂就对鼓哥喊道:"还不快点就来不及了!"两人猴急下去了。他们知道兵荒马乱的年代里,这一去就不知道什么时候才能再见面了。当然,谁都不愿往坏处想,都希望这只是一次普通的别离,就如鼓哥安慰鼓嫂说的那样:"我现在是北伐革命军,是为天下讨个太平,待北伐成功了,我们就可以安然地唱调子了,你晓得吗?"③谁又能料到这一走,生离竟成了死别。尽管飞彩班的男人们后来曾回到桂林城抗战,只是鼓嫂早已被湘军流兵侮辱杀害,而桂姑依然生死未知,李阿三也因为断了命根子无颜再回去找她,每次只有梦中相会。

《哪嗬咿嗬嗨》最后一场的时代背景是 1946 年冬内战全面爆发时,部队要从桂林飞往东北参加内战,而此时的调子客们已经从二三十岁的新兵蛋子变成了四五十岁的老胡子兵了。抗战胜利后,他们好不容易回到桂林,本以为可以告老还乡,不曾想又要跑到白雪皑皑的关外打内战,他们已经厌倦了征役,宁死也不愿再出征。在宪兵队的枪口下,调子客们在家乡的土地上再一次唱起了调子,他们没有屈服于宪兵队的胁迫,在他们的眼里:官大不比命大,命大不比调子大。当然,宪兵

① 张仁胜、常剑钧:《哪嗬咿嗬嗨》,见广西壮族自治区党委宣传部编:《广西新时期优秀剧本选》,漓江出版社 2002 年版,第 58 页。
② 张仁胜、常剑钧:《哪嗬咿嗬嗨》,见广西壮族自治区党委宣传部编:《广西新时期优秀剧本选》,漓江出版社 2002 年版,第 64 页。
③ 张仁胜、常剑钧:《哪嗬咿嗬嗨》,见广西壮族自治区党委宣传部编:《广西新时期优秀剧本选》,漓江出版社 2002 年版,第 64 页。

队也有自己的理由,这个时候在桂林这个地方唱起调子,无异于垓下楚声,桂系子弟听了之后能不人心涣散? 机关枪声响起了,调子客们一个一个倒下了。而在发表于《剧本》杂志的最初版本里,《哪嗬咿嗬嗨》最后一场的时代背景是 1949 年深秋,调子客们的部队溃逃至桂林,途经家乡村口,他们再也挪不动脚步了,于是调子声响起了,宪兵队的枪声也响起了。

如果调子客们没有死,他们会逃到哪里呢? 很大可能就是台湾了,这一群广西人逃到台湾之后将会怎样呢? 这是一个娜拉出走之后的问题。鲁迅先生当年言及这个问题,给出的答案是出走之后娜拉的命运——不是堕落,就是回来。张仁胜们当年在写《哪嗬咿嗬嗨》的时候,肯定也在心里摸索,如果调子客们不死,之后的戏该怎么演下去? 二十多年后,张仁胜之所以要改编白先勇的小说《花桥荣记》,或许正是为了解开当年的这个心结。而话剧《花桥荣记》无疑是和彩调剧《哪嗬咿嗬嗨》有着千丝万缕的内在情感联系的,同样是一群因战乱而颠沛流离的小人物、同样是别离年代里的相思苦,《花桥荣记》里面那一群广西客的遭遇,何尝不是《哪嗬咿嗬嗨》里面那一群调子客们撤逃台湾之后的遭遇,而他们的命运也确如鲁迅先生所说的那样,想回却回不去,剩下的就只有沦落了。

话剧《花桥荣记》里既写了 20 世纪 40 年代桂林水东门外"花桥荣记"的故事,也写了 20 世纪五六十年代台北长春路重新开张的"花桥荣记"的故事。20 世纪 40 年代,当春梦婆还是"花桥荣记"的米粉丫头时,营长带着士兵们在"花桥荣记"吃过马肉米粉后就魂不守舍了,除了米粉好吃外,更重要的是米粉丫头好看。因为马肉米粉牵线,米粉丫头变成了营长太太,只是好日子没过多长,苏北那一仗后,丈夫被打得下落不明,她只能慌慌张张随眷属撤到台湾。到台湾后头几年春梦婆还四处打听丈夫消息,然而一切都是徒劳,当一身血淋淋的丈夫不断地出现在梦中的时候,她只能慢慢接受丈夫已走的事实。倒是与她一起撤来台湾的营长侄女秀华,到台湾十几年,仍在等着自己的男人阿卫,因为身为排长的阿卫在离别时,只和秀华说了一个"等"字。同是桂林人的卢先生到台湾后,一直珍藏着一张与未婚妻罗小姐在桂林花桥底下桃花林里合影的照片。在台北,卢先生虽然任国文教员,但是为了能和罗小姐再度团圆,十几年一直省吃俭用,连米粉都不敢多吃一根,终于凑够十根金条的钱,交付给在香港的表哥,由表哥转交给办偷渡的黄牛。结果表哥把钱吞了,还死不承认有过这么一回事。唯一的念想幻灭之后,卢先生选择了自我放逐、自我沉沦。秦癫子在大陆时是容县县长,来台时慌乱得连两个老婆都来不及带上。在台北时他把对老婆的渴念之情转移到了别的女人身上,最后因为调戏女职员被开除公职,然后就变得疯疯癫癫了。与春梦婆、秀华、卢先生、秦癫子想念海峡对岸的爱人不同,李半城留恋的是他那半座城的房子,他到台湾后时刻不离身的是一箱子的房契,就是最后上吊死的时候,也是用那箱子做垫脚。

彩调剧《哪嗬咿嗬嗨》里的调子客与话剧《花桥荣记》里的广西客有着一个共同身份——异乡客。《哪嗬咿嗬嗨》里的调子客们尽管也未能和爱人团聚,但好歹回到了家乡,最终还能埋骨于桑梓地。相比之下,《花桥荣记》里的广西客就更落魄了,他们别说与爱人欢聚,连家乡都回不了,最终李半城、秦癫子、卢先生都是命丧他乡。这群异乡客们身上展现出的不仅是个人的命运遭际,更折射出了中国 20世纪 20 年代至 60 年代末近半个世纪里的时代变幻与社会变迁。

三、思乡主题的衔接——望尽天涯路

如果说彩调剧《哪嗬咿嗬嗨》中推动剧情向前发展的原动力是调子的话,那么话剧《花桥荣记》中推动剧情向前发展的源动力就是米粉,这两样具有鲜明桂林地域特色的文化元素,承载着这群异乡客们绵浓的乡愁。

在《哪嗬咿嗬嗨》中,《王三打鸟》作为戏中戏贯穿全剧始终。《王三打鸟》是最为经典的彩调传统小戏,讲述的是王三哥和毛姑妹力讨毛姑妹妈妈欢心终成眷属的故事。在飞彩班里面,李阿三演的是王三哥,桂姑演的是毛姑妹,他们两人也因戏生情。毛姑妹纺棉花时唱的"小小姑娘纺棉花,白白棉花纺成纱"以及王三哥与毛姑妹对唱的"四门摘花"唱段,在《哪嗬咿嗬嗨》剧中不断地闪回重现,场景也不断地虚实转换,将身在异乡的调子客们的别离之苦、思乡之情表现得淋漓尽致。

剧中的第二场,北伐前夕,因为小白脸的故意干扰,李阿三和桂姑未能演成《王三打鸟》的下一本,离别的时候李阿三记住了桂姑的一句话:"三哥哥,我一定会清清白白地等你,你一定要平平安安地回来!"[①]第四场北伐期间,李阿三在湘江边的莲妹家养伤,这位清纯的渔家妹子对李阿三动了感情,在最后关头李阿三的耳边响起了桂姑的那句"小小姑娘纺棉花,白白棉花纺成纱",想着桂姑还在家乡清清白白地等着自己回去,他把持住了。这一场也为第六场中李阿三逃跑回去讨老婆做了铺垫。逃跑被抓回来的李阿三被打了个半死,迷幻中他以为回到了家,准备

---

① 张仁胜、常剑钧:《哪嗬咿嗬嗨》,转引自广西壮族自治区党委宣传部编:《广西新时期优秀剧本选》,漓江出版社 2002 年版,第 66 页。

和桂姑演《王三打鸟》的下一本,而这也导致了他被典狱官切了命根子。尽管日夜思念着桂姑,但是断了命根子的李阿三已经无颜再回乡。第五场中,当鼓哥知道鼓嫂在老家被湘军散兵侮辱杀害后,也进入了迷幻之中,这个时候,《王三打鸟》中演毛姑妹妈妈的鼓嫂出现了,她对着鼓哥和众桂军士兵们唱起"妈妈我吃寿酒去了",这开门一走就再也不回来了。爱人见不着,家乡回不去,四处征战的调子客们唯有用调子来支撑起活下去的信心与勇气,因此,在之后的每一个生死关头,观众都能听到他们撕心裂肺的调子声,看到他们近乎癫狂的调子舞。

话剧《花桥荣记》里面的乡味是从米粉的香味里面散发出来的,不过,同是"花桥荣记"的米粉,桂林、台北两地的味道却是不同的。就像卢先生吃着台北长春路"花桥荣记"重新开张后的第一碗马肉米粉时所说的那样:"那个味道,今生怕是再也尝不到了……"①虽然都是"花桥荣记",但是米粉的味道已经大不相同了,为什么呢?因为少了漓江水,正宗的桂林米粉是用漓江水来泡籼米,然后磨成米浆,再经过滤、揉、煮、锥、榨等工序,最终才变成碗中的那一条条米粉。而且米粉调料也凑不齐了,毕竟有那么三五味的调料是桂林才有的,台湾是没办法找得到的。米粉的味道新不如旧,当然是有怀旧色彩在里面,那是对往昔美好东西的无限眷恋,那些美好的东西不仅仅是米粉,米粉只是大家共同怀念的对象,至于其他埋在心底更深处的事物,那就因人而异了。春梦婆想念的是她的营长丈夫,秀华割舍不下的是她的恋人阿卫,卢先生心中就只有他的未婚妻罗小姐,秦癫子念念不忘的是他的两个老婆,而李半城念叨的则是他那半座城的房子……所有这些埋在心底的人和事,都被那缭绕的米粉香味一缕一缕地牵引出来了。没有这米粉香味的诱惑,也许他们还只是将这一切压在心底,苟活着过每一天,可是有了这香味,就忍不住循着这香味往回看,看那回不去的故土家园。就像春梦婆自己说的那样,在桂林的时候,"天天闻着这个味道过日子,没觉得这个味道有什么特别。离开了,在台湾再想这个味道,忽然觉得吧,飘来飘去的味道就是一条红绳子,红绳子的一头捆紧桂林人的魂儿,不管你飘到哪里,身后总有这根绳子牵着,让你一次次地回头,飘远了,你已经什么也看不见了,你还是忍不住回望,回望绳子的那头——花桥"②。

话剧《花桥荣记》里那些勾起广西客们乡音、乡情、乡恋的东西远不只米粉,还

---

① 张仁胜:《花桥荣记》,《歌海》2017 年第 2 期。
② 张仁胜:《花桥荣记》,《歌海》2017 年第 2 期。

有漓江边的桂花,花桥底的桃花,以及那在异乡听了让人魂不守舍乃至肝肠欲断的桂剧。漓江边的桂花是当年的米粉丫头与营长结缘的信物,营长通过闻米粉丫头头发散发出的淡淡桂花香味,就猜出了她在漓江边洗头的上游不远处,必定有一棵桂花树。花桥底下的那一片桃花林,则是卢先生和罗小姐情定终身的地方,他们在那里撑着一把大红的油纸伞照了一张相,卢先生把那张照片带到了台湾,小心翼翼地挂在床头。秦癫子和他的小老婆当年也在花桥头的桃花林那里撑着大红油纸伞照了相,只是他来台湾的时候过于仓促,居然连一张照片也没记得带,以至于每次说起都痛悔不已。和《哪嗬咿嗬嗨》通过戏中戏《王三打鸟》来铺垫思乡情愫一样,话剧《花桥荣记》则通过戏中戏《薛平贵回窑》来烘托别离的凄苦之情。薛平贵和王宝钏重逢的那个场景用在春梦婆和她丈夫身上,真是再贴切不过。时间来到了1967年,当卢先生在米粉店里拉起胡琴,吼出那句"十八年老了我王宝钏……"的时候,春梦婆泪流满面:同样是十八年,王宝钏等回了薛平贵,而自己的营长却杳无音信,只是自己还在等。舞台时空在这里再次交错,春梦婆跳出了戏外,她看到了多年前的桂林乐群剧社里,年轻的米粉丫头正欣慰地靠在营长肩膀上,欣赏着桂剧名角小金凤唱的《薛平贵回窑》。看着薛平贵与王宝钏夫妻团圆,这一对小夫妻是多么开心啊,那时候的米粉丫头是多么幸福啊。当然,不只春梦婆等了十八年,还有卢先生、秀华、秦癫子……多少个人的十八年啊!

对这群身处底层的异乡客们来说,想要回乡团圆何其难。平日里除了在那一声声调子、一根根米粉中寻找家乡的丝丝味道之外,还能做什么?恐怕也就只能在夜深人静的时候,悄悄舔舐自己身上被时代巨轮碾压过之后留下的一道道伤口,聊以自慰罢了。

四、悲剧美学的承传——尝尽凄凉味

彩调剧《哪嗬咿嗬嗨》和话剧《花桥荣记》都是悲剧,这种悲剧意识是张仁胜们对20世纪中国历史发展有了深刻洞见、并对中华民族遭遇进行深入思考之后的美学自觉。当他们审视这个时期这片土地上所发生的一系列重大历史事件时,就不只是为个人的际遇所感,更为民族的生存、时代的变迁而叹了。所以说,在这两部戏中,这群小人物的悲剧不仅是个人命运的悲剧,更是社会时代的悲剧。

悲剧意识在彩调剧《哪嗬咿嗬嗨》和话剧《花桥荣记》中是有不同的表现的,前者是一个巨变的时代,剧中的悲是激烈的悲愤;而后者处于相对平稳的时代,剧中的悲则是一种冷峻的悲凉。在创作彩调剧《哪嗬咿嗬嗨》时,那时还是三十多岁年轻人的张仁胜、常剑钧们是憋着一股气的,他们发誓要写出一部能够一炮打响的戏。据说为写这部戏,他们都剃了光头,跑到南宁郊外的大王滩闭关创作,最终一腔热血终于换来了一部经典剧作。二十多年后,话剧《花桥荣记》的主创张仁胜、胡筱坪们依然是光头,不同的是当年的光头是主动为之,而今天的光头则可能是不得已而接受之了。不管怎么样,相比当初的年轻气盛,经过了这么多年岁月的洗礼,张仁胜们已经变得沉静、克制、含蓄得多了。话剧《花桥荣记》已经没有彩调剧《哪嗬咿嗬嗨》那么强烈的戏剧冲突和那么浓烈的传奇色彩了,剧中所展现的一切犹如静水流深,波澜不惊,唯有暗流在平静的水面下涌动。比如都是写死亡,《哪嗬咿嗬嗨》中调子客们的死是戏剧化的、轰轰烈烈的,而《花桥荣记》中李半城、秦癫子、卢先生的死则是日常化的、沉沉寂寂的。

彩调剧《哪嗬咿嗬嗨》中的调子客们都是有血有肉、有情有义的人物,当这样一群对调子、对亲人、对生活怀着深沉大爱的人一个一个倒下的时候,悲剧色彩也就出来了。当然,剧中的人物塑造并没有落入脸谱化的窠臼,作为底层老百姓,调子客有温顺善良的一面;而作为乱世大头兵,调子客们也曾有滥杀乱搞的时候。随着剧情的发展,这群小人物的性格与命运在不断地发展变化着,也唯其如此,他们的形象才更加活灵活现,他们的悲剧才更加震撼人心。

在剧中,视调子比命还大的调子客们本来是打算一辈子唱调子唱到死的,没想到却阴差阳错当了兵,从唱戏的变成扛枪的,这一身份的转换预示着他们的悲剧结局。小白脸想和桂姑好,但是被桂姑拒绝了,这使得他怀恨于情敌李阿三,一直暗中使绊子。当李阿三和桂姑准备在小树林里面唱《王三打鸟》的下一本时,他跑去搅局,害得人家没唱成;当李阿三偷跑回家讨老婆时,他悄悄去告密,害得李阿三被抓回去受酷刑。可是小白脸又是个十恶不赦的人吗,并不是,他的所作所为只是为了让自己所爱之人不落入他人之手。抗战后期守桂林城的时候,李阿三准备去救身陷重围的鼓哥与黄大筒,临走前把桂姑托付给小白脸,并且告诉他自己当年逃跑被抓回来之后就做不成男人了。听到这话的小白脸完全震惊了,他万万没想到自己的告密会酿成如此大错,激动、自责、狂暴中的他转身扛起炸药包,冲向了漓江中的日本鬼汽艇,以壮烈的死来洗刷自己的过错。那一刻,小白脸完成了自我救赎,让观众看到人性中光辉向善的一面。最后一场中,李阿三面对值星官军法处置的威胁,说了这么一句话:"长官,你的官蛮大的,可是比官大的是命,比命大的是调子。"①此时的调子客们已经厌倦了战争,这一次好不容易再次回到桂林,说什么也不想走了,就是死也要死在家乡的红土地上。他们的鼓没有了、锣没有了、大筒也没有了,那比生命还大的调子旋律只能通过嘴巴哼唱出来:"喤才咿才喤……咿才喤……"在众人的伴唱伴舞中,李阿三再一次演起了王三哥。值星官的枪响了,枪声中,鼓哥倒下了,小四、黄大筒、朱仔也一一倒下了,只有李阿三在一团血雾中如醉狂舞,舞向舞台背景里正边纺边唱的桂姑。最后那一句"小小姑娘纺棉花,白白棉花纺成纱",让观众体验到了什么叫爱中有怨、怨中有叹、叹中有哀、哀中有痛。调子客们正是以这种锥心刺骨的惨烈之死诠释了什么是"调子比命大"的精神,他们用肉体的消失铸就了精神的永存。

虽然都是小人物,话剧《花桥荣记》中的广西客与《哪嗬咿嗬嗨》中的调子客还是有所区别的,这种区别从两部剧中的戏中戏可以看出。桂剧起初多在城里的王府官家演出,受众群体也多为达官贵人,当然后面慢慢平民化了,但也基本上只在城镇演出;调子最初则多为民间的乡野俚曲小调,艺人们也多是走村串巷演出,到后面才慢慢传唱到城镇里面。一直以来,桂剧更多地对应于"阳春白雪",而调子也并不介意被视为"下里巴人"。因此,尽管都是悲剧人生,话剧《花桥荣记》中广西客们的悲剧更多的是《红楼梦》式的繁华落尽、人生无常的悲剧。他们在撤逃台湾之前都是有钱有势、有头有脸的人物:要么是官老爷,要么是官后代,要么是官太太,要么是大富商。来到台湾后,他们一下子从金字塔顶尖掉到了金字塔底层,今昔对比的鲜明反差让他们无限怀念旧时的乌衣巷口、水东门外,在他们眼里,桂林的山、桂林的水还有那桂林的妹子,都远比"今年台风,明年地震"的台北强多了。只是这一切繁华富贵都被那一道海峡阻隔了,在台湾他们只能过着脚无根基、心无着落的日子,而这也就注定了他们的悲剧命运。

卢先生是官三代,出身桂林的大户人家,他对自己留在大陆的未婚妻罗小姐有着坚贞不渝的爱,一心一意要把罗小姐接到台湾成亲,这个愿望成了他生活的唯一目标。春梦婆曾想撮合卢先生和秀华在一起,但是被他义正词严地拒绝了。卢先生拒绝秀华与李阿三拒绝莲妹的性质都是一样的,他们都是用情至深的人,都不愿辜负远在异乡的恋人。只不过李阿三受刑后依然心念桂姑,把桂姑托付给小白脸,因为他知道小白脸纵使千般不好,但一定会对桂姑好。而卢先生在被

---

① 张仁胜、常剑钧:《哪嗬咿嗬嗨》,转引自广西壮族自治区党委宣传部编:《广西新时期优秀剧本选》,漓江出版社 2002 年版,第 89 页。

表哥骗走全部积蓄之后,自知这辈子再也不可能见到罗小姐了,生活一下子就失去了目标,整个人很快就崩溃了。他与长春路上的洗衣婆阿春勾搭到了一起,然而放荡粗俗的台北女人阿春又如何比得上水灵秀气的桂林妹子罗小姐。阿春是洗衣婆,随时会用自己高耸的胸脯"搔"人,她基本上就是丑陋、粗鄙、肉欲的代表;而罗小姐则是桂林培道中学的学生,是卢先生桃花林中红纸伞下永远十八九岁模样的青梅竹马恋人,是美丽、优雅、精神的象征。当卢先生出于生理需求与阿春苟合的时候,意味着理想向现实屈服,十几年的灵魂坚守顷刻间坍塌成了一时的肉体贪欢。他本是一介文人,这么多年来一直自命清高,过的是一种理想化的生活,此时突然堕入一种放荡的生活之中,又怎能适应得了,在阿春的淫威奴役之下,很快就一命呜呼了。卢先生的死和小白脸的死恰恰是相反的,一个是从灵魂到肉欲的堕落,一个是从小恶到大善的升华,一个死得悄无声息,一个死得轰轰烈烈。话剧《花桥荣记》里,在大陆曾经富有半座城的李半城在他七十大寿那天上吊而亡,死时穷困潦倒;曾经贵为容县县长的秦癫子则在台风来的时候掉到路边的沟里面淹死了,和死鸡死猫一起泡到发臭才被发现。他们的死不仅仅是悄无声息的死,更是走投无路的死。

在彩调剧《哪嗬咿嗬嗨》中,每逢有弟兄们战死,调子客们都会唱一板调子送他们上路。在话剧《花桥荣记》里,当李半城、秦癫子、卢先生先后死去时,春梦婆都会给他们烧一盆纸钱、"冒一碗米粉"祭奠,让他们吃饱了好"有力气走回广西"。调子和米粉,成了这一群落魄的底层小人物的精神寄托,不论生死,都离不开它们。这些小人物在大时代的风浪里,卑微得近乎蝼蚁,他们的遭遇和死亡,是偶然,也是必然,他们的命运不是自己可以掌握的,而是由大时代掌控的。《哪嗬咿嗬嗨》中的调子客当初离家的时候以为"待北伐成功了,我们就可以安然地唱调子了",《花桥荣记》里的广西客们同样以为离开个三五年就可以回乡了,只是这一离开,就由不得自己做主了。

两部戏中,张仁胜们都没有直笔书写大开大合的历史,不过在小人物们波谲云诡、跌宕起伏的悲剧命运背后,观众能触摸到生活与时代的脉动,也能感受都现实与历史的纠缠。在小人物们的爱与恨、生与死里,观众能感受得到20世纪20年代至60年代末近半个世纪里整个中华民族身上的伤与痛。可以说,彩调剧《哪嗬咿嗬嗨》和话剧《花桥荣记》之所以能够触痛人心,让人潸然泪下,最重要的就是隐藏其中的那种永恒的悲悯情怀与悲剧意识。

五、结语

二十多年前,彩调剧《哪嗬咿嗬嗨》让广西戏剧界“三编两导”声名鹊起,二十多年后,话剧《花桥荣记》让我们再一次领略到了他们异样的睿智、气魄和境界。可以说,正是张仁胜们对人物命运的精准把握、对民族生存的深入思考以及对历史发展的独到审视,赋予了这两部戏厚重的历史沧桑感和深刻的思想穿透力,让广西戏剧能在全国戏剧大花园中绽放异彩。只是两部戏中,张仁胜们始终都没带给观众们哪怕一丁点的希望与亮色,或许我们唯有寄希望于他们在未来的日子里再度联手,编排出在时空背景上继续承接这两部戏的新剧目,凑成个三部曲,也好将李阿三、卢先生们身上的悲情和绝望冲淡一些。我们拭目以待。

本文发表于《南方文坛》2017 年第 5 期

农村题材电视剧突围的思考与展望

薛晋文（太原师范学院影视艺术系主任、教授）

不久前,农村电视剧《白鹿原》的热播,引发了很大的社会反响,观众纷纷为这样的良心品质剧点赞,同时,也唤起了大家对优质农村剧的呼唤和期盼。事实上,在都市文化强势崛起的今天,探讨农村剧创作的突围问题,是一个严肃而沉重的话题,然而,对于一个农业大国而言,这又是我们必须正视和面对的历史性课题。农村剧创作处于低谷是众所周知的事实,在践行文艺座谈会讲话精神的历史背景下,回望农村剧近60年的发展史,思考农村剧的超越方向显得尤为重要和紧迫。

一、史诗性路径是根本出路

（一）主题与人物方面的突破尤为重要

乡土文化是中华文化的底色,农民占据了中国人口的绝大多数比重,农村社会是中国社会稳定繁荣的重心,由此决定了现实主义的史诗性农村剧是未来农村剧的主流。所谓史诗性农村剧,是指选取具有一定历史长度和社会厚度的农村重大实践为表现对象,能够揭示农村社会的历史本质和时代特征,在重大历史事件的反映中能够将真实性和假定性完美融合,同时,善于塑造典型环境中的典型人物,着重传达民族的普遍审美价值和共同的审美理想。在史诗性农村剧中,主题一般是创作者发挥主观能动性,对历史事件与现实生活材料甄别、处理、评价而得出的思想结晶体,是贯穿于生活事件和人物形象血液中的一根精神特征红线,其中,既包含所反映的社会历史生活自身所蕴藉的意义和价值,又集中体现了创作者对历史生活的主观体悟和理性认知。譬如,农村剧《老农民》就是史诗性农村剧的典型代表,从 1948 年的土改到 2008 年的土地确权,反映了农村社会一个甲子的伟大实践。告诉人们中国乡土社会的发展史,实质上是土地政策的变迁史,土地政策的变化完成了乡村生产关系、宗族关系和阶层关系的深度再造,在反映农村的社会历史事件中塑造了一批典型人物形象,就此而言,麦香村的变化是近现代乡土社会变迁的缩影,也是中国社会现代性的缩影。鉴于此,好的农村剧应该潜入农村社会变迁的重大事件现场进行取舍和提炼,应使主题真正做到"具有较大的思想深度和意识到的历史内容"①。也就是说,创作者对其选取的社会历史生活素材的反映不能肤浅,理应抵达深刻与透彻的程度,并借助生活于其中的主要人物关系,努力彰显艺术对历史生活本质的洞悉与认识,只有这样,文艺创作才能深得社会历史的命脉与规律。植根于民族精神与文化认同的史诗性农村剧,本质上是对农村历史的一种穿透与总结,是民族性与当代性的一种对话与交融,农村的土地制度改革、经济形态转换、重大矛盾与纠纷等现象,均为创作者提供了丰厚的选材基础和主题凝练空间。史诗性农村剧的主题不是概念化的命题,它往往借助于艺术作品中的典型人物生动活泼地予以传达和表现。这里说的典型人物是普遍性与特殊性的统一、共性与个性的交融,是从故事情节中自然而然地站立起来的,他们往往能够揭示出农村社会历史的本质规律,负载农村文化精神的特殊认知与审美价值。

梳理农村剧近 60 年的创作史,具体而言,不妨从三方面去实现突破。其一,史诗性的农村剧人物形象应当具有鲜明性。即在诸多的性格变化中,必须有一种主导性格主宰其人物的命运轨迹,而不能搞平衡化、均衡化发展,鲜明的性格是其卓越个性的集中体现,往往能揭示人物文化精神与阶层属性的本质特征。比如,农村剧《党员二楞妈》中二楞妈的性格就具有鲜明性,说话做事雷厉风行、敢作敢当是其突出的典型性。其二,史诗性的农村剧人物形象应该具有丰富性。艺术典型不应该是一种单一性格的一边倒,而是多种性格特征之间充满生气灌注的相得益彰,性格是变化的、动态中的个性与共性的统一,不是僵死和凝固不动的。比如,农村剧《老娘泪》中的程大娘具有代表性,她身上既有母性的"私心",但是,面对给国家带来的数百万巨大损失,程大娘的"公心"让无数的观众为之动容,不仅如此,一颗"善心"救了孙老板家母子两条命,让孙老板感激涕零;此外,农村剧《平凡的世界中》孙氏兄弟的性格亦具有同样的丰富性,可见,几种丰富而多元的性格特征有

---

① 参见陆贵山、周忠厚编著:《马克思主义文艺论著选讲》,中国人民大学出版社 2003 年版,第 189 页。

机统一在一起，既有共性又兼具个性，引起了无数人的共鸣和通感。其三，史诗性农村剧的人物形象还应该具有坚定性。人物的性格塑造应该效忠于自己的情致，一切从自己的生存境遇与精神生态出发，有一种文化信仰和文化定力在里面，而不是过多地受外部干扰去决定其性格走向。如农村剧《希望的田野》中的徐大地、《老农民》中的牛大胆，就是这样的艺术典型。总之，人物形象的突围应当从农村生活的本来面貌出发，应放弃肆意的想象和主观的臆测。

（二）风格与韵味方面的超越最为关键

电视艺术的风格，主要是指创作者在一系列作品中形成的相对比较稳定的影像特征，相对连贯的镜语审美追求与趋于成熟的画面表意偏好，是创作个性与表现对象对话和交融中形成的整体镜语特色。史诗性电视作品的风格通常是：多用纪实性极强的长镜头、中近景镜头去展开叙事，叙事节奏一般比较舒缓而稳定，画面内容气势磅礴，多呈现悲壮悠远且崇高凝重的民族审美意味，是"诗"的曼妙自由与"史"的拙朴浑厚之间的统一。未来史诗性农村剧在风格方面的突围应着眼于这样几个关键点。悲剧风格的史诗性农村剧不能缺席。农村剧艺术不仅承担着为现实农村生活提供意义与阐释的责任，而且它存在的更大使命在于以艺术的独特方式去救赎和慰藉现实，按照美的规律创作的史诗性农村剧，应该在矫正物欲冲动与道德式微中，在扭转人性分裂和人性异化的历史困局中有所作为，为被资本逻辑销蚀与精神没落的积弊沉疴诊断疗伤，为迷失人类精神家园的孤独者点亮重返故园的璀璨明灯。中国农村的乡土底色和苦难本色历史悠久，一定程度上决定了史诗性的悲剧风格更接地气。

除去史诗性悲剧农村剧的超越之外，悲喜剧的途径也未尝不可。悲喜剧农村剧，通常是指农村剧反映的内容结合了悲剧和喜剧的成分，往往借助喜剧的艺术形式揭示和批判农村社会的现实问题或伦理问题，既可以灵活反映现实悲剧的根源，又能以喜剧的结尾让观众重拾人生的信念和希望，无论是人物的情感命运，还是事件的曲折坎坷，最后都带有喜剧性的超越色彩。例如，农村剧《都市外乡人》就是悲喜剧农村剧的佳作，主要审视了于天龙和高美凤等农民价值观蜕变的艰难旅程，批判了城乡二元结构给农民带来的巨大创伤和悲剧，反思了传统伦理羁绊给主人公造成的柏拉图式爱情的悲剧，但是，借助喜剧的形式，既让观众看到了悲剧中蕴藏的希望，也带给了观众一种含泪的微笑，最后在大团圆的结局了弥合了现实的裂缝，以积极昂扬的审美理想引领人们勇于面对苦难。这种悲喜剧风格应该是史诗性农村剧今后的主要发展方向，是农村剧艺术通俗化和走进民间的一种主要目标，好的悲喜剧农村剧应做到"有思想的艺术"与"有艺术的思想"的和谐统一。迄今为止,农村剧创作中这种悲喜剧的精品力作不多见,东北农村剧《刘老根》《马大帅》《别拿豆包不当干粮》做过一些尝试,但由于缺乏厚重的农村社会生活支撑,没有深挖出一个时代的普遍精神特征,没有深刻反映一个时代的特有价值追求,留不下耐人寻味、引人深思的历史性笑声,经不住历史本质和生活规律的检验,夹杂着一些低俗与庸俗的"傻乐",无论是思想深度还是艺术高度,都难以和真正的悲喜剧艺术相媲美,不具有很高的审美价值,更像是一种商业味与庸俗味相互鼓荡的"闹剧"。农村剧在悲喜剧的创作道路上要有开放的眼光,可以借鉴包括鲁迅的《阿Q正传》、老舍的《离婚》、莎士比亚的《威尼斯商人》、卓别林的《淘金记》等经典悲喜剧艺术的精髓,化用为农村剧自己的独特艺术风格。

二、地域性与风物性的突围不容忽视

(一)地域性的突围十分迫切

首先,农村剧创作应该充分挖掘地域文化的精华,彰显标志性的地域文化特征,标志性的地域特征是彰显农村剧典型环境与典型人物的内在灵魂,没有标志性的地域文化,典型环境和典型人物的艺术创作就是一座空中楼阁,失去了依托和基础。例如,在山西农村剧中,"窑洞""羊肠路""晋剧"都是艺术化了典型环境,创作者的艺术思考,以及人物形象的塑造都是以其背后的特殊地域文化为基础,农村剧艺术的基因里,均流淌着特定地域文化的根脉与印记,这些文化的印记不是三晋大地独有的,既是地域的,也是民族的。它孕育出的勤劳俭朴、坚忍不拔的生命精神是我们民族精神的核心元素,至今都是激励和引导伟大民族前行的重要精神资源。

其次,典型环境与人物形象即是对地域文化汰选与提升的结果。纵观近60年的农村剧创作历程,不难发现,好的环境和人物多是地域文化孵化和滋润的硕果,比如,东北农村剧中具有代表性的《篱笆·女人和狗》三部曲,以及后来的《希望的田野》《白鹿原》等作品,剧中的典型地域环境和典型人物形象皆是地域文化孵化的奇葩,也是地域文化的精魂之所在,白嘉轩和鹿子霖正是地域文化孕育的精华形象。东北地域文化是一种恶劣环境下孕育的独特关东文化,长白山的"冰雪严寒"与松花江的"情意绵长"塑造了东北人的特殊性格结构,性格中既有火暴、鲁莽、冲动的一面,例如"农村剧三部曲"中的铜锁就是一个"火药筒",枣花差点让其打得皮开肉绽;但另一方面他们性格中又有热情、爽朗、义气十足的人情味,如金锁媳妇、七娘、葵花等人物即是典型体现。这些人物的性格是从关东地域文化的土壤上生长出来的,携带着地域化的"土腥味",参与了形象的塑造,是形象喜怒哀乐、一颦一笑、举手投足的深层文化依据,人物性格与典型环境之间获得了很好的镜像观照,实现了"思想的审美化和审美化的思想"①之间的和谐一致,这些人物性格中蕴含的地域品格也是地域性与民族性的合一。可见,今后农村剧的创作要怀着对地域文化与民族文化的朝圣情怀,或者敬畏之心去反映农村和拥抱农村。

再次,地域性的突围中应处理好"百花齐放"与"高度统一"的内在关系,打破农村剧被个别地域文化长期"垄断"的局面势在必行。农村剧地域性的突围首先应出实招,改变当下失衡的创作现状,比如,管理部门可在较有代表性的区域实施"农村编剧人才工程",将生活在农村乡镇有文化、有天分的文化人作为重点扶植对象,发挥都市老编剧的传帮带作用,结对子去引领和指导农村编剧的创作,为创作原汁原味的农村剧而组建接地气的基层编剧人才队伍,扭转都市剧作家"隔山、隔水、隔心"写乡村故事的想象性积弊,实现地域性农村剧的平衡协调发展。又如,鼓励地域性农村剧改变创作视野,拓展题材的覆盖面,用差异性的地域文化激活并引领民族文化。可以尝试用宏观调控的方式,去大体平衡各地的题材规划申报内容,走出"脱贫致富、生态农业"的僵化主题,深入开辟诸如新生代农民工、深度贫困、农民与法的新题材;重点表现乡贤文化建设、生态文明建设问题、留守群体等富含时代气息的主题。将这些富集时代性的主题融入华北、东南、西北、西南等地域性农村剧的创作中去,用地域性景观去表现中华民族普遍的时代情绪与历史特征,这是今后农村剧求新求变和多样化发展的现实展望。

(二)风物性的超越应下足功夫

所谓风物性,在农村剧中主要是以山川地貌等自然景观为载体的风景画,包括村风民俗、礼仪规制等日常生活中实践性极强的风俗画,以及由风景画和风俗画交融而成的人性美和人情美。农村剧创作中风景画的艺术潜能不容忽视,它是画面叙事的主要时空载体,优秀的创作者往往注重将主观情愫融入自然景观,并用主体情思去激活自然形象,在主体客体化与客体主体化的交融中,创造独特的艺术镜像,为人物与故事的展开营造一种充满诗情画意的良好氛围,可以发挥多种表情达意功能,深度增强农村剧的艺术韵味和美感。比如,农村剧《绝地逢生》中悬崖断

---

① 参见王伟国:《思想的审美化——王伟国自选集》,北京广播学院出版社 2004 年版,第 156 页。

壁、干旱少雨和寸草难生的自然景观,即是云贵偏远山区的典型石漠化地貌写照。自然景观同样可以深度参与叙事,赋予创作者某种精神关怀与人格理想,自然景观隐蔽地提供了地域文化信息与情感生发的依据,形象已经远远大于了思想并有了生命力,"创作者对山水倾注情感还显得特别重要,倾注了这种情感,山山水水都活了,也都像是有了生命了"。① 在这里,人与物之间的界限逐渐模糊,而情感与人格的浮雕却更加清晰,创作者很好地实现了自然景观与社会内容的融合,成为承载西南农村剧地域情调的重要载体,是这类农村剧艺术卓尔不群的审美依据。所以,今后农村剧的突破中,风景画不仅仅是创作者应该着力表现的重点,而且也是借助异域情调,着力构建百花齐放的民族电视剧的重要依托。

倘若说风景画是农村剧艺术创作中的基石,那么风俗画的创作是农村剧艺术的地域流派标志。实际上,风俗是人类在实践中传承下来的思维方式与生活方式的经验总结与规范模式,是沉淀在人类集体意识中用于敬畏天地、规范人伦与自我调适的一种文化传统。它既有传承的强制性,生活于其中的个体应自觉按风俗习惯的规则为人处世,否则就有可能获得公共舆论与风俗规约性的惩戒,扣上"伤风败俗"的帽子被主流所放逐,同时风俗也具有变异性,随着时代的发展变化,不断有新的内容递补和旧的内容淘汰。比如,古代父母去世后必须得守孝三年,但这一风俗在当今被简化为守孝三天或百天。风俗画在农村剧创作中的作用很多,但最主要的是增强艺术作品的地域色彩与凸显作品的民族特色,为营造典型环境和塑造人物形象服务,一般多展示农村的婚姻嫁娶、丧葬后事、节庆礼仪,以及祈雨求子、庙会戏院、赶集聚会等公共性集体活动的仪式,它们在农村剧艺术品质提升方面的作用不可小觑,当引起创作者的高度重视。

三、雅俗的和谐一致会臻于妙境

(一)雅不蔑俗和俗不伤雅

一般而言,雅不蔑俗要求创作者从骨子里面要放下"超凡脱俗"的清高姿态,放弃从"树梢上"看农村与农民的习惯心理,走出主题崇高却知音寥寥的困境,改变农民与农村"被知识分子化"和"被城市化"的怪现状,用心去倾听农民的心跳,用灵魂去感触他们的情感温度,尊重民间的审美习惯与审美心理,做到实心实意为

---

① 曾庆瑞:《守望电视剧的精神家园》第2辑,中国传媒大学出版社2005年版,第199页。

农民代言,用农民喜闻乐见的艺术手法满足他们的精神诉求。比如,由鲁迅作品改编而来的黄梅戏农村剧《祝福》、越剧农村剧《孔乙己》即可说明问题。鲁迅的原著以其深刻的思想笔触,揭示了中国农民的悲剧命运,可以说创造了农村文艺作品中难以逾越的一座座高峰,但是,其作品对农民与农村的剖析与洞察却是农民意识不到的,其思想性的深邃宏远,更多是被精英界所推崇与认可,没有以农民喜闻乐见的方式去讲述农民自己的故事。然而,名著改编者却深谙"雅不蔑俗、俗不伤雅"的真谛,借助百姓耳熟能详的地方戏曲,以及民间小调将博大精深的原著作了通俗性的再创作,实现了俗的艺术形式对雅的内容的精准演绎,于是,雅的内容不再深奥和刻板,而具有了活力和生气,让"阳春白雪"飞入了寻常百姓家。名著改编农村剧是一项旨在创新的艺术工程,这种创作既充分尊重鲁迅原著的艺术精神,做到了"尊雅",又没忽视农民大众的欣赏习惯,做到了"重俗",更没有给原著的人物和情节穿上时髦与低俗的外衣,基本做到了创作主体对原作的当代性阐释,对原作的独特感悟与精准演绎。再往深处说,艺术作品中的"雅"与"俗"不是对立的,而是互为依存性的对象关系,正如黑格尔所言,"艺术作品的感性因素之所以有权存在,只是因为它是为人类的心灵而存在的,并不是仅仅因为它是感性的东西而就有独立的存在"。[1] 虽然他的艺术心灵说有唯心主义的成分,但其考察艺术内容与形式之间相互转化的辩证法思想,对于我们正确认识"雅""俗"之间的关系具有启发意义,按美的规律创造的艺术既不是单纯地为雅而雅,也不是一味地为俗而俗,一些创作流弊的问题不在大俗,艺术作品大俗并不可怕,可怕的是大俗即是一切。总之,任何追求极端"养心"或极端"养眼"的艺术,都不能称其为美的艺术,极端"养心"的艺术作品是一般是"贡品",极端"养眼"的作品往往是"商品",两者都不是真正的艺术作品,雅俗共赏的作品是雅与俗之间的相互转化,是动态中的和谐一致。

（二）雅俗的和谐共振

农村剧艺术创作要学会在雅俗间尊重差异、异中求同、协同发展,寻找两者之间和谐共振的最佳契合点。真正具有创新活力和创造性的艺术胚胎,往往是孕育和存在于"俗"的丰富性和自然性之中,如果忽略了"俗"的特殊性存在或个体性存在,那么"雅"的普遍性就会失去进化的动力,过分强调"雅",而忽视"俗",带来的损失即是对艺术创造力的蔑视。可以说,没有"俗"对"雅"的突破和刺激,艺术的

---

① ［德］黑格尔:《美学》,朱光潜译,商务印书馆 1979 年版,第 49 页。

发展与创新就是一句空话,"雅"的普遍性只会在固有的思维定式中兜圈子而难以超越。"'声一无听、物一无文',艺术的生命在于多样性"，①农村剧题材僵化的原因之一,是缺乏对农村生活中上演的"真俗"的深入挖掘,游走在不是以雅压俗的一端,就是以雅媚俗的另一端,甚至将一些"三俗"奉为至宝,以致压抑了民间生活中"真俗"对"雅"的突破作用。以此为文化的"优秀基因"去促进农村剧艺术的繁荣,去填充和冒充"雅"的普遍性,结果只会适得其反,运用落后文化去武装先进艺术,实际等于两者同归于尽的毁灭。农村剧艺术的超越,应该既正视雅、俗之间的差异,又能做到求同存异,重视雅俗之间的相互融通与转换。雅俗的和谐共振是雅俗交融的最高境界,其中雅和俗有来有往,既要善于入"俗",又要长于出"雅","不能入"就无法触摸到农村生活的多样面孔和人性温度,"不能出"就会被低层次的反复描摹所束缚,无法抵达普遍价值的高端和胜境。比如,农村剧《天高地厚》最能说明问题,当梁罗锅的长子去世后,罗锅欲将梁双牙的兄嫂过继给双牙做妻,这种"兄嫂做妻"的三角关系绝不是文明人的情感奢侈或性的贪婪,这是一种基于"文革"中恶劣环境的生存组合,一切为了温饱和活下去。建立在温饱基础上、基于生命延续的三角组合,具有历史的凝重性和时代的悲剧性。这样的作品,在创作中既善于入俗,又长于出雅,实现了生活中的俗气对高雅的有效突破。"善入者"应将农村现实中的"真俗"烂熟于心,应揣摩和拿捏到游刃有余的地步,"善出者"应将"真俗"由实化虚、由个别到一般进行转化,从而在特殊到普遍中实现心物之间的通体交融。总之,既承认对方独立存在的意义与价值,又能从差异中看到可资借用和转化的积极因素,能够以雅的显微镜去透析俗的品质与真伪,以雅的审美高度去引领和提升俗的视野与品质。让"真俗"的新鲜血液及时去补充"雅"的内涵与新意,这样的和谐共振即是按照美的规律进行艺术创作的必经之路。

由是观之,农村剧经历了漫长的发展后,不超越没有出路,不创新没有未来,这既是人民群众的呼唤,也是文艺座谈会讲话精神的召唤。

本文发表于《中国电视》2017年第11期

---

① 王元化:《思辨录》,上海古籍出版社2004年版,第400页。

论戏曲批评的"非戏曲化"倾向

穆海亮(河南大学文学院副教授)

夏写时先生在研究中国古代戏曲批评时,曾做出一个论断:"批评落后于创作,这虽然不是规律,却是较为普遍的现象。"①其实,何止是在古代,当下的戏曲批评同样滞后于戏曲实践。如今,当戏曲艺术正艰难地走出低谷,创作活力被逐渐激发,演出市场呈现复苏迹象时,戏曲批评依然无法令人满意,能够从理论高度对戏曲艺术进行精深把握的批评并不多见,因而就对观众缺乏足够的公信力,对艺术家的创作也难以产生参考价值。戏曲界纷纷为批评的"失语"而痛心疾首。戏曲批评的困顿局面,一方面是由于人们诟病已久的"人情批评""红包批评"以及媒体的肆意炒作或诋毁等等,使批评失去了应有的理论深度、批判意识和独立品格,流于浅薄的推介、媚俗的吹捧或情绪化的谩骂;另一方面还在于,戏曲批评与戏曲艺术的本体相对隔膜,对戏曲作品的描述、解释、评价、规范常有隔靴搔痒之憾。前者之改善,依赖戏剧生态的整体优化;而后者,则呼唤戏曲批评的"戏曲化"。

"戏曲化"的问题在 1980 年代曾有过十分热烈的讨论。当时,面对严重的戏曲危机,有人将戏曲的表现形式和美学传统视为烦琐僵化和戏曲创新的障碍,甚至出现了"大胆冲破戏曲化束缚"的论调。实践层面,戏曲界积极而广泛地横向借鉴写实话剧、西方现代派戏剧以及影视、舞蹈等姊妹艺术的表现技法和艺术语汇,以期实现所谓的"现代化";但随之而来的问题是,戏曲(尤其是现代戏)剧本结构的话剧味日渐浓厚,舞台呈现越来越"现代",表演越来越生活化,即使是新歌舞的尝试,也渐渐远离了戏曲程式,戏曲似乎越来越不像戏曲了。于是,戏剧家又为现代

---

① 夏写时:《中国戏剧批评的产生和发展》,中国戏剧出版社 1982 年版,第 11 页。

戏的"戏曲化"据理力争,以"强调对民族文化传统的纵向继承"①。到如今,不管在艺术家的理念还是现代戏的舞台实践中,"戏曲化"已成为自觉的审美认同,在创作领域已不再是一个争论不休的问题。② 那么,在现代戏"戏曲化"的使命基本完成的今天,为什么反来呼吁戏曲批评的"戏曲化"呢? 这是因为,当下的戏曲批评恰恰呈现出明显的"非戏曲化"倾向,并由此对戏曲批评乃至戏曲艺术自身造成了引人深思的艺术悖论。

一、工具主义与批评原则的偏离

戏曲批评的"非戏曲化"倾向首先表现在,不是秉持艺术的、美学的、戏曲的批评原则,而是采用政治的、伦理的、意识形态的工具主义立场来阐释戏曲。这在今天是比较常见的批评现象。比如,近些年不断涌现的英模题材戏曲,多是在传达既定的思想认知和道德观念,执政为民、一诺千金、爱岗敬业、舍己为人,诸如此类。这些观念本身当然值得抒写和大力倡导,但多数作品满足于重复众所周知的常理,而失之于发现动人之情、启人之智的新理,不能开掘出比以往同类剧目更加深刻感人的人文内涵,甚至流于概念的灌输和意识形态的宣教,故而艺术表现难免平庸。在评价这些作品时,批评者很清楚地意识到其艺术成绩的乏善可陈,可又不愿直接点破,于是就往往并不针对其人性意蕴的剖析、戏剧情境的营造、舞台呈现的风格等方面的问题展开深入探讨,而从中提炼出弘扬核心价值观、振兴文化软实力、占据文化制高点、在国际竞争中占据主动权这样的宏大主旨。对廉政剧、清官戏的批评同样如此。客观地说,此类作品尽管数量巨大,而且具有不言而喻的社会意义,可艺术层面的上乘之作并不多见,甚至形成了一定程度的概念化、模式化。出于同样的考虑,批评者往往对这些作品的艺术缺憾避而不谈,而刻意强调清官在调和社会关系、缓解社会矛盾、主持社会公道中的独特作用,以填平道德政治功利与戏曲艺术品格之间的沟壑。这样的戏曲批评,终究是以服务于主流意识形态的实用价值为批评原则,忽略了艺术自身的价值和属性。

这种批评态势的形成,既是当下主流意识形态强烈感召下的产物,也是强大的历史惯性使然。在根深蒂固的文以载道观念支配下,戏曲批评自始就将戏曲的载

---

① 颜长珂:《"冲破戏曲化束缚"质疑》,《戏剧报》1985 年第 2 期。
② 这是笔者去年在西安观摩第十一届中国艺术节后的粗浅感知。参见穆海亮:《从第十一届中国艺术节看当下戏曲创作的本位意识》,《戏曲艺术》2016 年第 4 期。

道功能看得比艺术本体更为重要。虽然在戏曲批评的工具主义被推至极端且扭曲的地步时,人们很快就会发现其中的滑稽可笑,就像明代邱濬的"一场戏里五伦全"①,到了清代就已成为笑柄;但是,邱濬说法所宗的高明"不关风化体,纵好也徒然"②的观念,则长期被视为是理所当然的。这固然得力于高明的《琵琶记》以动人的情感传达和杰出的语言创造打造出超越工具主义的艺术魅力,而更重要的原因则在于,高明以戏曲倡导"子孝共妻贤"的社会伦理契合了古代戏曲批评的主流趋向。清末倡导戏曲改良的思想先驱为提高戏曲的地位而大声疾呼,陈独秀甚至发出在当时堪称惊世骇俗之论:"戏园者,实普天下人之大学堂也;优伶者,实普天下人之大教师也。"③然而此举却并非为了促进戏曲自身的发展与艺术本体的建设。梁启超借戏曲以"新民",陈独秀视戏曲为"改良社会之不二法门",陈去病等人创办中国第一份戏剧专门杂志《二十世纪大舞台》,是为了"提倡民族主义,唤起国家思想"。柳亚子在该杂志的发刊辞中直言不讳地宣称:"今所组织,实于全国社会思想之根据地崛起异军,拔赵帜而树汉帜。他日民智大开,河山还我,建独立之阁,撞自由之钟,以演光复旧物、推倒虏朝之壮剧快剧,则中国万岁!《二十世纪大舞台》万岁!"④这样的批评固然体现出对戏曲之社会功能的高度重视,以戏曲服务于当时的政治革命或社会改良也有毋庸置疑的时代进步性,但在本质上来讲,仍然是一种工具主义,尤其是对政治实用主义的强调。

整个 20 世纪上半叶,戏曲批评始终承担着宣扬革命斗争、救亡图存的政治使命;延安文艺座谈会讲话之后,戏曲批评更在几十年间被紧紧地捆绑在政治的战车上。尽管在"十七年"时期,张庚、郭汉城、阿甲等理论家竭尽所能地克服外在干扰,力图将戏曲批评引入艺术本体的轨道,但整体来看,戏曲批评的政治工具主义趋向已难以避免;至于"文革"时期,戏曲批评经常充当政治运动的马前卒,诸如姚文元批判《海瑞罢官》那样的"批评",更掀起了阴风恶浪,形成十分恶劣的批评风气。时至今日,像"十七年"及"文革"时期那种打棍子、戴帽子式的政治批评早已失去了存在的空间,但规避作品的艺术呈现,注重社会效果或政治功能的戏曲批评却仍然保有不小的领地。如前所述,对诸如英模剧、反腐剧这样的作品,这样的批

① 邱濬:《五伦全备记》开场词,转引自陈多、叶长海:《中国历代剧论选注》,上海古籍出版社2010 年版,第 108 页。
② 高明:《琵琶记》第一出,转引自王季思主编:《全元戏曲》第十卷,人民文学出版社 1999 年版,第 133 页。
③ 三爱:《论戏曲》,《新小说》1905 年第 2 卷第 2 期。
④ 柳亚子:《二十世纪大舞台发刊辞》,《二十世纪大舞台》1904 年第 1 期。

评策略固然有其合理性,但从思维方式看,只不过是把古代戏曲批评中的"风化"、近代戏曲批评中的"社会改良"、"十七年"戏曲批评中的阶级斗争,替换成了今天的主流意识形态,因而骨子里仍然是工具主义的。

工具主义的戏曲批评往往意味着对批评原则的偏离。就艺术作品而言,尽管我们并不能完全排斥其可能存在的道德意义和宣教功能,但审美价值无疑应该是处于第一位的;而工具主义的戏曲批评集中凸显戏曲作品的道德意义或宣教功能,偏离了戏曲艺术最重要的审美价值,这就难以对批评对象做出符合艺术规律的审美判断,也就终究难以对戏曲艺术的发展提供有价值的理论参照。正如英国思想家富里迪所言:"从工具主义角度对艺术的赞赏,引进了与艺术本身的品质毫无关系的评估标准来评价艺术……艺术不再是根据其内在的标准被评判,从而也就丧失了决定自己的方向的能力。"①长此以往,这样的批评甚至有可能会形成某种指向性的误导,让艺术家误以为只要立意正确、题材重要、主旨趋时,艺术表现可以敷衍了事,甚至固化平庸。再者,当工具主义与当下见怪不怪的人情批评结合起来,戏曲批评就更容易沦为大同小异的"戏曲表扬",最终与戏曲的意识形态宣教形成潜在的同构关系。其实,专业的批评者对戏曲作品有着更敏锐的感受力,对于其中的艺术问题,不是未能发现,而是大多故意视而不见,或熟视无睹,或顾左右而言他,敢于直言批判者越来越少。即使偶有批判之声,也大多是精神外围的小敲小打,先在总体上做出肯定和褒扬,再无关痛痒地提些技术性的纰漏:或是个别唱词有瑕疵,或是少许动作不到位,或是场面调度欠流畅,或是舞美灯光欠完美,因而"瑕不掩瑜"就成为最常见的批评语汇。法国思想家雷蒙·阿隆认为,批判性应该是知识分子的天职,而知识分子的批判大约有三个层次:技术批判、道德批判、意识形态或历史批判。② 很明显,当下戏曲批评中的"批判"大多停留在第一个层次,即技术批判,而对作品的价值取向、审美格调等方面的问题,或避之不谈,或一味肯定,甚至在主流意识形态的原则下进行过度阐释。技术批判者总体上"并不援引美好未来的某种理想组织,而是以那些更符合常识和更有希望实现的结果为参考",并不是为了寻求对艺术理想的终极叩问,而是"设身处地地为那些统治者或管理者着想"。③ 小骂是为了大帮忙,技术批判是为了更成功地维护意识形态,更

---

① [英]弗兰克·富里迪:《知识分子都到哪里去了》,戴从容译,江苏人民出版社2005年版,第97页。

② [法]雷蒙·阿隆:《知识分子的鸦片》,吕一民、顾杭译,译林出版社2005年版,第219页。

③ [法]雷蒙·阿隆:《知识分子的鸦片》,吕一民、顾杭译,译林出版社2005年版,第219页。

成功地实现作品的功利目的。

二、文学本位与批评理念的误导

戏曲批评的"非戏曲化"倾向还表现在,不是针对舞台艺术的特有规律,而是以文学维度,尤其是文学的"现代"维度和"创新"观念来衡量戏曲。众所周知,当下的大部分戏曲批评,以及戏曲批评的大部分篇幅,都侧重于分析戏曲的思想主旨、人物刻画、语言风格等一般意义上的文学因素,而具体到戏曲传达主旨的特定手法、塑造人物的独特方式、组织语言的独有韵致,则很少见到细致入微的针对性探讨;与此相应,戏曲批评所参照的文艺观念、运用的理论框架,乃至操控的话语体系,同样大多是文学的。至于对戏曲的表演、音乐、舞美进行专业而深入分析的批评,就更为罕见了。其实,不单是戏曲批评,整个艺术批评的文学本位倾向都比较明显。正如贾磊磊先生所指出的那样,当下的艺术批评提出的分析母题基本上都是"文学性的":"比如通常使用的'思想主题''情节结构'和'人物性格'这三个概念,它们对于文学作品进行分析评价未尝不可。可是,对于其他艺术门类而言,由于这些批评范畴并没有'跳出'传统的文学批评的构架,它的批评对象与其说指向的是艺术作品,倒不如说针对的是不同艺术载体中的文学性情节。它是对艺术作品进行了文学的概括后所进行的一种抽象'概括',它得到的只能是悬浮在艺术作品之上的文学影子,而不是艺术自身作品的骨肉。"①文学分析固然重要,但戏曲之所以为戏曲,正是由于其不同于文学的那些特有属性。"文学的理解与表达和戏剧的理解与表达在本质上是不同的,两者之间的差异在于,戏剧的表演诉诸身体而文学的阐释诉诸语言。"②因而以文学观念来涵盖或统摄戏曲批评,终究是不可取的。

这种情形的形成,自然与当下大多数批评者都有文学的学科背景有关;而更值得思考的原因在于,以文学观念主导戏曲批评,同样有其历史惯性。将戏曲视为文学的一个分支是中国古典戏曲批评的固有传统。明代王世贞说过一段大家耳熟能详的话:"三百篇亡而后有骚、赋,骚、赋难入乐而后有古乐府,古乐府不入俗而后以唐绝句为乐府,绝句少宛转而后有词,词不快北耳而后有北曲,北曲不谐南耳而

---

① 贾磊磊:《当代中国艺术批评体系的建构问题》,《艺术百家》2016 年第 4 期。
② 傅谨:《身体对文学的反抗》,《读书》2006 年第 4 期。

后有南曲。"①这一说法尽管经不起学理的推敲,但其给戏曲在文学序列中做出的明确定位,在古代是有代表性的。文学批评始终在古典戏曲批评中占据主导位置,像李渔那样明确认识到"填词之设,专为登场",能在《闲情偶寄》"词曲部"之外,又专设"演习部""声容部"来评论戏曲的,只是极少数;像汤显祖《宜黄县戏神清源师庙记》那样深刻而当行的戏曲批评,正由于稀缺而显得极为珍贵。金圣叹对《西厢记》的批评,以其感悟之精深、分析之精湛、表述之精彩,堪称古典戏曲批评的典范,李渔称赞其"晰毛辨发,穷幽晰微,无复有遗议于其间矣",几乎"能令千古才人心死";然而即便如此,李渔仍然一眼就看出金圣叹批评的局限:"圣叹所评,乃文人把玩之《西厢》,非优人搬弄之《西厢》也。文字之三昧,圣叹已得之;优人搬弄之三昧,圣叹犹有待焉。"②言外之意,金圣叹的戏曲批评之所以不能令李渔满意,正是因为它仍是重视案头而无视场上的文学批评。这种情形直到近代仍未从根本上改变。开现代戏曲学先河的王国维对元杂剧赞赏有加,但他的批评却值得玩味:"元剧最佳之处,不在其思想结构,而在其文章。其文章之妙,亦一言以蔽之,曰:有意境而已矣。何以谓之有意境?曰:写情则沁人心脾,写景则在人耳目,述事则如其口出是也。古诗词之佳者,无不如是。元曲亦然。"③在王国维看来,元杂剧之佳与古诗词并无二致,这当然是在进行文学批评。

实际上,不仅中国古典戏曲批评如此,西方古典戏剧批评也主要是文学批评。正如日本戏剧理论家河竹登志夫所说:"古代西方戏剧论,自亚里士多德的《诗学》以来,是作为剧本论或者剧诗论而流传于世的。以脚本上演意义上的希腊语为语源的戏剧学(Dramaturgie)一词,在莱辛《汉堡剧评》以后,才逐渐从剧本论扩展为通常意义上的戏剧论。以后到了弗莱塔克和阿契尔时代,可以说几乎仍然是剧本论压倒一切。"④可见,戏剧批评的文学本位有着普遍而有力的历史动因。当然,在20世纪的中国,还有一个自上而下、规模空前、而戏曲自身根本无力阻挡的外力——"戏改",这场"基于文学立场掀起的压迫表演艺术的运动"打造出一个"文学霸权的时代","以语言为工具的文学阐释以及文学内涵被赋予至高无上的价值,而以身体为工具的表演艺术几乎成为可有可无的东西。"⑤由此产生的强大影

---

① 王世贞:《曲藻》,转引自《中国古典戏曲论著集成》四,中国戏剧出版社1959年版,第27页。
② 李渔:《闲情偶寄》,转引自《中国古典戏曲论著集成》七,中国戏剧出版社1959年版,第70页。
③ 王国维:《宋元戏曲考》,载《王国维戏曲论文集》,中国戏剧出版社1984年版,第85页。
④ [日]河竹登志夫:《戏剧概论》,陈秋峰、杨国华译,中国戏剧出版社1983年版,第25页。
⑤ 傅谨:《身体对文学的反抗》,《读书》2006年第4期。

响力可想而知。

文学本位的倾向难免导致戏曲批评理念的偏狭,甚至对批评实践的误导。从理论观念来看,长期浸染于文学本位的思维定式,会诱导批评者乃至创作者将文学性视为评价戏曲的最高标准。近些年来,面对原创剧目相对羸弱的局面,戏剧界心怀忧虑并展开热烈讨论,许多人将此归因于戏剧文学性的退场,因而为此开出的"药方"之一,就是要进一步强化戏剧的"文学性"。即使是创作者,也有不少人一味追求主旨的深刻、情节的复杂、唱词的文采,以此来提高戏曲的"文学性"。对此,戏剧理论家马也先生明确指出,文学性强不强对戏曲来说并不是最重要的事情,用文学性来评价戏曲的理论观念误导了很多人,甚至误导了一个时代。近三十年来中国戏曲可能是最具文学性的,但不见得就是好戏,因而,没有前提、没有背景地将评价一部戏的最高标准视为文学性,是无根之谈。①

从批评实践看,文学批评的主要对象毫无疑问是新创作品,鼓励创新意识,提倡现代观念,这是理所当然的;但戏曲有所不同,大量经典剧目仍然活跃在当下舞台上,理应纳入批评视野之内,而且对待经典剧目,理应坚持不同于新创剧目的批评观念。但是,一旦将文学批评的理念移植到戏曲中来,就难免形成理论与实践的错位。批评者一方面视戏曲为"传统"艺术,另一方面却以"现代"眼光来审视一切戏曲。如此一来,即使传统戏中最经典的《四郎探母》《秦香莲》《四进士》等,也明显"跟不上时代",所谓思想陈旧、情节拖沓、节奏松散、唱词文学性不强之类的"缺陷"就被无限放大,传统戏因此而遭到批评界的放逐。傅谨先生对此做过深刻论述:"基于这种语言表达先于身体表达的艺术观念,京剧的意义被文学化了,或者说,京剧所拥有的文学层面上的意义被单独地提取出来并置于社会学批评的放大镜下加以审视,而与此同时,表演所拥有的、在京剧发展历程中曾经被赋予了最核心价值的唱念做打等等特殊的舞台手段的意义,则被轻飘飘地置于一旁。"②在这样的情况下,不仅各类评奖大都将传统剧目排除在外,批评者显然也逐渐淡忘了:大量的优秀传统剧目,不仅传达的传统观念和蕴含的人性之美具有超越时代的永恒价值,而且其本身就是传承戏曲表演艺术的重要载体。出于同样的理念,批评界一方面在理论上倡导不忘初心、回归传统,另一方面,真正回归传统的新编剧目却往往得不到充分的肯定。不仅评奖侧重"创新",即使单从批评者的口碑来看,也

---

① 这是马也先生 2016 年 11 月 26 日在中国戏曲学院"戏曲评论高级研修班"授课时提出的观点。参见马也:《"文学性"不是评价戏剧的最高标准》,《南国红豆》2017 年第 1 期。

② 傅谨:《身体对文学的反抗》,《读书》2006 年第 4 期。

是旧不如新。在前不久举行的第十一届中国艺术节上,获得好评最多的,是像评剧《母亲》、秦腔《狗儿爷涅槃》这类创新性更强、更具"现代"意味的作品,真正回归传统甚至做新如旧的芗剧《保婴记》、滇剧《水莽草》等剧,并未得到一致的肯定,而否定的声音之一恰恰就是"太像传统戏"。这显然是根深蒂固的"创新"与"现代"观念决定的。

三、话剧定势与批评标准的错位

戏曲批评"非戏曲化"倾向的第三个表现在于,不是立足于戏曲艺术的特定美学原则,而是套用话剧,尤其是写实话剧的审美标准来评价戏曲。尽管同属舞台艺术,遵循某些相近的艺术原则,但话剧和戏曲的创作方式、表演理念毕竟不同,评价标准也必然存在差异。然而,当下的戏曲批评有意无意地参照话剧标准的情形并不罕见,批评戏曲场面不够集中、冲突不够剧烈、节奏不够紧凑,尤其是苛求戏曲作品思想意识的深刻性,其实就体现出以话剧标准规约戏曲艺术的批评倾向。话剧主要契合现代市民阶层尤其是知识分子的审美需求,又是直接以生活化的语言和动作来进行舞台呈现,不具备四功五法的程式美感,就更加倚重思想的厚重、人性的思辨以及冲突的紧张,如果没有新颖的思想认知和复杂的人性开掘,就几乎很难超越平庸。而戏曲具有与生俱来的民间色彩,更擅长表现生活常理、人之常情、社会常识,故事通俗、主题浅显、结构简单、人物单纯的剧目永远值得搬上舞台;同时,戏曲又拥有远比话剧更为丰富的形式审美资源,无声不歌、无动不舞的表演带来的审美快感,并不逊于思考的快乐。因此,诸如京剧《曹操与杨修》、淮剧《金龙与蜉蝣》这类因理性思辨而发人深省的力作固然堪称经典,但我们决不能苛求所有戏曲作品都追求反思和思辨,思想深刻与否不应成为评价戏曲的主要标准。第十一届中国艺术节上,有人批评《保婴记》《水莽草》以及粤剧《梦·红船》等剧思想深度不足,显然就忽略了其舞台呈现的气韵生动、满台生辉。

以写实话剧的生活逻辑来审视戏曲情节与情境的真实性,是更为常见的批评倾向。有人指责《保婴记》的"保婴"情节前后矛盾、存在漏洞;黄梅戏《小乔初嫁》的"反间计"不合逻辑,根本无法成立,尤其是剧中"隔江对唱"一场缺乏真实性:新婚娇妻出走曹营,周瑜不去驾舟追赶,居然还有空与妻子缠绵对唱呢!这样的批评所秉持的其实正是话剧艺术的写实标准,而忽视了戏曲固有的美学精神。"无奇不传"原本就是戏曲艺术的审美属性,两剧也都做到了平中见奇、主传奇而戒荒唐,有对人物性格、戏剧情境和行动的精心刻画作为铺垫,这"奇"也就既出乎意料,又在情理之中。单就"隔江对唱"这场戏而言,"江"并非实景,"唱"也并非实写,虚拟的、跨时空的情感交流营造出的诗情画意,体现的正是戏曲虚实相生、无中生有、得意妄言的审美特性。此情此景,如果以实写之,反而韵味全无。这样的批评恰恰体现出写实话剧与戏曲在情境设置、时空展现及舞台真实方面的不同追求。

曾借鉴戏曲美学排演过多部优秀话剧作品的焦菊隐先生,对此做过比较:"话剧求实,求合理,求合逻辑,求一定的过程,因此,某些表演,往往明知是次要的,但也不能删掉。在戏曲表演里,次要的东西往往就被根本删去了。演员不会感到这种表演不真实,观众也不感觉这种表演不真实。因为戏曲演员和观众所关心的、所感兴趣的只是主要的、巨大的真实。"正是从这个意义上说,"戏曲表演的重点,不在表演发生了一件什么事情,而在表演人物对于所发生的事情的一系列的、细致的思想情感活动和内在态度"。① 焦菊隐先生进而将这种差别视为话剧和戏曲揭示世界的美学原则的不同:"话剧要把主观世界、客观世界都放在那儿,看主观世界与客观世界的关系。而戏曲呢,单单表现人的主观世界,从这儿看出客观世界。看人的表演,人对事物的态度,顺便就能看出周围是什么东西。"② 在此基础上,苏国荣先生更为深入地论述了戏曲是一种"主观的艺术":侧重于"抒情诗的主体性原则"而非"史诗的客观性原则",侧重于理想的主观抒发而非现实的客观描绘,侧重于主观的心理时空而非客观的物理时空,侧重于主观的意向逻辑而非客观的生活逻辑,侧重于主观的"传奇"而非客观的历史。③ 因而,"隔江对唱"是否能在现实生活中发生并不重要,重要的是,这一场面通过对人物主观世界的精彩呈现,准确地传达了周瑜和小乔相亲相爱、难舍难分的内在情感。这正体现着黄佐临先生所理解的戏曲舞台的"自由":"中国戏曲的程式化和虚拟化,决定了戏曲舞台的诗化功能。它的构成一旦流转自如、强烈抒情的艺术符号系列(此句稍有不通,根据语意似为"它一旦构成流转自如、强烈抒情的艺术符号系列"——笔者注),就能超越欧洲写实的镜框式舞台所能制造的效果。写实的舞台演出经营着一个个稳定、真

---

① 焦菊隐:《略论话剧的民族形式和民族风格》,载《焦菊隐戏剧论文集》,上海文艺出版社 1979 年版,第 332、331 页。

② 焦菊隐:《中国戏曲艺术特征的探索》,载《焦菊隐戏剧论文集》,上海文艺出版社 1979 年版,第 225 页。

③ 苏国荣:《戏曲美学》,文化艺术出版社 1999 年版,第 144—161 页。

实、断片式的小世界,因此难于容纳太多的心灵因素和幻想因素;中国戏曲既然是一个灵动的符号系列,自然就完全不受这种限制了。舞台像心灵一样自由,任何再怪异的美对它也是和谐的。"①正是出于这样的认知,黄佐临先生的"写意戏剧观"才破土而出。

话剧的思维定式之所以有形无形地影响着戏曲批评的标准,有其潜在的历史原因。自"五四"时期的新旧戏剧论争开始,话剧和戏曲之间新旧分明的观念就已彰显无遗——尽管胡适、陈独秀、钱玄同、傅斯年等人对戏曲的批判显得偏激而漏洞百出,而张厚载、冯叔鸾为戏曲所做的辩护不乏学理意味,可戏曲还是几乎毫无还手之力地被置于旧文艺的序列。而在维"新"是举的20世纪,话剧之"新"至少在理念上对戏曲之"旧"形成巨大的压迫感和渗透力。陈独秀在批评张厚载时,说其"根本谬点,乃在纯然囿于方隅,未能旷观域外也"②,钱玄同断言"如其要中国有真戏,这真戏自然是西洋派的戏,绝不是那'脸谱'派的戏"③,都是拿西方舶来的话剧来审视戏曲。就连对戏曲研究颇深、为梅派表演艺术作出巨大贡献的齐如山先生,也对话剧和戏曲表达过类似的尊卑观点:"旧剧与话剧的来源,既有相同之点,则研究话剧之人,便当连带研究旧剧,而且是必须得研究之人研究旧剧,旧剧方有发现,方有进展。为什么要这样说法呢? 因为学话剧的人,多入过学校,受过教育,有步骤,有理论,是有科学组织的,他们虽也不懂旧戏,但懂得戏剧之原理,若用研究话剧的科学来整理旧剧,则必能有许多收获。因为中国旧剧,虽然有些部分也有科学的组织,但总是片片断断,枝枝节节。"④1920年代后期,田汉、洪深等人意识到这新旧两分法缺乏学理性,建议正式以"话剧"之名取代"新剧",并抛弃视戏曲为"旧剧"的说法,试图解开这新旧截然对立的绝对主义死结,但这样的观念早已深入人心,要想撼动谈何容易。再加上1980年代以来戏曲出于强烈的"现代化"诉求而对话剧手法的大量借用,以及话剧导演"跨界"执导戏曲的日益普遍化,因而以话剧理念来"改造"戏曲、以话剧标准来评判戏曲的趋向延续至今。

四、余论及小结:戏曲批评理应"戏曲化"

除工具主义、文学本位、话剧定式之外,戏曲批评的"非戏曲化"倾向还表现在

① 黄佐临:《一种意味深长的撞合》,载《我与写意戏剧观》,中国戏剧出版社1990年版,第87页。
② 张厚载、钱玄同、刘半农、陈独秀:《关于旧剧改良的通信》,《新青年》1918年第4卷第6号。
③ 钱玄同:《随感录》(十八),《新青年》1918年第5卷第1号。
④ 齐如山:《齐如山回忆录》,辽宁教育出版社2005年版,第384—385页。

忽视戏曲艺术的民族性、机械套用西方理论，忽视戏曲艺术的丰富性、导致批评标准同一化等等。近来以西方戏剧理论阐释中国戏曲的批评屡见不鲜，这对开拓戏曲批评的视野和思路当然是有益的，但理论的介入不能以对戏曲本体的违背为代价，更不能将戏曲批评变成演练外来理论工具、论证西方理论正确性的场所，这是毫无疑问的。对于不同剧种、不同风格的戏曲作品，我们理应尊重剧种特色、结合作品个性去考量其艺术创造，展开有针对性的批评，而不应该用同一把尺子衡量全部戏曲作品。当我们指责《小乔初嫁》没有表现出赤壁之战的恢宏气势时，大概就是忽略了，该剧所体现的民间色彩、生活气息、底层立场正是黄梅戏的剧种特性；当我们面对像淮剧《小镇》这样极力追求写实精神的现代戏作品时，也就理应以写实主义的审美原则进行艺术审视。王馗先生在论述戏曲批评体系的建构时，特别提倡批评的多元化品格："戏曲批评不能是一种理论、一种模式、一种声音，而应该呈现多元化的中国戏曲艺术及其理论体系，这是多元的戏曲文化品格的必然要求。"①这话给人以深刻启迪。

总之，若要提升戏曲批评的品格，优化戏曲批评的功能，就宏观而言，需要营造自由民主的文化氛围，建设开放宽容的社会环境，搭建理想的批评平台，拓展更为广阔的批评空间，促成创作与批评的良性互动；就具体的批评理念与策略而言，则要摒弃工具主义，超越文学本位，反思话剧定式，坚守戏曲本体，开展真正"戏曲化"的戏曲批评。"戏曲化"的戏曲批评，应该以深厚的戏曲史论学养为根基，以较强的戏曲鉴赏能力为储备，以对戏曲创作及舞台规律的稔熟把握为保障，是在坚持戏曲美学、尊重剧种个性、倡导多元品格的前提下，融艺术品鉴和理论提升于一体的审美判断。一言以蔽之，戏曲批评理应"戏曲化"，而且能够"戏曲化"。

本文发表于《戏曲研究》第 103 辑，2017 年 10 月

---

① 王馗：《戏曲批评需要"体系"建构》，《中国文化报》2015 年 4 月 10 日。

第三届"啄木鸟杯"中国文艺评论年度优秀作品名单

（按作者姓氏笔画排序）

著作类 8 部：

于冠超：《哈尔滨城市早期美术文化研究》

王海洲：《中国电影 110 年（1905—2015）》

方李珍：《戏曲诗学》

朱文斌：《东南亚华文诗歌及其中国性研究》

张兰芳：《中国古代艺术风格论》

陈仲义：《现代诗：接受响应论》

高译：《中国画艺术美学》

黎保荣：《影响中国现代文学的三个关键词》

文章类 26 篇：

王宏伟：《对"画派""草原画派"相关问题的再思考》

王琴：《论广东汉剧"梁派"唱腔艺术特色》

朱天曙：《汉魏六朝：中国早期古典书论的生成及其价值》

任婷婷：《指示于伶而改进于剧——论〈半月剧刊〉剧评的三个维度》

刘倩（春生）：《外来客还是旧时友——评上海越剧院〈红楼·音越剧场〉》

祁述裕、陆筱璐：《论放宽文化市场准入——扩大文化市场开放的若干思考》

许苗苗：《游戏逻辑：网络文学的认同规则与抵抗策略》

李立：《当电影遇上哲学——试论电影史与艺术史的博弈》

李吉提：《郭文景与大歌剧〈骆驼祥子〉》

张海:《当代书法"尚技"刍议》

张萌:《唱出更好的自己——听雷佳毕业音乐会有感》

周燕芬、马佳娜:《〈白鹿原〉:文学经典及其"未完成性"》

姜寿田:《国学概念的提出、辨析及书法与国学的关系》

宫明亮(宫达):《雕刻时代的心史——评张炜长篇小说〈艾约堡秘史〉》

姚亚平:《风格史—断代史—现代性—后现代——西方音乐历史编撰学若干
问题的讨论》

索久林:《推动当代摄影大潮的引擎——摄影通感与跨界的感悟》

夏烈:《媒介裂变下的文艺批评生态和批评者重构》

徐健:《中国话剧危机出现新变种》

唐宏峰:《新机制、新媒介与当代性——对当代条件下文艺高峰建设的思考》

黄键:《戏曲历史剧的"思"与"诗"》

程光炜:《柳青、皇甫村与 20 世纪 80 年代》

傅道彬:《中国文学创立期的艺术格局与历史高度》

谢麟:《真性情写真山水——宗其香与广西》

黎学锐、罗艳:《小人物身上的大时代痕迹——从彩调剧〈哪嗬咿嗬嗨〉到话剧
〈花桥荣记〉》

薛晋文:《农村题材电视剧突围的思考与展望》

穆海亮:《论戏曲批评的"非戏曲化"倾向》

责任编辑:陈佳冉

封面设计:林芝玉

图书在版编目(CIP)数据

啄木声声:第三届"啄木鸟杯"中国文艺评论年度优秀论文集/中国文艺评论家协会,
中国文联文艺评论中心 编. —北京:人民出版社,2019.8
ISBN 978 - 7 - 01 - 021060 - 5

Ⅰ.①啄… Ⅱ.①中…②中… Ⅲ.①文艺评论-中国-当代-文集
   Ⅳ.①I206.7-53

中国版本图书馆 CIP 数据核字(2019)第 144649 号

啄木声声

ZHUOMU SHENGSHENG

——第三届"啄木鸟杯"中国文艺评论年度优秀论文集

中国文艺评论家协会 中国文联文艺评论中心 编

人民出版社 出版发行

(100706 北京市东城区隆福寺街 99 号)

北京中科印刷有限公司印刷 新华书店经销

2019 年 8 月第 1 版 2019 年 8 月北京第 1 次印刷

开本:787 毫米×1092 毫米 1/16 印张:18.25

字数:330 千字

ISBN 978 - 7 - 01 - 021060 - 5 定价:88.00 元

邮购地址 100706 北京市东城区隆福寺街 99 号

人民东方图书销售中心 电话 (010)65250042 65289539